Emlin Borkschert

Der Fluch von Eddessen

„Betrogene Liebe ist wie Menschenblut;
sie schreit aufwärts nach Rache."
Matthias Claudius (1740 - 1815),
deutscher Dichter

Für meinen besten Freund Timmy
Danke, dass ich dein Herrchen sein durfte

Bibliografische Information der Deutschen Nationalbibliothek
Die Deutsche Nationalbibliothek verzeichnet diese Publikation in der Deutschen Nationalbibliografie; detaillierte bibliografische Daten sind im Internet über http://dnb.ddb.de abrufbar.

ISBN 978-3-95954-086-5

Coverfoto: Jörg Mitzkat

1. Auflage

Verlag Jörg Mitzkat
Holzminden 2020
www.mitzkat.de

Emlin Borkschert

Der Fluch von Eddessen

Krimi

Verlag Jörg Mitzkat
Holzminden 2020

Prolog

Die Neonröhre unter der Decke flackerte, doch es fiel ihr ebenso wenig auf wie der Schimmelfleck an der Wand, der sich immer weiter ausbreitete. Kristyna öffnete ihren Spind und nahm ihren weißen Kasack heraus. In den ersten Monaten hatte sie sich zwingen müssen wegzusehen. Sie wusste, wer es wagte, den Mund aufzumachen, durfte sich ganz schnell die Frage anhören, ob man unzufrieden wäre. Ob man lieber woanders arbeiten würde. Und jedem hier war klar, was das bedeutete. Und so hatte sie, wie die allermeisten vor ihr auch, für sich entschieden, dass Schimmelflecken oder flackernde Neonröhren das weitaus kleinere Übel waren.

Kristyna warf Jacke und Tasche in dem Spind und zog den Kasack über. Mit geübten Handgriffen band sie sich ihre Haare zum Zopf und wechselte die Schuhe. Der Anflug eines Lächelns huschte über ihr Gesicht. *Maminka, warum musst du schon wieder weg?*, hatte Milan gerufen, im frühen Morgengrauen, dann geschrien und angefangen, an ihrem Bein zu zerren. Sie hatte es nicht ausgehalten und ihre Sachen genommen, dabei kurz aus dem Fenster geblickt. Sechs Stockwerke unter ihr war die Stadt noch so friedlich, der Berufsverkehr, der die Pendler oftmals zur Verzweiflung brachte, nicht mehr als sich bewegende Lichter in der Dunkelheit. *Sei schön artig und tu, was babička dir sagt.* Einen flüchtigen Kuss auf die Stirn, dann hinaus ins Treppenhaus – und auf der Stelle kehrtmachen und sturmklingeln. Ihre Mutter hatte geöffnet, das faltige Dekolletee nur unvollständig vom Bademantel bedeckt, in der anderen Hand ihr Schlüsselbund. Und dieser mitleidsvolle Blick in den Augen. Kristyna wusste, was er bedeutete. Dass wieder einer dieser besonderen Tage war. Zwei Kolleginnen, die redend und lachend den Raum betraten, holten sie früher als ihr lieb war in die Gegenwart zurück.

Kristyna grüßte sie mit einem Kopfnicken und warf einen letzten Kontrollblick in den Spiegel auf der Innenseite der Schranktür. An solchen Tagen war es gut, dass ihr Spind in der dunkleren Hälfte des Raumes lag. Dass ein weites Hemd mit V-Ausschnitt für eine Frau nicht unbedingt schmeichelhaft war, daran hatte sie sich gewöhnt. An das Gesicht, in das sie schaute, seine unnachgiebige Härte vielmehr, jedoch nicht. Eine getönte Tagescreme hielt es davon ab, völlig fahl zu wirken. Kristyna schminkte sich bewusst nicht bei der Arbeit. Und erst am Abend, wenn sie den künstlichen Geruch nach Erdbeere, den außer ihr sonderbarerweise niemand wahrzunehmen schien, mit viel Salz weggerubbelt und abgeduscht hatte, würde sie sich zurück in ein menschliches Wesen verwandeln, noch kurz mit Milan spielen, vielleicht an den See fahren und von einem besseren Leben träumen. Doch bis dahin lag viel Arbeit vor ihr. Und Franz.

Es war noch früh, als Kristyna wenige Schritte weiter das Untersuchungszimmer betrat, in dem ein neunjähriger Junge wartete. Er hatte, wie sie wusste, bereits die dritte Nacht bei ihnen verbringen müssen, was keinesfalls Standard war. Normal sollte es nur eine Übernachtung sein, maximal zwei, aber manchmal, wie dieses Mal, lagen die Umstände eben so, dass es sich nicht verhindern ließ. Franz saß auf dem Metallbett, hielt das kleine Plastikauto fest an sich gedrückt und schaute zur gegenüberliegenden Wand auf das bunte Plakat von Pinocchio. Sofort versuchte Kristyna zu lächeln, sodass ihre Stimme möglichst unbeschwert klang. Was ihr bei einem Jungen besonders schwer fiel. „Guten Morgen, *malý muž*“, begrüßte sie ihn. „Wie geht es dir?“

Franz antwortete nicht. Vielleicht hatte er sie nicht richtig verstanden, da ihr Akzent, trotz der Berufserfahrung, die sie sich inzwischen angeeignet hatte, noch immer recht ausgeprägt war. Bei der Untersuchung vor zwei Tagen hatte er ein paar Mal nachfragen müssen.

„Hast du gut geschlafen?"

Wieder keine Antwort.

„Wir haben das Blut untersucht, das ich dir vorgestern abgenommen habe. Es ist alles in Ordnung."

„Ah, ok.", sagte der Junge traurig. Er hatte sie also doch verstanden, hatte nur nicht reden wollen.

„Es ist nur eine Kleinigkeit, die wir korrigieren müssen. Das kriegen wir ganz schnell in den Griff.

Er hob den Kopf und schaute sie mit großen Augen an. „Was meinst du damit? Tut das weh?"

„Nein, natürlich nicht. Du musst keine Angst haben." Sie trat ans Fenster und zog die Vorhänge ein Stück zur Seite, was unnötig gewesen war, denn draußen war es nach wie vor dunkel. In Wahrheit hatte sie sich einfach wegdrehen müssen, um die Spuren in ihrem Gesicht zu verbergen. Wie konnte sie den Jungen nur so anlügen? Dass sie es nicht nur für sich tat oder für Milan oder für ihre Mutter, deren zweiter Mann mit all ihren Ersparnissen abgehauen war, half ihr in diesem Moment kein bisschen weiter, hatte es nie.

„Ich habe Hunger", hörte sie ihn sagen.

„Hunger?" Sie riss sich zusammen und klatschte begeistert in die Hände. „Das ist ja toll. Ich weiß zufällig, dass es gleich im Anschluss ein super Frühstück gibt. Sogar mit Schokoladenpudding. Aber den magst du bestimmt nicht."

„Doch." Franz lächelte schüchtern, das erste Mal. Das Eis war gebrochen, er vertraute ihr. Es war so einfach.

Kristyna sah auf die Uhr. Es wurde Zeit, die nächste Phase einzuläuten, die letzte, was sie betraf. „Hier schau mal", sagte sie. „Unsere Pilotenmaske."

„Wow, cool." Der Junge schien seine Zurückhaltung abzulegen und blickte neugierig auf das dreieckige Teil in ihren Händen. „Und was macht die?"

„Da ist ein Ballon drin, den darfst du jetzt aufpusten. Meinst du, du schaffst das?"

„Ein Ballon? Na klar."

„Dann leg dich hin."

Er gehorchte bereitwillig, man brauchte es ihm kein zweites Mal zu sagen.

Sie setzte die Maske auf sein Gesicht, tat, was getan werden musste und gab ein Zeichen, dass er mit Pusten anfangen konnte. Die meisten Kinder schafften drei bis vier Atemzüge, bis sie einschliefen. So auch Franz.

Als es genug war, drehte sie schnell das Ventil wieder zu, doch dieser ekelhafte Erdbeergeruch hatte sich bereits in jede ihrer Poren gesetzt. Kristyna nahm ihm die Maske ab und verstaute alles in dem Metallschrank. Am liebsten hätte sie sich gehäutet. Dabei war das, was dahintersteckte, doch absolut wichtig. Sie musste es sich nur immer wieder einreden.

Mit diesem Mantra fuhr Kristyna sich über die Wangen, straffte ihren Rücken und gab dem Kollegen mit dem Narbengesicht Bescheid, dass er Franz abholen und ihm den Venentropf legen konnte. Und sie würde sich irgendwo eine ruhige Ecke suchen, zuhause anrufen und Milan sagen, dass sie ihn liebte.

1. Kapitel

Oh, sorry", murmelte Focke, nachdem er beim Fotografieren den Kollegen vom Westfalen-Blatt angerempelt hatte, und gab sich erst gar nicht die Mühe, sein Grinsen zu verstecken. Das wollte er schon länger getan haben. Noch bevor der ihm nach dem Herbstkonzert des Sinfonischen Blasorchesters der Feuerwehr Gütersloh in der Stadthalle die – zugegeben etwas saloppe – Unterzeile geklaut hatte. Aus „Publikum ist Feuer und Flamme" war „Publikum brennt vor Begeisterung" geworden, ein billiger Abklatsch in Fockes Augen, aber dennoch eindeutig seine Idee. Der besagte Typ nickte ihm zu, was alles oder nichts heißen konnte, schlimmstenfalls eine Tracht Prügel. Focke machte weitere Aufnahmen, um die Transzendenz der Skulpturen bei gleichzeitiger werkstofflicher Präsenz, über die der Mitarbeiter des Kulturzentrums Alte Weberei gut zwanzig Minuten referiert hatte, einzufangen. Ob es ihm gelang, stand auf einem anderen Blatt. Für seinen Geschmack waren die Werke der VHS-Kursteilnehmer eher billige Plagiate der Ausstellung in der Bielefelder Kunsthalle, die er sich neulich angesehen hatte. Egal, für einen Artikel der geforderten Länge würden seine Notizen reichen. Er kontrollierte die Fotos auf seinem Tablet, war zufrieden und überlegte, entweder ein schnelles Getränk an der Bar oder zurück zum Auto, und entschied sich nach einem Zeitcheck für Letzteres. Kurz nach Vier, da müsste er sich schon ranhalten, um es halbwegs pünktlich zu seinem Date zu schaffen. Focke packte seine Sachen zusammen und schob sich durch die Besucher Richtung Ausgang, nicht ohne sich zu vergewissern, dass der Typ vom Westfalen-Blatt ihm tatsächlich nachblickte. Focke lachte und quetschte sich durch die zufallende Tür.

Draußen schien sogar die Sonne, was nach den letzten trüben Tagen eine Überraschung war. Focke zog trotzdem sein Cordsakko über, immerhin war es brandneu und hatte einen coolen Schriftzug am Rücken sowie Aufnäher an den Ellbogen. Außerdem parkte sein Wagen in der Roonstraße, wo man kein Ticket brauchte, dafür bedeutete es ein paar Minuten Fußmarsch durch die Gütersloher Innenstadt. Die war zwar nicht besonders aufregend, für die Größe der Stadt sogar recht provinziell, in dem Bereich mit den alten Gründerzeithäusern aber zumindest ganz ansehnlich.

„Auch hi", grüßte er einen Typen in seinem Alter mit Freundin, die am Mohn-Brunnen auf einer Bank herumlümmelte. Wenn der Straßenverkehr einigermaßen gut lief, würde er sich in einer knappen Dreiviertel Stunde hoffentlich in einer ähnlichen Position befinden. Das Leben meinte es gerade richtig gut mit ihm. Für ein paar kostbare Tage war er niemandem Rechenschaft schuldig, wo willst du hin, wann kommst du zurück, mit wem triffst du dich. Dass seine Mutter meinte, er solle sich endlich fest binden, stand so ziemlich im genauen Gegensatz zu seiner eigenen Lebensplanung. Doch da sie für ein paar Tage nach Passau verreist war, würde er keinen Gedanken an sie und ihre Dramen, die sie für gewöhnlich aus allem machte, verschwenden. Er sprang auf den niedrigen Stahlzaun, der ein Blumenbeet abgrenzte, rutschte herunter und probierte es erneut. Nach zwei Metern drohte er in weiteres Mal herunterzurutschen und stieß sich in letzter Sekunde ab, um genau vor einer älteren Dame mit Rollator zu landen. Sie sah ihn erschrocken an, doch als er anfing zu grinsen, lächelte sie zurück. „Ich muss verrückt sein", sagte er zu ihr und rannte los wie ein Schulkind, das etwas ausgefressen hatte.

Über den Dreiecksplatz und an der Eisdiele vorbei, wo ein Akkordeonspieler sein Bestes gab und er deswegen das Klingeln fast überhörte. Focke holte sein Smartphone aus der Jeanshose und schaute drauf. Unbekannte Nummer. Das kam öfter vor und hielt ihn nicht ab. „Ja, hallo?", fragte er liebenswürdig.

„Focke, bist du es?"

„Wer will das wissen?“ Die Stimme kam ihm seltsam vertraut vor, aber eher wie aus einer Erinnerung.

„Hier ist Tjark.“

„Tjark.“ Focke pustete die Backen auf. Es kam nur selten vor, dass man ihm derart schnell aus dem Konzept brachte. Eigentlich nie.

Dem Anrufer ging es offenbar ähnlich, dem Zögern nach zu urteilen. Kein Wunder, es war ewig her und nicht unbedingt mit schönen Erinnerungen verbunden, dachte Focke beschönigend. Um sie nicht heraufzubeschwören, fragte er: „Und, was gibt's?“

„Nun, mich nur zu erkundigen, wie es dir geht, wäre nicht sehr glaubwürdig, oder?“

„Wohl eher nicht, nein.“

„Nein, du hast recht. Ich habe in der Tat eine Bitte. Ich... brauche deine Hilfe. Können wir uns sehen?“

„Sehen? Wann?“

„Jetzt?“

„Jetzt? Du machst Witze.“ Focke lachte aber nicht, sondern fuhr sich durch die Haare, bis ihm klar wurde, dass er gerade seine Frisur ruinierte. Und die brauchte er noch für sein Date. „Du weißt schon, dass das ziemlich merkwürdig bei mir an- ...“

„Ja, tut mir leid“, unterbrach Tjark ihn. „Vielleicht können wir später in Ruhe ... Na, du weißt schon. Über alles reden und so. Ich weiß, dass es da einiges zu klären gibt. Aber jetzt brauche ich deine Hilfe. Es ist wichtig, verstehst du?“

Focke war schon beim ersten Mal bei den ungewohnten Wort mit H stutzig geworden. Dass Tjark über die Vergangenheit reden wollte, haute ihn glatt um. Er gab sich jedoch Mühe, es nicht zu zeigen. „Ok, ok“, sagte er cool. „Also, worum geht's?“

„Das will ich nicht am Telefon besprechen.“

„Ach so, klar. Darum geht es. Wie viel brauchst du?“

„Nein, das ist es nicht, Herrgott,“ rief Tjark, schnaufte laut und entschuldigte sich fast zeitgleich über den Tonfall. Dann nannte er ihm die Adresse. Es war noch immer dasselbe Kaff wie früher.

Leider, dachte Focke. Dabei war es durchaus zu erwarten gewesen.

Zwei Minuten später hatte er seinen VW Golf erreicht, sich hineingesetzt und angefangen nachzudenken. Sollte er den Anruf ignorieren? Das würde nicht so leicht funktionieren, dazu war die Situation zu ungewöhnlich. Tjarks Bitte um Hilfe *und* eine Entschuldigung dafür, dass er kurz lauter geworden war, war eine Konstellation, die Focke sich in seinen kühnsten Träumen nicht vorgestellt hatte. Und wenn er es wenigstens versuchte? Nein, unmöglich, seine Neugierde war definitiv geweckt. Und nicht nur die. Auch ein tiefes, längst verdrängt geglaubtes Gefühl drohte an die Oberfläche zurückzukehren, was keinesfalls angenehm war, im Gegenteil. Doch davon würde er sich nicht unterkriegen lassen. Vielleicht war es die Chance, dem Dämon der Vergangenheit ins Auge zu blicken.

Er warf einen Blick in den Rückspiegel, kontrollierte sein Aussehen und schoss mit seinem Smartphone ein Selfie, um den seltenen Moment festzuhalten. Das Grinsegesicht auf dem ersten Bild sah gequält aus, wurde beim zweiten schon besser und wirkte beim dritten fast natürlich. Focke stellte es online und aktivierte die Spracherkennung. „Leute, es ist Dienstag, der achtzehnte Oktober", sagte er, „gleich sechzehn Uhr vierunddreißig. Gerade ist etwas Unglaubliches passiert. Wollt ihr wissen, was? Ich weiß es selbst nicht so genau. Drum haltet euch fest, ich nehme euch mit auf eine Reise in meine Kindheit."

Er programmierte das Navigationsgerät. Etwas über eine Stunde Fahrzeit lag vor ihm. Genügend Zeit, um zu spekulieren, warum Tjark ausgerechnet jetzt über seinen Schatten gesprungen war. Dass er beim Thema Geld blockiert hatte, musste nicht bedeuten, dass es um etwas anderes ging, schätzte Focke. Und stieß einen Fluch aus, weil er eigentlich andere Pläne hatte. Allerdings keine, die sich nicht auch mit jemand anderem umsetzen ließen, also tippte er eine Nachricht, um mit einer Mischung aus Bedauern und blabla abzusagen.

Als er fünfzig Minuten später bei Borgentreich die B241 verließ, war er mit seinen Überlegungen nicht groß weitergekommen. Viel zu lange hatten sich die beiden nicht mehr gesehen, dreizehn Jahre, um genau zu sein. Dazwischen nur sporadischen Kontakt gehabt, Anrufe oder Postkarten, die jedes Jahr seltener geworden waren. Wenn Tjark kein Geld brauchte, war er vielleicht krank. Oder er wollte wieder heiraten. Die Frage war nur, wie er – Focke – ihm dabei behilflich sein sollte. Als Trauzeuge etwa? Er lachte bei der Vorstellung, doch es war kein fröhliches Lachen.

Und selbst das verging ihm, als er im Dörfchen Bühne die Tankstelle passierte und Bauchschmerzen bekam beim Gedanken an die Massen an Süßigkeiten, die er dort früher gekauft hatte, und was man wahrscheinlich noch immer tun konnte. Er hielt kurz an, machte mit seinem Smartphone ein Foto der Tankstelle und stellte es online. Nun war es wirklich nicht mehr weit bis in sein altes Heimatdorf. Die Nachbarszwillinge Lars und Lukas tauchten vor seinem inneren Auge auf, genauso klein, wie er damals gewesen war, und leiteten eine Art Kurzfilm ein. Die vielen Nachmittage draußen, ohne das jemand wusste, wo man gerade steckte. Die immer häufigeren Auseinandersetzungen seiner Eltern beim Abendbrot. Das Schluchzen seiner Mutter, das bis in sein Zimmer hinein drang und unter die Bettdecke, die er sich über seinen damals noch hellblonden Haarschopf gezogen hatte. Besonders schlimm war es in dem Sommer geworden, als Tante Renate zu Besuch gekommen war …

Sein Smartphone unterbrach die Handlung, gerade rechtzeitig, bevor der traurige Teil anfing. Eine Nachricht von Nicki. *Wie lief es in der Weberei? Machst du den Artikel heute noch fertig?*

Focke schrieb zurück: *Naja ging so, motze das ein bisschen auf, dann passt es schon. Weiß noch nicht ob ich es heute schaffe, mir ist noch was dazwischengekommen.*

Es dauerte kein Minute, bis Nicki antwortete. *Ach so? Jemand, den ich kenne?* ☺ ☺

„Hallo?“, rief Focke laut. „Bilde dir ja nichts ein, das ist vorbei, ok?“ Er schrieb zurück: *Nein, nicht so was. Ich kann dir noch nicht sagen, worum es geht. Melde mich.*

Die Antwort darauf war erwartungsgemäß kühl: *Dann maile mir den Artikel halt zu, sobald du ihn hast. Bis morgen!!*

Focke unterließ es, darauf zu reagieren. Es war nicht gerade unkompliziert zusammenzuarbeiten, wenn man noch vor ein wenigen Wochen jede Gelegenheit dazu genutzt hatte, miteinander zu vögeln. Nicki hatte ihn im Sommer auf einer Party mit Sex und einem Job bei *Gütersloh-Online* geködert. Wozu er schlecht nein sagen konnte, vor allem, da er seiner Mutter zuliebe die Zeit bis zum Jahresende eh in Gütersloh überbrücken wollte. Aber seine Dankbarkeit deswegen brauchte ja nicht ewig zu dauern.

Er fuhr weiter und spürte beim Abbiegen auf die K30 deutlich, dass einem der Bauch auch ohne Süßigkeiten drücken konnte. Zum ersten Mal stand dieser Name auf dem Straßenschild: *Manrode.* Dieses Dorf im tiefsten Ostwestfalen, von dem er lange geglaubt hatte, ihm entkommen zu sein. Das schon damals so klein war, dass man sich unwillkürlich fragte, ob es überhaupt noch existierte. Selbst die Sonne hatte sich irgendwo auf dem Weg hierher verzogen. Trübes Herbstlicht machte den Anblick nicht besser. Abgeerntete und vom Regen der letzten Wochen vollgesogene Felder, die in Wellen einen Hügel hinaufführten, auf deren Spitze das Dorf lag. 1009 erstmals als Ananroth erwähnt, war für seine Gründung Wald gerodet worden, wie die Endung des Ortsnamens verriet. Drumherum nichts als Gegend. Hätte er seine Jugend hier verbringen müssen, wäre er bestimmt verrückt geworden. Insofern hatte die Trennung seiner Eltern und der unausweichliche Umzug nach Gütersloh durchaus sein Gutes gehabt.

Er passierte den Sportplatz, auf dem er als Kind seine letzten Fußballspiele angesehen hatte. Gleich darauf bog links eine schmale Straße hinab ins Tal, wo seine Familie im Tal zwischen Mühlenberg, Kreuzbusch und Dörner einst eine kleine Hütte mit Fischteich besessen hatte. Sicher war der Grund längst anderweitig verpachtet oder verkauft. In einiger Entfernung tauchte das Ortsschild auf. Fockes Herz begann zu klopfen, als er die letzte Steigung nahm und zu seiner Linken der Heizungs- und Sanitärbetrieb Dierkes näher kam. Verdammt, hier sah alles so anders aus, als er es sich ausgemalt hatte. Keine zerfallenen Häuser. Keine Fäkalien in den Rinnsalen. Keine offenen Feuer in den Straßen. Manrode. Orgelstadt Borgentreich. Kreis Höxter. Der Zusatz *Orgelstadt* war neu. Focke machte im Vorbeifahren ein Foto vom Ortsschild, für später.

Gegen halb sechs, wie die Uhr ihm zeigte, fuhr er tiefer ins Dorf hinein. Es fing bereits an zu dämmern. Trotzdem sah man überall die charakteristischen Bauernhöfe und Scheunen, klein oder groß, gepflegt oder weniger, die darauf hinwiesen, dass selbst tausend Jahre später die landwirtschaftliche Prägung noch vorherrschte. Er passierte nebenbei den Friedhof, ein sogenanntes Alpaka-Lädchen, die Kneipe, in die schon früher niemand ging, und seine alte Bushaltestelle und erreichte schließlich die Adresse im Unterdorf, die Tjark ihm zum Ende des Telefonats genannt hatte. Dass auf den letzten Metern ein entgegenkommender Trecker fast seinen Golf gerammt hatte, hätte er als böses Omen auffassen sollen. Doch noch war alles ruhig. Kaum eine Menschenseele, die sich in den Gärten, Hauseinfahrten oder auf den Gehwegen blicken ließ.

Focke hätte sowieso niemanden erkannt. Besagtes Haus, ein erfrischend-markanter Bungalow inmitten von Durchschnittsarchitektur, lag im Neubaugebiet zwischen ehemaliger Schule, die bereits in seiner Kindheit geschlossen war, und Kirche, mit Blick auf Wiesen, Felder und den Deiselberg. Letzterer gehörte seines Wissens nach schon zu Hessen. Focke stellte seinen Golf ab, stieg aus und erwog, ein paar schnelle Fotos zu schießen, entschied sich aber dagegen. Lieber wollte er es hinter sich bringen. Sein Herz pochte inzwischen heftig.

Kein Wunder, dachte Focke und marschierte zur Haustür. Es fühlte sich seltsam an und verkehrt, dort mit schweißnassen Händen zu stehen und zu schellen wie ein Fremder. Der Türöffner gab ein mickriges Krächzen von sich. In wenigen Augenblicken würde er hoffentlich erfahren, was los war und wobei er helfen sollte. Eines war jedenfalls sicher: Es musste verdammt wichtig sein, wenn sein Vater sich nach so langer Zeit erstmals wieder bei ihm gemeldet hatte.

2. Kapitel

Sie umarmten einander nicht. Focke hatte sich vorgenommen, auf keinen Fall den Anfang zu machen, doch sollte sein Vater es tun, wollte er kein Spielverderber sein. Doch nichts dergleichen passierte, außer einem unschlüssigen Arm vor, Arm zurück. Es wurde ein Händeschütteln daraus.

Nun saß Focke zum ersten Mal in diesem Wohnzimmer und tat, als wäre es ihm egal, wie sein Vater wohnte, nachdem seine Mutter und er das gemeinsame Haus nach der Scheidung verkauft hatten. Kein übermäßiges Interesse zeigen, lautete die Devise, zumindest, bis es einen konkreten Anlass dafür gab. Außerdem merkte man auch ohne Halsverrenkungen, dass der Umzug für ihn keine Verschlechterung gewesen war. Sein Getränkeangebot nahm Focke einsilbig mit „Klar!“ an.

„Ja gut, also ...“ Tjark blickte nach links und rechts, als hätte er vergessen, wo sich die Getränke befanden. „Dann gehe und hole ich uns mal was.“

„Mach das.“

Kaum war sein Vater losgegangen, hielt Focke es nicht länger aus. Wie ein Storch reckte er seinen Kopf in jede Richtung. Sekunden später hatte er sein Smartphone in der Hand und machte Fotos. Von dem meterlangen, deckenhohen Bücherregal gegenüber der schwarzen Ledercouch, auf der er saß, das dem Anschein nach gut bestückt war. Von den riesigen Schiebefenstern seitlich davon, die in einen Garten führten, mit Terrasse und Liege. Von gerahmten Kunstdrucken, die freie Wände zierten, wobei das leicht schief hängende Mohnblumenfeld neben der Tür erfreulicherweise nicht an Monet erinnerte, sondern an Otto Ubbelohde. Von zwei großen Palmen in Terrakottatöpfen und der ebenso großen, gebogenen Stehlampe im Bauhausstil, deren Schirm bis über den Couchtisch aus Glas reichte. Das Zimmer war auf eine Weise eingerichtet, mit der Focke nicht gerechnet hatte. So ... geschmackvoll. Sein Vater war doch nicht schwul geworden? Schmunzelnd über diese Vorstellung legte er sein Smartphone auf den Tisch und nahm dafür eine Zeitschrift in die Hand, *Psychologie heute* der Titel. Nebenan klapperte Geschirr. Viel gesprochen hatten sie nicht seit seiner Ankunft, dachte Focke, woraufhin sein Schmunzeln erstarb. Es war typisch. Tjark hatte dreizehn verdammte Jahre Zeit dazu gehabt, Getränke vorzubereiten. Warum musste er es ausgerechnet jetzt tun?

Focke blätterte durch die Seiten der Zeitschrift, ohne hineinzuschauen. Vermutlich machte seinen Vater die Begegnung genauso nervös wie ihn. Er hatte schon am Telefon so geklungen. Irgendwie abgehackt. In Fockes Erinnerung war seine Sprache viel fülliger gewesen. Um nicht zu sagen aufgebläht. Vielleicht beruhigte das Zubereiten von Kaffee ihn ja. Und auf die paar Minuten kam es nun auch nicht mehr an. Glaubte er zumindest.

Als das Geklapper verstummte, warf Focke die Zeitschrift zurück auf den Tisch, direkt auf das ledergebundene Notizbuch mit den Initialen TL, das sie verdeckt hatte. Gleich darauf trat sein Vater durch die Tür, ein Tablett in den Händen. Er hatte tatsächlich Kaffee gekocht. „Braucht du Milch?", fragte er.

Focke nickte.

„Früher hast du nur Kakao getrunken, weißt du noch?"

„Ach, echt? Na, da war ich ja auch noch ein Kind."

„Stimmt. Du hast recht." Tjark stellte das Tablett ab und überreichte ihm eine der Tassen. Mit der anderen nahm er auf dem Sessel gegenüber Platz und strich sich sofort über seinen Dreitagebart, eine Geste, die Focke noch gut von früher kannte. „Und auf einmal bist du erwachsen. Ein gutaussehender junger Mann. Schön, dass du es so schnell geschafft hast."

„Tja, mit nur einem Elternteil geht das anscheinend besonders fix", erwiderte Focke trocken.

„Herzukommen, meinte ich."

„Ach so, das. Nun, ich hatte ein Navi, damit ging es ganz leicht.“ Focke goss sich Milch ein. Einen Löffel zum Umrühren war nirgends zu finden, er wollte aber nicht nach einem fragen. Er war diesen Moment so oft im Kopf durchgegangen, hatte sich Dinge überlegt, die ihm auf der Seele brannten, da wollte er die allererste Frage nicht mit so etwas Trivialem wie Löffel verschwenden. „Nettes Haus“, sagte er und schlug sich gedanklich vor die Stirn.

„Du weißt genau, dass ich auch das so nicht gemeint habe.“

„Was?“

„Na, das ... Egal. Was soll ich zu meiner Verteidigung sagen? Ich bin nun mal nicht so der Typ für regelmäßige Anrufe.“

Focke trank einen Schluck. „Nicht schlimm, echt. Du hattest sicher wichtigere Dinge zu tun.“

Tjark lachte auf. „Der Satz hätte von deiner Mutter stammen können. Ich sage es dir, wie sie leibt und lebt. Wie geht es ihr so?“

„Warum fragst du mich nicht, wie es *mir* geht?“

„Du hast recht. Tut mir leid, ich ...“ Tjark räusperte sich. „Also, wie geht es dir?“

„Gut“, antwortete Focke. „Echt, total gut. Läuft ziemlich ... gut. Alles so.“

„Na prima. Also hast du jemanden oder wie?“

„Klar.“ Focke überlegte, wie viel er von sich und seinem Leben preisgeben wollte. Hätte sein Vater nach dem Job gefragt, hätte er vielleicht von seiner neuen Stelle in Hamburg zum Anfang des kommenden Jahres erzählt. Das Thema Beziehung aber war ihm zu privat für die ersten Minuten. „Und bei dir? Hast du wieder jemanden?“

„Du meinst, seit deiner Mutter? Ob du es glaubst oder nicht, es gab seitdem ein, zwei Frauen, die sich für mich interessiert haben.“

Fockes Mund verzog sich zu einem Schmunzeln. Sofort nahm er einen Schluck Kaffee, um es zu verbergen. Dieser Kerl hatte sich kein bisschen geändert. Das gleiche Gerede wie früher, die gleiche Art sich zu bewegen oder sich über den Bart zu streichen, die gleiche Kleidung, leger, aber nicht nachlässig. Ein paar Jahre älter war er geworden seit ihrer letzten Begegnung, kein Wunder, das dunkelblonde Haar, das Focke von ihm geerbt hatte, begann an Bart und Schläfen grau zu werden, der Bauch runder, aber nur ein wenig. In den besten Jahren, würde man vermutlich sagen. Lediglich die Ringe unter den Augen schienen ausgeprägter als sie sein sollten. Zu viel Alkohol oder er hatte das Rauchen wieder angefangen. Obwohl Focke bislang keinen Nikotin an ihm gerochen hatte.

Tjark wechselte den Gesichtsausdruck. „Nimm's mir nicht übel, Focke, aber ... Ich weiß nicht, wie viel Zeit wir haben."

„Warum, bist du etwa krank?"

„Was? Nein. Nein, das nicht." Er erhob sich, ging zum Fenster und schaute hinaus. Hinter der Scheibe war die Abenddämmerung in vollem Gange. Sie ließ die Liege und die Steinsäule dahinter allmählich mit der Umgebung verschmelzen. Zu dieser Jahreszeit war nicht mehr viel dran an den Tagen.

„Was ist dann los?", fragte Focke.

„Eine längere Geschichte. Und nicht so einfach zu erklären, nun, du kennst mich ja, ich ..." Tjark hielt inne, vielleicht, weil ihm auffiel, dass der letzte Satz eher unpassend gewesen war.

Focke ließ es ihm durchgehen. Vielmehr wollte er einfach wissen, was los war. „Bist du in Schwierigkeiten?"

„Nicht direkt. Oder wie man's nimmt. Es ist ..." Das Telefon übertönte das Wort, das er sagte. Tjark warf die Hände in die Luft. „Das ist doch zum Verrückt werden. Hat man hier denn nie seine Ruhe?" Er ließ es schellen, jedoch ohne weiterzureden.

Wahrscheinlich wusste er, wer anrief und hatte keine Lust auf die Person, vermutete Focke. Dass der Anrufbeantworteter bereits fleißig blinkte, war ihm bei der Begutachtung des Wohnzimmers sofort aufgefallen war. Doch er wollte kein Zeuge der Aufnahme nach dem Piepton werden. „Ist schon ok. Ich muss eh kurz aufs Klo. Wo ..."

Mit einer ausladenden Geste zeigte Tjark auf den kleinen Flur, durch den sie hereingekommen waren. „Rechte Tür."

Focke stand auf und hörte noch, wie sein Vater das Gespräch annahm und in erstaunlich süßlichem Ton einen weiblichen Vornamen nannte, ehe er die Tür zum WC hinter sich zumachte. Sofort fing es in seinem Kopf an zu rattern. Nicht ans Telefon gehen können, aber zum Kaffee kochen war alle Zeit der Welt. Wie um alles in der Welt passte das zusammen? Wenn sein Vater zu nervös zum Reden war, vielleicht sollten sie zuerst etwas in gemeinsamen Erinnerungen schwelgen? Das würde eine vertraute Atmosphäre zwischen ihnen schaffen. Oder wenigstens den Anschein erwecken.

Daraus wurde nichts. Als Focke fertig war, stand sein Vater bereits an der Haustür und nahm sich eine Jacke von der Garderobe.

„Ich muss noch mal eben weg", erklärte er, ohne ihn anzusehen.

„Wie ... Jetzt?"

„Ja. Nichts Schlimmes, keine Bange."

Focke fand, dass das im krassen Gegensatz zu seinem Gesichtsausdruck stand. „Und wohin willst du?"

„In die alte Hütte."

„Echt? Du hast die Hütte noch?"

Tjark zog sich die Jacke über und erzählte, dass er vorhin kurz da gewesen war, um nach dem Rechten zu sehen. „Und nun weiß ich nicht mehr, ob ich ... ob ich den Stromgenerator ausgestellt habe. Total blöd, schon klar."

Das klang in der Tat nach ihm, dachte Focke. Eines der wenigen Dinge seiner Kindheit, die sich unauslöschlich in sein Hirn gebrannt hatten. Schludrigkeit. Die er anderen jedoch nicht durchgehen ließ. „Dann komme ich einfach mit."

„Nein, es ist besser ..."

„Aber ich will die Hütte sehen", unterbrach Focke ihn. „Keine Widerrede! Ich hole nur mein Smartphone." Er lief zum Couchtisch, steckte es ein und konnte auf dem Rückweg nicht anders, als schnell den schiefen Bilderrahmen auszurichten. Wäre ihm bewusst gewesen, dass sein Leben kurz davor war, komplett aus den Fugen zu geraten, hätte er mit Sicherheit etwas anderes getan.

3. Kapitel

Inzwischen hatte sich die Dunkelheit über Manrode weiter ausgebreitet. Focke betrachtete die beleuchteten Häuser links und rechts der Trendelburger Straße an und versuchte, sie mit früher zu vergleichen, während sein Vater mit ihm hinauf ins Oberdorf fuhr. Denselben Weg, den Focke hergekommen war, nur eben andersherum. Und mit dem Unterschied, dass eine Mercedes E-Klasse bei überhöhter Geschwindigkeit ruhiger lief als sein sieben Jahre alter VW Golf, auch wenn es ebenfalls kein neues Modell war.

Es freute ihn, die Hütte so unverhofft wiederzusehen, denn er hatte als Kind viel Zeit dort verbracht. Die Strecke von seinem Elternhaus in der Straße gegenüber des Malerbetriebs war zu Fuß oder mit dem Fahrrad gut zu schaffen gewesen, der Rückweg weniger, wegen der Steigung. Zwar war sie nur spartanisch ausgestattet gewesen, hatte weder Strom noch Heizung, und Wasser gab es nur, wenn man die alte Schwengelpumpe betätigte, dafür war sie groß genug, um darin die tollsten Abenteuer zu erleben, und urgemütlich, wenn ihm die Erinnerung keinen Streich spielte. Dass es mittlerweile einen Stromgenerator gab, den man vergessen konnte abzustellen, bedeutete, dass sein Vater sie aufgemotzt hatte und wahrscheinlich noch immer regelmäßig nutzte. Für Grillpartys beispielsweise. Focke grinste. Bei ihm selber wären es eher spritzige Dates. Er räusperte sich. Hinter dem Heizungs- und Sanitärbetrieb Dierkes stand eine riesige neue Halle, wie ihm jetzt auffiel. „Hast du eigentlich noch Fische?“

Tjark nahm den Blick nicht von der Straße, die hinter dem Ortsschild steil und kurvig wurde. Das Fahrtempo war vermutlich nur ein Grund dafür. „Was? Nein. Zu viel Arbeit. Ich bin froh, wenn halbwegs Wasser im Teich ist.“

„Du könntest ihn verpachten.“

„Und immer Fremde auf dem Grundstück haben?“

Das leuchtete Focke ein. Also wollte sein Vater die Hütte lieber für sich haben. Er spielte mit dem Gedanken, die Geschichte von damals aufzuwärmen, als sie seinen achten oder neunten Geburtstag gefeiert hatten und nebenan auf dem Feld ein Hubschrauber gelandet war, der alle Girlanden und Ballons weggeweht hatte, doch seine Neugierde gewann die Oberhand. „Du hast mir noch nicht gesagt, warum ich hier bin."

„Stimmt. Mir geht auch im Moment so einiges durch den Kopf."

„Ach ja? Ist nicht zu übersehen." Focke überlegte, einfach wild drauflos zu raten, dann überkam ihn die Erkenntnis schlagartig. Zumindest, was den Grund für ihre Fahrt zur Hütte betraf. Oh Mann, er war ja so blöd! Der Anruf vorhin, das Gesäusel ... Sicher hatte sein Vater eine ganz ähnliche Verwendung für einen einsamen Rückzugsort wie er. „Du, wenn es im Moment ungünstig ist, dann lass mich hier aussteigen und ich laufe zurück. Wir können auch später weiterreden."

„Nein, Blödsinn. Ich habe dir doch gesagt, warum ich dorthin will."

„Wirklich? Ich dachte nur, dass diese Sylvia vielleicht ..."

„Sylvia?"

„Vorhin am Telefon?"

„Was? So ein Quatsch!" Tjark lachte, ein kurzes, ungläubiges Auflachen.

Mehr kam nicht von ihm, schon gar keine Antwort auf seine ursprüngliche Frage. Nur wieder dieser sture Blick geradeaus. Eine Auto fuhr ihnen entgegen, das Scheinwerferlicht huschte über ihre Oberkörper.

Focke wusste, dass er bei den Vorschlägen, die er bislang gemacht hatte, einen Bereich ausgeblendet hatte, aus gutem Grund, wie ihm schien. „Also wenn es das Geld nicht ist und du nicht krank bist: Hast du vielleicht Ärger im Job?"

„Was heißt Ärger ..."

„Na Bingo", sagte Focke und verzog das Gesicht.

Tjark bremste ab und fragte nach, wie das gemeint war.

„Nur so."

„Nur so? Was ist das für eine komische Antwort?"

Sie bogen rechts in die schmale Straße. Fockes Blick folgte dem Lichtstrahl ihres Wagens, der auf einen Holzzaun fiel, auf Bäume, dann auf die Fahrbahn, die bergab führte und, wie er wusste, tiefer ins Tal hinein und zu einer Handvoll Häuser irgendwann, deren Lage man mit gutem Gewissen als Wildnis beschreiben konnte. Bis zur Hütte war es nun nicht mehr weit. „Nichts. Schon gut. Hätte ich mir ja denken können."

„Was hättest du dir denken können? Wovon redest du überhaupt?"

„Na, dass es mal wieder um deine Schützlinge geht. Worum sonst." Focke sprach das Wort *Schützlinge* aus wie in Gänsefüßen.

„Und das ist ein Problem?"

„Nein, gar kein Problem. Alles super." Es *musste* ja etwas damit zu tun haben, dachte er. Immer nur dieses Thema. Genau wie früher. Ständig ging es um die anderen Kinder.

Tjark bedachte ihn tatsächlich mit einem kurzen Seitenblick, auch wenn es mangels Licht nicht sonderlich viel zu sehen gab. „Das klingt aber nicht so."

„Ach, wirklich?" Focke schnaufte. Er würde sich hüten, das zu vertiefen, was seit Ewigkeiten eine Art wunden Punkt zwischen ihnen markierte. Solange man ihn nicht anpackte, war es gut zu ertragen. Sobald man aber begann, daran zu rühren, kamen die Schmerzen.

„Es ist komplizierter", sagte Tjark in der Zwischenzeit. „Viel komplizierter. Und ich weiß plötzlich nicht mehr, ob ..."

Focke horchte auf, war bereit zum Konter, auch wenn es wehtun würde.

„... ob ich dich da wirklich mit reinziehen soll."

„Wie?" Focke hatte etwas anderes erwartet. „Nun, die Entscheidung kann ich dir nicht abnehmen", sagte er, um einen normalen Tonfall bemüht. „Ich habe ja schließlich keine Ahnung, worum es geht."

„Natürlich nicht. Wie auch? Ich weiß es ja selber nicht. Und ich fürchte, dass ich das am Anfang gar nicht richtig eingeschätzt habe, verstehst du?"

„Nein, wie denn?!"

Tjark fuhr schwungvoll rechts heran und hielt halb auf einer Wiese, etliche Meter vom eigentlichen Ziel entfernt.

„Was ist? Warum halten wir schon?"

„Warte hier", sagte Tjark und schnallte sich ab.

Focke ebenso. „Von wegen. Ich komme mit."

„Ja, kannst du ja auch. In ein paar Minuten. Lass mich erst ... Lass mich erst den größten Dreck wegräumen, ok? Dann hole ich dich."

„Wie bitte?"

Ohne ein weiteres Wort stieg Tjark aus und verschwand in der Dunkelheit.

Focke schüttelte ungläubig den Kopf und wollte hinterher, doch genau in dem Augenblick signalisierte ihm sein Smartphone eine neue Nachricht. „Ich will erst den größten Dreck wegmachen", frotzelte er und griff wie von selbst in seine Hosentasche. Sein Vater hatte doch früher keinen Ordnungsfimmel gehabt. Und dass sich solch grundlegende Dinge änderten, war relativ unwahrscheinlich. Das Parklicht seines Mercedes hatte er brennen lassen, was hoffentlich bedeutete, dass es nicht allzu lange dauern würde. Der Holzzaun, den es anstrahlte, war an dieser Stelle halb verfallen. Vermutlich führte er hinab bis zum tiefsten Punkt, wo sich die Straße gabelte.

Focke entsperre sein Smartphone und checkte den Nachrichteneingang. Sein abgesagtes Date hatte sich gemeldet. *Kein Problem, echt. Morgen ein neuer Versuch? Gleiche Zeit, gleicher Ort?*

Grinsend schrieb er zurück: *Ja klar, auf jeden Fall! Bis morgen!! Schon mal süße Träume!* ☺ Der Internetempfang war lausig und reichte gerade so, um den Text versenden zu können.

Focke presste seinen Kopf gegen die Stütze und starrte hinaus ins Nichts.

Wenn es bei dem Hüttenbesuch nicht um diese Sylvia ging, worum dann? Fakt war, dass er über die aktuelle Lebenssituation seines Vaters so gut wie nichts wusste. Und noch hatten sie keine Gelegenheit gefunden, das nachzuholen. Focke stellte das Autoradio an, *Light my fire* lief, ein uralter Rocksong, bei dem Nicki regelmäßig ausflippte und das wahrscheinlich schon seit der Veröffentlichung.

Dass sein Vater im selben Beruf arbeitete wie früher, war wenig überraschend. Er hatte seine Zeit halt immer schon lieber mit den anderen Kindern verbracht als mit ihm, dachte Focke und spürte ein Drücken im Bauch, ebenfalls genau wie früher. Ursache für die angesprochenen Schwierigkeiten im Job konnte sein, dass eines der Kinder Ärger machte. Möglich, allerdings eher unwahrscheinlich, denn für solche Fälle gab es hochbezahlte Experten. Wie sollte da ausgerechnet er eine Hilfe sein?

Das Lied im Radio wechselte zu einer unbekannten, aber coolen Popnummer, und Focke stellte lauter. Da sein Smartphone keine weiteren Nachrichten anzeigte, öffnete er die Autotür so weit, bis das Licht ansprang und es hell genug war für ein Selfie. Er machte gleich mehrere und wollte das beste an sein morgiges Date verschicken, doch der Empfang hatte ihn nun komplett verlassen. Na super, er hatte es ja befürchtet! Verfallene Häuser und Fäkalien! Wenn er eines hasste, dann kein Internet zu haben. Er drückte die Tür ganz auf und stieg aus, lief über die matschige Wiese zur Straße und weiter den Berg hinauf, Richtung Dorf. Weiter, und weiter ...

Mit dem Gefühl, dass er die Bilder genauso gut hätte persönlich vorbeibringen können, ließ er sich zurück in seinen Sitz fallen. Und erschrak, weil das Scheinwerferlicht flackerte. Als wäre jemand durch den Lichtkegel gelaufen. Sofort zog Focke die Tür zu. Und rollte mit den Augen, weil er neuerdings offenbar Angst vor Füchsen hatte. Er stellte das Radio ab und kontrollierte die Uhrzeit. Kurz nach Sieben. Um einen Generator auszuschalten, sollten zwei Liedlängen und der Versand von ein paar harmlosen Bildchen eigentlich ausreichen, groben Dreck hin oder her. Ob er nachschauen gehen sollte? Unter normalen Umständen hätte er nicht erst abgewogen, sondern wäre einfach losgelaufen. Aber sein Vater hatte Wert darauf gelegt, dass er hier wartete. Aus irgendeinem, ihm unbekannten Grund hatte Focke nicht mitkommen dürfen, sondern sollte außer Sichtweite bleiben. Und aus eigener Erfahrung wusste er, dass sein Vater furchtbar böse werden konnte, wenn man nicht tat, was er einem sagte.

Andererseits waren die Zeiten für Vorschriften lange vorbei. Focke nahm sein Smartphone, suchte die Nummer – und fand es albern. Sie befanden sich nur wenige Schritte voneinander entfernt, da konnte er genauso gut hingehen. Er stieg aus und wunderte sich sogleich über den Geruch, der ihm eben nicht aufgefallen war: Rauch.

Bauern, die etwas entsorgten, war sein erster Gedanke. Oder Jugendliche, die um ein Lagerfeuer herum hockten und Bier tranken. Focke lief die Straße hinab und brauchte im Dunkeln nicht lange nach der Stelle zu suchen. Links hinter der Böschung musste es sein. Er ging weiter und filmte dabei das helle Strahlen mit seinem Smartphone, bis schließlich das Feuer selber auf dem Bildschirm zu sehen war. Wow, dachte er, ganz angetan von der Schönheit der Flammen. Genau das Richtige für seinen Blog.

Focke war so fasziniert, dass ihm erst auf den letzten Metern bewusst wurde, was er da eigentlich filmte. Die Erkenntnis traf ihn so heftig, dass es weh tat. Er rannte los, tausend Flüche ausstoßend, so schwer von Begriff gewesen zu sein. Er lief und lief und wäre doch am liebsten auf der Stelle stehengeblieben, denn ihm war klar, je schneller er das Ziel erreichte, desto eher die Gewissheit, was los war.

Die Hütte brannte lichterloh. Das Feuer spiegelte sich auf der Oberfläche des Teichs wider, dabei brauchte es sich gar nicht größer machen, um bedrohlich zu wirken. Je näher er kam, desto lauter wurde das Knistern der Flammen, die sich durch das trockene Holz fraßen. Focke schlug das Gatter auf, das er als Kind weiß Gott wie oft durchquert hatte, rannte über einen Pfad aus losen Steinplatten. Spürte die Wärme in seinem Gesicht, aber noch gelang es ihm nicht, seinen Vater ausfindig zu machen. Vielleicht hielt er sich irgendwo auf der Wiese auf. Vielleicht lag er dort, womöglich ohne Bewusstsein, dafür in Sicherheit. An etwas anderes wollte Focke nicht denken. Er lief weiter, um zu prüfen, ob die Tür der Hütte geschlossen war oder offen stand. Es war nur schlecht zu erkennen, da diese Seite im Dunkeln lag. Was bedeutete, dass sie bislang relativ verschont geblieben war. Und eine gute Chance bestand, dass sein Vater entkommen war.

„Tjark?", rief Focke so laut es nur ging. Die Hitze wurde stärker, viel mehr würde er nicht aushalten. „Tjark? Bist du da drinnen?" Der Rauch biss in seinen Augen. Er hustete. Zu allem Übel sah die Tür verschlossen aus. Wenn er das Feuer nur löschen könnte! Wasser war durchaus vorhanden, aber wie im Himmel sollte er das ohne Schlauch hinbekommen, etwa mit bloßen Händen? Er fing an, nach einem Gefäß zu suchen und fand lediglich einen löchrigen Eimer. Scheiß egal, dachte Focke, als es plötzlich derart hell wurde, fast so, als hätte jemand einen Suchstrahler angeschaltet. Hatte aber niemand, stattdessen leuchtete die Hütte auf, anscheinend hatte sich das Feuer von Innen hindurchgefressen und begann nun, die unversehrten Teile zu verschlingen.

„Tjaaaaark", schrie er, seine Stimme überschlug sich, und dann: „Papaaaa!"

Wie lange hatte Focke darauf gewartet, dieses Wort wieder laut aussprechen zu können. Seit er damals als Elfjähriger zu seiner Mutter ins Auto gestiegen war, sich zum Fenster gedreht und vergeblich darauf gewartet hatte, dass sein Vater zurückwinkte. Die Szene, an die er selbst auf dem Sterbebett in allen trostlosen Details zurückdenken würde. Und das sollte es gewesen sein? Focke hustete, der Hustenreiz wollte gar nicht mehr aufhören. Selbst das

Luftholen brannte. Er drehte sich weg und lief in die entgegengesetzte Richtung, nach Sauerstoff japsend. Es müsste ihm doch irgendwie gelingen, in die Hütte zu kommen. Sich zu vergewissern, ob sein Vater drin war oder nicht. Oder doch erst die Feuerwehr anrufen? Aber bis die kamen, wäre es definitiv zu spät.

Vorsorglich nahm Focke ein paar Atemzüge mehr und stürzte los. Die Hitze schlug erbarmungslos zu und war zwei Schritte später schier unerträglich, dabei hatte er nicht annähernd die Tür erreicht. Seine Augen schmerzten höllisch, aus Reflex kniff er sie zusammen und sah nichts mehr, doch selbst geöffnet ließ sich kaum etwas erkennen. Und mit jeder weiteren Bewegung wurde der Raum um ihn herum dunkler, noch dunkler.

Schwarz.

4. Kapitel

Focke dröhnte der Kopf. Hinter ihm lag ein schrecklicher Albtraum, der sich in wenigen Augenblicken hoffentlich in Luft aufgelöst hatte. Er war zusammen mit seinem Vater unterwegs gewesen, irgendein Ausflug. Sie hatten geredet, belangloses Zeug, doch plötzlich war er allein, an diesem seltsamen Ort, eine Art Käfig, aus dem es keinen Ausweg gab. Und überall Dunkelheit. Wo um alles in der Welt steckte sein Vater? Focke rief und rief nach ihm, *Papa, Papa*, doch keine Antwort. Zum Glück konnte er sich befreien und musste als Nächstes mit einem wilden Tier kämpfen, das wie aus dem Nichts aufgetaucht und ihn gepackt hatte. Focke gelang es, das Tier in die Flucht zu schlagen, und kroch auf allen Vieren zurück nach Manrode, wo sein Vater hinter dem Terrassenfenster seines Bungalows stand und ihm fröhlich zuwinkte. Doch dann ging von einer Sekunde auf die andere das Haus in Flammen auf und brannte lichterloh. Überall liefen Leute herum. Ein Feuerwehrmann schrie, er solle beiseite gehen ...

Focke schlug die Bettdecke zurück und fühlte den Schweiß überall an seinem Körper. Der Blick durch seine halb geöffneten Augen fiel auf einen Kleiderschrank und wanderte weiter zu einer Wand, einer Tür, einem Nachttisch mit einer kleinen Lampe darauf. Das alles war so völlig anders als sonst. Ein Krankenhauszimmer schloss er aus, dazu war die Einrichtung zu persönlich. Neben der Lampe stand ein Radiowecker, der die Uhrzeit zeigte, gleich neun Uhr morgens. Und daneben ein Bilderrahmen mit dem Foto einer Person, die ihm ziemlich bekannt vorkam: ein etwa neunjähriger Junge mit hellblondem Haar auf einem Pony sitzend und stolz wie Oskar. Nur Minuten nach dieser Aufnahme war das Pony losgerannt und der Junge heruntergefallen. Focke fuhr sich über den Unterarm und konnte den Schmerz von damals fühlen. So realistisch. Oder warum sonst tat ihm alles weh? Ihm schwante es. Er lag im Schlafzimmer seines Vaters. Und wenn er im Schlafzimmer seines Vaters lag, dann war sein Traum vermutlich gar kein Traum gewesen.

Er setzte sich auf die Bettkante und stellte fest, dass er bis auf Jacke und Schuhe vollständig bekleidet war. Nur, wie er hierhergekommen war, wollte ihm nicht einfallen. So sehr er sich anstrengte, er kam nicht drauf. Einen derartigen Filmriss kannte er sonst nur von einer durchzechten Partynacht in der *Hechelei* in Bielefeld. Und gestern hatte er definitiv keinen einzigen Schluck getrunken.

Da, das unter dem Hocker sah nach seinen weißen Turnschuhen aus, das auf der Sitzfläche nach seiner neuen Cordjacke, den coolen Schriftzug auf dem Rücken würde er selbst im Dunkeln erkennen. Focke ging hin, ein bisschen wie auf rohen Eiern, und begann, sämtliche Taschen zu durchwühlen. Als Erstes entdeckte er den Schlüsselbund seines Vaters, mit dem er ins Haus gekommen sein musste, und dann, zwar nicht am üblichen Platz, aber egal, sein Smartphone. *Halleluja!* Er gab den Entsperrcode ein, vertippte sich die ersten beiden Male, wählte dann eine Handynummer und horchte, was passierte. Ob sein Vater dranging oder nicht. Ob das alles nur ein riesengroßes Missverständnis war. Noch nie hatte er so ungeduldig auf das Zustandekommen einer Funkverbindung gewartet. Um gleich nach den ersten Worten laut zu schnaufen und entnervt wieder aufzulegen. *Der gewünschte Gesprächspartner ist vorrübergehend* und so weiter. Was zum Teufel war gestern Abend geschehen?

Ein Poltern im Nebenzimmer ließ ihn zusammenfahren. „Oh Mann, Tjark“, seufzte er und spürte, wie ihm ein Stein vom Herzen fiel, was mindestens doppelt so laut gewesen wäre. Vor der Schlafzimmertür blieb er stehen, weil ihm komisch vorkam, dass eben keine Verbindung zustande gekommen war. Gut, sein Vater konnte das Handy einfach ausgeschaltet haben. Oder er war gar nicht derjenige, der das Geräusch verursacht hatte.

Erleichtert, nicht gleich drauflosgestürzt zu sein, und gleichzeitig hellwach, öffnete er die Tür einen Spalt, dann ganz. Ein kleiner Flur kam zum Vorschein. Links lag vermutlich das Badezimmer, rechts war hinter einem breiten Durchgang ein Stück Bücherregal zu erkennen. Das Wohnzimmer. In dem sich zweifellos jemand aufhielt, jemand, der keinerlei Anstalten machte, leise zu sein. Im Gegensatz zu Focke, der auf Zehenspitzen vorwärts schlich, immer an der Wand entlang. Eigentlich spielte er nicht gern den Helden. Nach dem gestrigen Abend, was auch immer an der Hütte vorgefallen war, hatte er allerdings das Gefühl, dass es schlimmer nicht mehr werden konnte.

Am Durchgang blieb er stehen und wagte es kaum, Luft zu holen. Vorsichtig streckte er den Kopf ins Wohnzimmer und entdeckte am anderen Ende des Bücherregals eine Frau, die ihm den Rücken zudrehte. Wie selbstverständlich räumte sie in den Fächern herum, begutachtete einen futuristischen Chrom-Kerzenständer, verschiedene Kristallvasen, warf Bücher auf den Fußboden oder stellte sie wieder zurück. Die Putzfrau, schoss es ihm durch den Kopf, doch dazu war sie zu gut gekleidet. Und die würde wohl kaum die Dinge, die auf dem Boden gelandet waren, aufheben und in ihre Tasche stecken, eine lederne Handtasche mit goldener Schnalle in Form eines Schwans.

Focke fand, dass es ein kalkulierbares Risiko war, sich bemerkbar zu machen, doch die Frau lief ins Zimmer nebenan. Er hinterher. Dort, in einer Art modernem Esszimmer mit Büroecke, untersuchte sie den Schreibtisch, riss alle Fächer auf, nickte zufrieden und steckte eine kleine Schachtel ein.

Als sie ihr Gesicht in seine Richtung wandte, machte er einen Satz zurück. Ein alberner Reflex, entschied er und trat vor. „Hallo? Was machen Sie da?“, rief er.

Die Frau zuckte zusammen, als hätte sie einen Geist gesehen, und legte, als sie wohl festgestellt hatte, dass es keiner war, sofort eine Hand auf ihre Brust.

„Wer sind Sie überhaupt?“, legte Focke nach.

„Und wer sind Sie?“, kam die Gegenfrage. Ein osteuropäischer Akzent war zu hören.

Die beiden taxierten sich einen Moment lang. Dass sie die Putzfrau sein sollte, schloss Focke inzwischen komplett aus. Sie war in etwa so alt wie sein Vater und trug eine wuchtige Goldkette um den Hals. Das blonde Haar wurde am Ansatz wieder dunkel und war hochgesteckt, das Gesicht geschminkt, vor allem die Augen, die sie zusammenkniff, als wäre ihr etwas eingefallen. „Warte. Du musst Tjarks Sohn sein", sagte sie und steckte ihm eine Hand mit etlichen Armreifen entgegen.

Focke ergriff sie zögerlich und nannte seinen Namen. „Und Sie sind ...?"

„Freut mich. Ich bin Jana. Die Ex von deinem Vater. Wo steckt er überhaupt? Schläft noch, wie?"

Er spürte, wie sein Hals trocken wurde. „Nein."

„Nicht? Ist egal. Ich will mir nur ein paar Sachen holen, die mir gehören."

„Wie sind Sie hier reingekommen?"

„Ich habe die Terrassentür aufgebrochen."

Focke starrte sie mit offenem Mund an.

„Das war ein Scherz", erklärte Jana kopfschüttelnd. „Ich habe einen Schlüssel, ok? Tjark hat mir gesagt, ich soll vorbeikommen und die Sachen holen, die im Laufe der Zeit hier gelandet sind. Hast du Geld?"

„Warum?"

Sie stellte sich ganz nah vor ihn, auf ihren hochhackigen Schuhen, und nahm sein Kinn in ihre Hand. „Du bist wie alt? Zweiundzwanzig?"

„Noch dreiundzwanzig", nuschelte er.

„So jung." Jana stieß einen Lacher aus und ließ ihn los. „Weil Tjark mir noch was schuldet, weswegen denn sonst? Nun schau mich nicht so an. Du solltest duschen gehen. Nur für den Fall, dass du es nicht gemerkt hast: Du stinkst." Sie wandte sich ab und setzte die Untersuchung des Schreibtisches fort.

Focke schnüffelte an seinem Shirt. Sie hatte recht, es stank erbärmlich, genau wie der Rest an ihm. Dennoch zog er einen Stuhl vom Esstisch zurück und setzte sich hin. „Mein Vater schläft nicht mehr. Ich weiß nicht, wo er ist."

„Was sagst du?"

„Gestern Abend hat es einen Unfall gegeben. In der alten Hütte. Ein Feuer."

Die Frau stoppte in ihrer Bewegung und sah ihn entsetzt an. „Ein Feuer? Ist er verletzt?"

„Ich weiß es doch nicht", rief Focke laut und spürte, wie ihm heiß wurde, als breitete sich das Feuer erneut aus. „Die ganze Hütte hat plötzlich in Flammen gestanden. Der Stromgenerator, keine Ahnung, vielleicht ein Kurzschluss oder so. Ich wollte rein, aber es ging nicht."

„Was heißt das, du weißt es nicht?" wiederholte Jana, als hätte er das Letztere gar nicht gesagt. „War dein Vater in der Hütte oder nicht?"

„Es hieß, dass jemand drin gewesen wäre."

„Und wer?"

„Konnten sie nicht sagen."

„Wer nicht sagen?"

„Die Feuerwehr." Plötzlich fiel ihm alles wieder ein, ein wenig trübe zwar, dafür in einer Version, die sich deutlich von der kurz nach dem Aufwachen unterschied. Dass ihm bei dem Versuch, in die Hütte zu gelangen, schummrig geworden war. Dass sich wie aus dem Nichts ein riesen Tumult gebildet hatte, mit Blaulicht und Krankenwagen und er mittendrin, in eine Decke gehüllt und mit Sauerstoffmaske im Gesicht. Das Gespräch mit einem Polizeibeamten in Uniform. Ein Feuerwehrmann, der dazwischengerufen hatte, es befände sich jemand in der Hütte. Und schließlich sogar, wie er im Polizeiwagen hierher zurückgebracht worden war. Klar, dass er das am Morgen lieber verdrängt hatte.

Jana setzte sich neben ihn, kreidebleich geworden, und holte eine Schachtel Zigaretten aus ihrer Handtasche. „Du musst du Polizei anrufen", sagte sie und zündete sich wie selbstverständlich eine an. „Du musst fragen, ob sie schon was herausgefunden haben."

„Die haben gesagt, sie melden sich, sobald sie was wissen."

„Machst du immer alles, was man dir sagt?" Jana sprang auf und holte das Telefon aus dem Wohnzimmer. Sie schien sich gut auszukennen. „Hallo?", rief sie, nachdem sie getippt und gewartet hatte. „Hier spricht Jana Pecková. Ich bin eine Angehörige von Tjark Löhr. Es hat gestern Abend ein Feuer in seiner Hütte in Manrode gegeben. Ich hätte gerne Informationen dazu. Ja, ich warte."

Focke bezweifelte, dass das zum Erfolg führte. Die Polizei war bei Nachfragen in der Regel äußerst zugeknöpft, besonders bei Fremden und am Telefon, wie er aus eigener Erfahrung wusste. Aber wenn es sie beruhigte, sollte sie, er konnte es nachvollziehen. Er selber wusste so gar nicht, wie er sich fühlen sollte. Schockiert? Traurig? Es war doch alles total unwirklich!

„Ja, ich höre." Jana zog an ihrer Zigarette und deutete mit der Spitze auf den Esszimmerschrank hinter sich.

Focke sprang auf und fand in einem der Fächer einen Aschenbecher, den er ihr reichte. Am anderen Ende der Leitung sprach eine Männerstimme, doch leider zu leise, um etwas zu verstehen.

Auch Jana war keine Hilfe. „Aha", machte sie nur. Und „Ja, verstehe."

„Was sagen sie?", wollte Focke wissen.

Sie zuckte mit den Schultern und schüttelte zeitgleich den Kopf. „Ja, ist gut. Danke."

„Und?"

Jana legte auf und nahm einen tiefen Zug von ihrer Zigarette. „Sie können mir noch nichts sagen. Wir sollen warten. Typisch deutsche Beamte!"

Focke wollte ihr erklären, dass das so üblich war, doch sie redete schon weiter: „Also ich brauche jetzt einen Sliwowitz. Was ist mit dir, willst du auch einen?"

Er nickte unschlüssig.

„Stell dich nicht an, das ist Medizin. Ich hole uns einen. Und danach gehst du duschen, klar?"

5. Kapitel

Heißes Wasser aus Massagedüsen und reichlich Duschgel taten gut und spülten sogar das Brummen seines Schädels fort. Vielleicht hatten auch die zwei Gläser Sliwowitz mit Jana alles schön in Watte gepackt, dachte Focke beim trocken rubbeln. Er kämmte und föhnte sich, fand aber kein Haarspray, um die Frisur zu fixieren, was unter normalen Umständen einer mittleren Katastrophe gleichgekommen wäre. Doch an diesem Tag ließ ihn der Blick in den Spiegel nahezu unberührt. Dann sollte man den Wirbel halt sehen! Dass zuvor bereits die Rasur ausgefallen war, würde dagegen niemand bemerken bei seinem spärlichen Bartwuchs. Sogar eine frische Zahnbürste hatte er gefunden, im Fach unter dem linken Waschbecken.

Das eigentliche Drama war das Anziehen. Die Klamotten seines Vaters rochen zwar annehmbar, waren ihm dafür mindestens drei bis vier Nummern zu groß. Focke war kurz davor, zurück nach Gütersloh zu fahren, um sich seine eigenen zu holen, da entdeckte er in einem der Schlafzimmerschränke eine Kiste mit Pullovern und Hosen, die zwar deutlich aus der Mode gekommen waren, dafür passten sie einigermaßen.

Er schaute im Esszimmer vorbei, um sich Jana zu präsentieren, doch sie war bereits gegangen. Es kam ihm nicht ungelegen. Beim ersten Sliwowitz hatte die Ex seines Vaters noch die Fassung bewahrt. Beim zweiten Glas war die Stimmung jedoch umgeschlagen und sie hatte geschluchzt, dass Tjark bestimmt tot wäre, sie hätte es deutlich im Gefühl. Das dritte Glas hatte Focke auch deswegen abgelehnt. Er wollte nicht automatisch vom Schlimmsten ausgehen, was den vorherigen Abend betraf, und ertrug es nur schwer, wenn das jemanden in seiner Nähe tat. Genauso wenig wollte er darüber spekulieren, erst recht nicht mit wildfremden Personen.

„Ich habe die Terrassentür aufgebrochen", murmelte Focke, ging hin und erschrak, da das Schiebefenster, vor dem keine Palme stand, tatsächlich nur zugeschoben war, nicht verriegelt. Jana hätte wirklich auf diesem Wege ins Haus gelangt sein und nur geschickt geblufft haben können. Er schob das Fenster zur Seite und breitete seine muffigen Sachen auf der Terrassenliege aus. Anschließend schloss er das Fenster und versuchte, es ordnungsgemäß zu verriegeln. Ohne Erfolg. Der Mechanismus war offenbar kaputt, deswegen wohl auch der lange Holzbalken. An die richtige Stelle gelegt, sollte er verhindern, dass man das Fenster von außen aufschieben konnte. Eine hundertprozentige Sicherheit war das nicht, vermutete Focke und legte den Balken an seinen ihm zugedachten Platz.

Dann suchte er sich eine halbwegs gescheite Jacke von der Garderobe und verließ das Haus. Ohne links und rechts zu schauen, lief er zu seinem Golf, trotz des fortgeschrittenen Kilometerstands die bislang größte Investition seines Lebens, und stieg ein. Beim Blick auf die Uhr fiel ihm schlagartig ein, was er vergessen hatte. Er schrieb Nicki eine Nachricht, dass er heute unmöglich zu Arbeit kommen konnte und bat darum, das an den Chef weiterzugeben.

Die Antwort kam prompt. *Ja, mache ich. Sag, war es so anstrengend gestern?* ☺

Focke verdrehte die Augen und schrieb zurück: *Wenn du es genau wissen willst: Habe meinen Vater in Manrode besucht. Wie es aussieht, ist er verschwunden. Ich warte auf Infos der Polizei. Und nein, der Artikel ist noch nicht fertig, danke!!!*

Er schnaufte. Drei Sekunden später fing sein Smartphone an zu klingeln. *Nicki* stand im Display. War klar, dachte Focke und drückte den Anruf auf lautlos. Erst blöde Sprüche reißen und dann Entschuldigungen nachschieben. Darauf konnte er gerne verzichten.

Ob sein Vater wirklich nur *verschwunden* war, wie er es formuliert hatte? Aber was sollte es sonst sein? Hoffentlich meldete sich die Polizei bald, sonst würde er womöglich dasselbe wie Jana machen und einfach wild drauflos telefonieren. Einer Eingebung folgend, wählte er die Mobilnummer seines Vaters und zuckte vor Schreck zusammen. Nicht wegen des Spruchs, der war derselbe wie vorhin, nein, es lag an der alten Frau. Bereits gestern Nachmittag bei seiner Ankunft war sie ihm aufgefallen, hinter dem Zaun des Nachbargrundstücks, eine grantig wirkende Frau im Arbeitskittel, wie aus der Zeit gefallen. Jetzt stand sie direkt vor seinem Auto, steckte sich etwas in den Mund und glotzte ihn dabei durch die Scheibe an. Eben war die Straße doch noch menschenleer gewesen. Focke warf sein Smartphone auf den Beifahrersitz und deutete ein Kopfnicken an, woraufhin sie zurückgrüßte. Besser er legte den Gang ein und fuhr sofort los.

Die Sonne blitzte durch die Bäume, als er Manrode verließ und beschleunigte. Das Laub hatte längst angefangen, sich zu verfärben. Ein goldener Oktobertag, der so gar nicht zu dem passen wollte, was passiert war. Hinter der Kurve öffnete sich das Land und schlug sanfte Wellen bis zum Horizont. Der Desenberg erhob sich stolz in der Warburger Börde, im Norden die winzige weiße Kugel der Radarstation in Auenhausen. Die zahlreichen Windräder standen nahezu still. Und rechts führte eine schmale Straße ins Tal hinab. Focke wünschte, er hätte keine Ahnung, wohin man kam, wenn man ihr folgte. Er wollte die Hütte, oder das, was von ihr übrig geblieben war, nicht sehen. Irgendwann mal, ja, aber nicht jetzt.

Sein Ziel war eh ein anderes. Er fuhr die K30 weiter geradeaus bis zur Kreuzung, bog rechts ab auf die Landstraße Richtung Haarbrück und folgte ihrem Verlauf knapp einen Kilometer, bis links ein winziges Schild auftauchte, mit den Worten, die ihn interessierten. Von dort führte ein schlecht zu fahrender Feldweg tiefer in die Landschaft hinein und von der Zivilisation weg. Die Bäume links und rechts der Fahrbahn, Buchen, Eichen und ein paar Tannen, wuchsen dichter und dichter, bis man es Wald nannte. Unglaublich, dass regelmäßig Autos und sogar Busse darauf verkehrten, auch der Postbote oder die Müllabfuhr. Schuld war zum einen die Klus, eine alte Wallfahrtskapelle, vor allem aber das Kinderhaus, das wie die Klus den Namen des Dorfes trug, das sich einst dort befunden hatte, bis es 1447 zerstört wurde: Eddessen.

Focke hatte Klus und Kinderhaus zuletzt vor einer halben Ewigkeit besucht. Mindestens seit seinem Wegzug aus Manrode, doch auch davor war es eher selten gewesen. Dass das Wiedersehen sich merkwürdig anfühlte, lag daher nur zum Teil an der Atmosphäre des Ortes selber; die kleine, niedliche Kapelle wie aus dem Bilderbuch, unter wuchtigen Baumkronen, umringt von den vierzehn Stationen des Kreuzwegs, und gegenüber das klobige Kinderhaus, in den späten 1920ern als Heim für sogenannte verwahrloste Kinder erbaut und in den 50ern erweitert, als auch das markante Marienabbild auf der Vorderseite angebracht worden war. Warum man damals überhaupt eine solche Einöde für eine Erziehungseinrichtung gewählt hatte, fragte Focke sich beim Einparken auf einmal. Erinnerungen an zurückliegende Besuche wollten hoch und erstarben abrupt, als er beim Öffnen der Autotür fast ein junges Mädchen rammte, das mit der pinkfarbenen Wollmütze auf dem Kopf eigentlich nicht zu übersehen war. Es hockte zwischen Bäumen im Gras und weinte.

„Alles ok?“, fragte Focke, der wieder in Gedanken gewesen war und deshalb nicht alles mitgekommen hatte.

„Nein. Nichts ist ok“, lautete die trotzige Antwort.

„Hast du dir wehgetan?“

Das Mädchen schüttelte den Kopf. Es war vielleicht acht oder neun Jahre alt, hatte einen zarten Körperbau und trug die Mütze tief ins Gesicht gezogen. Lange blonde Haare schauten darunter hervor.

„Na dann ist es ja gut“, sagte Focke erleichtert. „Wie heißt du denn?“

„Lily.“

„Schicke Mütze, Lily.“

Das Mädchen fasste sich an den Kopf. „Ja. Sie gehört meiner Freundin Eileen. Sie hat sie mir geliehen."

„Aber das ist doch nett von ihr."

„Nein." Lilys Schluchzen wurde lauter. „Eileen ist weg. Und sie braucht die Mütze doch."

Focke kümmerten die Belange von Kindern normalerweise wenig, besonders, wenn sie quengelten oder weinten. Doch sein Unterbewusstsein wollte die Ankunft in Haus Eddessen offenbar hinauszögern, deshalb erkundigte er sich, wo Eileen denn wäre.

„Die hat jetzt eine Pflegefamilie."

„Aber das ist doch schön. Ich bin mir sicher, dass Eileen die Mütze in dem Fall gar nicht vermisst."

„Doch. Sie vermisst sie ganz doll. Die Mütze ist doch noch von ihrer Mutter." Lily stand auf und lief davon.

Focke blickte ihr hinterher. Er wusste, dass die Kinder, die in Eddessen lebten, in der Regel schwierigen Verhältnissen entstammten, was auch immer das genau bedeutete. Dabei handelte es sich längst um kein klassisches Heim mehr, wie sein Vater damals nicht müde geworden war zu erzählen, sondern um eine moderne Erziehungshilfeeinrichtung. In drei Wohngruppen wurde bis zu einundzwanzig Kindern und Jugendlichen, die aus unterschiedlichsten Gründen nicht in ihrer Ursprungs- oder Pflegefamilie lebten, ein familienähnlicher Alltag in einem klar strukturierten pädagogischen Umfeld ermöglicht. Details kannte er keine. Dafür war er damals viel zu jung gewesen und hatte sich zu wenig interessiert, außerdem hatte es sein Vater nicht gemocht, wenn er ihn besuchen kam. Das altbekannte Gefühl, dass ihm die anderen Kinder vorgezogen wurden, kroch in ihm hoch, als Focke beobachtete, wie das Mädchen hinter einer Reihe von Büschen verschwand, doch zum ersten Mal mit einem Beigeschmack. Diese Kinder hatten es bestimmt viel nötiger als er, geliebt zu werden.

Im Innern des Gebäudes kam der Geruch dazu, diese prägnante Mischung aus Holz, Schweiß und PVC, sodass es sich anfühlte, als hätte jemand die Zeit zurückgedreht. Und das, obwohl man offensichtlich keine Kosten und Mühen gescheut hatte, trotz Altlasten wie hoher Decken, kleiner Fenster und knapp geschnittener Räume ein helles und freundliches Ambiente zu schaffen. Dazu weiße Wandfarbe mit grünen Akzenten, bunt gerahmte Comicposter und eine Girlande aus Stofffähnchen, die von der Eingangstür zum Durchgang ins Innere führte und wieder zurück. Mehrere Kisten Sprudel und Mineralwasser, die darauf warteten, weggeräumt zu werden, zeigten Focke, dass hier tatsächlich gelebt wurde. Wie damals, an diesem verregneten Nachmittag, als er das letzte Mal bei Johannes gewesen war. Um sich zu verabschieden. Ein Junge hatte vor dessen Bürotür gewartet, der ungefähr in seinem Alter und ganz alleine gewesen war, das Gesicht geschwollen, die Augen gerötet, in der Hand ein Spielzeugauto mit so vielen Schrammen, dass es sich in Fockes Gedächtnis gebrannt hatte.

Eine Frau in Latzhose kam ihm entgegen und erkundigte sich nach seinem Anliegen. Focke musste sich kurz sammeln und fragte, ob Herr Leßmann da wäre. „Ja, ist er", antwortete sie lächelnd und erklärte ihm den Weg, was sich als unnötig herausstellte, denn es war nach wie vor dasselbe Zimmer. Selbst die Sitzgelegenheit gab es noch an der Wand davor, allerdings war der Stuhl sicher neu, so modern, wie er vor der altehrwürdigen Holzwand wirkte. Focke klopfte an die Tür, sein Magen kribbelte.

„Komm rein", erklang eine Stimme, so tief und warm wie damals.

Auch der Rest war unverändert oder kaum, dachte Focke, als er mit unbeabsichtigtem Grinsen eintrat und schlicht „Hallo" sagte. Blonde Locken, offener Blick, groß und mit kräftiger Figur, die durch Jeans und Norwegerpulli betont wurde. Kein Wunder, dass er als Junge von Johannes fasziniert gewesen war. Und wahrscheinlich ein bisschen mehr.

„Ja hallo“, sagte auch der Mann am Schreibtisch, der seinen Besucher anblickte, bis das Fragezeichen in seinen Augen größer wurde. Er legte den Kugelschreiber aus der Hand und fragte ruhig: „Sag mal, kennen wir uns nicht?“

„Also ich ja. Ich bin's, Focke. Focke Löhr.“

„Was?“ Johannes lächelte nun ebenfalls. „Nein, echt jetzt?“ Er erhob sich von seinem Stuhl, um Focke die Hand zu geben, und legte ihm die andere sogar auf die Schulter. Seine Hände waren wirklich riesig. „Focke. Das muss ja echt ewig her sein, ne?“

„Dreizehn Jahre genau. Seit meine Mutter mit mir weggezogen ist.“

„Dreizehn Jahre, ach du meine Güte.“ Johannes betrachtete ihn und nickte anerkennend. „Du hast dich ja total verändert. Aber wäre schlimm, wenn nicht, ne? Was treibt dich nach Manrode? Willst du deinen Vater besuchen?“

„Ähm ...“ Focke wusste nicht, worauf er zuerst reagieren sollte.

Johannes kam ihm zuvor. „Er ist nicht hier, hat sich ein paar Tage frei genommen. Aber das weißt du ja sicher.“

Focke schluckte. „Nein, das habe ich nicht gewusst.“ Einen Moment lang hatte er Lust gehabt, mit Johannes über ganz normale, harmlose Dinge zu sprechen. Von früher. Einfach zu erfahren, wie es ihm ging und was er so machte. Ob er noch das Segelboot besaß und wenn ja, was seine letzte Tour gewesen war. Das Ijsselmeer oder weiter weg. Jetzt aber fragte Focke sich, ob sein Vater ihm den Urlaub bewusst verschwiegen hatte.

Johannes schien zu spüren, dass etwas ihn beschäftigte. „Ey, was ist los?“, fragte er. „Ist was passiert?“

„Ich weiß nicht. Er ist weg.“

„Weg? Was meinst du damit?“

Focke stammelte los und gab all das wieder, was er Jana bereits erzählt hatte. Der vergessene Stromgenerator in der Hütte, das Feuer, die Feuerwehr, der Fund eines menschlichen Körpers, Polizei, aber niemand hatte ihm bislang Genaueres sagen können. Er verstummte und musste an seinen Entschluss denken, möglichst nicht zu spekulieren. Wie sollte man das können, bei den Informationen?

Johannes war die Bestürzung ins Gesicht geschrieben. „Und du weißt nicht, ob tatsächlich er derjenige ist, der ...? Oh Mann. Das ist heftig, echt." Er griff sich mit seinen großen Händen ins Gesicht. „Aber das muss nichts heißen. Vielleicht ist er, keine Ahnung, in ein Krankenhaus gebracht worden oder so."

„Das hätten dir mir doch gesagt, oder nicht?"

„Klar, normal schon. Nur manchmal sind die Sanitäter einfach überlastet. Ich kann mir vorstellen, dass es einem auch mal durchgeht. Obwohl das natürlich echt krass wäre. Hat er denn Papiere bei sich gehabt?"

„Er hat alles dabei gehabt, auch sein Handy."

„Verstehe." Johannes ließ sich auf einen der Sessel nieder, die um eine Art Besprechungstisch gruppiert waren, und bot ihm mit einer flinken Handbewegung den daneben an. „Jetzt wird mir klar, warum wir ihn nicht erreichen konnten."

„Ich habe auch schon mehrmals probiert, ihn anzurufen. Ich weiß, dass das dumm ist, aber ... Was soll ich machen?"

„Furchtbar, diese Ungewissheit, ne? Und gleichzeitig kann man nur untätig herumsitzen und abwarten."

Focke wischte sich mit dem Handballen durch die Augen. Was war denn nun mit ihm los? Bei Jana eben hatte er sich unter Kontrolle gehabt. Und bei Johannes kamen die Tränen? Vielleicht, weil ihm die Möglichkeit, dass sein Vater tot war, mittlerweile viel realistischer erschien. „Die Polizei will sich melden, sobald sie was wissen", sagte er und versuchte, nicht zu klingen wie die kleine Lily.

„Verstehe. Oh Mann!"

Sie schwiegen eine Weile. Focke ließ den Blick umherschweifen und registrierte das Chaos auf dem Schreibtisch, aufgeschlagene Schnellhefter, Akten und Unterlagen. Er war ungelegen gekommen, das spürte er, auch wenn Johannes ihm das Gefühl keinesfalls vermittelte. „Sorry, ich weiß, du hast zu tun. Ich wollte auch nur kurz ein bekanntes Gesicht sehen."

„Kein Problem, echt. Ey, du kannst bleiben, so lange du willst." Johannes setzte das Lächeln auf, mit dem er schon etlichen Kindern Hoffnung geschenkt hatte.

Focke fühlte sich dennoch fehl am Platze. Was hatte er vom Arbeitskollegen seines Vaters denn erwartet? Dass er irgendetwas tat? Ihn in den Arm nahm und tröstete? „Das ist lieb, aber ... Ich muss gleich wieder los. Vielleicht darf ich mir mal kurz sein Büro ansehen? Ich war schon so lange nicht mehr dort."

„Klar, warum nicht. Komm mit."

Johannes begleitete ihn zum Zimmer nebenan und schloss die Tür auf. Bevor sie eintreten konnten, hörte Focke hinter sich hektische Schritte und eine dazu passende Stimme: „Herr Leßmann, auf ein Wort!" Er drehte sich um und sah einen älteren Mann mit Brille und Halbglatze auf sie zukommen, dem Sakko nach eher ein höherer Angestellter, allerdings keiner mit Geschmack.

„Ja, was gibt's, Herr Pape?", fragte Johannes.

„Hat Liborius Hanke sich vielleicht bei Ihnen gemeldet? Wir hatten eigentlich einen Termin."

„Nee, bei mir nicht."

„Was soll das denn jetzt? Können Sie da vielleicht nachhaken?"

„Ja sicher. Übrigens, das hier ist ...", begann Johannes, doch der Mann war bereits weitergelaufen. „Tjarks Sohn", rief er ihm in erhöhter Lautstärke nach, ohne Reaktion.

„Geh ruhig", kam Focke ihm zuvor. „Bevor du noch Ärger kriegst. Ich will mich eh nur ein bisschen hinsetzen. Ich fasse auch nichts an, versprochen."

Johannes zögerte einen Moment, dann lächelte er. „Na gut. Dann bis gleich, ne?"

Das Büro seines Vaters lag im Dunkeln, was Focke die Gelegenheit gab, sich zu erinnern, wie es aussah, doch es klappte nicht. Seine Besuche waren selten und kurz gewesen, und wenn er einmal dort war, hatte sein Vater im

Mittelpunkt gestanden. Als er das Licht einschaltete, kam es ihm trotzdem vor wie ein Déjà-Vu. Die Büromöbel, die beiden gestreiften Sessel, vollgestellte Wände, Holzjalousien, alles. So nah und doch so fern. „Nein, ich kann jetzt nicht mit zum Spielen kommen“, hörte er ihn vom Schreibtisch aus sagen, „ich muss arbeiten.“ – „Aber mit den anderen Kindern spielst du doch auch“, hatte Focke erwidert und abgewartet, ob sein Vater seine Meinung noch ändern würde, zehn Sekunden, eine Minute. Doch er hatte seine Meinung nicht geändert, er hatte ihn nicht einmal mehr beachtet.

Focke warf sich auf einen der Sessel, da ihm drohte, schwindelig zu werden. Es fühlte sich an, als würden die Wände näherkommen. Er vergrub sein Gesicht in den Händen und verschnaufte ein paar Atemzügen lang. Als es ihm besser ging, zog er sein Smartphone hervor, um Fotos zu schießen und seine Nachrichten auf Neuzugänge zu kontrollieren.

„Hallöchen“, sagte Johannes, der plötzlich im Türrahmen stand. „Tja, das eben war übrigens Konrad Pape, unser neuer Leiter. Wobei, neu ist gut, auch schon seit vier Jahren.“

„Oje!“, erwiderte Focke, denn er war ihm ein wenig zerstreut vorgekommen.

„Genau, oje!“ Johannes lächelte und wurde wieder ernst. „Du, hör zu! Sicher gibt es eine total logische Erklärung für das Verschwinden deines Vaters. Du musst Geduld haben. Ich weiß, das hilft dir nicht weiter, aber mehr kannst du jetzt nicht tun.“

Focke presste seine Lippen aufeinander und nickte.

„Wenn du möchtest, rufe ich in den Krankenhäusern an. Ich kenne da überall ein paar Leute.“

„Das ist nett, aber ich glaube nicht dran. Ich weiß auch nicht. Ich …“ Er hielt inne und überlegte, was um alles in der Welt ihn dazu bewogen hatte, sich das Büro seines Vaters anzutun. Hier bekam er jedenfalls Beklemmungen. Platzangst. Wie zum Beweis stieß er unbeabsichtigt mit dem Fuß gegen den Tisch, wich aus und fühlte gleich den nächsten Widerstand. Wie sich herausstellte, ein Rucksack. „Gehört der meinem Vater?"

„Ja, stimmt, das ist seiner. Er hat ihn wohl vergessen."

„Ich sollte ihn mitnehmen, oder? Ich meine, wenn er zurückkommt, braucht er ihn vielleicht."

Ihre Augen trafen sich. Ein Euro für deine Gedanken, dachte Focke und befürchtete schon, soeben den größten Mist von sich gegeben zu haben, als sein Smartphone anfing zu klingeln. In Blitzgeschwindigkeit drückte er es sich ans Ohr und rief: „Hier Focke Löhr. Ja, verstehe. Nein, aber ich kann in zehn Minuten da sein."

„Gibt's Neuigkeiten?", erkundigte Johannes sich im Anschluss.

„Sieht danach aus. Das war die Polizei. Sie wollen mich dringend sprechen."

6. Kapitel

Ohne vom Straßenverkehr viel mitzubekommen, fuhr Focke zurück nach Manrode. Die Gruppe Wanderer, die den unverhofft sonnigen Tag vermutlich zu einem Spaziergang an der Klus ausnutzten, übersah er völlig, dem aus Bühne kommenden Motorradfahrer nahm er beim Abbiegen dagegen nur um ein Haar die Vorfahrt. Dass sich auf der Wiese gegenüber des Sportplatzes mehrere Alpakas blicken ließen, als wäre es das Normalste von der Welt, fiel ihm immerhin im Rückspiegel auf. Vorm Bungalow seines Vaters parkte bereits ein Auto, allerdings kein Streifenwagen, wie er erwartet hatte, sondern ein Audi neueren Modells. Zwei Männer in normaler Straßenkleidung standen davor und unterhielten sich.

Als Focke zu ihnen stieß, war ihr Gespräch verstummt. Es dauerte für sein Empfinden eine Sekunde zu lang, bis einer von ihnen das Wort ergriff. Sie wussten nicht, wie sie ihm die schlechte Nachricht überbringen sollten, vermutete er und spürte einen Klos im Hals. Vom Nachbarhaus zog Essensgeruch herüber. Obwohl Focke nicht gefrühstückt hatte, war ihm der Appetit vergangen.

„Herr Löhr?“, fragte der ältere der beiden, ein blasser Mann um die Fünfzig mit unauffälligem Gesicht und wachsamen Augen. Die Farbe von Sakko und Stoffhose war dezent, die Rasur gründlich, der Haarschnitt wenig aufregend, wobei das Haupthaar am Hinterkopf, wie Focke beim Näherkommen gesehen hatte, sich zu lichten begann. Die Schuhe waren nur leicht schmutzig und wie der Rest solide. Ein Mann, der gelernt hatte, wie man nach außen wirken musste, um ein gewisses Maß an Seriosität und Kompetenz auszustrahlen, oder zumindest das, was er dafür hielt. Sein deutlich jüngerer Kollege war dagegen ein Jeanstyp und wirkte mit dem Körperbau und der drahtigen Frisur eher wie ein Leistungssportler und nicht wie ein Polizeibeamter. In seinen Augen lag ein Funkeln, das Focke nicht einschätzen konnte oder im Moment nicht wollte. Der aufgepumpte Bizeps im Kapuzenpullover machte ihm jedenfalls Angst, denn er war bestimmt dicker als sein eigener Oberschenkel. Beide hielten ihm ihre Ausweise hin.

„Nennen Sie mich Focke, bitte", sagte er und warf einen flüchtigen Blick darauf.

„Sehr gerne, Focke. Ich bin Hauptkommissar Martin Götte von der Kripo Höxter. Das ist mein Kollege Jens Butterweck."

„Kripo?", wiederholte er ungläubig.

„Wollen wir reingehen?"

Ihm wurde ganz anders. Als Nächstes sagen sie dir, du sollst dich setzen, ging ihm durch den Kopf, nachdem er mit dem Schlüssel seines Vaters aufgeschlossen und die beiden Polizisten ins Wohnzimmer geführt hatte, doch sie taten es nicht. Sie sagten gar nichts, standen einfach nur herum und sahen sich um wie bei einer Hausbesichtigung. Die Sonne schien durch die großen Fensterscheiben wie Strahler auf eine Theaterbühne.

„Herr Löhr", sagte Hauptkommissar Götte endlich und verbesserte sich, in dem er schnell ein „Focke" hinterherschob. „Ich will gar nicht lange um den heißen Brei herumreden. Wir sind hier, weil wir in der Hütte Ihres Vaters eine Leiche gefunden haben."

„Scheiße!"

„Nein, nein, nein! Wir konnten bislang weder das Alter noch das Geschlecht feststellen. Wir vermuten zwar, dass es sich um einen Mann handelt, aber der Zustand ist, wie Sie sich bei einem Brand vielleicht vorstellen können, den Umständen entsprechend. Deshalb ist es zum jetzigen Zeitpunkt unmöglich zu sagen, ob es sich um Ihren Vater handelt oder nicht."

Focke ließ sich aufs Sofa fallen, auf dem er gestern zum ersten Mal gesessen hatte, steif und unwohl, obwohl es sein eigener Vater gewesen war, den er besucht hatte. Jetzt, wo er ihn wahrscheinlich nie wiedersehen würde, fiel die

Steifheit von ihm ab. „Um wen soll es sich denn sonst handeln? Es war seine Hütte."

„Das ist uns bewusst. Können Sie uns seinen Zahnarzt nennen?"

„Was? Nein! Wozu?"

Hauptkommissar Götte zog er eine durchsichtige Tüte aus seiner Jacke hervor und zeigte sie ihm. „Kennen Sie das hier? Das hing um den Hals."

Focke brauchte die Kette darin gar nicht näher zu betrachten. Sie war total verrußt und der Anhänger dem Anschein nach verformt, dennoch bestand kein Zweifel, dass es die Kette seines Vaters war. Der Anhänger stellte ein Puzzleteil dar und hatte auch ein passendes Gegenstück. Beim Gedanken, dass sein Vater sie getragen hatte, während seine eigene irgendwo bei ihm zuhause herumlag und vor sich hin staubte, wurde ihm ganz anders.

„Es tut mir leid", sagte Jens Butterweck mitfühlend. „Kann ich Ihnen ein Glas Wasser holen?"

Focke schüttelte den Kopf. Der Sliwowitz von Jana wäre ihm lieber. Doch er wollte seine Sinne nicht betäuben. Er musste klar bleiben! Es gab in einer solchen Situation sicher tausend Sachen zu erledigen. Komischerweise fiel ihm keine einzige ein. Seine Mutter! Er musste seine Mutter anrufen! Oh Gott, sie würde ausrasten. Er nahm ein graues Samtkissen vom Sofa und drückte es zusammen.

Die Kommissare nahmen gegenüber Platz und schwiegen eine Zeit lang. Als würden sie Focke eine Pause zum Sacken lassen gönnen. Vielleicht nutzten sie die Gelegenheit auch dazu, sich weiter umzusehen. Sollten sie doch. Irgendwann beugte Hauptkommissar Götte sich unter dem Schirm der Stehlampe nach vorn und begann mit ruhiger Stimme zu sprechen: „Wir wissen im Moment noch nicht, wie es zu dem Feuer gekommen ist. Aber wir untersuchen das, verlassen Sie sich drauf."

„Bestimmt ein Kurzschluss", stieß Focke das Erstbeste aus, das ihm einfiel. „Mein Vater hat vergessen, den Stromgenerator auszustellen."

„Den Stromgenerator?"

„Ja. Das war der Grund, warum er zur Hütte wollte. Er hat ihn wohl vorher noch benutzt."

„Hat er Ihnen das so erzählt?"

„Ja, genau."

Der Hauptkommissar wandte sich seinem jüngeren Kollegen zu und tauschte mit ihm einige Worte aus, die Focke nicht verstand.

„Was ist denn?", fragte er.

„Wir haben nirgends einen Generator gefunden", erklärte Jens Butterweck. „Auch keine entsprechenden Metallreste oder ähnliches, was darauf hindeuten würde. Es scheint mir eher unwahrscheinlich, dass Ihr Vater einen benutzt hat, ehrlich gesagt."

„Ach, sich selber Strom zu erzeugen finden Sie also unlogisch."

„Sie wissen, dass die Hütte vor Jahren ans Stromnetz angeschlossen wurde?"

„Wie bitte?"

„Und Ihr Vater hat Ihnen das definitiv so gesagt?", hakte Martin Götte nach.

Focke brummte der Schädel. Er hatte eigentlich geglaubt, dass auf diese Erinnerung Verlass war. „Keine Ahnung, vielleicht habe ich da was verwechselt. Ich bin etwas durcheinander."

Der Hauptkommissar nickte, ohne dass man ihm ansah, was er davon hielt. „Kein Problem. Es wird sich alles aufklären. Eine andere Sache: Sie haben den Kollegen vor Ort gestern Abend mitgeteilt, dass Sie gerade erst angereist sind, ist das richtig?"

Focke verstand zwar nicht, warum das wichtig war, aber irgendeinen Sinn würde das schon haben. „Ja, mein Vater und ich haben lange keinen Kontakt mehr gehabt."

„Ach so? Wie lange?"

„Mehrere Jahre." Er erzählte von der Trennung seiner Eltern und dass er mit seiner Mutter nach Gütersloh gezogen war, weil ihre Schwester dort wohnte. „Genaugenommen sind wir uns gestern das erste Mal seit damals wieder begegnet."

Jens Butterweck, der sich Notizen machte, blickte auf. „Interessant. Warum ausgerechnet jetzt?"

„Tja, warum jetzt? Es hat sich so ergeben. Ich sollte ihm bei irgendwas helfen."

„Wobei?"

„Keine Ahnung. Mein Vater ist nicht mehr dazu gekommen, mir das zu sagen. Nur dass ..."

„Dass?"

Focke zog die Ecken des Kissens auseinander. Er wollte keineswegs etwas verheimlichen, doch dass es dabei um sein persönliches Reizthema ging, brauchten die Polizisten nicht zu wissen. „Dass es was mit Kindern zu tun hat."

„Die Kinder im Haus Eddessen, sprich, es hat mit seiner Arbeit zu tun?", wollte der Hauptkommissar wissen.

„Ach, Sie wissen schon, dass er dort ...? Nun, ich nehme es an, ja."

„Verstehe."

„So? Also ich nicht."

Doch Hauptkommissar Götte wollte ihn offenbar nicht an seinen Gedanken teilhaben lassen. „Nun, ich glaube, das reicht uns fürs Erste", sagte er in einem Ton, in dem man für gewöhnlich ein Gespräch abschloss. „Für alles Weitere ist später noch Zeit, denke ich."

Sein Kollege klappte daraufhin seinen Notizblock zu.

Focke dagegen hatte noch etwas auf dem Herzen. „Wie bin ich eigentlich ...", begann er, bevor die beiden aufstehen und sich verabschieden würden. An diesen einen Punkt hatte er sich nämlich bislang nicht zurückerinnern können. „Ich habe da wohl eine Art Filmriss. Jemand hat mich gestern Abend hergebracht, oder?"

„Richtig," antwortete der Hauptkommissar. „Eine Beamtin vom Bezirksdienst Borgentreich. Sie hat erzählt, dass Sie unbedingt hierher zurück wollten, anstatt in ein Krankenhaus gefahren zu werden."

Das klang in der Tat nach ihm, dachte Focke. Alles infrage zu stellen, was ihn nicht hundertprozentig überzeugte.

„Sie hat sich allerdings nur darauf eingelassen, weil ein Bekannter Ihres Vaters mitgefahren ist."

„Ein Bekannter meines Vaters?"

„Ja, ein Herr ... Jens, wie war dessen Name?"

„Langfurt", reagierte der Kollege Butterweck aufs Stichwort. „Wohnt in der Siedlung am Ende des Tals und ist laut Aussage des Bezirksdiensts von der Feuerwehrsirene angelockt worden."

„Ok." Focke versuchte, sich die Rückfahrt mit diesem Herrn Langfurt ins Gedächtnis zu rufen, vergeblich.

„Der Name ist Ihnen bekannt?", hakte Jens Butterweck nach.

„Nein, aber ... Was heißt das schon? Ich weiß so gut wie gar nichts aus dem Leben meines Vaters."

Der Kommissar sah ihn teilnahmsvoll an. Unter normalen Umständen hätte Focke sich wahrscheinlich darüber gewundert, bei einem Kraftpaket wie ihm.

Hauptkommissar Götte dagegen blieb sachlich und läutete den Abschluss ein. „Gut. Dann melden wir uns, sobald es Neuigkeiten gibt. Oder Sie melden sich, falls etwas sein sollte. In Ordnung?" Auf Fockes Kopfnicken hin stand er auf, Butterweck mit ihm.

Auch Focke stemmte sich vom Sofa und begleitete die beiden Richtung Flur. Ohne es wirklich wahrzunehmen, rückte er den Bilderrahmen an der Wand gerade, wie bereits am Vortage.

Der Hauptkommissar überreichte ihm seine Visitenkarte und einen Schlüsselbund, verbunden mit der Bitte, das Auto seines Vaters möglichst zeitnah zu entfernen oder entfernen zu lassen. Es würde von der Polizei nicht mehr benötigt und darüber hinaus einen Bauern bei der Durchfahrt stören.

„Kehren Sie eigentlich nach Gütersloh zurück oder bleiben Sie die nächsten Tage hier?", wollte Jens Butterweck an der Haustür wissen.

Focke pustete die Backen auf. „Ich denke, ich fahre zurück. Oder ist das womöglich ein Problem für Sie?"

„Nein, kein Problem. Wir haben ja Ihre Mobilnummer."

Die Antwort erleichterte ihn. Für den einen Tag hatte er sich relativ einfach abmelden können. Aber Morgen war Mittwoch, das bedeutete die große Gruppenbesprechung, außerdem musste sein Baby, die monatliche Tierschutzkolumne, die er angestoßen hatte, online gehen. Und dann war da die ungelöste Klamotten- und Haarsprayfrage. Da es in Manrode sowieso nichts für ihn zu tun gab, erwiderte Focke, dass er sich im Laufe des Tages auf den Heimweg machen würde, und ließ die Polizisten aus dem Haus.

Die Herbstluft roch würzig. Gierig sog er sie ein, während der Audi den Hof und schließlich sein Sichtfeld verließ. Als Quittung musste er sich am Türrahmen festhalten, da ihm für einen Moment der Halt fehlte.

7. Kapitel

Zurück auf dem Sofa, schwirrten Focke die Worte von Kommissar Butterweck im Kopf herum wie Fruchtfliegen um einen vergammelten Apfel. Die Hütte besaß einen Stromanschluss! Es hatte geklungen, als wäre es das Selbstverständlichste der Welt. Was das Gerede seines Vaters von einem Stromgenerator umso verwirrender machte. Also warum um alles in der Welt war er wirklich zur Hütte gefahren?

Focke schloss die Augen, fasste sich an die Stirn und massierte seine Schläfen. Nein, er wollte nicht darüber nachdenken. Nicht jetzt und nicht hier! Er würde das Auto seines Vaters abholen und dann ginge es sofort zurück gen Heimat. Von dort würde er als Erstes seine Mutter in Passau anrufen oder wo auch immer sie gerade steckte, um ihr zu sagen, dass ... Ja, was? *Hallo Mama, wie ist die Reise? Ach übrigens, dein Ex-Mann ist tot. Oder so gut wie, Genaueres weiß die Polizei nämlich noch nicht, weil die Leiche, die sie gefunden haben, ziemlich schlimm aussieht* ... Focke unterbrach sein Gedankenspiel, weil seine Mutter spätestens an dieser Stelle laut aufgeschrien hätte. Kein Wunder, wo sie schon Flecken am Hals bekam, wenn die Katze mal einen Tag nicht zum Fressen kam.

Der Schrei, der durchs Wohnzimmer drang und von den großen Schiebetüren zurückprallte, kam aber von ihm selber. Focke ließ das graue Samtkissen zu Boden fallen und spürte ein Ziehen in seiner Brust. Ohne es mitbekommen zu haben, musste er beim Hinsetzen das Kissen genommen und mit den Händen so heftig daran gezerrt haben, dass der Stoff eingerissen war. Er wusste, was das bedeutete. Es war wieder so weit. Focke hatte eigentlich gehofft, diese Phase längst überwunden zu haben. Er sprang auf, um etwas zu suchen. Zur Ablenkung, denn aus Erfahrung wusste er, dass Suchen half. In Erinnerungen schwelgen genauso.

Ein Fotoalbum zum Beispiel. Das würde es in diesem Haus doch sicher geben.

Eine Schachtel mit Fotos war das erste, was ihm in die Finger fiel, tief vergraben in dem antiken Sekretär zwischen Wohn- und Schlafzimmer. Die Bilder waren unsortiert aus verschiedenen Epochen, ein paar aus der Jugendzeit seines Vaters, eines zeigte ihn sogar mit Schnäuzer, dann welche von seiner Mutter und ihm gemeinsam, ganz jung und zu zweit und später glücklich als Familie vereint. Auf einem der Bilder hielt seine Mutter den Kinderwagen fest und man konnte deutlich erkennen, dass mit ihrer Hand noch alles in Ordnung war. Im Ferienhaus in Greetsiel, wo die Familie seines Vaters ursprünglich herkam. Beim Grillen an der Hütte. Weihnachten bei den Schwiegereltern – Fockes Großeltern mütterlicherseits – in Verl bei Gütersloh, wo sie nach wie vor wohnten. Und mit Tante Renate, die Schwester seiner Mutter, die viele Jahre lang eine Juliwoche in Manrode verbracht hatte, gemeinsam mit ihrer Tochter Bärbel, Fockes Cousine, die mittlerweile irgendwo im Ausland lebte.

Beim Betrachten wischte er sich mehr als einmal durch die Augen. Das war alles so lange her! An viele Ereignisse konnte er sich tatsächlich zurückerinnern, sei es, dass er sie selbst erlebt hatte oder durch Erzählungen. Was er vermisste, waren die Jahre nach der Scheidung seiner Eltern, von denen er nichts mitbekommen hatte von seinem Vater und keine Erzählungen mehr kannte. Dazu gab es doch bestimmt auch Fotos.

Focke musste an die Kette mit dem Puzzleteil-Anhänger denken, ein Geschenk zu seiner Einschulung. Oder zur Kommunion? Dass sein Vater sie nach all der Zeit noch immer getragen hatte, wollte einfach nicht in seinen Kopf. Und wozu überhaupt, wenn er sich danach nie wieder bei ihm gemeldet hatte?

Eine Viertelstunde später stand Focke vor dem alten Haus seiner Eltern im Pfingstanger. Die Sonne schien auf das ihm wohlbekannte Ensemble aus roten Dachziegeln, Klinkersteinen und Holzfenstern, die Büsche an der Seite waren zwar mächtig geworden, aber immerhin noch vorhanden, genauso wie die Pergola, in der er sich oft versteckt hatte, und trotzdem wollte sich kein vertrautes Gefühl einstellen. Es war wie bei den Fotos, einfach zu lange her. Er hatte abgeschlossen damit. Deshalb interessierte ihn auch nicht, wer nun darin wohnte, wie es von innen aussah, was die neuen Eigentümer alles verändert hatten. Auch die Nachbarschaft war ihm egal. Dass die zur Linken ihr Haus mit einem giftgrünen Anstrich verschandelt hatten. Selbst, ob Lars und Lukas noch gegenüber wohnten und wie früher alles gemeinsam machten, oder ob es sie inzwischen auseinandergerissen und in unterschiedliche Teile der Welt gezogen hatte. Es war ihm sogar mehr als egal. Er wollte diesen Lebensabschnitt möglichst unangetastet lassen in seiner Erinnerung und gar nicht erst anfangen, daran zu rühren. Deshalb blieb sein Smartphone da, wo es war. Kein Fotomoment!

Focke schlug den Radweg Richtung Sportplatz ein, wie etliche Male zuvor in der Vergangenheit. Nur, dass jetzt viele Dinge anders waren, grundlegend sogar. Wow, welch cleverer Gedanke auf leeren Magen, dachte er kopfschüttelnd und entschied, den Anruf seiner Mutter so lange wie möglich hinauszuzögern. Zweihundert Meter später empfand er das als völligen Quatsch, seine Mutter hatte ein Recht darauf, die Neuigkeit zu erfahren, außerdem war sie eine erwachsene Frau. Nur, dass der Zeitpunkt eher ungünstig war. Er verließ den Radweg, überquerte die Straße und kam zu dem Schluss, dass sie die restliche Zeit mit ihren Turnerfrauen unbeschwert genießen sollte. Also wenn sie morgen wieder zuhause war!

Stattdessen öffnete er die Nachricht von Nicki, die seit dem Morgen ungelesen im Posteingang lag und las sie, während er in die schmale Straße bog, die hinab ins Tal führte. Sie enthielt die erwartete Entschuldigung, es wäre ja gar nicht so gemeint gewesen, blablabla. Und überhaupt kein

Problem, er solle seine Notizen zu der VHS-Ausstellung in der Alten Weberei einfach an die Redaktion schicken, den Artikel würde dann ein Kollege übernehmen. Ach, und was mit der Kolumne wäre. Und alles Gute. Und melde dich.

Focke überlegte einen Moment lang. Seine Aufzeichnungen zur VHS-Ausstellung sowie der neueste Beitrag zur Tierschutzkolumne, immerhin seit fast einer Woche fertig, waren auf seinem Tablet gespeichert, das im Kofferraum seines Golfs lag. Diesmal hatte er für die Kolumne ein Thema gewählt, das ihm persönlich naheging: Hunde vom Züchter vs. Hunde aus dem Tierheim. Das *versus* war Absicht. Wie er herausgefunden hatte, nahmen die Menschen diesbezüglich zum Teil völlig gegensätzliche Positionen ein. Er schrieb zurück, dass er sich kümmern würde, unterließ es aber, sich zur Entschuldigung zu äußern, geschweige denn, von dem Gespräch mit der Polizei zu berichten. Ein einfaches *Danke und Gruß* zum Schluss musste reichen. Als er zu Ende getippt hatte, machte sein Herz einen Aussetzer, weil er fast in den Mercedes seines Vaters gelaufen wäre. Focke schenkte ihm dennoch nur einen flüchtigen Blick.

Eigentlich hatte er vorgehabt, einen großen Bogen um die Hütte zu machen. Dass dort etwas Schreckliches geschehen war, konnte man eine Tatsache nennen, seine Erinnerungen daran waren jedoch lückenhaft. Womöglich half ein Besuch seinem Erinnerungsvermögen auf die Sprünge und wenn nicht, dann war es halt ein Lebewohl. Deshalb lief Focke entgegen seiner ursprünglichen Planung weiter und erreichte die tiefste Stelle der Straße, an der sie sich gabelte. Rechts ging es durch den sogenannten Ranzengrund zur Siedlung. Zu seiner Linken lag die Wiese mit dem kleinen Teich.

Doch seltsamerweise war es kein Gefühl von Schmerz, das in ihm hochkroch, sobald Focke das Häufchen Elend aus verkohlten Brettern entdeckte, wo einst die Hütte gestanden hatte. Es war die Erkenntnis, wie klein das Gelände in Wirklichkeit war. In seiner Vorstellung aus Kindertagen konnte man das Ende nur erahnen, es hätte Stunden gebracht, um es zu umrunden anstatt weniger Minuten. Gestern Abend hatte er andere Dinge im Kopf gehabt als darauf zu achten, und selbst wenn, die Dunkelheit hätte ihm vermutlich etwas vorgegaukelt.

Das Absperrband glänzte im Sonnenlicht. Letzte Rauchwolken stiegen empor. Focke drehte sich weg, doch der Anblick drohte bereits, sich in seinem Hirn zu verankern, und das ganz ohne Foto. Er nahm sein Smartphone trotzdem und wählte ein weiteres Mal die Mobilnummer seines Vaters, der irrsinnigen Hoffnung nachgebend, dass dessen Handy unversehrt geblieben war und irgendwo herumlag. Natürlich tat es das nicht. Es war verbrannt, wie alles andere auch. Die Polizei hatte sowieso schon jeden Stein umgedreht. Zur Hütte zurückzukehren war ein Fehler gewesen! Es waren weder Erinnerungen zurückgekommen noch wollten sich Lücken schließen. Er verabschiedete sich, würde die Hütte nicht vermissen. Die Erinnerungen an seine Kindheit konnte ihm keiner nehmen, an Lagerfeuer, chaotische Geburtstagsfeiern, Doktorspiele. Mit einem Lächeln auf dem Lippen beim Gedanken an Letzteres drehte er sich um und sah in der Ferne die ersten Häuser von Manrode, oben auf dem Hügel, allen voran die neue Halle des Heizungs- und Sanitärbetriebs Dierkes.

Zurück im Auto seines Vaters, setzte Focke sich auf den Fahrersitz und drückte den Kopf gegen die Nackenstütze. Hatte er Lars eigentlich lieber gemocht oder Lukas? Er wusste es nicht mehr, spürte jedoch, wie ihm warm ums Herz wurde und begann sich umzusehen.

Eine Dose Bonbons steckte im Fach unterm Radio, dazu einige Münzen für die Waschstraße in Warburg. Mehrere Parktickets unterschiedlichen Datums, alle aus der Friedrich-Ebert-Straße, welcher Stadt auch immer. Auf der Rücksitzbank eine Steppweste, verschiedene Werbeprospekte mit den neuesten Fernsehern sowie ein Faltblatt einer Kindertagesstätte. Focke öffnete das Handschuhfach und fand eine Digitalkamera. Er schaltete sie ein und prüfte, ob Fotos gespeichert waren. Waren es, über Hundert sogar. Er startete mit den aktuellsten, sie zeigten Impressionen einer ihm unbekannten Stadt, wahrscheinlich aus einem Kurzurlaub, verschiedene Gebäude hauptsächlich. Außergewöhnlich prächtige, wie ein kleines gelbes Schloss mit Kupferdach, und eher normale. Menschen wären ihm lieber gewesen, am liebsten welche, die er kannte, sein Vater oder ... Focke hielt inne, weil ihm etwas einfiel. Wie war das gestern gewesen, als sie im Wohnzimmer gesessen und sich beim Kaffee beschnuppert hatten? Sein Vater hatte ihn gefragt, ob er mit jemanden zusammen wäre, und auf die Gegenfrage geantwortet: *Ja, wäre doch schlimm, wenn nicht*. Jemand musste mit der Frau reden! Die Arme hatte ja keinen Schimmer, was passiert war.

Focke stellte die Kamera aus und legte sie zurück. Ob es wirklich immer besser war, Bescheid zu wissen, war eine andere Geschichte. Dieses Halbwissen jedenfalls zermürbte ihn mehr, als dass es half. Er beschloss daher, kurz diesen Herrn Langfurt aufzusuchen, den Bekannten seines Vaters aus der Siedlung, der ihn laut Polizei nach Hause gebracht hatte. Er würde hoffentlich Licht ins Dunkel bringen. Und gleichzeitig könnte Focke sich fürs Nachhause bringen bedanken. Es war nicht weit und durfte selbst ohne Adresse problemlos zu finden sein. Seines Wissens bestand die Siedlung am Ende des Tals nur aus einer Handvoll Häuser, und die Wahrscheinlichkeit, dass dort in den letzten Jahren ein Neubaugebiet entstanden war, tendierte gegen Null. Langfurt, dieser Name ... Von früher meinte Focke ihn nicht zu kennen, und doch erschien er ihm seltsam vertraut.

Er beugte sich nach hinten, nahm die Broschüre der Kindertagesstätte von der Rücksitzbank und klappte sie auf. Was darin zum Vorschein kam, konnte etwas bedeuten. Es musste aber nicht.

Weitere zehn Minuten später war er zurück in der Zivilisation, verwirrter als je zuvor. Nicht nur, dass der Schnellcheck via Smartphone über einen gewissen Langfurt im

Telefonbuch von Borgentreich keine Treffer angezeigt hatte. Auch sein Abstecher tiefer ins Tal hinein war erfolglos verlaufen. Keiner der Anwohner der vier Häuser hatte ihm weiterhelfen können. Das einzig Interessante war vermutlich, dass sie einstimmig infrage gestellt hatten, dass der Mann überhaupt existierte. Der Name wäre nämlich nicht von hier. Viel zu ungewöhnlich! Focke war kopfschüttelnd zurück in den Mercedes seines Vaters gestiegen und schneller und schneller gefahren, ohne es zu bemerken am Ortsschild vorbeigekommen, an der neuen Halle des Heizungs- und Sanitärbetriebs, am Alpaka-Lädchen. Erst, als er an der Trendelburger Straße halten musste, um einen Holztransporter Vorfahrt zu geben und nach rechts abzubiegen, nicht nach links zum Bungalow seines Vaters, wurde ihm klar, dass er soeben auf der Flucht vor sich selber gewesen war. Vor der Adresse der Kindertagesstätte kam er zum Stehen. Wenigstens die war kein Hirngespinst. In seinem Bauch rumorte es und das lag nicht an der fehlenden Nahrung. Er verstand es nicht. Und er hasste es, wenn er etwas nicht verstand. Ja, hatte er sich denn verhört, als die Polizei ihm den Namen und Wohnort des Mannes mitgeteilt hatte? Er beschloss, bei nächster Gelegenheit Jana zu fragen, vielleicht wusste sie, wo und wie dieser Langfurt zu erreichen war. Außerdem wollte sie bestimmt erfahren, dass die Polizei sich bei ihm gemeldet hatte.

Der Gedanke, in ein paar Stunden wieder zuhause zu sein, beruhigte ihn. Sein Zimmer fehlte ihm, trotz der Enge und der Nähe zu seiner Mutter, wegen seiner persönlichen Sachen vor allem, und damit waren nicht nur Klamotten, Shampoo und Haarspray gemeint. Sein Computer, auf dem er seinen Blog schrieb und viele Texte für die Arbeit. Sein eigenes Bett. Seine Joggingrunde durch den Stadtpark. Auf dem Weg zur Arbeit auf der Dalkebrücke kurz stehenzubleiben und die Enten zu beobachten. Das Feierabendbier donnerstags im *Alex*, obwohl es erst morgen soweit war, und auch die Sonntagnachmittage im Spexarder Tierheim, die ihm seine Vergangenheit wie einen Spiegel vors Gesicht hielten. All das war hier so weit entfernt.

Focke öffnete die Autotür und stieg aus. Dass sein Vater die Telefonnummer der Kindertagesstätte mit Textmarker eingerahmt hatte, konnte sehr wohl etwas bedeuten. Das Haus, in dem sie sich befand, war selbst für Focke kein unbekanntes, obwohl er es nie betreten hatte. Nur gehört, dass es darin vor vielen Jahren ein kleines Lebensmittelgeschäft gegeben hatte und sogar eine Bankfiliale. Doch statt Aktienkursen klebten nun gebastelte Drachen mit Schleifchen an einem Band in den Fenstern. Bevor er die Treppe erreichte, wurde die Haustür aufgerissen. Ein Junge kam heraus, lief die Stufen hinab und an Focke vorbei, ohne ihn zu beachten. Er war keine zehn Jahre alt, das Bemerkenswerteste an ihm waren jedoch nicht seine strohblonden Haare, wie Focke sie in dem Alter ebenfalls gehabt hatte, sondern das blaue Auge. Ein richtiges Veilchen! Sofort ging sein Kopfkino los. Kinder, die in die vermeintlich sichere Obhut einer Tagesmutter gegeben wurden. Die aber mit der Situation heillos überfordert war, was sich in Gewaltattacken und Prügelstrafen äußerte. Und letztendlich der Grund für die Markierung in der Broschüre gewesen sein konnte. Zwar hatte sein Vater angedeutet, dass die Schwierigkeiten mit dem Kinderhaus Eddessen zu tun hatten, aber womöglich bestand ja ein Zusammenhang. Er ging die Stufen hinauf und schellte. *Mama auf Zeit – Ulrike Petermichl* stand in bunten Buchstaben auf dem Holzschild über der Klingel. Vielleicht hätte er sich zuvor einen Plan zurechtlegen sollen. Zu spät, die Tür ging auf.

„Ja bitte?“, sagte eine junge Frau, die für sein Empfinden viel zu jung für eine professionelle Tagesmutter war. Sie war barfuß und hatte eine rotes Herz wie aus Karnevalsschminke auf ihrer Wange. Focke schätzte sie auf keine achtzehn.

„Einen wunderschönen guten Tag. Mein Name ist Martin Riepen. Ich komme vom Westfalen-Blatt.“ Er hielt kurz seinen Presseausweis hoch. „Ist Frau Petermichl da?“

„Nein, leider nicht. Äh, kann ich vielleicht helfen?"

„Mmh." Focke überlegte und setzte dazu sein freundlichstes Lächeln auf, was ihm schwerer fiel als erwartet. „Ich schreibe eine kleine Reihe über Frauen auf dem Lande, die den Sprung in die Selbstständigkeit gewagt haben. Ihre Beweggründe, die Schwierigkeiten. Verbesserungswünsche und so weiter. Sicher haben Sie schon davon gelesen."

„Nun, ich lese nicht so viel Zeitung", erwiderte die junge Frau schüchtern und drehte sich um, als aus dem Haus Geräusche kamen, lautes Gepolter, vermischt mit Kindergeschrei. „Oh nein! Ähm ... Ich muss mal eben nachsehen gehen, Augenblick bitte." Sie lief davon.

„Ja, klar, ich warte", rief Focke und hielt die Haustür fest, bevor sie ins Schloss fallen konnte. *Gerne drinnen*, fügte er in Gedanken hinzu und verlor keine Zeit damit einzutreten. Es war gewiss nicht die feine Art und für gewöhnlich war seine Vorgehensweise eine andere. Aber der Zweck heiligte eben manchmal die Mittel.

Eine kleine Halle kam zum Vorschein, wie in einem Privathaus nicht unüblich, nur dass an einer Seite eine breite Garderobe stand mit Schuhablage und mindestens zehn niedrigen Kleiderhaken. Die drei kleinen Anoraks, die daran hingen, bedeuteten vermutlich, dass drei Kinder anwesend waren. Die bunten Namensschilder verrieten ihm sogar, welche: Eric Gelhaus, Lukas Klare und Sina Fögen. Dem Lärm nach hatte er ehrlich gesagt auf mehr getippt. Focke machte mit seinem Smartphone mehrere Fotos und ging weiter in den angrenzenden Raum, da die Tür offenstand, der Möblierung nach eine Art Büro. Auf dem Schreibtisch herrschte peinliche Ordnung, der Schrank dahinter beinhaltete, fein säuberlich beschriftet, zahlreiche Aktenordner. Offenbar war die Bürokratie auch in dieser Branche angekommen. Er fotografierte die Ordnerrücken, vor allem aus Mangel an Alternativen. Ein Sessel in der Ecke beim Fenster. Ein altes Klavier an der Wand. Darüber etliche Fotografien, wobei eine allein aufgrund der Größe herausstach: eine Frau und ein Mann, etwa Anfang dreißig und in voller Montur. *Königspaar 2005 Ulrike und Herbert Petermichl* lautete die erste Zeile der Unterschrift, die zweite *St. Johannes Nepomuk Schützenbruderschaft Manrode* und die letzte *Glaube, Sitte, Heimat*. Nichts, was ihn weiterbrachte, außer vielleicht, dass Focke nun wusste, mit wem er es zutun hatte. Und dass die drei Worte, die in Fett ebenfalls in der Manroder Berglandhalle prangten, ihm schon damals nichts gegeben hatten. Da im Nebenzimmer inzwischen Ruhe eingekehrt war, machte er sich auf die Suche nach der Ursache und konnte durch eine weitere Tür sehen, wie die junge Frau mit dem Herz auf der Wange die Kinder um sich herum versammelt hatte, alle barfuß und im Schneidersitz auf dem Teppichboden. Nach Gewalt in der Kindertagesstätte, wie er zuerst vermutet hatte, sah das nicht aus, im Gegenteil. Gut möglich, dass es einen ganz banalen Grund für die Markierung in der Broschüre gab. Focke beschloss, den geordneten Rückzug anzutreten.

Wie lange die Frau wohl schon hinter ihm gestanden hatte? Dem Gesicht nach zu urteilen, war sie zwar um einiges älter als auf dem Foto, aber eindeutig Ulrike Petermichl. Und ihren verschränkten Armen nach wartete sie auf eine echt gute Erklärung.

8. Kapitel

Focke hatte auch die alte Frau im Arbeitskittel nicht registriert. Sie fiel ihm erst auf, nachdem er den Mercedes seines Vaters geparkt hatte und ausgestiegen war, obwohl sie an derselben Stelle stand wie am Morgen, gleich hinterm Zaun. Vermutlich ihr Lieblingsplatz, von dem aus sie alles im Blick hatte, ihre vertraute Umgebung, den Deiselberg, und besonders die Nachbarn, über die sie vermutlich jedes Detail aufschnappte und brühwarm beim Kaffeeklatsch der katholischen Landfrauen weiterverbreitete. Dass sie etwas von den Problemen seines Vaters mitbekommen hatte, erschienen ihm zwar unrealistisch. Trotzdem verlangsamte er seinen Schritt, schließlich konnte man nie wissen.

Das Stück Garten, in dem sie sich aufhielt, war perfekt gepflegt, nirgendwo wuchs Unkraut, dafür gut ein Dutzend Stiefmütterchen in Reih' und Glied. Die Fläche dahinter, die direkt ans Grundstück seines Vaters grenzte, war in einzelne Beete unterteilt, mit Resten an Kräutern, ausgewachsenem Sellerie und reichlich Kohl. Doch es war kein Obst oder Gemüse, das sie sich Stück für Stück in den Mund steckte, sondern ein Schokoladenriegel in Aluminiumpapier.

„Tag", sagte er und wartete kurz ab, doch da sie nichts erwiderte, setzte er seinen Weg zur Haustür fort. Auch zuvor die Tagesmutter war ihm keine Hilfe gewesen. Nachdem Focke zu der Auffassung gekommen war, dass das Veilchen des Jungen ihn fehlgeleitet hatte, hatte er beschlossen, es mit der Wahrheit zu probieren. Und von Ulrike Petermichl erfahren, dass sie tatsächlich mit seinem Vater telefoniert hatte. Zwar nur ein einziges Mal, nämlich weil er ihren Tagessatz für Kinderbetreuung wissen wollte, aber immerhin. Beim Grund für die Anfrage hatte sie leider passen müssen, allerdings war es ihr ungewöhnlich vorgekommen, immerhin arbeitete er ja im Kinderhaus Eddessen. Das blaue

Auge von Matthias Stellpflug stammte übrigens von einem Foulmanöver beim Spiel des SC Manrode gegen Peckelsheim. Focke holte den Hausschlüssel aus der Jackentasche seines Vaters.

„Ich hab' ja gewusst, dass so was passiert", brabbelte die alte Frau hinter ihm in dem Moment los.

Er blieb stehen und runzelte die Stirn, fast belustigt, dass sie so lange gewartet hatte. Nun „Ach ja?" zu fragen war sicher genau das, was die Frau bezweckt hatte. Focke tat es trotzdem und machte sogar einen Schritt auf sie zu. „Ok. Und woher bitteschön?"

„Das steht schon so in der Chronik."

„Wo drin?"

„Eddessen und die Kinder, das passt nicht zusammen."

Beim Wort *Kinder* hatte er die Ohren gespitzt, denn es klang nicht nach einer Geschichte, die man beim Plausch überm Gartenzaun aufschnappte. „Wovon reden Sie? Den Kindern aus dem Kinderhaus?"

„Den Kindern aus Eddessen, natürlich. Ganz furchtbare Sache. Dass ihr jungen Leute die nicht mehr kennt."

„Ok, jetzt mal der Reihe nach. Mir sagt das nichts. Bitte klären Sie mich auf."

Focke betrachtete sie genauer. Ihre Augen lagen tief, was den grantigen Eindruck verstärkte, ihr Gesicht war faltig, der Kittel aus Blumenstoff mit allerlei Flecken übersaht, die roten bestenfalls Marmelade, die dunklen vermutlich Schokolade.

Doch die Frau wollte ihn anscheinend nicht aufklären und steckte sich lieber ein weiteres Schokoladenstück in den Mund. Focke begann sich zu fragen, ob sie nicht eher das Gegenteil gewollt hatte, nämlich ihn verwirren. Wenn ja, war es ihr gelungen. In seinem Kopf nahmen die Gedanken Fahrt auf. Meinte sie tatsächlich die Kinder aus dem Kinderhaus? Mit denen es laut seinem Vater Ärger gegeben hatte? Der Grund, warum Focke überhaupt nach Manrode gekommen war?

„In Eddessen fließt böses Blut“, sagte sie, nachdem sie heruntergeschluckt hatte.

„Warum? Was bedeutet das?“

„Steht alles in der Chronik.“

Focke verlor allmählich die Geduld. „Ja, welche Chronik denn?“, rief er.

Doch anstatt zu antworten, knüllte die Frau das silbrigglänzende Papier in ihren Händen zu einer Kugel. Vielleicht hatte ihr sein Tonfall nicht gepasst. Dabei hatte er sich extra am Riemen gerissen.

„Welche Chronik?“, wiederholte Focke, bemüht um eine verträgliche Lautstarke.

„Die Chronik aus Manrode, welche sonst“, sagte sie schnippisch, drehte sich weg und lief zurück zu ihrem Haus.

„Chronik aus Manrode?“, wollte Focke ihr nachrufen, unterließ es aber, weil er nicht noch mehr wie ein Papagei klingen wollte. Stattdessen blickte er auf die Uhrzeit auf seinem Smartphone und erschrak. Gleich sechszehn Uhr. Allmählich musste er sich beeilen. Mit der Überzeugung, dass die Äußerungen der alten Frau sowieso nur Halluzinationen waren, betrat er den Bungalow seines Vaters, um auf die Toilette zu gehen.

Der Akku seines Smartphones hatte sich seit gestern drastisch geleert, und sein Ladekabel lag zuhause, eine blöde Kombination, wie sie manchmal auftrat, wenn das Leben dazwischenkam. Doch für Notfälle hatte er das Kabel fürs Auto mit, und auch sein Tablet sollte noch Saft haben.

Das Erste, wonach Focke googelte, war Janas Nachname beziehungsweise das, was ihm im Gedächtnis geblieben war, als sie am Morgen die Polizei angerufen hatte. Sie würde wissen, wer Langfurt war, sie musste es einfach. Nach ein bisschen Suchen fand er den Eintrag einer Boutique in Hofgeismar, einer Kleinstadt etwa zwanzig Kilometer südlich von Manrode. Da *Internationale Mode* zu ihr passte, klickte er auf die Bilder und tatsächlich, sie war es. Jana im hellgrauen Kostümchen und derselben klobigen Goldkette wie bei ihrem Kennenlernen. Ein Geschäft am Rande der Fußgängerzone, viele Kleidungsstücke auf wenig Raum, alles ein wenig schmuddelig. Die Homepage allein wirkte vorsintflutlich, dabei war das heutzutage beileibe kein Hexenwerk mehr. Der Einzelhandel stand vor großen Herausforderungen, besonders inhabergeführte Läden, wusste Focke, der kürzlich über den wachsenden Leerstand von gewerblichen Immobilien in Güterslohs Innenstadt recherchiert hatte.

Da er nun die richtige Schreibweise von Janas Nachnamen kannte, gab er ihn erneut ein und fand weitere Einträge. Hundezuchtverein Peckov in Hümme, ein Ortsteil von Hofgeismar. *Ladislav Peckov und seine Frau Jana*, stand da. Auch dieses Foto zeigte die blondierte, perfekt geschminkte Frau, dieses Mal allerdings leger gekleidet. Dass sie verheiratet war, machte ihn stutzig, zumindest kurzzeitig, denn sie hatte keineswegs das Gegenteil behauptet. Doch eigentlich wusste er nichts von ihr. Vielleicht war sie gar nicht die Ex-Freundin seines Vaters. Vielleicht hatte er ihr gar nicht erlaubt, ihre Sachen zu holen. Und dass sie mit ihrem vermeintlichen Scherz, durch die Terrassentür ins Haus gelangt zu sein, geblufft haben konnte, hatte er vorhin schon vermutet.

Focke drückte die Spülung und lief ins Wohnzimmer, um an der Schiebetür nach Spuren zu suchen und seine Theorie zu untermauern. Der Holzbalken lag an derselben Stelle, wie er ihn vorhin platziert hatte, alles andere hätte ihn sehr erstaunt. Trotzdem betrat er die Terrasse, als befände sich genau in diesem Augenblick jemand dort, der auf ihn wartete und niederstreckte. Natürlich wartete niemand, und es deutete nichts darauf hin, dass es je anders gewesen war. Die Frage war, woran man das überhaupt festmachen würde. An einer Reihe von Abdrücken von Schuhen, oder in Janas Fall Stöckelschuhen, die quer durch den Garten führten und bis ans Fenster reichten? So einfach würde es ihm ein Eindringling wohl kaum machen. Von der Straße aus konnte man die Terrasse mühelos über einen Weg aus Steinplatten im Rasen erreichen. Und Abdrücke in der Erde wiederum hätten genauso von seinem Vater stammen können.

Auch seine neue Lieblingsjacke war in der Zwischenzeit nicht geklaut worden, sondern lag auf dieselbe Weise da, wie er sie zum Lüften ausgebreitet hatte. Focke schnüffelte daran, der Geruch war immer noch zum Naserümpfen, aber auf die Schnelle nicht zu ändern. Er nahm sie und seine restlichen Klamotten mit ins Wohnzimmer, um sich umzuziehen, und verriegelte die Schiebetür mitsamt das Holzbalkens. Da der Durst sich meldete, landeten die Sachen vorerst auf dem Ledersofa. Nach zwei Gläsern Leitungswasser aus der Küche fühlte er sich besser, nach dem dritten würde er für die Autofahrt nach Gütersloh gewappnet sein.

Focke stellte das Wasserglas auf den Wohnzimmertisch, zog die Hose seines Vaters herunter und stürzte dabei fast zur Seite, weil ihm etwas aufgefallen war. Natürlich musste es keine Bedeutung haben, dennoch wollte er nachschauen und humpelte in einem Hosenbein zur Wand gegenüber. Wie beiläufig hatte er heute Mittag während des Gesprächs mit den Kripobeamten den Rahmen mit dem Kunstdruck ausgerichtet, obwohl er dasselbe bereits am Vorabend gemacht hatte, definitiv. Warum war das Bild dann wieder schief gewesen? Vielleicht aus einem guten Grund, nämlich weil es etwas verbarg. Einen geheimen Safe oder so. Focke nahm den Rahmen ab und schaute doof. Nicht nur, weil es sich bei dem vermeintlichen Ubbelohde-Druck mitnichten um einen Druck handelte, das Feld aus Mohnblumen war gemalt, wie die unterschiedlichen Farbschichten verrieten, wenngleich sicher nicht von Otto Ubbelohde. Sondern weil dahinter nichts als Wand zum Vorschein gekommen war. Eine Möglichkeit: Jana war auf ihrer Suche nach Dingen, die angeblich ihr gehörten, einfach nur dagegengestoßen. Eine andere: Wie er hatte sie es in der Erwartung abgenommen, dass sich dahinter ein Safe verbarg. Was bedeuten würde, dass sie gelogen hatte.

In Gedanken versunken, nahm Focke noch einen Schluck Wasser und zog sich die Hose fertig aus. Sein Vater hatte ihm gestern etwas zu trinken gebracht, als er auf dem Sofa gesessen und gewartet hatte. Die beiden hatten sich miteinander unterhalten oder zumindest so getan als ob. Das Telefon hatte geklingelt. Focke war aufs Klo gegangen, wobei ihm der blinkende Anrufbeantworter aufgefallen war. Und als er zurückgekommen war, hatte sein Vater sofort zur Hütte fahren wollen. Reiner Zufall oder hatte es einen bestimmten Anlass dafür gegeben? Und am Morgen mit Jana war das Blinken, wenn ihn nicht alles täuschte, weg gewesen. Jetzt war es wieder da. Focke setzte sich aufs Sofa und drückte die Taste. Die Nachricht wurde abgespielt:

„Guten Morgen, Herr Löhr. Hier spricht Hauptkommissar Götte von der Kripo Höxter. Wir würden uns gerne mit Ihnen treffen."

Focke verdrehte die Augen. Diesen Anruf meinte er natürlich nicht. Gleich im Anschluss hatte der Hauptkommissar ihn in Johannes' Büro im Kinderhaus Eddessen erreicht. Er erinnerte sich sogar daran, seine Handynummer gestern Abend an der Hütte einer Polizistin genannt zu haben. Und dass es dieselbe war, die ihn zum Streifenwagen gebracht hatte. Dann musste dieser Langfurt mit dabei gewesen sein. Focke runzelte die Stirn, doch leider tat ihm diese Erinnerung nicht den Gefallen und kam zurück.

Seine Enttäuschung hielt sich in Grenzen. Vielmehr interessierte ihn, ob die Nachricht davor auch noch existierte. Focke drückte die entsprechende Taste auf dem Anrufbeantworter, dann startete die Aufnahme: „Hallo, hier spricht Sylvia."

Das vermeintliche Schäferstünden, dachte er und bekam sofort eine Gänsehaut.

„Du, äh ... Ach was, ich melde mich später noch mal."

Das war alles. Focke sprang auf und suchte das Telefon. Es stand da, wo Jana es hatte stehen lassen, auf dem Esstisch neben dem Aschenbecher. Er ließ sich die verpassten

Anrufe anzeigen. Eine Handynummer hatte mehrmals angerufen, also rief er sie kurzerhand zurück.

„Fögen“, meldete sich eine Frau, der Stimme nach älter und mit wenig Ähnlichkeit zu der Aufnahme.

Focke erkundigte sich dennoch, ob sie die besagte Anruferin wäre und erklärte ihr in knappen Worten sein Anliegen.

Sie war es tatsächlich. „Ich habe schon gehört, was mit Ihrem Vater passiert ist. Schrecklich. Weiß man schon Näheres?“

„Nein, leider nicht. Haben Sie gestern noch mit ihm geredet?“

„Oh ja, nachdem ich ihm aufs Band gesprochen habe, und ich hasse diese Dinger ja. Aber es hat mir keine Ruhe gelassen und dann ist er zum Glück doch noch rangegangen.“

Focke überlegte, dass das zu der Zeit gewesen sein musste, als er auf Toilette gegangen war. „Und was haben Sie zu ihm gesagt?“

Sollte die Frau seine Frage seltsam finden, merkte er es ihr nicht an. „Es ging um seine Hütte“, erzählte sie. „Ich habe nämlich den Abend davor gesehen, wie dort ein fremdes Auto gestanden hat. Und einen Mann. Es kam mir ... irgendwie seltsam vor. Ich wollte ihm das nur mitteilen.“

„Und wie hat er reagiert?“

„Oh, er hat sich bei mir bedankt.“

„Verstehe.“

„Und dann gesagt, dass er sofort nachsehen würde.“

Focke lief ein Schauer über den Rücken. Ein fremdes Auto und ein Mann. Und ihm hatte sein Vater die Geschichte vom Stromgenerator aufgetischt. Irgendetwas war hier doch oberfaul.

Focke ließ sich zurück aufs Sofa fallen. In seinem Kopf kursierte nur eine Frage: Warum um alles in der Welt hatte sein Vater ihn angelogen? Der Stromgenerator als Brandursache war damit ein für alle Mal gestorben. Die beiden Kommissare hatten von Anfang an Zweifel gehabt. Eine

Alternative konnten sie ihm bislang nicht liefern. Ein Mann und ein Auto war eine. Natürlich konnte es völlig harmlos gewesen sein. Ein Durchreisender, der nur pinkeln musste. Andererseits war es Sylvia Fögen derart seltsam vorgekommen, dass sie Alarm geschlagen hatte. Was trotzdem nichts bedeuten musste. Focke schloss die Augen und versuchte sich zu entspannen. Eigentlich hatte er es ja vermeiden wollen zu spekulieren und sich wahnsinnig zu machen. Dass das nur bedingt funktionierte, spürte er am eigenen Leib. Es gelang ihm nicht. Vor allem, da er meinte sich zu erinnern, dass sein Vater im Grunde viel lieber allein zur Hütte gefahren wäre. Er – Focke – hatte sich förmlich aufgedrängt mit seinem Wunsch, alles wiederzusehen.

Ein Blick auf die Uhr verhinderte, dass er sich weiter hineinsteigern konnte. Sein ursprünglicher Plan hatte vorgesehen, die Heimreise nach Gütersloh weit vor Einsetzen des Feierabendverkehrs anzutreten. Dafür war es bereits zu spät. Er zog seine restlichen Klamotten an, vergaß nicht, das Bett im Schlafzimmer zu machen und einen Abstecher ins Badezimmer, um mit etwas Duft den restlichen Rauchgeruch zu überdecken. Der Typ im Spiegel sah ihm mit nicht vorhandener Frisur und gerunzelter Stirn entgegen. Normalerweise würde er sich derart verunstaltet nicht aus dem Haus trauen. Aber normal konnte man die Situation bei Weitem nicht nennen. Dann also Abmarsch!

Im Wohnzimmer blieb er stehen. Ein allerletztes Mal kreisten seine Augen umher, streiften das Ledersofa, das Telefon, die Terrassentür samt Holzbalken und die beiden Palmen davor. Was passierte jetzt mit alledem? Wer kümmerte sich solange darum, mähte den Rasen, goss die Blumen und so weiter? Aber war das überhaupt nötig? Der Zahnvergleich war schließlich nur Formsache, auch wenn die Polizei ihm einen anderen Eindruck vermitteln wollte. Sein Vater war tot, Focke spürte es. Doch er wollte diesen Gedanken nicht vertiefen, nicht jetzt. Sein Vorhaben, mit Jana zu telefonieren, konnte genauso gut warten und die Identität von diesem Herrn Langfurt war ihm momentan gleichgültig. Wenn er wieder zurück in Gütersloh war, sah die Welt gleich ganz anders aus. Und nach einer Pizza bei *Angelo*, seinem Lieblingsitaliener in der Kirchstraße, hätte er sicher die Kraft, sich allen offenen Fragen zu stellen. Mein Gott, ihm fiel ein, dass er den ganzen Tag keinen einzigen Bissen gegessen hatte.

Ein Geräusch ließ ihn aufschrecken und setzte der Vorstellung von Parmesan, Parmaschinken und Rucola ein jähes Ende. Dabei hatte lediglich der Briefkasten geklappert. Focke ging in der Flur und schaute durch den Türspion. Ein gelbes Auto fuhr gerade davon. Nicht unbedingt etwas, vor dem man Angst haben sollte. Er öffnete die Haustür, eine Zeitschrift schaute aus dem Schlitz, die neueste Ausgabe von *Psychologie heute*, wie sich herausstellte. Er beschloss nachzusehen, ob noch mehr Post im Briefkasten lag, suchte nach dem Schlüssel und fand ihn an einem Band an der Garderobe. Mehrere Umschläge kamen zum Vorschein. Er legte sie auf den Esszimmertisch und überflog die Absender, Mercedes-Benz, die Telekom, Frankonia und – wie sonderbar – ein Brief ohne Absender und Porto? Den hatte der Postbote sicher nicht eingeworfen, dachte Focke und befühlte den Inhalt. Etwas Flaches, Hartes, wie eine Bankkarte, nur viel kleiner. Falls sein Vater gestern um dieselbe Zeit nach der Post geschaut hatte, wovon er stark ausging, konnte der Brief nur während der letzten vierundzwanzig Stunden eingeworfen worden sein. Vielleicht hatte dieser Langfurt ihn mitgebracht. Sein Wunsch, mehr über den Vorabend zu erfahren, kehrte zurück. Kurzerhand riss Focke den Umschlag auf, die Speicherkarte einer Digitalkamera kam zum Vorschein sowie zwei Quittungen über den Kauf von Kaffee und Brötchen beziehungsweise zwanzig Liter Benzin. Auch hier kein Hinweis auf einen Absender. Merkwürdig, ohne Zweifel! Andererseits ging ihn das nicht das Geringste an. Er legte den Speicherchip samt den Belegen zu den Umschlägen auf dem Esstisch und verließ das Haus.

Beim Aufschließen seines Golfs fiel ihm ein, dass sein Tablet im Kofferraum lag. Er könnte ja wenigstens einen Blick riskieren. Focke zögerte, blickte zum Bungalow, in den Himmel und die ersten Vorboten der Dämmerung, zu der Stelle, wo eben die Alte gestanden hatte. Er gab sich einen Ruck, holte das Tablet heraus und lief zum Haus zurück. Wieder im Esszimmer, steckte er die Speicherkarte in den Slot und lud die Bilder herunter. Sie waren harmlos. Und nicht einmal besonders gut fotografiert. Ein Mann und ein Kind mit rötlichen Haaren waren darauf zu sehen, und auf den Fotos, die sie größer zeigten, fehlten grundsätzlich die Unterschenkel. Die beiden machten offenbar einen Ausflug, denn eine Autofahrt wurde dokumentiert, mehrere Bilder vom Auto, ein dicker, dunkelgrauer Volvo, auf allen möglichen Straßen. Schließlich der Halt irgendwo, vermutlich auf einem Parkplatz, wo ein zweites Auto auftauchte, dieses Mal ein eher unauffälliger Lada älteren Baujahrs, sowie ein Paar, Mann und Frau. Die Kennzeichen konnte man nicht sehen. Dann mehrere Bilder des Ladas, unter anderem vor einer Art Fabrikgebäude. Das letzte Bild zeigte die Frau in einer rosafarbenen Strickjacke vor einem Gasthof, dessen Name mit *Zum* begann, dann konnte man noch ein großes *H* lesen, der Rest war – wie die Unterschenkel zuvor – leider abgeschnitten. Laut Datumsanzeige war das zwei Tage her. Focke kontrollierte, ob der Ort der Aufnahme ebenfalls gespeichert war, doch den Gefallen hatte ihm der Fotograf nicht getan. Enttäuscht legte er das Tablet auf die Tischplatte und nahm es sofort wieder an sich, um Nicki seine Aufzeichnungen zur VHS-Ausstellung sowie den Kolumnenbeitrag über Heimhunde zu schicken. Kaum abgesendet, sah er sich die Bilder von dem Volvo ein zweites Mal an und begann zu grübeln. War das der Mann, den Sylvia Fögen an der Hütte gesehen hatte? Mit dem Auto? Er würde ihr die Fotos zeigen und nachfragen.

Zehn Minuten später hatte Focke eine geradezu unüberschaubare Anzahl möglicher Gaststätten mit gleichem Namensanfang auf ganze fünf eingeschränkt, ging man davon aus, dass die gesuchte maximal fünfzig Kilometer von der Wolfhagener Bäckerei Schulte aus der Brötchenquittung entfernt lag. Von den fünf übrig gebliebenen Gaststätten konnte man zwei wiederum sofort streichen, weil die Vorschaubilder im Internet nicht übereinstimmten. Doch was ihm die Erkenntnis, dass der Rest vom *Zum H* an irgendeinem Gasthof in Istha, Medebach oder Nothfelden hing, bringen sollte, wurde ihm nicht klar.

Vielleicht halfen ihm die Fotos auf der Kamera weiter, die sein Vater im Auto aufbewahrte. Er holte sie herein und musste das erste Mal seit längerem schmunzeln. Wie eine aufgescheuchte Ameise hin- und herzulaufen, statt vorher zu überlegen, war so typisch Focke. Dabei hatte man ihm auf der Journalistenschule in Köln eigentlich eine effektivere Gangart beigebracht bei der heiligen Dreifaltigkeit aus *Recherchiere genau, prüfe Fakten und beleuchte Sachverhalte von mehreren Seiten*. Er schob den Rückfall in alte Verhaltensmuster auf die Umstände und gelobte Besserung. Zurück im Esszimmer, zog er die Speicherkarte aus seinem Tablet, steckte die aus der Kamera seines Vaters hinein und lud die Bilder ebenfalls herunter. Sein Magen fing an zu knurren, doch das musste warten.

Eine halbe Stunde lang schaute Focke sich die Bilder der unbekannten Stadt und ihrer Gebäude an, ohne dass ihm etwas auffiel. Er wollte das Tablet schon genervt wegstoßen, als ihm irgendetwas sonderbar vorkam. Er vergrößerte das Foto, brauchte aber weitere fünf Minuten, um zu merken, dass es das Verkehrsschild an der Straßenkreuzung war, das ihn störte. Er blätterte weiter. Tatsächlich. Das Straßenschild, das hier zu sehen war, konnte er vor lauter Akzenten und Strichen an den Buchstaben gar nicht lesen. Er gab den Namen der Straße bei Google ein und erhielt Meldungen, die auf einen tschechischen Sprachgebrauch hindeuteten. Tschechien! Vielleicht sollte er sich von der automatischen Annahme lösen, dass sein Vater weggefahren war, um Urlaub zu machen. Das Foto von diesem schmuddeligen Hinterhof war zum Beispiel alles andere als eine typische Urlaubsaufnahme. Der Vegetation nach musste es Sommer gewesen sein. Er rieb sich das Gesicht und checkte sein Smartphone, dessen Akku so gut wie leer war. Wie schnell die Zeit plötzlich umgegangen war, schon gleich sechs. Eine neue Nachricht:

Wo bist du? Ich dachte wir wären verabredet.

Scheiße, dachte Focke, sein Date. Dabei wäre etwas Ablenkung im Moment genau das Richtige gewesen. *Sorry, total blöd, ich weiß, aber mir ist was dazwischengekommen*, wollte er schreiben, doch das doofe Ding ging ausgerechnet in dem Moment aus. Na toll! Nun würde es so aussehen, als hätte er die Nachricht zwar gelesen, aber absichtlich nicht zurückgeschrieben, für sein Empfinden ein absolutes No-Go. Er überlegte, über das Festnetz seines Vaters kurz anzurufen und Bescheid zu sagen, aber ohne die Telefonnummer im Kopf zu haben, war das schwer möglich.

Focke warf sein Smartphone auf den Esstisch und lehnte sich zurück. Über eine Woche war es her, sein letztes Date, das im Grunde wie immer verlaufen war. Ein anonymer Treffpunkt auf einem Parkplatz, ein kurzes Gespräch, um die gegenseitige Sympathie abzuchecken und dann ab auf die Rückbank. Wenn es gut lief, traf man sich wieder. Wenn es richtig gut lief, sogar auf einen Kaffee. Er öffnete den Reißverschluss seiner Hose. Nach nur einer Sekunde schnellte er vor, das Resultat eines Geistesblitzes. Er nahm sein Tablet und kehrte zur Homepage des Hundezuchtvereins Peckov in Hümme zurück. Da stand es, schwarz auf weiß, das Ehepaar stammte aus der ehemaligen Tschechoslowakei. Als sein Blick auf die Briefumschläge und die neueste Ausgabe von *Psychologie heute* fiel, hätte er sich am liebsten vor die Stirn geschlagen.

Focke stand auf und lief ins Wohnzimmer. Warum schaute er nicht einfach in das Notizbuch? Ein ledergebundenes Notizbuch, noch dazu mit den Initialen seines Besitzers. Es musste einfach etwas Wichtiges drinstehen, ganz klar, alles andere würde keinen Sinn machen. Er beugte sich über den Couchtisch, nahm die Zeitschrift hoch, unter der es gestern gelegen hatte – und kriegte den Mund nicht mehr zu. Das verwirrte ihn nun richtig. Das Notizbuch war weg. Um ihn herum begann das Wohnzimmer sich zu drehen. Weg, weg, weg. Was konnte das bedeuten? Jemand war hier im Haus gewesen. Jemand hatte sich unerlaubten Zugriff verschafft. Wieder musste er an Jana denken, weil das am Nächsten lag. Nur, warum sollte sie es mitnehmen? Dass es ihr gehörte, war auszuschließen. Dass etwas drin stand, das ihr peinlich war, dagegen nicht. Er rief sich ins Gedächtnis, was sie ihn gefragt hatte, gleich nachdem sie am Morgen auf eher ungewöhnliche Weise aufeinandergetroffen waren: *Hast du Geld?* Angeblich schuldete sein Vater ihr welches. Falls sie wirklich nicht die Ex-Freundin seines Vaters war, wollte sie womöglich nur herausfinden, wo er die Wertsachen aufbewahrte. Denn sie hätte ja nicht wissen können, dass Focke sich genauso wenig auskannte wie sie. Und eine dritte Möglichkeit fiel ihm ein, und zwar eine besonders originelle: dass in Wirklichkeit *sie* hinter dem Tod seines Vaters steckte. In dem Fall hätte sie in aller Ruhe das Haus absuchen können, wenn Focke nicht als unerwarteter Übernachtungsgast aus der Torte gesprungen wäre.

Er schüttelt den Kopf. Das waren doch alles Hirngespinste! Sicher gab es eine ganz harmlose Erklärung für das Verschwinden des Notizbuchs, für die Fotos und genauso für den Brand an sich. Es musste eine geben, ihm wollte gerade nur keine einfallen! Sauerstoff würde seiner Kreativität guttun, also entfernte er den Holzbalken, schob die Terrassentür beiseite und ging nach draußen. Die Dämmerung war in der Zwischenzeit fleißig gewesen und hatte überall dunkle Tücher auf die Umgebung gelegt. Die Straßenlaternen müssten jeden Moment angehen. Hätten sie geleuchtet, wäre ihm der Mann hinter der Ligusterhecke vielleicht eher aufgefallen. So aber lief Focke völlig ahnungslos durch den Garten, das lebenswichtige Elixier einsaugend, an der Steinsäule vorbei, deren Silhouette ihn aus unerfindlichen Gründen an einen gewaltigen Penis erinnerte, bis er zusammenzuckte. Ein Vogel war im Gebüsch aufgeschreckt, nur wenige Zentimeter von der Stelle entfernt, wo er den Mann schließlich entdeckte, halb in die Zweige gedrückt und dunkel gekleidet, sodass er kaum auffiel. Focke bekam eine Gänsehaut. In einem Film würde der Held sofort hingehen und nachsehen. Oder besser, sich mit Gebrüll auf ihn stürzen. Aber er fuhr ja nicht einmal ohne Begleitung mit dem Nachtbus. Als die Lähmung endlich nachließ, machte er einen halbherzigen Schritt auf die Hecke zu. Entschied, dass es nahe genug war und stürmte zurück ins Haus, wo er eilig die Tür schloss, den Holzbalken davor legte und zusätzlich die Vorhänge zuzog.

Wieder in Sicherheit, beruhigte sich sein Herzschlag, doch die Anspannung blieb. Focke zog den Vorhangstoff ein Stück auseinander und blickte hindurch, doch es war bereits zu dunkel für Erkenntnisse. Genau wie im Wohnzimmer selber, wo noch kein Licht brannte. Ein Fehler, das spürte er, lange bevor er den Schalter erreichen konnte. Aus dem Flur kamen Geräusche. Und etwas anderes, etwas Winziges, Leuchtendes. Ein kleiner, rot blinkender Punkt, der sich hin- und herbewegte. Focke gefror das Blut in den Adern. Was auch immer dahintersteckte, an einem bestand kein Zweifel: Jemand war hier im Haus.

Vor zwei Tagen:
Eileen saß am Esstisch und bekam keinen Bissen herunter. Mit ihren zehn Jahren berührten ihre Füße noch nicht den Fußboden, weswegen sie damit hin- und herschwang, um Energie loszuwerden hauptsächlich. Still herumzusitzen lag ihr nicht, hatte es nie. Sie wollte weg, am liebsten zurück, wusste jedoch, dass das reines Wunschdenken war. Und weglaufen keine Alternative. Naja ... Sie würde dem hier eine Chance geben. Was blieb ihr anderes übrig? Ihr Blick wanderte unauffällig umher, während sie mit dem Silberlöffel in der Hühnerbrühe herumrührte. In weißem Porzellangeschirr mit Untersetzer! Das Haus war ziemlich alt, der Raum aber ganz gemütlich eingerichtet. Helles

Holz, bunte Vorhänge, überall Kerzen, aber das hatte sie gleich beim Eintreten bemerkt. Viel interessanter als das war die Frau neben ihr und dass sie so traurig war. Sie war so hübsch mit ihren dunklen Knopfaugen. Und sie trug eine Strickjacke aus rosa Wolle, wenn das nichts zu bedeuten hatte. Es musste einfach! Vielleicht meinte der liebe Gott es ja doch einmal gut mit ihr, dachte Eileen und stieß aus Versehen mit ihrem Fuß gegen den Stuhl des Mannes, der sie daraufhin böse anschaute.

„'tschuldigung! Aber ich kann nichts dafür. Das machen die ganz von alleine." Sie nahm eine Brotscheibe und tat, als würde sie hineinbeißen.

Aus den Augenwinkeln beobachtete Eileen, wie die Frau ihren Löffel beiseite legte und den Mann anstarrte, eine ganze Zeit lang sogar. Der schien es gar nicht mitzubekommen, weil er reinhaute, als hätte er seit Tagen nichts Essbares bekommen, den Kopf fast direkt auf dem Teller, damit der Weg nicht zu weit war. Doch die Frau sagte nichts, sie starrte nur. Den Ausdruck in ihrem Gesicht kannte Eileen zur Genüge. So sah sie selber aus, wenn sie an ihren Vater dachte, den Versager. Was sie tunlichst vermied und jetzt nicht damit anfangen wollte. Am besten klappte das, wenn sie an gar nichts dachte und einfach nur geradeaus ins Leere blickte oder irgendwohin. Die schlimmsten Dinge ließen sich auf diese Weise ausblenden! Doch das brauchte sie im Moment gar nicht. Außerdem hatte die Frau ihre Aufmerksamkeit erregt, nämlich wie sie eine Serviette nahm, sich den Mund abtupfte und dabei den Ärmel ihrer Strickjacke hinunterschob, bis eine Armbanduhr zu sehen war.

Auch Eileen hatte den ganzen Tag über auf ihre Uhr geschaut. Im Kinderhaus, als sie darauf gewartet hatte, dass ihre neue Freundin Lily endlich von der Nachhilfe zurückkam, damit sie sich von ihr verabschieden konnte, auf dem Weg zum Jugendamt in Höxter oder während der kalten Autofahrt mit dem Mann und der Frau, wo niemand ein Wort gesprochen hatte. Als es plötzlich einen Knall gegeben und der Mann angefangen hatte zu schwitzen und zu fluchen. Und die Frau hatte zu reden begonnen, das erste Mal überhaupt seit ihrer Begegnung, Eileen hatte es aber nicht verstanden. Und nun saßen sie hier in diesem großen Raum bei Kerzenlicht und schwiegen sich an.

Sie legte das Brot auf den Tellerrand zurück und musste daran denken, wie manche ihrer Freundinnen früher gerne Mutter-Vater-Kind gespielt hatten. Sie jedoch nie. Es hatte in ihr nie den Wunsch gegeben, etwas nachzuspielen, was unerreichbar war. Vorzugeben etwas zu sein, was sie nicht war und niemals sein würde. Und wenn sie vor Lily behauptete, sie wäre eine der größten Schießkünstlerinnen aller Zeiten, dann war das nichts als ein alberner Scherz, dachte Eileen mit zappelnden Beinen und stieß dabei erneuert an den Stuhl des Mannes.

„Kannste nich endlich mal stillhalten", rief er und knallte mit der Faust auf den Tisch. Das Geschirr schepperte laut.

Die Frau zuckte zusammen, hatte sich richtig erschreckt und sogar etwas von der Suppe verschüttet, zum Glück nicht auf ihre schöne Strickjacke. Doch bis auf ein leises Schnaufen blieb sie stumm und sah ihn wieder nur an, mit diesem Ausdruck im Gesicht.

Der Mann bekam es nicht mit, weil er mit einer Scheibe Brot durch den Teller wischte. „Essen sollste", sagte er in einem leicht versöhnlicheren Ton zu Eileen und stopfte sich die ganze aufgeweichte Scheibe auf einmal in den Mund.

Sie nahm den Löffel und tat es. Wutausbrüche und Reaktionen wie Auf den Tisch zu hauen kannte Eileen von ihrem Vater. Sie lösten in ihr allenfalls Mitleid aus, keine Angst. Die Hühnerbrühe war nicht mehr zu heiß und schmeckte sogar ganz gut, besonders die vielen kleinen Nudeln in Sternform. Eigentlich hatte sie ja aus Protest nichts essen wollen. Doch der Hunger machte ihr einen Strich durch die Rechnung.

Als der Mann fertig war, schaute er auf und bemerkte endlich, dass die Frau ihn anstarrte. „Was!", fragte er und wischte sich, als keine Antwort kam, nur ein ausweichender Blick, mit seiner Serviette über die glänzende Stirn.

Vorhin bei dem Knall im Auto hatte er so mächtig geschwitzt, dass er sich sogar sein hässliches Oberteil ausgezogen hatte. Schweißflecken waren auf dem Stoff seines T-Shirt zum Vorschein gekommen, besonders unter den Armen wie bei den Sportlehrern an Eileens Grundschule in Borgentreich. „Ja, is ja gut", sagte er. „Ich weiß. Aber es isnich meine Schuld, dass wa hier ..."

„Ach!", fiel ihm die Frau ins Wort, nur eine Silbe, und doch schwang so viel Verachtung mit.

Der Mann warf seine Serviette auf den Tisch, lehnte sich zurück und zog sich am Kragen. Sein Bauch hob und senkte sich mit seinen Atemzügen. Etwa drei, vier Mal ging das so, dann schnellte er nach vorne. „Also gut. K–"

„Nein!" Ehe er weiterreden konnte, hatte die Frau ihre Hand gehoben. „Nein! Nein! Nein!", rief sie mit blitzenden Augen.

Der Mann verzog das Gesicht und verschränkte die Arme.

Eileen beobachtete die zwei, schaute immer abwechselnd von einem zum anderen und vergaß dabei sogar zu essen. Sie wusste nicht, was das Problem zwischen ihnen war. Aber sie weigerte sich zu glauben, dass das ihre neuen Eltern sein sollten.

9. Kapitel

Focke war wie gelähmt. Vor dem Esszimmerfenster wurden die Umrisse einer Gestalt sichtbar. Mehr ließ sich in der Dunkelheit nicht erkennen. Wenn doch nur die blöden Straßenlaternen angehen würden! Der rote Kringel glomm auf, dann konnte er die Zigarette riechen. Ihm stockte der Atem.

Der Kringel wanderte mitsamt der Gestalt weiter Richtung Flur. Womöglich zur Haustür, um zu flüchten. Oder aber, um ins Wohnzimmer zu gelangen und sich Focke vorzuknöpfen. Beim Gedanken daran wurde ihm ganz anders. Endlich löste sich seine Schockstarre. Vorsichtig setzte er einen Fuß zurück, um möglichst geräuschlos in die entgegengesetzte Richtung abzuhauen, dann den nächsten Fuß. Als er aus Versehen gegen einen Sessel stieß, schrie er vor Schreck auf.

„Focke, bist du das?“, rief die Gestalt, definitiv eine Frau.

Der Akzent kam ihm bekannt vor. „Jana?“, fragte er zurück.

Das Lichte wurde angeknipst. An der Garderobe stand tatsächlich die blonde Tschechin, genauso aufgedonnert wie bei ihrer Begegnung am Morgen, nur zusätzlich mit einem Regenschirm bewaffnet.

Focke ahnte, was sie damit vorgehabt hätte, und seufzte erleichtert, dabei hatte er sie vorhin noch für eine Einbrecherin und Diebin gehalten. Dass sie auch die Mörderin seines Vaters sein sollte, kam ihm dagegen ziemlich absurd vor. „Müssen Sie mich so erschrecken?“

Jana fächelte sich mit der Handfläche Abkühlung zu. „Das könnte ich von dir sagen. Ich habe gedacht, es wäre ein Einbrecher.“

„So? Dann sind wir ja quitt.“ Als sie ihn verwirrt anstarrte, fügte Focke hinzu: „Die Aktion heute morgen? Sie haben gesagt, dass ...“

„Ach das! Ich habe was gesucht, dass habe ich dir doch erklärt. Und lass doch mal dein dämliches *Sie*. Ich komme mir ja uralt vor. Dein Vater hat mir gesagt, ich soll vorbeikommen. Er hat Urlaub und wollte mit mir die Sachen durchgehen."

Das mit dem Urlaub wusste sie also. Es sprach dafür, dass sie die Wahrheit gesagt hatte. Dennoch gab es Punkte, die dagegen sprachen. „Und war das Notizbuch auch deines?"

„Welches Notizbuch?"

„Das, was bis gestern dort auf dem Tisch gelegen hat. Mit den Initialen TL drauf."

„Das gehört Tjark. Was soll ich damit?"

„Es ist weg."

Ihr ahnungsloses Gesicht wirkte so überzeugend, dass ihm Zweifel an seiner Theorie kamen. Nur: Wenn sie es nicht gestohlen hatte, musste es jemand anderes getan haben.

„Was denkst du eigentlich von mir?", fragte Jana in der Zwischenzeit. „Ah, ist klar. Ich bin Osteuropäerin, also klaue ich. Die deutschen Vorurteile."

„Nein, Quatsch. Es ist nur ... Ich kenne dich nicht. Und es passieren so komische Dinge im Moment. Die Polizei ist hier gewesen. Sie haben in der Hütte eine Leiche gefunden."

„Ich weiß. Ich habe vom Laden aus noch mal bei denen angerufen." Sie lief ins Wohnzimmer und suchte nach einem Aschenbecher. „Ich hoffe, sie machen schnell dieses Zahndingsbums. Diese Warterei hält ja keiner aus."

„Du hast eine Boutique in Hofgeismar?"

„Ja, wieso?" Sie drückte ihre Zigarette aus und sah ihn dabei mit verengten Augen an. „Ah, verstehe. Du hast dich schlau gemacht. Dein gutes Recht."

„Und dein Mann hat eine Hundeschule."

„Ja genau. Warum? Magst du etwa keine Hunde?"

Focke zögerte, plötzlich unsicher, ob diese Fragen wirklich zielführend waren. Was ging es ihn an, ob sie verheiratet war. „Doch natürlich mag ich Hunde", sagte er daher in unverfänglichem Ton. „Ich habe als Jugendlicher mal mit ansehen müssen, wie einer ums Leben gekommen ist. Seitdem bin ich Tierschützer."

„Das ist sehr löblich. Aber keine Erklärung, warum du das eben so betont hast."

Focke rollte mit den Augen. „Na schön! Ich frage mich halt, was dein Mann zu dem hier sagt." Er zeigte um sich.

„Ach, das meinst du", antwortete sie und klang enttäuscht. „Weil ich verheiratet bin. Du weißt also genau Bescheid über mich oder wie."

„Nein?"

„Was willst du dann hören? Dass ich meinen Mann hintergangen habe? Meine Güte!" Sie hob theatralisch die Arme. „Ich bin hier, weil ich gedacht habe, du brauchst vielleicht jemanden. Und was machst du? Verhörst mich nur." Jana nahm ihre Handtasche mit der Schwanenschnalle drehte sich um und ging.

„Warte", rief er, worauf sie stehen blieb. „Es tut mir leid. Ich weiß doch auch nicht, was ich gerade denken soll. Ich habe erfahren, dass gestern eine Nachbarin meinen Vater angerufen hat, weil sich jemand an der Hütte herumgetrieben hat. Deshalb ist er hingegangen, um nachzusehen."

„Ach so? Also hat dort jemand eingebrochen oder wie?"

„Keine Ahnung. Ja, vermutlich."

„Und vor zwei Wochen wurde hier bei Tjark eingebrochen." Jana erzählte, sein Vater hätte ihr das erzählt und vorgeschlagen, sie sollte lieber ihre Sachen holen kommen, bevor etwas wegkäme. Eines Abends hätte er ein Geräusch gehört und mitbekommen, wie jemand durch die Terrassentür hinaus in den Garten gestürzt und weggelaufen wäre.

Focke fühlte sich an die Begegnung mit dem Mann hinter der Hecke eben erinnert. „Und ist was gestohlen worden?"

„Nein, ich glaube nicht. Aber laut Tjark muss alles durchwühlt worden sein."

„Also hat derjenige was gesucht. Hast du eine Idee, was?"

Jana zuckte mit den Schultern.

„Noch was, das ich nicht verstehe“, fuhr Focke fort und gab ihr ein Zeichen, mit ins Esszimmer zu kommen, wo er die Speicherkarte vom Tisch nahm und hoch hielt. „Vorhin habe ich das hier im Briefkasten gefunden. Es sind Fotos drauf, die verschiedene Leute und ein Kind auf einem Ausflug zeigen. Sagt dir das was?“ Er startete sein Tablet und lud die Bilder, die er darauf abgespeichert hatte.

Jana nahm das Tablet, setzte sich auf einen der Stühle und ging sie durch. „Der Chip lag in einem Umschlag ohne Absender?“

„Ja, genau. Woher weißt du das?“

„Weil die Fotos, oder die abgeschnittenen Beine vielmehr, seine Visitenkarte sind.“

„Wessen?“, rief Focke ungeduldig.

„Keine Ahnung, wie er heißt. Sima oder so. Er ist Privatdetektiv. Und bevor du fragst: Dein Vater hat ihn damals auf meinen Mann angesetzt.“

„Auf deinen Mann?“

Jana holte Luft und stieß sie gleich wieder aus. „Mein Gott, ja, mir zuliebe. Weil ich befürchtet habe, dass er mit der Hundepension krumme Geschäfte macht, deswegen.“

Focke ließ sich das auf der Zunge zergehen und kam erneut zu dem Schluss, dass er sich kein Urteil bilden konnte, da er die beteiligten Personen nicht oder nicht gut genug kannte. Unmöglich, dass es sich auf diese Weise abgespielt hatte, war es jedenfalls nicht. „Und die Fotos hier? Haben die auch was mit deinem Mann zu tun?“

„Auf keinen Fall“, sagte Jana schnell und betrachtete sie erneut. „Ich weiß nicht, wer das ist oder was das soll.“

„Könnte es ein Mädchen aus dem Kinderhaus sein?“

„Dem Haus Eddessen? Wieso denn?“

„Keine Ahnung!“ Das Kind, das entweder Schwierigkeiten hat oder in welche geraten war, dachte er. Und beschloss, bei nächster Gelegenheit Johannes zu fragen, denn der wüsste auf Anhieb, ob es eines seiner Kinder war oder nicht.

„Wenn du mich fragst, steckt sicher irgendeine Frau dahinter“, sagte Jana und zeigte mit einem rot lackierten Fingernagel auf das Foto von der Frau und dem Mann in dem alten Lada. „Vielleicht will er ja was von ihr? Sein Typ wäre sie.“

„Blödsinn.“ Focke nahm ihr das Tablet weg und lud stattdessen die Fotos von der Autokamera, zuerst das mit dem kleinen gelben Schloss. „Was ist damit? Sagt dir das was?“

Diesmal dauerte es länger, bis Jana reagierte. „Seltsam“, war das erste, was sie vor sich hin murmelte. „Die sind in Tschechien aufgenommen.“

Focke beglückwünschte sich zu seiner ausgeprägten Kombinationsgabe. „Wart ihr dort mal zusammen?“

„Ja, aber nicht im Sommer. Das ist in Františkovy Lázně. Franzensbad, wie ihr auf deutsch dazu sagt. Das gelbe Gebäude ist das Casino an der Kurallee mit dem Pavillon davor, sehr markant. Aber warum hat er diesen schäbigen Hinterhof da fotografiert?“

„Ich habe gehofft, dass du mir das sagen könntest.“

Jana schüttelte den Kopf. „Warum sollte ich das wissen? Nur weil ich Tschechin bin?“

„Nein, aber du und er ...“

„Wir sind nicht mehr zusammen, schon vergessen?“

Irgendwie schon, musste Focke zugeben und erinnerte sich daran, dass er sie nach der aktuellen Partnerin seines Vaters fragen wollte. Doch dazu war ihm die Lust vergangen. Er erkundigte sich stattdessen nach Langfurt, worauf Jana behauptete, den Namen nie gehört zu haben, und sie würde die meisten Bekannten seines Vaters mit Namen kennen, vor allem die aus Manrode. Focke fand das mehr als merkwürdig. Aus welchem Grund sollte sich jemand als dessen Bekannter ausgeben, wenn er keiner war? Und die Behauptung, er würde in der Siedlung im Tal wohnen, war definitiv falsch gewesen. Dazu kam seine wachsende Sorge darüber, dass dieser Langfurt eventuell sogar mit ins Haus gegangen war, als die Beamtin ihn zurückgebracht hatte. Allein würde sie ihn kaum gebändigt gekriegt haben. Dann hätte er durchaus die Möglichkeit dazu gehabt, das Notizbuch zu stehlen. Oder er war später zurückgekehrt und durch die Terrassentür ins Haus eingedrungen. Und nicht nur das, womöglich war er abermals hierhergekommen: Langfurt konnte der Mann sein, der sich vorhin hinter der Hecke versteckt hatte. Besser, die Polizei erfuhr so schnell wie möglich von seinen Überlegungen!

Jana hatte in der Zwischenzeit begonnen, ihre Handtasche aufzuräumen. „Na, wieder da?", fragte sie und legte eine zusammengeknüllte Zigarettenpackung und mehrere leere Bonbonpapiere auf den Tisch. Auf sein Schulterzucken hin redete sie weiter: „Soll ich dir sagen, wofür ich das alles halte? Die Fotos? Und das mit der Hütte? Ohne es böse zu meinen, aber Tjark ist neben seiner Arbeit mit seinen Kindern eigentlich nur eine Sache wichtig. Frauen. Und damit macht man sich schon mal den einen oder anderen Ehemann zum Feind."

„Was meinst du damit?"

„Er hat mir zum Beispiel erzählt, dass der Ehemann einer seiner Freundinnen mal versucht hat, ihn auf der Autobahn abzudrängen."

„Was? Aber ..." Focke überlegte, war sich aber nicht sicher, was sie ihm damit sagen wollte. „Und das an der Hütte ist auch so was?"

„Ja. Es kann doch gut sein, dass ...", Jana suchte nach Worten und gestikulierte mit den Händen, in der sie ein gebrauchtes Taschentuch hielt, „dass es die Rache eines betrogenen Ehemanns gewesen ist. Das habe ich sofort gedacht, als du mir heute Morgen von dem Feuer erzählt hast."

Focke, der seinen Oberkörper bis zum Schluss auf der Tischplatte abgestützt hatte, stellte sich gerade hin. „Ich höre ständig nur betrogene Männer und Freundinnen. Bist du sicher, dass wir von derselben Person sprechen? So ist mein Vater gar nicht."

„Ach nein? Woher weißt du das, ich dachte, ihr habt länger keinen Kontakt mehr gehabt."

Focke fing an, im Kreis zu laufen, weil er sich die Beine vertreten musste. „Aber früher. Die ersten elf Jahre haben wir wohl Kontakt gehabt, da haben wir nämlich zusammen gewohnt."

Jana holte ein Feuerzeug aus ihrer Handtasche und schüttelte es. „Hör mal zu. Ich musste im Juni ins Krankenhaus. Wegen Rücken. Tjark wollte mich besuchen kommen. Hat er auch. Öfter als ich gedacht habe. Er hat was mit einer der Krankenschwestern angefangen."

Focke lachte auf. Es klang alles andere als amüsiert.

„Weswegen ich ihm dann endgültig den Laufpass gegeben habe", fuhr Jana unbeeindruckt fort.

„Na, das war dann vielleicht eine Ausnahme."

„Sie war nicht die erste, mit der er mich betrogen hat. Als ich ihn kennengelernt habe, war er mit einer Evelyn aus Trendelburg zusammen. Davor war es genauso. Und davor und davor. Er hat vor ein paar Jahren sogar mal was mit der Frau eines Arbeitskollegen gehabt."

„Dann ... keine Ahnung. Das ist ... keine Ahnung."

„Johannes, meine ich."

„Johannes? So ein Quatsch!"

Sie warf das Feuerzeug zu den anderen Sachen auf die Tischplatte. „Du weißt es wirklich nicht, oder?"

„Was?"

„Dass er schon bei deiner Mutter fremdgegangen ist?"

„Was?" Focke blieb stehen und zog eine Grimasse. „So ein Blödsinn! Woher willst du das wissen? Er ist nicht fremdgegangen. Sie hat ihn verlassen!"

„Ach. Und hast du dich nie gefragt, wieso?"

„Doch. Weil..." Weil sie zu unterschiedlich waren, hatte seine Mutter ihm stets versichert. Aber mit *Weil er mich betrogen hat* machte es im Grunde viel mehr Sinn.

„Du siehst aus, als wäre das ein Schock für dich. Tut mir leid, Kleiner."

Focke ließ sich auf einen Stuhl fallen. Er musste an seine Mutter denken, die oft allein zuhause saß, weil ihr alles wehtat, aber sie beschwerte sich nie. Sie hatte auch früher in Manrode viel Zeit allein zuhause verbracht, weil sein Vater wieder länger arbeiten musste. Und wenn er dann zurückgekommen war, hatten sie sich angeschrien. Manchmal hatte sie sogar in einem anderen Zimmer geschlafen als er. Wegen ihrer Migräne angeblich. Mein Gott, er musste blind gewesen sein. Hatte nur gesehen, was er sehen sollte. Focke schluckte, sein Hals war trocken, dann kam die Ohrfeige, so überraschend, so hart – und so schmerzhaft. Dass er all die Jahre einem Irrglauben aufgesessen war. Dass die anderen Kinder seinem Vater gar nicht wichtiger gewesen waren als sein eigenes. Denn er hatte die vielen Abende gar nicht mit ihnen verbracht. Er hatte ja in Wirklichkeit mit anderen Frauen gevögelt. Focke wurde heiß, dann kalt, bis Jana ihm mit einem ungewohnten Geräusch aus seiner Gedankenwelt zurück ins Esszimmer holte. „Was ist jetzt los?", fragte er und betrachtete ungläubig die Flasche Sliwowitz vor ihm auf dem Tisch, daneben zwei Gläser, allerdings keine Schnapsgläser wie am Morgen, sondern normale für Wasser.

„Du siehst aus, als könntest du einen gebrauchen." Jana schenkte die Gläser voll und schob ihm eines herüber.

Focke wurde schon vom Hinschauen schwindelig. Schuld war allerdings eine weitere Schlussfolgerung, die sich nicht hatte verhindern lassen: Tante Renate. Sie war sicher auch eine der Eroberungen seines Vaters gewesen. Deshalb also war sein letzter Sommer in Manrode so extrem sonderbar gewesen! Und ausgerechnet die Schwester seiner Mutter. Oh Mann, auf einmal ergab alles einen Sinn!

„Auf die Erkenntnis", sagte Jana und hielt ihr Glas hoch.

Focke ergriff das andere, stieß dagegen und trank einen kräftigen Schluck, in der Hoffnung, dass die Wirkung möglichst schnell einsetzte. „Der ist gut", krächzte er, als seine Stimme halbwegs wieder da war.

„Ich weiß. Fünfundzwanzig Jahre alt. Über vierzig Euro die Flasche."

Dass sie den Betrag erwähnte, passte zu ihr, dachte Focke mit einem Anflug von Spott. Alles an dieser Frau wirkte wie eine Zurschaustellung, gekrönt von der Goldkette, die genauso gut ein Imitat sein konnte. Und wenn schon, er hatte andere Sorgen. „Und ich hab' echt geglaubt, du wärst durch die Terrassentür reingekommen", sagte er und wunderte sich, wie schnell seine Vorbehalte ihr Gegenüber verflogen waren. „Die Tür war nämlich nicht verschlossen."

Jana nickte. „Ich weiß. Sie lässt sich schwer verriegeln. Manchmal klappt das gar nicht mehr." Sie erzählte, sein Vater hätte davon gesprochen, es reparieren zu lassen. Aber im Endeffekt wäre kein Geld dafür da gewesen.

Focke hatte bei dem G-Wort böse aufgelacht.

„Logisch, denn er hat es mit vollen Händen ausgegeben, auch meins", sagte sie nachdenklich, worauf sie ihm und sich nachgoss.

Focke ergriff sein Glas und spielte damit.

„Dein Vater schuldet mir eine Menge. Trotzdem, bevor du was sagst: Nein, ich habe nichts mitgenommen und versuche jetzt, es zu Cash zu machen."

Ihre nach oben gerichteten Mundwinkel verrieten Focke, dass sie den Vorwurf nicht ganz ernst meinte. Zum Glück, denn er hätte keine Lust gehabt, sich zusätzlich zu allem anderen auch mit den Finanzen seines Vaters auseinanderzusetzen. „Sorry noch mal, für eben."

„Ich weiß nicht, was du meinst."

Sie stießen erneut an und tranken.

Zwei Gläser später hatte Jana den CD-Spieler angestellt, vermutlich eine tschechische Band und wenig aufregend mit der Akustikgitarre. Focke verstand kein Wort vom Gesang, und von dem, was Jana erzählte, nur die Hälfte wegen der Lautstärke der Musik, weswegen er sie ständig bat, lauter zu reden. Sie sprach von ihrer Ehe, die schon lange am Ende war, getrennte Wohnstätten und so weiter, dass das keine Rechtfertigung sein sollte, nur wo sie gerade so offen miteinander wären. Sie liebte ihre Hunde und die Hunde liebten sie, sie hätte Pläne mit ihnen und die würde sie sich nicht von einem Mann kaputt machen lassen, schon gar nicht von ihrem eigenen, so oder so ähnlich musste es gewesen sein. „*Na zdraví!* Prost!“, sagte sie einmal mehr, hob das Glas und kippte den Kopf in den Nacken.

Focke machte mit, knallte das leere Glas auf die Tischplatte und verzog das Gesicht. So hochprozentiges Zeug war er sonst gar nicht gewohnt.

Eine neues Lied fing an, ein lauter Mix aus Gitarre, Percussion und Gesang. Und Jana brabbelte munter weiter, doch er verstand es wieder nicht und musste nachfragen. „Was bei dir ist“, wollte sie offenbar wissen und schenkte nach.

„Mir?“ Focke gab sich Mühe, gegen die Musik anzukommen. „Ich lasse mir meine Pläne auch nicht von einem Mann kaputt machen.“

„Sehr witzig. Hast du keine Freundin oder wie?“, rief sie zurück.

„Nein! Und wenn, dann hätte ich einen Freund.“

„Ach so?“ Sie wirkte überrascht, aber nicht allzu sehr. „Tjark hat nie etwas gesagt.“

„Kein Wunder.“ Focke versuchte, sich aufrecht hinzusetzen. Das Sprechen fiel ihm allmählich schwerer, was Jana jedoch nicht bemerkte oder ignorierte. „Er weiß es nicht. Wie gesagt, wir haben kaum Kontakt gehabt.“ Und im Grunde gab es auch nichts zu erzählen, fügte er in Gedanken hinzu. Nichts jedenfalls, was über die bei schwulen Beziehungen üblichen drei Wochen hinausging. Was manchmal echt anstrengend war, denn ständig ließ man sich auf jemand Neues ein. Von den Enttäuschungen ganz zu schweigen. Aber das sagte er ihr alles nicht. „Was?“, rief er.

„Ich habe Hunger“, rief Jana zurück und stand auf. „Was ist mit dir?“

Focke hob die Schultern. Vorhin hatte er kurz Hunger gehabt. Aber das war lange her.

„Hast du heute überhaupt schon was gegessen?“

Er schüttelte den Kopf, es passte genau in den Rhythmus der Musik.

„Du musst was essen“, rief sie und ging in die Küche.

Focke nahm sein Smartphone und erhob sich ebenfalls, was ihm schwerer fiel als erwartet und mit einem Schwindelgefühl verbunden war. „Ich gehe mal aufs Klo!"

Als gäbe es keinen direkten Weg, lief er zuerst ins Wohnzimmer, wo ihn die erschreckende Erkenntnis traf, dass Akkus sich nicht von alleine aufluden. „Scheiß Ding!" ausstoßend, warf er sein Smartphone aufs Sofa und bewegte sich im Takt der Musik, die ihm von Lied zu Lied besser gefiel. Das was gerade lief, war richtig gut. *Cham Mam!* oder so ähnlich sang der Typ, es klang positiv und kraftvoll. Doch Focke hatte etwas anderes gewollt. Es dauert etwas, dann fiel es ihm ein: das Klo. Mit ein paar coolen Tanzbewegungen setzte er sich in Bewegung.

Wegen des leeren Akkus war sein Smartphone natürlich nicht in der Lage die Nachricht, die kurz zuvor jemand an ihn verschickt hatte, anzuzeigen. Hätte Focke sie lesen können, wäre er vermutlich ausgerastet und sogar zu spät auf die Toilette gekommen.

Die Nachricht stammte von einem gewissen Langfurt.

10. Kapitel

Als Focke die Augen aufschlug, war es bereits hell. Wobei hell es nicht richtig traf, das Licht, das durch das kleine Fenster auf der Nordseite fiel, war eher grau. Die Konturen der Möbel verschwammen, als hätte man einen Weichzeichner verwendet. Sein Kopf dröhnte. Im Gegensatz zum Morgen davor war ihm die Ursache diesmal klar. Nie wieder Sliwowitz! Zu allem Übel klingelte irgendwo ein Telefon, allerdings nicht seines, an so viel konnte er sich erinnern. Er richtete sich auf und rieb über sein Gesicht. Der Geschmack auf der Zunge verriet ihm, was es gestern Abend zu essen gegeben hatte. Eine unerwartet cremige Knoblauchsuppe, die Jana in null Komma nichts aus allem, was in der Küche vorrätig gewesen war, gezaubert hatte, sogar mit Croûtons aus altem Brot. Ein großes Glas Wasser wäre ihm momentan lieber. Der Wecker zeigte neun Uhr durch.

Dass jemand um diese Zeit etwas von ihm wollte, war nicht ausgeschlossen, dass sein Vater verlangt wurde, jedoch viel wahrscheinlicher. Focke sprang aus dem Bett, stolperte zwei Meter weiter über seine Turnschuhe und erreichte ohne weitere Zwischenfälle das Wohnzimmer, wo das Klingeln lauter wurde. Doch erst im Esszimmer wurde er fündig, neben Gläsern, einer leeren Flasche und einem Topf ohne Deckel. Natürlich zu spät. Abgestandener Zigarettenrauch, vermischt mit einer kräftigen Note Knoblauch, stieg ihm in die Nase.

Gähnend ließ Focke sich die Rufnummer anzeigen und öffnete nebenbei das Esszimmerfenster, um Frischluft hineinzulassen. Es war die Polizei, die angerufen hatte. Nach einem Abstecher in die Küche, um am Spülbecken seinen Durst zu stillen, rief er zurück.

„Ach, Sie sind ja doch da“, sagte der junge Kommissar Butterweck, nachdem er seinen Namen genannt und ihm einen guten Morgen gewünscht hatte. „Wir würden uns gern mit Ihnen treffen. Mobil konnte ich Sie nicht erreichen. Ich habe schon befürchtet, dass Sie nach Gütersloh zurückgekehrt wären, da Sie gestern davon gesprochen haben."

„Stimmt, aber das hat sich ... naja." Focke ersparte sich den Rest den Satzes, wobei ihm einfiel, dass er normalerweise um diese Uhrzeit längst arbeiten würde. Dass er gestern geglaubt hatte, einfach so zurück zur Tagesordnung übergehen zu können, erschien im gerade unvorstellbar. Er streckte sich.

„Gut, dann sind wir in ein paar Minuten da", sagte Butterweck daraufhin.

„Ach, so schnell? Ist was passiert?"

Der Kommissar bejahte.

„Äh, und was?"

„Das möchte ich am Telefon nicht sagen, das verstehen Sie sicher. Ok? Also bis gleich."

Focke ließ sich auf einen Stuhl fallen. Sein Blick begann umherzukreisen, wurde unscharf, stieß auf etwas Unerwartetes und gewann wieder an Kontur. Auf dem Fußboden lag eine Tüte Chips, überall waren Krümel verstreut. Er fragte sich, wo überhaupt Jana steckte und erinnerte sich dunkel an den Rest vom gestrigen Abend. Dass Jana und er nach der Suppe die Flasche geleert und im Wohnzimmer die Musik aufgedreht und miteinander getanzt hatten. Nein, dass konnte nicht wirklich passiert sein! Er musste schmunzeln, dann würgen, doch zum Glück Fehlalarm. Dass sie in dem Zustand noch Auto gefahren war!

Focke beschloss, sich lieber zu waschen und anzuziehen. Er entschied sich für seine eigenen Klamotten, auch wenn es ihn anwiderte, zum dritten Mal in Folge dasselbe zu tragen. Den letzten Rauchgeruch musste das Deo verdecken. Hätte er das früher gewusst, hätte er gegoogelt, wie man eine Waschmaschine bediente. Und seine Cordjacke in die Reinigung gebracht. Aber für beides war es zu spät. Für ein kleines Frühstück könnte die Zeit reichen, wenn er denn überhaupt etwas herunterbekam. Doch die zwei Flaschen

Champagner, die ihm beim Öffnen des Kühlschranks ins Auge sprangen, wirkten alles andere als appetitfördernd. Da half es auch nichts, dass Käse, Wurst, Butter und Marmelade offenbar ausreichend vorhanden waren.

Die letzten Minuten nutzte Focke, indem er schnell die Zeugnisse des letzten Abends wegräumte, Gläser in die Spülmaschine, die Flasche vorrübergehend in den Schrank unter der Spüle, die Chipstüte in den Mülleimer, wo über Nacht die leeren Behälter von Geflügelbrühe und Schmand ihre letzte Ruhestätte gefunden hatten. Der Standmixer, den Jana bei ihrer Kochsession benutzt haben musste, durfte dreckig im Spülbecken stehenbleiben. Über die Krümel im Esszimmer legte er einfach den kleinen Teppichläufer aus dem Flur.

Als ihm klar wurde, was er tat, hielt Focke kurz inne. Sein Vater hatte beim Gang zur Hütte davon gesprochen, zuerst den groben Dreck wegmachen zu müssen. Inzwischen wusste er, dass das eine billige Ausrede gewesen war, um alleine hingehen zu können. Nur den Grund dafür, den kannte er bislang nicht. Ob sein Vater geahnt hatte, was ihn dort erwartete? Oder wer?

Er lud noch schnell die Bilder vom Chip des Privatdetektivs auf sein Tablet, um sie den Polizisten zu zeigen, als es bereits klingelte. Sofort fing sein Magen an zu drücken. Es wurde ernst! Nun würde er der Wahrheit nicht länger aus dem Weg gehen können, den Antworten auf Fragen, die er lieber mit Aufräumen zurückdrängte als sich ihnen zu stellen. Zum Beispiel, ob es bei der Neuigkeit, die sie ihm nur persönlich mitteilen konnten, darum ging, dass der Zahnvergleich durchgeführt worden war. *Es besteht kein Zweifel, Herr Löhr, es handelt sich bei der Leiche eindeutig um ihren Vater.* Focke schluckte seine Zweifel herunter und ging zur Tür. Natürlich war das sein Vater, der tot in der Hütte gelegen hatte. Wer sollte es sonst sein? Und wo bitteschön hätte er die ganze Zeit über stecken sollen, in Las Vegas vielleicht? Sein Vater! Focke konnte immer noch nicht fassen, was Jana ihm erzählt hatte. Sie hatte ihm die Augen geöffnet. Die ganzen Frauengeschichten, die alles andere als ein Kavaliersdelikt waren, wenn dabei die aktuelle Partnerin oder noch schlimmer die Ehefrau hintergangen und wie in seinem Fall die Familie mit aufs Spiel gesetzt wurde. Und ausgerechnet heute kam seine Mutter nach Hause und er hatte sich fest vorgenommen, sie zu informieren. Noch einmal tief durchatmen! Nicht zu tief, sonst wurde ihm schwindelig. Focke öffnete.

Die Polizisten erschienen in derselben Besetzung wie beim ersten Mal, als ungleiches Duo, derer es in der Geschichte viele gab, Holmes und Watson, Dick und Doof, Caesar und Kleopatra. Vorne Hauptkommissar Martin Götte, dahinter dessen junger Kollege mit leicht rotem Kopf, als hätte er eben noch im Fitnessstudio Hanteln gestemmt. Und der ihn trotz Muskeln und zugegebenermaßen nicht unsympathischen Lächeln völlig kalt ließ, dachte Focke, selbst auf den zweiten Blick, es konnte also nicht allein der Schock gewesen sein. Zu glatt, würde er vermuten. Verdammt, jetzt tat er es schon wieder. „Äh, Entschuldigung. Was haben Sie gesagt?"

„Dass wir die Neuigkeiten lieber im Haus überbringen würden", wiederholte Hauptkommissar Götte und ging gleich durch in das Wohnzimmer, als bedürfte es in dieser Ausnahmesituation keiner förmlichen Einladung mehr.

Jens Butterweck sagte nichts, sah ihn nur mit zusammengepressten Lippen an, eine Mimik, die wohl Anteilnahme ausdrücken sollte, und folgte seinem Vorgesetzten hinein.

„Sie machen es aber spannend", rief Focke ihnen nach, leider viel zu laut, was gleich durch einen Stich in der Schläfe quittiert wurde. Doch er wollte seine Zeit nicht mit der Suche nach einer Kopfschmerztablette vergeuden. Vor der Sitzgruppe waren die Polizisten stehengeblieben. „Also ist die Identität geklärt oder wie? Es ist definitiv mein Vater?"

„ Die Unterlagen zum Zahnvergleich befinden sich zurzeit in der Prüfung", antwortete der Hauptkommissar, „ich rechne mit dem Ergebnis im Laufe des Tages. Ich weiß, dass das unangenehm für Sie sein muss, aber wir machen Dampf, verlassen Sie sich drauf."

Focke wurde langsam ungeduldig. „Und was ist dann die Neuigkeit?"

„Unsere Untersuchungen an der Hütte sind abgeschlossen, was die Brandursache betrifft. Nach Aussage des Gutachters wurde Benzin als Brandbeschleuniger verwendet."

„Brandbeschleuniger?" Focke widerstand dem plötzlichen Drang, aufs Sofa zu sacken wie die letzten Male, wenn eine Nachricht ihn übermannt hatte. „Sie wollen sagen, dass das Feuer absichtlich gelegt worden ist?"

„So ist es."

„Aber wer ...? Und warum? Ich meine, das kann doch nur ein Versehen sein, oder? Ein Benzinkanister mit einem Loch, keine Ahnung."

„Genau das müssen wir herausfinden. Es gibt verschiedene Fragestellungen. Uns interessiert zum Beispiel: Hat es schon gebrannt, als Ihr Vater in die Hütte gegangen ist oder ist das Feuer erst ausgebrochen, als Ihr Vater bereits drinnen war?"

„Ich weiß nicht, ich habe es nicht gesehen."

„Dann, wie Sie schon selber gesagt haben: War es ein Versehen, ein leckender Kanister in Verbindung mit einer weggeworfener Zigarette zum Beispiel, oder hat jemand unter Vorsatz Benzin verschüttet und Feuer gelegt? Den vielen Stellen nach, an denen Benzin nachgewiesen werden konnte, gehen wir eher von Letzterem aus. Was uns zur Frage bringt: Wusste derjenige, dass Ihr Vater in der Hütte war oder wollte er nur die Hütte anstecken? Wenn Ihr Vater das eigentliche Ziel war, woher wusste er, wann Ihr Vater zur Hütte kommen würde?"

Focke starrte ihn mit offenem Mund an. Als er wieder einen klaren Gedanken fassen konnte, fiel ihm als Erstes die Nachbarin ein. Sie hatte seinen Vater über den Mann an der Hütte informiert, das zumindest behauptet. Sie konnte ihn aber genauso nur aus dem Grunde angerufen haben, um ihn zur Hütte zu locken.

„Anders gesagt: Wer könnte ein Interesse haben, Ihren Vater zu töten?“, warf der Kollege Butterweck ein.

Focke ließ sich nun doch aufs Sofa fallen, zu heftig war die Wucht der Frage. Staub wirbelte auf und tanzte durch den Lichtstrahl der gebogenen Stehlampe. Doch das Schauspiel interessierte ihn nicht. Er konnte es nicht glauben, hatte diese Möglichkeit niemals in Erwägung gezogen. Natürlich waren gerade zuletzt einige Merkwürdigkeiten ans Tageslicht geraten. Aber Mord? Das war ein anderes Kaliber. „Ich habe keine Ahnung, wer ein ...“, rief er kopfschüttelnd und brach ab. In seiner Schläfe stach es heftig, und das musste nicht der Sliwowitz sein. „Scheiße, ich komme mir grad vor wie in einem beschissenen Film.“

Die zwei Männer warfen sich einen Blick zu. Bestimmt waren sie extremere Gefühlsausbrüche gewohnt als den hier. „Aber vielleicht hat er etwas erwähnt“, hakte der Hauptkommissar nach, nachdem die beiden sich ebenfalls gesetzt hatten. „Irgendwas, das nicht in Ordnung war. In seinem Umfeld vielleicht?“

„Nein, er ... Er war nervös.“ Focke war das von Anfang an aufgefallen. Leicht reizbar. Angespannte Gesichtszüge. Selbst gesprochen hatte er anders als früher. Und diese Augenringe. Sein Vater hatte ausgesehen, als hätte er seit Wochen nicht geschlafen.

„Wegen was nervös?“

„Keine Ahnung. Wie gesagt, wir haben lange keinen Kontakt mehr gehabt.“

„Und Sie wissen auch nicht, wobei Sie ihm helfen sollten.“

„Nein, das habe ich Ihnen doch gestern schon gesagt, oder? Nur dass es was mit Kindern war.“

„Die Kinder, ja richtig.“

„Sie müssen mit der Nachbarin sprechen.“

„Welcher Nachbarin?“

Focke erzählte von seinem Gespräch mit Sylvia Fögen, von ihrem Anruf, weil sie einen Mann gesehen hatte, und dass sein Vater im Anschluss direkt zur Hütte fahren wollte.

„Fögen, sagen Sie?"

„Ja. Sie muss hier schräg gegenüber wohnen, hat sie mir erzählt."

„Das ist interessant", sagte der Hauptkommissar und fuhr sich übers Kinn, als würde er über etwas nachdenken. „Und wann soll dieser besagte Mann an der Hütte gewesen sein?"

„Wie ich das verstanden habe, an dem Abend vor dem Feuer. Aber vielleicht hat sie das ja auch nur erfunden, um meinen Vater hinzulocken." Focke wusste nicht, warum er das gerade sagte. Vielleicht, weil der Hauptkommissar so seltsam schaute. Irgendetwas stimmte nicht.

„Nun, wir werden das überprüfen."

„Ist etwas mit ihr? Bitte sagen Sie es mir!"

Martin Götte blickte zu seinem Kollegen, der daraufhin für ihn antwortete: „Wir haben die Anrufliste des Festnetzanschlusses Ihres Vaters überprüft und bereits mit Frau Fögen gesprochen. Uns hat sie allerdings erzählt, es ginge um die Sitzung des Heimatvereins."

„Heimatverein?"

„Wir klären das noch." Jens Butterweck machte sich Notizen auf seinem Block.

„Stattdessen will sie am Montag Abend einen Mann an der Hütte gesehen haben", sagte der Hauptkommissar und wiederholte den Wochentag: „Montag."

„Der Tag, an dem es so viel geregnet hat", ergänzte Butterweck und fuhr nach einer lautlosen Aufforderung des Hauptkommissars fort: „Bei uns ist am selben Tag ein anonymer Anruf eingegangen. Darin wurden wir aufgefordert, uns die Hütte Ihres Vaters unbedingt näher anzuschauen, denn dort würde angeblich brisantes Material lagern."

„Ich verstehe nicht."

„Ihnen sagt das nichts?"

„Nein, natürlich nicht. Was für Material denn?"

„Fotos."

Focke schüttelte ungläubig den Kopf.

„Die zuständigen Kollegen hatten leider keine Gelegenheit mehr gehabt, dem Hinweis nachzugehen“, fuhr Kommissar Butterweck fort. „Tja und nun ist es zu spät, das Feuer hat das meiste der Hütte zerstört. Nichtsdestotrotz ist es uns gelungen, Reste von Bildmaterial sicherstellen.“

„Und?“

„Wie gesagt, das meiste ist zerstört “, übernahm Hauptkommissar Götte die Antwort und rückte auf seinem Sessel ein Stück nach vorne. „Ein anderes Thema: Hatte Ihr Vater früher einen Unfall? Etwas Schwerwiegendes, meine ich?“

„Nein, wieso?“

„Wir haben bei der Obduktion der Leiche diverse Knochenbrüche festgestellt, wahrscheinlich mehrere Jahre alt und dem Anschein nach gut verheilt. Es hätte ja sein können, dass Ihnen das was sagt.“

Focke musste an Janas Worte denken, dass jemand versucht hatte, seinen Vater auf der Autobahn abzudrängen. Er überlegte, der Polizei von ihrem Verdacht zu berichten, dass ein gehörnter Ehemann hinter allem stand. Doch sein Instinkt sagte ihm, dass das übertrieben war.

„Ihnen fällt doch etwas dazu ein, das sehe ich Ihnen an“, versuchte der Hauptkommissar ihn zu ermuntern.

„Ja, ich ...“ Er zögerte. „Nein, aber mir ist grad etwas anderes eingefallen. Vor ein paar Wochen wurde hier eingebrochen. Die ehemalige Lebensgefährtin meines Vaters hat mir das erzählt, Frau Pecková, sie hat gestern auch mit jemandem von Ihnen gesprochen.“

„Interessant. Haben wir den Einbruch in unseren Unterlagen?“ Martin Götte wandte sich an seinen Kollegen.

Kommissar Butterweck zuckte mit den Schultern. „Wäre mir neu.“

„Ach so? Das heißt, mein Vater hat das nicht gemeldet oder wie?“

„So scheint es, ja. Das ist allerdings nicht so ungewöhnlich, wie Sie vielleicht vermuten. Ist denn etwas gestohlen worden?“

„Wie sie mir erzählt hat, nicht. Dafür war wohl alles durchwühlt." Focke hielt inne und überlegte, ob sein Vater der Typ dafür war, einen Einbruch ohne Beute auf sich beruhen zu lassen. Er kam zu keinem Schluss, wie so oft. Aber womöglich hatte sein Vater einen Grund gehabt, die Polizei nicht zu informieren.

„Wenn wir nicht einbezogen werden, dann sind uns natürlich die Hände gebunden", erklärte der Hauptkommissar.

„Schon klar. Dann melde ich hier und jetzt einen neuen." Focke erzählte, dass er am Tag seiner Ankunft auf dem Couchtisch vor ihnen zufällig das Notizbuch seines Vaters hatte liegen sehen. Kein gewöhnlicher Block, sondern ein richtiges Buch mit Ledereinband und Initialen. „Und gestern war es weg."

„Kein Zweifel möglich? Dass Sie es aus Versehen weggeräumt haben oder ..."

„Kein Zweifel möglich."

Das Gesicht des Hauptkommissars verdunkelte sich.

„Die Schiebetür zur Terrasse lässt sich nicht richtig verriegeln", fuhr Focke fort, „daher der Balken."

Jens Butterweck stand auf und begutachtete die Tür.

„Wir werden die Spurensicherung informieren", sagte Martin Götte.

„Keine Einbruchspuren, wie es scheint," rief Kommissar Butterweck herüber und wies mit der Hand Richtung Flur. „Darf ich mir die Haustür auch ansehen?"

„Sicher. Könnte es dieser Langfurt gewesen sein, der Bekannte meines Vaters, der mich zusammen mit der Polizistin nach Hause gebracht hat?", fragte Focke den Hauptkommissar.

„Wie kommen Sie darauf?"

„Ich habe versucht ihn zu besuchen. Doch offenbar gibt es ihn gar nicht."

„Moment mal." Martin Götte forderte ihn auf zu erklären, wie das gemeint war.

Focke erzählte von seinem vergeblichen Versuch, ihn in der Siedlung, wo er laut Polizei wohnen sollte, oder im Telefonbuch ausfindig zu machen. Sowieso würde den Namen niemand kennen, viel zu ungewöhnlich. „Was genau hat der Mann getan, nachdem die Beamtin mich hier abgeliefert hat und zurück zur Hütte gefahren ist? Ist er mit ihr zurückgefahren?"

Der Hauptkommissar beugte sich abermals in seinem Sessel vor, als wäre es ihm zu unbequem geworden. Wie Focke ihn einschätzte, gefiel es ihm nicht, von anderen darauf gestoßen zu werden, dass er etwas übersehen hatte. „Meines Wissens nicht, nein. Wir werden dem nachgehen", sagte er.

„Ich bitte darum. Mich interessiert vor allem: War der Mann hier im Haus?"

„Auch das müssen wir klären. Wissen Sie, was in dem Notizbuch Ihres Vaters steht?"

„Keine Ahnung. Notizen?"

Sollte Martin Götte diese Antwort missfallen haben, ließ er es sich nicht anmerken.

Ein unangenehmes Schweigen brach zwischen ihnen aus, zehn, fünfzehn Sekunden lang, das erst unterbrochen wurde, als Kommissar Butterweck zurückkam, mit Fockes Tablet in den Händen. „Und was ist das hier?", fragte er. Sein Ton klang verändert, womöglich vorwurfsvoll.

„Das wollte ich Ihnen als Nächstes zeigen."

„Ach wirklich?" Jens Butterwecks Augenbrauen schnellten in die Höhe.

„Ja, wirklich", erwiderte Focke und fragte sich ernsthaft, was der Kommissar von ihm hielt. „Ich habe das nur für Sie vorbereitet. Gestern Nachmittag habe ich zufällig in den Briefkasten geschaut und einen Speicherchip gefunden. Mit Fotos drauf. Laut der ehemaligen Lebensgefährtin meines Vaters von einem Privatdetektiv, den er engagiert hat."

Jens Butterweck zeigte das Tablet seinem Vorgesetzten, der sich die Bilder anschaute.

Focke konnte nicht erkennen, welches Bild der Auslöser war, dass die beiden Männer wie so oft zuvor vielsagende Blicke austauschten und begannen, in einer Lautstärke zu reden, sodass er ja nichts mitbekam. Ihn überkam nur sofort ein ungutes Gefühl. Und ungute Gefühle hatte er eigentlich genug gehabt. „Was ist denn?“, rief er dazwischen.

Der Hauptkommissar schüttelte den Kopf. „Das sieht nicht gut aus“, sagte er. „Das sieht gar nicht gut aus.“

11. Kapitel

Nachdem die Polizisten endlich gegangen waren, hielt ihn nichts mehr auf dem Sofa. Gestern hatte er sich Zeit zum Nachdenken gegeben, was prompt in einem zerstörten Kissen resultierte. Diesmal wollte Focke sich bewegen, er musste es einfach tun und fing an, das Haus zu durchsuchen. Wenn im Notizbuch seines Vaters etwas Wichtiges gestanden hatte, dann gab es womöglich weitere lohnenswerte Dokumente. Außerdem war zuvor schon eingebrochen worden, was für ihn hieß, dass es etwas zu holen gab, und damit meinte er keine Wertgegenstände im eigentlichen Sinne.

Wie ein Besessener durchwühlte er deshalb jede Schublade, öffnete jedes Schrankfach, schaute in jede Kiste, egal ob groß oder klein. Er durchforstete den Keller und die Garage, einen Dachboden gab es zum Glück nicht. Anderthalb Stunden später saß Focke auf dem Fußboden in der Mitte des Wohnzimmers und blickte um sich, keuchend wie nach einer doppelten Joggingrunde durch den Stadtpark mit anschließendem Sprint. Nun sah es auch so aus wie nach einem Einbruch, dachte er mit einem Hauch von Ironie. Anders wäre die Aktion in der Zeit nicht zu schaffen gewesen. Am liebsten hätte er ein Foto gemacht und online gestellt, doch ohne Saft war sein Smartphone nutzlos. Und selbst mit, sein Blog lag auf Eis. Er würde die bereits angekündigte Reise in seine Kindheit nicht weiterführen, jedenfalls nicht in naher Zukunft.

Wenn er nur eine Ahnung gehabt hätte, wonach er überhaupt suchen sollte. Vielleicht hob sein Vater wichtige Unterlagen, Fotos, was auch immer, ja woanders auf, in einem Banksafe. Oder in der Hütte. Wo sie inzwischen verbrannt waren, wie die Polizei ihm mitgeteilt hatte. Was konnte brisant an ihnen sein? Hatte im Notizbuch seines Vaters etwas Brisantes gestanden? Das einzig Interessante, das Focke gefunden hatte, war ein Haarreif aus Draht, und zwar im Korb unter dem Waschbecken im Bad. Der gehörte mit ziemlicher Sicherheit nicht seinem Vater, sondern einer Frau, wobei, wie Focke einmal gehört hatte, Kerle, die sich für metrosexuell hielten, eine Zeit lang ebenfalls welche getragen hatten. Er würde Jana fragen, ob er ihr gehörte. Eine tolle Ausbeute!

Zuletzt riss er die drei Briefe auf, die gestern mit der Post gekommen waren. Die Telekom und die Warburger Mercedes-Werkstatt wollten Geld, was nicht ungewöhnlich bei seinem Vater war. Auch, dass es keine kleinen Beträge waren. Beim dritten Brief bekam Focke große Augen und einen trockenen Hals. Frankonia, ein Unternehmen, das, wie er wusste, Mode vertrieb, aber auch Jagd- und Sportwaffen, schickte eine Rechnung. Und zwar für die Reinigung und Wartung einer Walther PK380 vor knapp zwei Wochen. Wofür brauchte sein Vater eine Pistole? Weil ein betrogener Ehemann ihm Rache gedroht hatte, wäre eine befriedigende Antwort darauf. Aber sicher nicht die einzige.

Wie gerne hätte Focke sich die Fotos mit dem Mann und dem rothaarigen Kind auf dem Ausflug ein weiteres Mal angesehen, jedoch hatte die Polizei sein Tablet mitsamt des Speicherchips beschlagnahmt. Und das, ohne ihm zu verraten, was es damit auf sich hatte. Er überlegte und überlegte, was es sein konnte. Ihm selber war doch gar nichts aufgefallen. „Das sieht nicht gut aus“, waren die Worte des Hauptkommissars gewesen. „Ja, was denn?“, hatte Focke ihn angeblafft, vergeblich. Dass die Polizisten ihn im Unklaren ließen, hatte ihn erst so richtig angestachelt. Aber sicher hatten sie ihre Gründe, ermittlungstechnische, jaja. Immerhin hatte Focke sich durch die Suchaktion etwas entspannt. Bis auf die Unordnung war alles heile geblieben.

Er stand auf und ging ins Schlafzimmer. Nur gut, dass er die Fotos nicht direkt auf dem Tablet, sondern auf einer externen Cloud gespeichert hatte. So konnte er mit jedem x-beliebigen Rechner, einer Internetverbindung und seinem Passwort jederzeit darauf zugreifen. Problem war, dass er keinen internetfähigen Rechner mehr hatte. Er musste unbedingt nach Hause, seinen Laptop holen, neue Klamotten, Haarspray und vor allem sein normales Ladekabel fürs Smartphone. So weit war es bis Gütersloh schließlich nicht. Und sollte seine Mutter schon von ihrer Reise mit den Turnerfrauen zurück sein, konnte er gleich mit ihr reden. Das ging persönlich sowieso besser als am Telefon.

Also machte er schnell das Bett wie gestern Nachmittag, ersparte sich aber den anschließenden Spiegelcheck im Badezimmer, um Frustrationen zu vermeiden. Duschen und Rasieren konnte er sich zuhause. Nur noch eben das Fenster im Esszimmer schließen und ab nach draußen!

An diesem Morgen lag Nebel über den Gärten und Feldern im Tal unterhalb vom Bungalow seines Vaters. Die bewaldete Kuppe des Deiselbergs lugte trotzig daraus hervor. Die Luft fühlte sich feucht an, es hatte sich spürbar abgekühlt. Es würde ein grauer Tag werden, aber der passte viel besser zu den aktuellen Ereignissen als die Sonne gestern, dachte Focke, stieg in seinen Golf und schrie auf. Den Rucksack seines Vaters hatte er total vergessen! Er hatte ihn bei Johannes' Besuch im Kinderhaus Eddessen gesehen, mitgenommen und auf dem Beifahrersitz liegen lassen. Wenn sein Vater etwas Privates aufhob, dann sicher darin. Focke stürzte sich auf ihn, durchwühlte den Inhalt und fand neben zahlreicher Fachlektüre nichts Aufregendes – bis auf einen USB-Stick, und der lachte ihn magisch an. Ein Grund mehr, schnell zurück nach Gütersloh zu fahren. Er verband das Autoladekabel mit seinem Smartphone und erhielt das akustische Signal, dass es endlich wieder Energie kriegte, zwar zu Lasten der Autobatterie, aber während der Fahrt normalerweise kein Problem. Wo steckte eigentlich die Alte mit dem Blümchenkittel? Aß bestimmt Schokolade und las dabei in ihrer Chronik. *Eddessen und die Kinder passen nicht zusammen*, etwas in der Art hatte sie erzählt. Immer noch unschlüssig, was er davon halten sollte, startete Focke den Motor, als ihm einfiel, dass er mit der Nachbarin gesprochen haben wollte, nicht mit der Kittelfrau, sondern Sylvia Fögen, der Anruferin von schräg gegenüber.

Ursprünglich, um zu fragen, ob sie Mann oder Auto auf den Fotos des Privatdetektivs wiedererkannte, was mangels Tablet schlecht ging. Warum sie ihm von einem Mann an der Hütte erzählt, vor der Polizei aber behauptet hatte, dass es um ein Treffen des Heimatvereins gegangen wäre, interessierte ihn inzwischen viel mehr.

Mit einem Augenrollen wegen seiner typisch Focke-artigen Vorgehensweise stellte er den Motor wieder ab und lief zu dem Haus, das ihr vermutlich gehörte, ein eher langweiliger 90er-Jahre-Bau aus hellrotem Klinkerstein. Leider wohnte dort eine Familie Engemann, doch gleich daneben in einem architektonischen Zwilling wurde er fündig, und damit wesentlich schneller als bei seiner Suche nach dem ominösen Langfurt. Hauptkommissar Götte war seine mangelnde Kenntnis über dessen Verbleib sichtlich unangenehm gewesen, dachte Focke, und zwar völlig zu recht. Er schellte.

Niemand machte auf. *Hier wohnen Sylvia, Thomas und Sina Fögen* stand in krakeliger Schrift und mit roten Herzen versehen auf einem Schild, das hinter der Glasscheibe links neben der Eingangstür klebte. Tja, momentan wohl nicht. Focke schätzte, dass die kleine Sina es bei ihrer Tagesmutter Ulrike Petermichl selbst gebastelt hatte. Er schellte ein zweites Mal und drehte sich mit dem Rücken zur Tür, um den Bungalow seines Vaters zu betrachten. Wie trostlos bei dem Wetter alles aussah! Aber wenigstens regnete es nicht, denn er fuhr bei schlechter Sicht nicht so gerne Auto. *Montag, der Tag, an dem es so viel geregnet hat*, wiederholte er Jens Butterwecks Aussage von vorhin, die beinahe poetisch geklungen hatte. Eigentlich sonderbar, dass sich Sylvia Fögen bei solchem Wetter im Freien herumgetrieben hatte. Es sei denn, dass sie gar nicht draußen gewesen war, als sie die Beobachtung an der Hütte gemacht hatte. Ihm fiel ein, wo er sie eventuell finden konnte.

Er stieg zurück in seinen Golf und fuhr hinauf ins Oberdorf, die gleiche Strecke wie gestern Vormittag, als er zum Kinderhaus Eddessen wollte. Diesmal hielt er jedoch kurz vorm Ortsende an, direkt an der neuen Halle des Heizungs- und Sanitärbetriebs Dierkes. Ein Blick ins Tal bestätigte seine Annahme: Es war der einzige Ort, von dem aus man die Hütte sehen konnte, ohne nass zu werden. Er betrat den Laden im Altbau und wartete, dass jemand an den Tresen kam. Ein älterer Mann, der ihn begrüßte und fragte, womit er helfen konnte.

„Ich suche Sylvia Fögen", antwortete Focke.

Ein nicht zu überhörendes Zögern folgte, dann: „Die gibt's hier nicht."

Focke nickte und tat, als wäre da bei ihm etwas durcheinandergeraten, ehe er die Halle verließ, aber nur, um eben sein Smartphone aus dem Auto zu holen. Zum Glück konnte man damit schon wieder telefonieren, sicher nicht allzu lang, aber das war wahrscheinlich gar nicht nötig. Keine Minute später war er zurück am Tresen und wählte eine der neu gespeicherten Handynummern, während der Mann auf der anderen Seite ihn argwöhnisch anschaute.

„Ich habe Ihnen doch gesagt, dass es die hier nicht gibt", waren dessen Worte, als im Hintergrund ein Mobiltelefon zu klingeln begann.

„Bitte verraten Sie mich nicht", sagte Sylvia Fögen als Erstes, nachdem sie mit Focke hinausgegangen und ein Stück den Feldweg neben der Halle entlanggelaufen war. „Wenn das rauskommt, kriege ich Ärger."

Focke wusste nicht, was herauskommen konnte, vermutete aber entweder Schwarzarbeit oder ein Verhältnis mit jemandem aus dem Betrieb. Sylvia Fögen war eine gutaussehende Frau, etwas blass zwar im Moment, doch das verging, vom Jahrgang etwa wie sein Vater, dunkelhaarig, groß und schlank. Am Telefon hatte sie älter gewirkt, ging ihm durch den Kopf. Da weder Schwarzarbeit noch Verhältnis ihn interessierte, erwiderte er: „Nur die Ruhe! Ich möchte mit Ihnen einfach über Ihre Beobachtung am Montag sprechen."

Sylvia Fögen schien das zu erleichtern.

„Aber nicht nur“, fügte Focke hinzu, woraufhin sie stehen blieb und ihn mit großen Augen ansah.

Er wollte die Gelegenheit nutzen, sich seine Vermutung bestätigen oder entkräften lassen, dass sie außer ihm die einzige Person war, die wusste, dass sein Vater zur Hütte wollte, so spontan der Einfall vorhin auch gekommen war. „Die Polizei ist bei mir gewesen“, erzählte er und forderte sie mit einer Handbewegung zum Weitergehen auf. „Laut ihren Untersuchungen wurde das Feuer absichtlich gelegt, mit Benzin als Brandbeschleuniger. Was mich stutzig macht: Eigentlich konnte doch niemand wissen, dass mein Vater an dem Abend hin wollte.“

„Da sagen Sie was“, antwortete Sylvia Fögen mit einer Hand am Hals und beteuerte ihm in mehreren Sätzen ihr Mitgefühl und Verständnis dafür, dass er herausfinden wollte, was los war.

Leider war sie auf seine getarnte Frage nur mit mehr oder weniger nichtssagenden Floskeln eingegangen. „Oder kann jemand beobachtet haben, wie er hingefahren ist?“, hakte er nach.

„Ach klar, das weiß das halbe Dorf. Mein Mann hat mir erzählt, er hätte ihn sogar noch gegrüßt, als Ihr Vater und Sie am Dienstag Abend runtergefahren sind. Unser Ortsvorsteher übrigens auch. Und meine Schwägerin ist Ihnen auf dem Fahrrad entgegengekommen. Wirklich verborgen bleibt hier nichts.“ Sie lächelte, zum ersten Mal.

„Verstehe“, sagte Focke und versuchte, sich nicht anmerken zu lassen, wie bescheuert er sich gerade vorkam. Dabei hatte er damals nach der Aktion mit Lars und Lukas doch am eigenen Leibe erfahren, wie schnell sich manches Lauffeuer verbreitete. „Naja, ich habe mir gedacht, dass es so was sein muss. Um auf den Mann am Montag zurückzukommen: Sie haben mir am Telefon gesagt, dass die Situation Ihnen merkwürdig vorgekommen wäre. Warum, was war daran ungewöhnlich?“

„Ich weiß nicht genau. Ich denke, es war das Auto. Ich habe aus dem Fenster geschaut und da stand es. So unerwartet. Ihr Vater fährt ein anderes."

„Ok." Focke hatte auf einen spannenderen Grund gehofft. „Was für ein Auto war es denn?"

„So eine Art Geländewagen."

„Ein Pick-up?"

„Nein, eher ein normales Auto in dick. SUV sagt man heute wohl dazu. Die Marke weiß ich nicht. Dunkel."

Es würde zu dem Volvo mit dem Mann und dem Kind passen, dachte Focke und ärgerte sich einmal mehr, dass die Polizei sein Tablet einkassiert hatte. Falls tatsächlich eine Übereinstimmung vorliegen sollte, war der vermeintliche Ausflug mit dem Kind womöglich doch nicht mehr so harmlos. „Was ist dann passiert?"

„Der Mann hat am Kofferraum rumhantiert und ist zur Hütte gegangen. Und da ist mir, glaube ich, erst richtig bewusst worden, dass das auf keinen Fall Tjark ist. Zu unterschiedlich, von der Statur her, vom Gang."

Focke überlegte, wie das zu den Fotos des Privatdetektivs passte. So anders hatte er den Mann mit dem Kind nicht in Erinnerung, was die Statur betraf. Oder es war der andere gewesen, der mit der Frau. Doch der fuhr Lada. „Haben Sie sein Gesicht erkannt?"

Anstatt zu antworten, deutete Sylvia Fögen mit der Hand zur den Resten der kleinen Hütte unten im Tal. Er verstand, was sie ihm damit sagen wollte: Für Details war die Entfernung viel zu groß. „Ich glaube, er hat eine Mütze getragen", sagte sie dennoch.

In dem Fall brachten auch Fotos nichts, dachte Focke und ließ den Blick in die Ferne schweifen. Etwa auf derselben Höhe wie Manrode lag verschwommen das Bergdorf Haarbrück, westlich davon und um einiges niedriger Langenthal, das bereits zu Hessen gehörte. Er hatte komplett vergessen, wie schön die Aussicht von hier war, von Strommasten und Windrädern einmal abgesehen. „Und was hat der Mann getan, als er zur Hütte gegangen ist?"

„Ich habe nicht mehr hingeschaut, weil damit für mich die Sache erledigt war."

„Verstehe. Ist er zufällig in die Hütte reingegangen?"

„Auf jeden Fall. Er hat die Tür mit dem Rücken aufgedrückt und war weg."

Focke ließ sich diese Worte durch den Kopf gehen, als er zurück zum Auto schlenderte. Sylvia Fögen hatte sich verabschieden wollen, nachdem ihr Mobiltelefon angefangen hatte zu schellen. Ihre Tochter, die von Frau Petermichl abgeholt werden wollte. Was für ihn selbstverständlich in Ordnung ging. Er überlegte, wie die Ausbeute des Gesprächs war, und ließ sich in seinen Golf fallen. Der Nebel draußen hatte sich längst verzogen. Der in seinem Kopf offenbar weniger.

Er steckte sein Smartphone zurück ans Ladekabel und checkte die Nachrichten, die es zwischenzeitlich empfangen hatte. Etwa ein Dutzend neue wurden in der Übersicht angezeigt, wenig erstaunlich nach der unvorhergesehenen Offlinephase, doch neben Arbeitsmails und Anfragen seines Dating-Programms war nur wenig Interessantes dabei. Doch, Johannes hatte sich gemeldet. *Focke, gibt's was Neues? Sag doch bitte Bescheid, ich mache mir auch Sorgen. Liebe Grüße!*

Ach, der Gute, seufzte Focke und hatte sofort wieder den letzten Vormittag vor Augen, wie Johannes vor ihm gestanden hatte, groß, mit blonden Locken und diesem Ausdruck im Gesicht. Dabei brauchte er sich gar keine Hoffnungen zu machen, Johannes war seit Ewigkeiten verheiratet, und zwar mit einer Frau. Trotzdem, träumen durfte man ja wohl. Seine rosa Gedanken färbten sich grau. Selbst mit der Frau eines Arbeitskollegen hatte sein Vater etwas gehabt, war das zu fassen? Focke ärgerte sich, nicht von sich aus geschrieben oder angerufen zu haben. Dabei hatten Johannes und er gestern doch extra deswegen noch schnell Handynummern ausgetauscht, nachdem der Anruf der Polizei ihn im Kinderhaus erreicht hatte.

Er würde kurz vorbeifahren, um mit ihm zu reden! Wie er vorhin schon bei seiner Mutter gedacht hatte, persönlich war immer am besten, was für Johannes ganz besonders galt. Und vielleicht könnte er bei dieser Gelegenheit gleich einen klitzekleinen Blick auf den USB-Stick aus dem Rucksack seines Vaters werfen. Natürlich ohne Zuschauer, solange nicht feststand, was drauf war. Doch vorher wollte er eben die Nachricht checken, die ihm von einer unbekannten Nummer zugesendet worden war. Focke öffnete sie, las den kurzen Text und bekam eine Gänsehaut, noch ehe er beim Namen des Absenders angekommen war.

Er lautete Langfurt.

12. Kapitel

Wieder dieser Name, Langfurt. Seit dem Abend an der Hütte war Focke in regelmäßigen Abständen damit konfrontiert worden, wobei seine Bauchschmerzen von Mal zu Mal zunahmen. Angeblich ein Bekannter seines Vaters, den aber niemand kannte, und der auch nicht dort wohnte, wo er vor der Polizei behauptet hatte. Der dafür mutmaßlich in den Bungalow seines Vaters eingebrochen war und dessen Notizbuch an sich genommen hatte. Focke las die Nachricht so oft, bis die Worte vor seinen Augen verschwammen. *Hallo Focke! Weißt du noch, wer ich bin? Ich bin zurückgekehrt, in Menschengestalt. Mein Name ist M. Langfurt!*

Schweiß hatte sich auf seine Stirn gelegt. Am liebsten hätte er diesen M. Langfurt angerufen und gefragt, was der Mist sollte. Doch etwas hielt ihn zurück. Er wusste auch, was. Angewidert von seiner eigenen Feigheit warf er das Smartphone auf den Beifahrersitz und nahm es sofort wieder auf, aber nur, um nervös mit dem Finger dagegen zu klopfen. Drei Sekunden später tippte er eine Antwort. *Was soll das? Wer oder was bist du?* Doch anstatt sie abzusenden, löschte er sie und warf sein Smartphone zurück auf den Sitz neben sich.

Focke startete den Motor und fuhr los. Reifen quietschen, während die Gedanken in seinem Kopf begannen, wild durcheinanderzurasen, bis es wehtat und sich nicht mehr unterscheiden ließ, ob es davon kam oder vom Sliwowitz. Auf der kurvigen Straße hinter Manrode, etwa auf Höhe der Abfahrt zur Hütte, hatte er genug und packte sein Smartphone. *Was soll das? Wer bist du?,* schrieb er, ein Auge halb auf den Straßenverlauf gerichtet, und drückte ohne zu zögern auf Absenden.

An der Kreuzung keinen Kilometer später schaute Focke zum ersten Mal nach einer Antwort. Fehlanzeige! Und als er nach einem weiteren Kilometer die Abfahrt zur Klus fast verpasst hätte, zum ungefähr siebzehnten Mal. Vielleicht hätte er die Nachricht besser ignorieren sollen. Irgendein Spinner oder so, der sich einen Spaß erlaubt hatte. Zumindest eine gesündere Autofahrt wäre es geworden, ohne jedes Schlagloch und gelegentlich den Seitenstreifen mitzunehmen.

Erst auf dem Parkplatz des Kinderhauses legte er sein Smartphone weg und drückte die Autotür auf, um Sauerstoff hereinzulassen. Ihn empfing eine geradezu ohrenbetäubende Stille. Sie ließ seine Gedankenwelt umso unruhiger erscheinen. Viel lieber hätte er sich hektisches Treiben gewünscht, schlechtgelaunte Kinder, motzende Sozialpädagogen, Eileens weinende Freundin Lily mit der pinkfarbenen Wollmütze. Aber es war Vormittag, da befanden sich die Kinder bestimmt dort, wo sie hingehörten, nämlich in der Schule. Obwohl, normalerweise müssten sie bald zurück sein, immerhin war es dreizehn Uhr durch. Trotz der vorangeschrittenen Zeit hatte sich gegenüber an der Klus sogar ein Rest Nebel gehalten. Die Häuschen des Kreuzwegs schienen darin zu schweben. Im angrenzenden Waldstück allerdings, das etwas höher lag, hatte er sich aufgelöst. Focke nahm den USB-Stick aus dem Rucksack und steckte ihn in die Tasche seiner Cordjacke.

Das Geräusch einer eingehenden Nachricht ließ ihn zusammenfahren. In neuer Rekordgeschwindigkeit ergriff er sein Smartphone und öffnete den Nachrichteneingang. Sie war tatsächlich von Langfurt und lautete:

Ja, kennst du mich denn nicht mehr von früher? Ich war doch mal dein bester Freund.

Völlig perplex von diesen Worten, betrat er das Kinderhaus und marschierte durch die Halle mit der Stoffgirlande und den Comic-Wandbildern. Dass sich an der Stelle der Getränkekisten eine alte Waschmaschine breitgemacht hatte, die offenbar auf ihren Abtransport wartete, entging ihm völlig. Focke hatte nur einen Gedanken: Es musste sich bei diesem Langfurt tatsächlich um einen Irren handeln.

Er hatte keinen besten Freund mit diesem Namen gehabt. Davon einmal abgesehen würde es ihm schwerfallen, überhaupt einen besten Freund von damals festzumachen, außer Lars und Lukas vielleicht, und wer von den beiden der bessere Freund gewesen war, darüber hatte er sich mehr als einmal den Kopf zerbrochen, ohne zu einem Urteil zu gelangen. Doch womöglich hatte die Zeit die Realität verfälscht und früher war das anders gewesen. Vor Johannes' Tür blieb er stehen, checkte seine Frisur, gab entnervt auf und klopfte an.

Im Gegensatz zum Vortag stand Johannes sofort auf, als er dessen Büro betrat. Der Schreibtisch, da sah man auf den ersten Blick, war dagegen genau so voll mit Arbeit, überall Papiere und Aktenordner. „Focke", rief er, „echt schön, dass du vorbeikommst", und dann leiser: „Du siehst blass aus. Kein Wunder, ne? Ich habe es schon gehört."

Focke sah erstaunt zu ihm hoch, zu diesem blonden Hünen, und fragte, woher gehört, dabei hatte er eigentlich vorgehabt, das Versäumte vom Vortage nachzuholen und zuerst ein wenig dessen Nähe zu genießen und an gar nichts zu denken. Wie damals, als Kind. Nicht an seinen Vater oder dass der etwas mit Johannes' Frau angefangen hatte und schon gar nicht an die Polizei.

„Beim Tanken in Bühne, um ehrlich zu sein", klärte Johannes ihn auf. „Es wird sogar was von Brandbeschleuniger gemunkelt. Wer bitteschön macht denn so was?"

„Ja, ich weiß", antwortete Focke tonlos.

„Nee, im Ernst. Gibt es inzwischen eine Spur? Heute Morgen sind zwei Kommissare dagewesen und haben mit unserem Leiter gesprochen, Konrad Pape. Aber verraten haben die uns nichts."

„Mir auch nicht. Nur Fragen, Fragen, Fragen. Hast du denn keine Idee, was los ist? Ist mein Vater in irgendwas hineingeraten?"

„Was meinst du mit *hineingeraten*?"

Sie setzten sich an den runden Tisch, an dem sie gestern gesessen und geredet hatten. Das Chaos darauf schien sich sogar noch vergrößert zu haben. Focke erzählte von den Fotos auf der Speicherkarte im Briefkasten. „Wie es aussieht, hat mein Vater einen Privatdetektiv beauftragt, einen Mann und ein Kind zu verfolgen, die sich irgendwo mit einem Paar getroffen haben."

„Was, im Ernst jetzt?"

„Vielleicht war das Kind ja eines aus Eddessen. Ich kann dir die Fotos zeigen, wenn du mir einen Computer mit Internet zur Verfügung stellst."

„Bei uns ist kein Kind weggekommen, da kann ich dich beruhigen."

„So?" Focke hielt inne. Damit war der Vorwand, an den Computer zu gehen und heimlich den USB-Stick zu überprüfen, natürlich gestorben. „Vielleicht war das Kind ja auch nicht richtig weg, sondern nur kurz. Ach, keine Ahnung! Irgendetwas muss es doch bedeuten, wenn mein Vater einen Privatdetektiv anheuert, findest du nicht?"

„Auf jeden Fall", stimmte Johannes zu und fuhr sich nachdenklich mit seiner großen Hand übers Gesicht.

Vielleicht hatte sein Vater ihn ja deswegen nach Manrode beordert, sinnierte Focke. Weil Kinder wegkamen und dann wieder auftauchten. Aber was machte das für einen Sinn? „Was war los mit ihm? Du hast ihn doch jeden Tag gesehen." Kaum ausgesprochen, kamen ihm Zweifel, ob Johannes überhaupt der richtige Ansprechpartner war nach dem Vorfall mit dem Ehebruch. Nun war es zu spät, er konnte die Frage nicht mehr zurückziehen. Doch vermutlich hatten die zwei sich irgendwie arrangiert. Und wie er Jana verstanden hatte, war das ewig her.

Johannes überlegte einen Moment, dann sagte er: „Tjark war im Großen und Ganzen wie immer. Nur manchmal, da ... Gerade in letzter Zeit ... Etwas schien ihn beschäftigt zu haben. Frag mich aber nicht, was."

„Habt ihr nicht darüber geredet?"

„Ich glaube, er wollte nicht. Vielleicht habe ich es ihm auch nicht oft genug angeboten. Heute Morgen unter der Dusche ist mir das noch durch den Kopf gegangen, weil ich an deinen Besuch gestern denken musste. Eigentlich wollte ich dir das lieber nicht sagen, aber ... Ich finde, er hat oft geheimnisvoll getan. War abweisend. Ich glaube, es hat was mit Konrad Pape zu tun, unserem Leiter. Die beiden kommen nicht so gut klar“, Johannes hob eine Augenbraue, „was, wenn du mich fragst, echt keine große Kunst ist.“

„Ist denn etwas Spezielles vorgefallen? Mit eurem Leiter, meine ich.“

Johannes wollte nicht recht raus mit der Sprache.

„Bitte. Ich muss es wissen. Mein Vater hat gesagt, dass er in Schwierigkeiten wäre. Und dass es was mit Kindern zu tun hätte. Vielleicht ja wegen ihm?“

„Das hat Tjark gesagt? Nein, nichts Spezielles. Glaube ich zumindest. Ich will jetzt auch nichts Falsches sagen. Da muss man echt vorsichtig sein.“ Er legte eine Pause ein. „Wenn dein Vater tatsächlich umgebracht wurde“, sagte Johannes und sah ihn eindringlich an, „dann solltest du das der Polizei überlassen. Das ist dir schon klar, ne?“

Focke schluckte. „Nun ...“

„Das ist gefährlich, verstehst du nicht?“

„Doch, natürlich.“ So klar war ihm das bislang nicht gewesen. Trotz all der Ungereimtheiten, trotz Mann an der Hecke, selbst, als die Polizei ihm die Nachricht vom Benzin als Brandbeschleuniger überbracht und sich erkundigt hatte, wer ein Interesse haben konnte, seinen Vater zu töten. Es war so unrealistisch, dass ausgerechnet ihm jemand etwas tun sollte.

„Na, dann komm jetzt“, sagte Johannes und tippte ihm an die Schulter. „Wenn dir die Fotos von diesem Privatdetektiv so wichtig sind, kannst du den Computer deines Vaters benutzen. Aber ich warne dich.“

Focke fühlte sich augenblicklich ertappt. „Ja?“

„Das Internet hier. Eine Katastrophe.“

„Kein Problem.“ Er lächelte vielsagend und folgte Johannes nach nebenan.

Im Büro seines Vaters war es heller als am Vortag, da man die Holzjalousien hochgezogen hatte. Johannes wies zum Schreibtisch, auf dem der PC stand. Sofort begann Fockes Bauch zu rumoren. Die ganzen Jahre hatte er geglaubt, dass sein Vater hier seine Überstunden verbracht hatte, oder wenn nicht genau in diesem Raum, dann doch im Kinderhaus. Weil ihm die anderen Kinder wichtiger gewesen waren als sein eigenes Kind, so die messerscharfe Logik eines Elfjährigen. Dank Jana musste die Geschichte nun neu geschrieben werden. Die Arbeit war seinem Vater sicher wichtig, aber nicht der vorrangige Grund gewesen, um später nach Hause zu kommen. Wenn Focke an die unzähligen Stunden dachte, die er damit vergeudet hatte, frustriert zu sein.

„Alles im Lot aufm Boot?", fragte Johannes, der offenbar gemerkt hatte, dass er gerade woanders war.

„Geht", erwiderte Focke und zuckte mit den Schultern. „Mein Vater wollte früher nicht, dass ich ihn hier besuchen komme."

„Ach, Unsinn. Er hat sich gefreut."

„Hat er nicht. Ich habe nur immer geglaubt, dass es was mit mir zu tun hat. Egal!" Er schniefte. Und überlegte, was es im Umkehrschluss bedeutete, dass sein Vater die anderen Kinder doch nicht lieber gemocht hatte. Vielleicht hatte er die Kette ja deshalb getragen? Weil ihm etwas an Focke gelegen hatte? „Lässt du mir einen Augenblick? Ich rufe dich, wenn ich so weit bin."

Johannes presste die Lippen aufeinander und nickte.

Als Focke allein war und sich vergewissert hatte, dass man ihn durch die halboffene Tür nicht sehen konnte, holte er den USB-Stick aus seiner Jacke und setzte sich an den Computer. Der war zwar mit Kennwort geschützt, aber die Liste mit Passwörtern lag praktischerweise in der obersten Schreibtischschublade neben einer angefangenen Packung Butterkekse. Sobald der Computer startklar war, steckte Focke den USB-Stick hinein und öffnete den Dateimanager, um sich die gespeicherten Dateien anzeigen zu lassen. Wie automatisch griff seine Hand in die Schublade, nahm einen Keks heraus und führte ihn in seinen Mund, während er die Ordner durchging, die zahlreiche Word- und Excel-Dateien enthielten. Anträge und Formulare vor allem, Korrespondenz mit dem Jugendamt und so weiter. Warum sein Vater die Daten wohl auf einem USB-Stick gespeichert hatte, fragte Focke sich, nahm den nächsten Keks und spürte, wie hungrig er war.

Etwa sieben Dateiordner und genauso viele Kekse später hörte er, wie im Flur Stimmen lauter wurden. Vermutlich, weil die Schule aus war und die Kinder zurückkehrten. Er öffnete den letzten Ordner, der wegen seines Namens *XXX* ganz am Schluss stand. Er enthielt als einziger Ordner Unterordner, und die wiederum sogenannte MPG-Dateien, sprich Videos. Focke klickte das erste an und spürte ein leichtes Magengrummeln, als sich ein Programm öffnete und das Video schließlich zu laufen begann. Sein plötzliches Unwohlsein konnte mit dem, was auf dem Bildschirm zu sehen war, aber nichts zu tun haben, es war ein kleiner, halbdunkler Raum mit einer Art Liege darin, wie sein Vater eine im Garten stehen hatte. Die Wand dahinter war aus schlichten Profilbrettern vertäfelt, vermutlich Kiefernholz. Focke wartete und wartete, bis sich endlich ein dunkelhaariges Mädchen von etwa zehn Jahren auf die Liege setzte. Es schaute leicht grimmig in die Kamera und sagte etwas, doch es gab leider keine Lautsprecher. Wie auf Kommando versuchte es im nächsten Augenblick zu lächeln, was aber nicht richtig gelang. Dafür begann es, ihren gestreiften Wollpullover auszuziehen. Fockes Magengrummeln wurde stärker. Kurz darauf öffnete das Mädchen die Hose, zog sie aus und legte sich auf die Liege, wie es jemand in dem Alter aus eigenen Stücken eher nicht tat, mit gespreizten Beinen, sodass der knappe, weiße Slip voll zu sehen war.

Focke hätte nicht mehr sagen können, wann genau es ihm klar wurde. Spätestens, als das Mädchen sich auch das T-Shirts ausgezogen hatte und den entblößten Oberkörper zeigte, war nicht mehr zu leugnen gewesen, um was es hier ging. Trotzdem schaute er weiter, angetrieben von der albernen Hoffnung, dass es sich um ein Missverständnis handelte und alles ganz anders war, harmlos. Doch da sich das nicht bewahrheiten wollte, schloss er den Unterordner und öffnete rasch den nächsten. Ein anderes Mädchen, diesmal blond, aber ähnlich jung, saß auf der Liege, ansonsten wiederholte sich die Prozedur auf erschreckende Art und Weise. Focke spulte vor und landete dort, wo das Mädchen bereits nackt auf der Liege lag und von einem Mann mit Sturmmaske angefasst wurde, und zwar nicht an der Schulter. Focke wollte sich gar nicht vorstellen, was der Mann als Nächstes tat. Sein Magen drückte inzwischen so sehr, dass es nicht mehr auszuhalten war.

Er brauchte dringend Sauerstoff. Im Flur wurden die Stimmen lauter. Dass sie zwischenzeitlich verebbt waren, hatte er nicht mitbekommen, und das, obwohl gar kein Ton lief. Focke sprang auf und öffnete das Fenster. Der Durchzug schlug die Tür zu.

Der Knall schreckte ihn auf. Das konnte nicht wahr sein! Es durfte nicht sein! Etwas in der Art ging ihm durch den Kopf, als er gierig die nasskalte Luft einsog und sich übergeben musste, zum Glück durchs Fenster nach draußen. Genauer gesagt in ein Blumenbeet, was ihm aber erst nach einer kurzen Verschnaufszeit bewusst wurde. Als es zog, begriff er, dass die Tür geöffnet worden war. Jemand stand im Büro.

Es war Hauptkommissar Götte, der ihn anstarrte und mit erhobener Stimme sagte: „Soso. Und was machen Sie jetzt hier?“ Doch als Focke sich vollständig zu ihm umgedreht hatte, änderte er seinen Tonfall. „Was ist denn mit Ihnen los? Geht es Ihnen nicht gut?“

„Ich ...“, begann Focke, zu mehr war er nicht fähig. Der Drang überkam ihn, den blöden Computerbildschirm zu verdecken. Gleichzeitig fragte er sich, warum. Warum sollte er das tun, wenn die Videos wirklich seinem Vater gehörten? Aber das war nicht möglich! Nicht sein Vater! Er lief zum Schreibtisch und stellte sich zwischen Hauptkommissar und Bildschirm.

Doch Martin Götte konnte problemlos über seine Schultern blicken, direkt auf das junge Mädchen, splitterfasernackt und in eindeutiger Pose.

„Das da, das ist …", stammelte Focke. „Das ist nicht so …"

„Weg von dem Schreibtisch", rief der Hauptkommissar und wartete, bis Focke sich zur Sitzgruppe begeben hatte. Dann erst lief er zur Tür zurück und pfiff seine Leute herbei. „Finn, der Computer. Paul und Tom, den Rest." Die drei Männer, die ins Büro stürzten, schwirrten sofort aus, um die Befehle umzusetzen.

„Ich verstehe das nicht." Focke hatte sich in den Sessel fallen lassen und war froh, seine Sprache zurückerhalten zu haben, wenngleich das Denken ihm noch Schwierigkeiten bereitete. Dass die Polizei hierhergekommen war, wo sie doch laut Johannes erst am Morgen mit dem Leiter gesprochen hatten, verwirrte ihn. Und das mit den Video-Dateien auf dem USB-Stick konnten sie unmöglich gewusst haben.

„Zu Ihnen kommen wir gleich", erwiderte Hauptkommissar Götte und lief hinaus in den Flur. Dieser Finn saß mittlerweile am Schreibtisch und machte sich mit einer Ruhe am Computer zu schaffen, als würde er den ganzen Tag nichts anderes tun, während die beiden anderen Männer den Inhalt der Schrankwand untersuchten. „Tom", sagte der ältere von ihnen, der demnach Paul sein musste, und hielt eine Pappkiste in seinen behandschuhten Händen. Besagter Tom spähte hinein und nickte vielsagend. Focke konnte leider nichts erkennen, ahnte aber, dass sie etwas gefunden hatten, und das binnen Sekunden.

Da die Stimmen im Flur eine streitähnliche Lautstärke annahmen und er nicht länger mit ansehen wollte, wie die Männer das Büro seines Vaters Stück für Stück auseinandernahmen, beschloss er nachsehen zu gehen. Mehrere Kinder und Jugendliche hatten sich bereits vor der großen Eingangstür zusammengefunden. Manche von ihnen schauten verwirrt, andere kicherten. Ein Älterer saß auf der Waschmaschine und filmte mit seinem Handy, was die

Frau in Latzhose vergeblich zu verhindern suchte, aber die Hauptgeräuschquelle lag woanders. Hauptkommissar Götte, dessen Kollege Jens Butterweck sowie der Leiter mit der Halbglatze standen im Kreis und redeten aufeinander ein, letzterer war am deutlichsten herauszuhören, was denn um Himmels Willen los wäre, immerhin wäre das hier eine Erziehungshilfeeinrichtung und kein Truppenübungsplatz.

Als er fertiggeredet hatte, öffnete Kommissar Butterweck seinen Aktenkoffer und zückte ein Dokument.

„Wie bitte?“, schnaubte der Einrichtungsleiter. „Das darf doch nicht wahr sein. Ein Durchsuchungsbeschluss?“

Focke war genauso verwirrt. So einen Beschluss bekam man nicht einfach so. Die Polizei musste irgendetwas herausgefunden haben, was eine Durchsuchung des kompletten Haus Eddessen rechtfertigte. Er wünschte sich Johannes herbei, doch der war offenbar wie vom Erdboden verschluckt.

„Herr Pape, wir müssen uns unterhalten“, sagte Hauptkommissar Götte in der Zwischenzeit. „Wo ist das möglich?“

„Kommen Sie in mein Büro. Oh Gott, oh Gott!“ Pape hatte seine Brille abgenommen und massierte sich den Nasenrücken, sichtlich um Fassung bemüht. „Das muss sich um ein Missverständnis handeln, Sie werden schon sehen.“

„Ja, das werden wir.“ Der Hauptkommissar wandte sich im Gehen an seinen jüngeren Kollegen. „Jens, du kümmerst dich um Herrn Löhr.“

„Geht klar.“

Focke runzelte die Stirn und fragte sich, was nun wohl kam.

Johannes, endlich kehrte Johannes zurück, allerdings nicht aus seinem Büro, sondern aus dem Bereich, in den Focke früher nie gewesen war, weil dort eine der Wohngruppen untergebracht war. Auch er wirkte erregt, verständlicherweise, er musste mitbekommen haben, was vor sich ging.

„Focke?“, fragte Kommissar Butterweck. „Wollen wir?“

„Äh … wohin denn?“ Er versuchte, Augenkontakt zu Johannes aufzubauen, doch der war auf Höhe des Duos Hauptkommissar/Leiter stehengeblieben.

„Zu Ihnen nach Manrode, wenn's Recht ist?“ Butterweck hielt ihm ebenfalls einen Durchsuchungsbeschluss hin.

„Soll das ein Witz sein?“ wollte Focke schon fragen, doch eine andere Stimme kam ihm zuvor.

Johannes hatte sich vor Hauptkommissar Götte aufgebaut und rief lauthals: „Nein, das kann nicht warten, echt nicht. Hören Sie nicht? Eines unserer Mädchen ist verschwunden. Wir müssen jetzt handeln. Lily ist weg!“

Vor zwei Tagen:
Sie waren wieder mit dem Auto unterwegs, schon seit einer Ewigkeit, total langweilig! Und keiner sagte einen Ton. Das Radio lief zwar, aber das verstand Eileen auf der Rücksitzbank kaum. Und wenn doch ein Lied zu ihr nach hinten schwappte, weil sie langsamer wurden oder anhalten mussten, stellte sich heraus, dass es ein Opa-Sender war. Zu allem Überfluss regnete es in Strömen.

„Wohin fahren wir?“, hatte Eileen beim Losfahren gefragt.

„Wirste schon sehn.“

Das war im Ernst die Antwort des Mannes gewesen, und zwar mehr gemuffelt als gesprochen. Nach einem – Überraschung! – ziemlich schweigsamen gemeinsamen Frühstück war er zum Telefonieren nach draußen gegangen und im Anschluss kurz weggefahren. Bei seiner Rückkehr hatte dann alles ganz schnell gehen müssen.

Eileen hatte sich auf die Rückbank gelümmelt, die Arme verschränkt und sich geschworen, auf keinen Fall mehr zu versuchen, ein Gespräch anzufangen. Die beiden machten es ihr echt nicht leicht. Die folgenden Kilometer hatte sie damit verbracht, sich ihre neuen Freundinnen zurückzuwünschen, Emma, Agathe und Lily natürlich. Und was vermisste sie ihre pinkfarbene Wollmütze, die sie Lily geliehen hatte. Sie musste verrückt gewesen sein, das zu tun! Und noch jemand aus dem Kinderhaus mischte sich in diese Grübeleien: Tjark. Auf den sie stinksauer war. So sauer, dass sie sich vornahm, keinen einzigen Gedanken mehr an ihn zu verschwenden. Das Gefühl, völlig allein zu sein auf der Welt, begann, in ihr hochzukriechen, als draußen die nassgraue Landschaft an ihr vorbeizog.

Um es abzuschütteln, nahm sie die Packung Kekse, die der Mann ihr gestern mitgebracht hatte. Da war er noch ganz nett zu ihr gewesen. Für drei Sekunden ungefähr. Doch eigentlich hatte sie gar keinen Appetit auf Süßes. Eileen tippte der Frau mit den Knopfaugen an die Schulter, ob sie vielleicht einen wollte. Doch sie lehnte ab, wortlos. Wie auch sonst!

Und in dem Augenblick drohte es Eileen zu überkommen. Die Leere in ihr wurde mächtiger und mächtiger und fraß sich durch ihren Körper, ihre Knochen, die Adern hinauf bis in ihr Gehirn und löschte dort vorrübergehend alle positiven Erinnerungen und Gedanken. Was blieb war eine äußere Hülle, die unfähig war, eigenständig zu existieren. Regungslos starrte Eileen aus dem Autofenster, doch das machte es nur schlimmer. Auch damals waren sie mit dem Auto gefahren und es hatte geregnet! Der schrecklichste Tag in ihrem kurzen Leben! Ihr Vater wollte unbedingt zu dieser gottverlassenen Halle irgendwo an den Bahngleisen, um mit seinem Gewehr zu üben. Er benahm sich mal wieder total sonderbar, ihre Mutter sagte, es käme von dem Zeug, das er neuerdings rauchte, und getrunken hatte er auch, und es schien ihm egal zu sein. Zum Glück setzte *sie* sich ans Steuer. Auf der Fahrt faselte er irgendwas von einem Typen, den er übers Ohr gehauen hätte und der ihm deswegen Ärger machen würde. Es wäre für alle besser, die nächste Zeit auf Nummer sicher zu gehen, was auch immer das bedeutete. Am alten Bahnhof stiegen sie aus und marschierten zu der Halle, ihr Vater voran, den Gewehrrucksack in der einen Hand, in der anderen eine Taschenlampe, deren Schein zwischen Bäumen, alten Containern,

Wegstrecke und Himmel hin- und hertanzte, weil er nicht mehr in der Lage war, sie gerade zu halten. Völlig durchnässt kamen sie an. Ihr Vater stellte mehrere Bierdosen auf eine halb zusammengebrochene Mauer und strahlte sie mit der Lampe an. „Los, los!“, rief er. Völlig unerwartet hatte er das Gewehr ihrer Mutter in die Hand gedrückt.

Eileen presste die Augen zusammen. Gegenwart und Vergangenheit schienen sich gerade miteinander zu vermischen. „NICHT, MAMA!“ schrie sie aus vollem Hals von der Rücksitzbank und hörte den ersten Schuss.

„Was issen mit der los?“, fragte der komische Mann hinter dem Lenkrad.

Die Frau daneben drehte sich um und betrachtete Eileen mit Sorgenfalten im Gesicht. „Halt an“, sagte sie ruhig.

„Was sollich?“

„Anhalten, jetzt!“

Der Mann schnaufte und fuhr bei der nächsten Gelegenheit rechts heran.

Eileen bekam kaum etwas davon mit. Sie spürte nur, wie vorsichtig an ihrem Bein gezogen wurde, ein völlig unerwartetes Gefühl, das sie schließlich zurück ins Hier und Jetzt holte. Sie blinzelte. Es hatte aufgehört zu regnen. Sie wusste weder, wo sie war, noch dass sie auf der Autobahn gefahren und wieder abgefahren waren. Sah nur Hügel und Bäume mit orangefarbenen Blättern. Ein bisschen wie am Kinderhaus Eddessen.

Die Frau mit den Knopfaugen hatte eine Hand auf ihr Bein gelegt und strich sanft darüber. „Was ist los, *zrzavá víla*?“, fragte sie.

Eileen merkte erst jetzt, dass sie mit Akzent sprach. Kein Wunder, die Frau hatte bisher kaum ein Wort geredet. „Keine Ahnung“, antwortete sie.

„Brauchst du irgendwas?“

„Scheiße, sowas willichnich haben.“ Die Worte des Mannes zerfetzten die Stimmung wie Schüsse aus einem Maschinengewehr.

Die Frau verzog das Gesicht, holte Luft und begann, auf ihn einzureden, zwar nicht auf deutsch, Eileen konnte trotzdem verstehen, dass sie mit ihm schimpfte.

„Mann, die sollsich nichso anstellen“, erwiderte der Mann. „Besteht doch garkein Grund.“ Er drehte sich zu ihr um und fasste an ihr Knie.

„Nicht, lass mich“, kreischte sie und drückte ihren Körper so weit wie möglich ins Polster hinein.

„Blöde Ziege!“ Der Mann zog seine Hand zurück, schnallte sich ab und stieg aus. Zuerst befürchtete Eileen, dass er sie sich nun vorknöpfen wollte, doch er tat es nicht, lief stattdessen in das Waldstück, das ein paar Meter hinter der Straße begann.

Als er hinter den Baumstämmen verschwand, witterte sie ihre Chance. Er hatte auf seiner Seite die Tür offen stehen gelassen. Und die Frau war wieder am Telefonieren. Blitzschnell klappte Eileen seinen Sitz nach vorne und schlüpfte durch. Dass sie, wenn sie fortlief, den Koffer mit all ihre Sachen zurückließ, würde ihr erst später auffallen. Sie rannte zum Mann, der mit halb heruntergelassener Hose an einen Busch pinkelte und verwundert aufblickte, als er sie registrierte. Im selben Moment gab sie ihm einen Stoß. Er stürzte und rollte den Abhang hinab und vor allem fluchte er dabei laut.

„Das ist für die Ziege“, rief Eileen zu ihm herunter und rannte los.

„He! Bleibste wohl stehen“, hörte sie ihn rufen, doch sie durfte ihm keine Aufmerksamkeit mehr schenken. Sie musste laufen so schnell sie konnte.

13. Kapitel

Zwei Männer in dunklen Jacken warteten schon vorm Bungalow seines Vaters, als Focke auf den Hof fuhr, dicht gefolgt von Kommissar Butterweck im Audi des Hauptkommissars. Die ganze Fahrt über hatte er überlegt, was der Grund für die Durchsuchungsbeschlüsse sein konnte. Die Videos auf dem USB-Stick waren ekelhaft, ohne Frage, aber von der zeitlichen Abfolge her war das unmöglich. Er zog sein Smartphone, das endlich wieder voll geladen war, vom Ladekabel, und steckte es in seine Jacke. Sofort fiel ihm Langfurts letzte Nachricht ein: *Ich war doch mal dein bester Freund.* Einen kurzen Moment spielte er mit dem Gedanken, darauf zu antworten, ganz gleich, ob derjenige ein Irrer war oder nicht, einfach um zu sehen, was als Nächstes kam. Doch mit sechs Augen, die ihn plötzlich anstarrten, hatte er keine Ruhe, also stieg er aus und ging auf sie zu.

Jens Butterweck lächelte ihm aufmunternd zu. Zwei Tage früher und Focke hätte sich einen Spaß daraus gemacht und zurückgelächelt. Dass der athletische Kommissar, trotz des Sakkos, gegen das er seinen Kapuzenpullover getauscht hatte, weder sein Typ war noch Mitglied im *Club*, hätte für ihn keine Rolle gespielt. Er schloss auf und ließ seine Besucher hinein.

„Wie kommt es, dass Sie im Kinderhaus Eddessen gewesen sind?“, wollte der Kommissar wissen und schob sich als Erstes an ihm vorbei.

Eine freundliche Formulierung für die Frage, was er dort zu suchen hatte, dachte Focke. „Ich habe mich ausgesprochen. Johannes Leßmann ist ein alter Bekannter.“

Die beiden unbekannten Männer, die bislang keinen Ton gesagt hatte, folgten. Auch sie trugen dünne Handschuhe, fiel ihm auf, und machten sich unverzüglich ans Werk. Welch ein Großaufgebot von Polizisten in Manrode im Einsatz war. Und alles nur wegen einer Person. Focke lief direkt durch ins Wohnzimmer und warf seine Cordjacke aufs Sofa.

„Und im Büro Ihres Vaters?“, fragte Jens Butterweck, der sich ebenfalls seiner Jacke entledigte.

„Glauben Sie mir, ich habe von den Videos nichts gewusst.“

„Und der USB-Stick?“

„Den habe ich zufällig gefunden. In seinem Rucksack.“

„Wann gefunden?“

Focke warf die Hände in die Höhe. „Gestern, aber ...“

„Warum haben Sie uns den Stick nicht gegeben?“

„Weil ich nicht gewusst habe, was drauf ist, woher sollte ich da wissen, ob er wichtig für Sie ist.“ Er war eine Spur lauter geworden.

Jens Butterweck nickte nachsichtig. „Nach *zufällig gefunden* sieht mir das hier aber nicht aus“, sagte er und breitete die Arme aus.

Focke stieß die Luft aus. Auch ohne sich umzusehen wusste er, was gemeint war. Er hatte Chaos verbreitet. Klar, wie das auf die Polizei wirken musste. „Mein Vater ist getötet worden“, versuchte er seinen Standpunkt so vernünftig wie möglich zu erklären. „Da habe ich doch wohl ein Recht darauf, ein paar Nachforschungen anzustellen.“

„Nein, finde ich nicht. Das sollten Sie uns überlassen, ok?“

Focke reagierte nicht.

„Ok?“, wiederholte der Kommissar eindringlich.

Focke musste an Johannes’ Worte denken, der Ähnliches gesagt hatte, nur mit dem Zusatz, dass es gefährlich wäre. Er tat dem Kommissar den Gefallen und nickte.

„Gut.“ Jens Butterweck setzte sich auf einen der Wohnzimmersessel und deutete auf den Platz neben sich. „Und, was haben Sie so herausgefunden? Hier im Haus ... oder bei Ihrer Nachbarin Frau Fögen, die Sie heute Vormittag bei der Arbeit aufgesucht haben?“

Focke hätte beinahe laut aufgelacht. „Ich habe alles gesagt, was ich weiß, das schwöre ich“, sagte er und setzte sich demonstrativ aufs Sofa. Gegenüber an der Bücherwand fing einer der Männer an, die einzelnen Fächer zu untersuchen, ein bisschen so, wie Jana es getan hatte bei ihrer ersten Begegnung.

„Wo hat Ihr Vater seinen Computer?“, fragte der andere, der wie aus dem Nichts neben ihm aufgetaucht war.

„Keine Ahnung. Ehrlich, ich weiß es nicht“, fügte Focke hinzu, als er den angespannten Blick des Mannes bemerkte. „Vermutlich hat er keinen hier im Haus. Aber schauen Sie doch in sein Tagebuch, wenn Sie was wissen wollen. Ach nein, geht ja nicht, das hat ja neulich jemand geklaut.“

Jens Butterweck faltete die Hände, eine Geste, die ebenso wenig zu seiner kräftigen Erscheinung passen wollte wie der Ring am kleinen Finger seiner linker Hand. „Wir gehen diesem Hinweis nach, auch wenn Sie im Moment vielleicht anderes vermuten.“

„So wie der Suche nach Langfurt wahrscheinlich.“

„Auch daran arbeiten wir. Ich habe selber mit der Kollegin gesprochen, die Sie vorgestern Abend nach Hause gebracht hat. Dieser Langfurt war definitiv nicht mit im Haus.“

„Nicht?“

„Nein.“

Focke überlegte einen Augenblick. „Dann ist er vielleicht durch die Schiebetür reingekommen.“

„Herr Löhr ...“

„Tut mir leid, ich halte ja schon die Klappe.“ Focke lehnte sich gegen das Sofakissen, in der Hoffnung, sich zu entspannen. Es gelang ihm nicht. Wie auch? Sein Kopf saß zu, vollgestopft mit Zeug. Dass der Kommissar ihn wieder mit Nachnamen angeredet hatte, obwohl er im Kinderhaus den Vornamen benutzt hatte, war ihm komplett durchgegangen. „Glauben Sie, ich mache das aus Spaß? Diese Videos auf dem USB-Stick. Ich will gar nicht dran denken. Das ist nicht mein Vater, der sich so was anguckt.“

„Kann ich verstehen." Jens Butterweck sprach ruhig und verständnisvoll, was angenehm war. „Also haben Sie von den Vorlieben Ihres Vaters gewusst?"

„Was denken Sie denn", rief Focke empört. „Natürlich nicht."

„Ja, richtig. Sie haben ihn ja kaum gekannt."

Focke spürte, dass ihm das Schlucken schwerfiel. Wenn er an Janas Erzählungen gestern Abend dachte, dann weniger als kaum. „Wie schon gesagt", antwortete er und räusperte sich mehrmals. „Wir haben uns lange nicht gesehen, da bekommt man nicht viel voneinander mit." Er nahm das Kissen mit dem eingerissenen Samtstoff und strich darüber.

„Und dass er in psychotherapeutischer Behandlung war?"

„Was? Nein, das auch nicht. Und weswegen war er in Behandlung?"

„Posttraumatische Belastungsstörung aufgrund seines Autounfalls."

„Er hatte einen Autounfall? Wann?"

Kommissar Butterweck antwortete nicht sofort, womöglich, um seinen Worten mehr Bedeutung zu verleihen. Dabei sah er ihm direkt ins Gesicht. „Ich muss Ihnen das nicht sagen, verstehen Sie? Ich tue das aus freien Stücken."

Focke zögerte ebenfalls einen Moment und signalisierte dann, dass er es zu schätzen wusste.

„Vorletztes Jahr. Ihr Vater hat am fünfundzwanzigsten Dezember auf einer vereisten Straße die Kontrolle über sein Fahrzeug verloren. Totalschaden. Wie durch ein Wunder ist niemandem was passiert. Es kann daher nicht der Grund für die Knochenbrüche sein, die wir an der Leiche gefunden haben."

Focke knüllte das Kissen zusammen.

„Oh, Entschuldigung, das sollte jetzt nicht ..."

„Ist schon gut." Er legte das Kissen zur Seite und murmelte: „Am fünfundzwanzigsten Dezember. Weihnachten!"

„Ja genau." Butterweck beobachtete ihn. „Und zwar in Gütersloh."

Focke riss die Augen auf.

„Was kann Ihr Vater dort gemacht haben?“

„Keine Ahnung. Sich jedenfalls nicht mit mir getroffen, um Geschenke zu bringen, falls Sie das vermuten.“ Er spürte ein ähnliches Magendrücken wie vorhin am Computerbildschirm, dabei war das eine völlig andere Baustelle. Dies hier betraf ihn! „Warum weiß ich von alledem nichts?“, rief er, sprang vom Sofa und stellte sich vor die Terrassentür. Der Garten lag trüb und grau vor ihm, die Farben von Himmel, Büschen und Rasen schienen miteinander zu verschmelzen. Selbst die Steinsäule war eins geworden mit ihrer Umgebung. Nicht mehr lange und es würde anfangen zu regnen. Der Kommissar hatte ihm keine Antwort gegeben, wie sollte er das auch können. Aber wenigstens zu diesem Punkt sollte er sich äußern: „Und wo bitteschön ist der Zusammenhang?“

Butterweck beugte sich in seinem Sessel herüber. „Es gibt keinen. Wir versuchen nur, uns ein genaueres Bild über Ihren Vater zu machen.“

Das leuchtete Focke ein.

„Menschen mit posttraumatischer Belastungsstörung erleben oft Gefühle wie Angst und Schutzlosigkeit und empfinden Hilflosigkeit. Ihr Vater hat Sie um Hilfe gebeten?“

„Ja. Oh Gott, ja. Es macht alles Sinn. Das hätte er früher nämlich nie getan. Aber ich weiß nicht, wobei ich helfen sollte, ehrlich nicht, nur, dass es was mit Kindern zu tun hat.“ Kaum ausgesprochen, verstärkte sich das Magendrücken, bis es sich anfühlte, als hätte er die Steinsäule im Garten verschluckt. Als müsste er platzen! „Die Mädchen auf den Videos“, rief er. „Glauben Sie, dass er die gemeint hat? Dass ich ihm dabei helfen sollte?“

„Das weiß ich nicht.“

Focke drehte sich zurück zum Fenster und fuhr sich übers Gesicht. Der Typ im Spiegelbild tat das Gleiche. Er sah schrecklich aus mit seinen Klamotten und den Haaren und genau so fühlte er sich auch, nur dass ihm die Äußerlichkeiten fast egal waren. Hinter ihm wuselten die beiden

Männer durchs Zimmer und linsten in jede Schublade. Zum wiederholten Mal fragte er sich, was los war. Allmählich hatte er das Gefühl, die Welt nicht mehr zu verstehen. „Ich kann trotzdem nicht glauben, dass die Videos ihm gehören", sagte er leise.

Jens Butterweck stand auf und stellte sich neben ihn. Die Arme verschränkt, blickte er ebenfalls einfach hinaus, ohne zu reden. Focke genoss das Gefühl der Stille, vom Rascheln und Tun der beiden Männer, die gerade die Bilder von den Wänden nahmen, einmal abgesehen. „Schöner Garten", sagte der Kommissar schließlich.

Focke nickte gedankenverloren.

„Und schickes Haus."

„Das stimmt, ja."

„Haben Sie sich eigentlich mal gefragt, wie er sich seinen Lebensstil finanziert hat?"

„Wieso? Er hat gearbeitet."

„Als Sozialpädagoge, schön und gut, aber ..." Butterweck hielt inne.

Focke stierte ihn an. „Was wollen Sie damit sagen?"

„Nun, mit der Verbreitung von Kinderpornografie lässt sich wesentlich mehr Geld verdienen."

„Wie bitte? Sie meinen ... dass er sich die Videos nicht nur angeschaut hat?" Ihm ging das gerade etwas schnell. Bis heute Morgen hatte er lediglich geglaubt, sein Vater wäre in irgendeine Sache verwickelt. Gut, und dass er es mit der Treue nicht so genau nahm. „Ich finde, das Anschauen schon schlimm genug. Sie verbreiten? Nein", sagte er und schüttelte mit dem Kopf, er konnte gar nicht damit aufhören. „Das glaube ich noch weniger. Wie kommen Sie denn darauf? Sie würden doch nicht fragen, wenn es nicht einen Grund gäbe."

Einer der beiden Männer quetschte sich zwischen ihnen durch, „Darf ich mal?" murmelnd, und öffnete die Schiebetür. Als wollte er Butterwecks Antwort einen Moment hinauszögern. Wenigstens kam auf diese Weise Frischluft hinein.

„Nur eine Vermutung", antwortete der Kommissar. „Das Speichermedium ist ungewöhnlich. Üblich wäre ein Zugang übers Darknet, was für manchen Benutzer eine gewisse Hürde bedeutet, zum Glück. Aber ein USB-Stick? Eine einfach Art, Dateien weiterzuverbreiten. Und interessant für Benutzer, die im Internet keine Spuren hinterlassen wollen. Natürlich gegen Bezahlung."

Focke wollte sich mit dem Thema nicht weiterbefassen. In seinen Augen gab es zig andere Gründe, die für die Benutzung eines USB-Stick sprachen. Man brauchte nicht alles auf der Festplatte zu speichern, konnte sie unkompliziert mitnehmen. Er selber benutzte welche, und hatte noch nie etwas gegen Bezahlung weiterverbreitet.

„Vielleicht haben Sie recht und er ist wirklich nur Benutzer und ich täusche mich ..."

Focke wartete, ob noch etwas kam. Es klang so unvollständig, als würde ein *Aber* kommen. „Aber?"

„Nun, vielleicht steckt auch wesentlich mehr dahinter. Ein Mädchen aus Haus Eddessen ist verschwunden."

„Ja, ich weiß, Lily. Und?" Focke unterließ es zu erwähnen, dass er sie von einer flüchtigen Begegnung auf dem Parkplatz des Kinderhauses kannte. Nicht, dass es wieder hieß, er würde sich einmischen. Dass Johannes kurz zuvor noch ausgeschlossen hatte, dass bei ihnen Kinder verschwinden könnten, war ein geradezu grausiger Witz.

„Lily kann natürlich einfach weggelaufen sein, weswegen wir einen Suchtrupp organisiert haben", antwortete der Kommissar. „Doch wir beziehen die Möglichkeit mit ein, dass Ihr Vater etwas mit ihrem Verschwinden zu tun hat."

„Ach ja? Und wie soll das bitteschön gehen, wenn er tot ist?"

Butterweck blickte ihn an, ohne zu antworten, drei, vier, fünf Sekunden lang, bis einer der Männer Focke nach dem Autoschlüssel für den Mercedes fragte.

Verärgert über die geplatzte Pointe warf er ihm den Schlüsselbund zu.

Kommissar Butterweck hatte währenddessen in seiner Jacke gekramt. „Herr Löhr, kennen Sie diesen Mann?"

Focke warf einen Blick auf das Foto, das der Kommissar ihm entgegenhielt. Ein dunkelhaariger Mann mittleren Alters war darauf zu sehen, leichter Bauch, das Gesicht war weder besonders schön noch besonders hässlich. Und doch ... Er sah genauer hin. „Nun, es könnte der Mann auf den Fotos vom Privatdetektiv sein, der mit dem rothaarigen Kind", sagte er vorsichtig. „Finden Sie nicht?"

Butterweck ließ sich nicht anmerken, was er von dieser Antwort hielt. „Sein Name ist Liborius Hanke, er arbeitet beim Jugendamt Höxter."

„Liborius Hanke. Den Namen habe ich schon mal gehört.

„So?"

„Ja, im Kinderhaus Eddessen. Der Einrichtungsleiter hat Johannes gefragt, ob er ihn gesehen hätte."

„Wann?"

„Ich glaube, am Morgen nach dem Brand."

„Da waren Sie auch dort?" Jens Butterweck wurde das erste Mal lauter. „Herr Löhr. Focke! Das hier ist kein Spiel. Sie sollten sich da raushalten. Was haben Sie im Kinderhaus gemacht?"

Focke verstand die Aufregung nicht. „Mein Gott, ich habe Johannes besucht. Wie gesagt, ich kenne ihn von früher." Er wurde stutzig, als der Kommissar gar nicht einlenkte und dessen Gesicht unnachgiebig blieb. Irgendeinen Sinn musste es wohl gehabt haben, dass er sich das Bild des Mannes anschauen sollte. „Was hat dieser Liborius Hanke mit meinem Vater zu tun? Ist das der Mann, der sich vor ihrer Kollegin als Langfurt ausgegeben hat?"

„Dieser Mann hier ist verschwunden. Seit drei Tagen. Sein Auto ist weg. Seine Wohnung verwüstet. Von ihm fehlt jede Spur. Die Fotos vom Privatdetektiv, die wir bei Ihnen gefunden haben, zeigen ihn das letzte Mal in der Öffentlichkeit."

Er war es also doch, dachte Focke, verstand aber immer noch nicht, was der Kommissar ihm damit sagen wollte.

„Dann war Liborius Hanke der Mann an der Hütte, den die Nachbarin gesehen hat?"

„Das wissen wir nicht."

„Hat er das Feuer gelegt?"

„Wir fahnden nach ihm. Was genau er mit dem Vorfall an der Hütte zu tun hat, können wir zum jetzigen Zeitpunkt noch nicht sagen. Aber er könnte durchaus gefährlich sein. Verstehen Sie das? Es gibt unter anderem einen Zeugen, der einen Streit vor ein paar Tagen mitgehört hat, zwischen Liborius Hanke und Ihrem Vater, einen heftigen Streit. Mit nicht unerheblichem Sachschaden."

Focke konnte nur wortlos vor sich hinstarren.

„Sagt Ihnen das was?"

„Wie, mir? Zum hundertsten Mal: Nein!"

„Außerdem gibt es einen Hinweis, demzufolge sie gemeinsam in eine Segelyacht investiert haben."

Focke wollte etwas erwidern, doch er war wie blockiert. Alles um ihn herum schien mit jeder Minute chaotischer zu werden. Ständig drohten neue Erkenntnisse die Geschichte, wie er sie kannte, umzuschreiben. Ständig tauchten neue Fragen auf, ohne dass er Antworten bekam. Vermutlich war Liborius Hanke sogar der Mann gewesen, der hier eingedrungen war und der das Notizbuch an sich genommen hatte. Ihn schauderte bei dem Gedanken daran. Und er war der Mann an der Ligusterhecke gewesen, nur wenige Schritte von ihm entfernt. Focke schlug die Arme um sich, denn ihm wurde kalt. Das Gefühl schlich sich ein, nicht mehr mit Gewissheit sagen zu können, ob er dort drüben wirklich jemanden gesehen oder sich nur eingebildet hatte. Er war dabei, den Überblick zu verlieren. Sein Smartphone in der Hose piepte, doch das kümmerte ihn gerade wenig.

Er drehte sich vom Fenster weg und rief Kommissar Butterweck zu: „Erst sagen Sie mir, dass mein Vater tot ist. Dann, dass er getötet wurde. Als Nächstes soll er sich Schmuddelvideos angeschaut haben und eventuell sogar weiterverbreitet haben. Und auf einmal taucht ein Mann auf, vor dem Sie mich warnen müssen? Wer ist hier denn jetzt der Böse?“

„Wir arbeiten daran.“

„Ist Liborius Hanke der Mörder meines Vaters?“

14. Kapitel

Focke war hinaus in den Garten gerannt. Er brauchte Freiraum und Abstand und lief einfach über den Rasen, in Kreisen zuerst, dann kreuz und quer, trotz der Kälte, die sich weiter über Manrode ausgebreitet hatte. Zwei Krähen flogen über den Bungalow und ließen sich auf der Wiese gegenüber nieder, wo sie anfingen zu krächzen. Das Geräusch lenkte ihn ab und die Neugier gewann Oberhand, wer ihm während des Gesprächs mit Jens Butterweck eine Nachricht geschickt hatte. Focke öffnete sie und sofort war es wieder da, der Eindruck, die Kontrolle verloren zu haben. Langfurt hatte sich gemeldet.

Und, weißt du inzwischen, was an der Hütte wirklich passiert ist?, schrieb er.

Um ihn herum begann der Garten, sich zu drehen. *Was an der Hütte wirklich passiert ist!* Focke war in der passenden Stimmung, um Langfurt anzurufen. Er wählte, die Verbindung kam zustande, es tutete – doch niemand ging ran. Na toll, dachte er, ominöse Nachrichten verschicken und dann kneifen! *Nein, woher sollte ich?*, schrieb er. *Ich weiß ja nicht mal, wer du bist.*

Die Antwort kam umgehend. *Ach Focke, denk mal an früher. Da hast du mich so oft in den Arm genommen. Und nun bin ich zurückgekommen. Langfurt!*

Nicht einmal sein Vater hatte ihn früher in den Arm genommen, überlegte Focke schnaufend, als ihm hinter der Hecke eine Gestalt auffiel, allerdings keine, vor der er sich fürchtete. Im Gegenteil, er wollte eh mit ihr gesprochen haben. Bei ihrer gestrigen Begegnung hatte das Gespräch ziemlich abrupt geendet. Diesmal würde er Vorkehrungen treffen, damit sich das nicht wiederholte. Dass die Polizei gerade dabei war, das Haus seines Vaters auseinanderzunehmen, war ihm egal. Er lief zurück ins Wohnzimmer und holte etwas aus der Schrankwand, das er bei seiner eigenen Suchaktion dort entdeckt hatte. Von den Polizisten war niemand in Sichtweite. Umso besser, es ersparte ihm eine langweilige Erklärung. Beim Überqueren des Weges aus Steinplatten zwischen Terrasse und Straße versuchte Focke sich ins Gedächtnis zu rufen, was die alte Frau genau gesagt hatte. Es war ihm total abstrus vorgekommen, was sich hoffentlich gleich auflösen würde.

Die Frau im Blümchenkittel stand wie immer hinterm Zaun zum Nachbarhaus und bis auf die dunklen Regenwolken, die sich bedrohlich ausgeweitet hatten, machte nichts den Anschein, dass sich das in Kürze ändern würde. Allerdings hatte er das gestern auch vermutet. Dann war sie weggelaufen. Doch musste das gar nicht an seinem Tonfall gelegen haben. „Wie war das mit den Kindern?", fragte er ohne Umschweife.

„Welchen Kindern?", fragte die Frau zurück und steckte sich unbeeindruckt ein Stückchen Schokolade in dem Mund. Ihr Vorrat war genauso groß wie gestern, ein Riegel.

Focke befürchtete schon, dass sie sich nicht erinnern konnte. *Bitte*, flehte er in Gedanken, denn er ertrug die Vorstellung nicht, noch mehr verwirrt zu werden. Es reichte ihm! „Was Sie mir gestern erzählt haben. Eddessen und die Kinder. Dass das nicht zusammenpassen würde."

Die alte Frau legte ein weiteres Schokoladenstück nach und murmelte etwas, jedoch auf so unverständliche Weise, dass Focke nachfragen musste. „Das ist der Fluch", wiederholte sie daher, nachdem sie heruntergeschluckt hatte.

„Der Fluch?"

„Ja. Der Fluch von Eddessen."

„Äh ..." Focke fragte sich, ob sie ihn veräppeln wollte oder nicht doch verwirrt war.

„Sag bloß, du kennst den Fluch nicht. Ihr jungen Leute kennt euch nicht mehr aus. Hat dein Vater dir nie die alte Geschichte erzählt? Tja, das hat er jetzt davon." Sie steckte sich ein weiteres Stück in den Mund.

Focke war kurz davor aufzubrausen und zu fragen, was denn diese dämliche Bemerkung sollte, doch er merkte, dass etwas anderes ihn viel mehr interessierte. Schon gestern hatte sie etwas in der Art angedeutet. Als sie fertiggelutscht hatte, fragte er: „Welche alte Geschichte?"

„Die von den zwei kleinen Mädchen. In Eddessen fließt böses Blut."

„Warum denn? Was ist passiert?"

Die alte Frau starrte regungslos vor sich hin, und Focke glaubte fast, sie wäre weggetreten. Doch offenbar war ihr nur aufgefallen, dass das Silberpapier in ihren Händen leer war. Prompt knüllte sie es zusammen und drehte sich um, um zurück zu ihrem Haus zu laufen. „Hier, ich habe Ihnen was mitgebracht", rief er schnell.

Das faltige Gesicht der Frau begann vor Freude zu strahlen, wie Focke es nie für möglich gehalten hatte. Ihr Blutzuckerspiegel freute sich vermutlich weniger, aber das war ihm egal. Sie nahm die Tafel Vollmilchschokolade, die er ihr überreichte, öffnete das Papier und erzählte: „Vor vielen, vielen Jahren stand die Klus für einige Zeit leer, nachdem man den langjährigen Kluspater dort bestattet hatte. Es heißt, dass sich eine Frau mit zwei unehelichen Kindern in einer der Seitenkammern eingerichtet hatte. Im kalten Winter 1922 ist die Mutter schwer erkrankt. Einen Arzt konnte sie sich nicht leisten. Man sagt, sie hätte mit ihren Kindern bezahlt." Sie hielt inne und schob sich genussvoll ein Stück Schokolade in ihren Mund.

Fockes Mund war ebenfalls geöffnet, aber aus einem anderen Grund. Er wartete darauf, dass sie weiterredete, doch es kam nichts, was entweder daran lag dass die Geschichte zu Ende war oder sie erst herunterschlucken musste. Eines drängte sich ihm sofort auf: Hätte sie dasselbe zwei Tage früher erzählt, hätte er es als irgendeine alte Spukgeschichte abgetan. Mit den Schmuddelvideos der Kinder im Hinterkopf war er sich allerdings nicht mehr so sicher. „Und dann?"

„Was meinst du?", fragte sie und hielt bereits das nächste Stück in ihren Fingern.

„Was ist aus den Kindern geworden? Hat man den Arzt verhaftet?"

Anstatt zu antworten, schüttelte sie mit dem Kopf. „Man hat sich gesagt, so was darf nie wieder vorkommen. Und hat an die Stelle ein Kinderheim gebaut."

Das klang für Focke dann doch zu sehr nach einer *Urban Legend*.

„Steht so in der Chronik. Der Fluch von Eddessen."

Ein Auto fuhr vorbei, doch keiner von ihnen achtete darauf.

„Lies selber nach, wenn du mir nicht glaubst", legte die Frau nach.

„Und Sie haben diese Chronik?"

„Jeder in Manrode hat sie. Willst du sie sehen?"

Natürlich wollte er, dachte Focke und war froh, als die alte Frau sich mit einem weiteren Stück Schokolade im Mund in Bewegung setzte und ihn zu ihrem kleinen Häuschen führte. Im Inneren schien die Zeit stehengeblieben zu sein. Gerade Wände oder Technik suchte man vergebens. Andererseits strahlte die Küche mit ihren zusammengewürfelten Holzmöbeln und dem bollernden Ofen eine Gemütlichkeit aus, die ihm in modernen weißen Hochglanzküchen abging. Er sollte am Tisch warten, sie würde eben in die gute Stube gehen. Ein paar Minuten darauf kam sie mit einem Buch zurück, das vom Äußeren her so gar nicht seine Erwartung treffen wollte. Focke hatte geglaubt, dass die Chronik uralt und dementsprechend zerfleddert gewesen wäre.

„Hier", sagte die Frau und überreichte sie ihm. Wie sich herausstellte, handelte es sich um die Dorf-Chronik, die zu Manrodes tausendjährigem Jubiläum im Jahr 2009 herausgebracht worden war.

Während sie sich über die restliche Schokoladentafel hermachte, überflog Focke den Text, etwa eine Seite lang, dazu ein aktuelles Foto der Klus Eddessen mit dem Kinderhaus im Hintergrund. Auch hier hatte er etwas anderes erwartet, denn es ging hauptsächlich um die Geschichte des Ortes Eddessen, der 1447 während der Soester Fehde von durchziehenden Söldnern zerstört worden war. Aus den Ruinen der Dorfkirche wurde kurz darauf eine Wallfahrtskapelle erbaut, die Klus. Seitdem lebten dort Einsiedler oder auch nicht, wobei sie ab 1859, nach einer Renovierung, durchgehend vom Kluspater Urbaldus betreut wurde, bis zu seinem Tod 1915. Ab diesem Zeitpunkt hätte es spannend werden können, dachte Focke, denn die Deutsche Geschichte, insbesondere die Zeit der Weimarer Republik faszinierte ihn. Doch im Grunde stand in der Chronik dasselbe, was die alte Frau bereits vorm Haus erzählt hatte, nur in anderen Worten und in den historischen Kontext gepackt. Dass die Klus zunächst einige Jahre leer gestanden hatte und dass unter anderem 1921, nach der großen europaweiten Hitzewelle, als Adolf Hitler gerade zum Vorsitzenden der NSDAP ernannt worden war, eine Frau, angeblich hieß sie Martha, mit zwei Kindern darin Schutz gesucht hatte. Dass diese Martha im darauffolgenden strengen Winter 1921/1922 – Walther Rathenau war im Januar zum Außenminister der Weimarer Republik ernannt und nur wenige Monate später ermordet worden – schwer erkrankt war, aber kein Geld für den Arzt aufbringen konnte. Dass dieser in einem Akt der Nächstenliebe getan hatte, was er tun konnte, wobei die Mädchen ihm sehr geholfen hätten.

Focke schlug das Buch zu und wollte sich schon über die vergeudete Zeit ärgern, als es ihm auffiel. Hätte er einzig und allein den Text gelesen, ohne die Geschichte zu kennen, hätte er ihn ganz anders verstanden. Auf jeden Fall nicht zwangsläufig in der Art, dass der Arzt mit den Kindern etwas angestellt hatte. „Und wer hat nun gesagt, dass so eine Sache nie wieder passieren darf? Wer hat entschieden, dass ein Kinderheim gebaut wird?“

Die alte Frau hob die Schultern. Die Schokolade war erst halb leer, folglich konnte es daran nicht liegen, dass sie nichts sagte.

Na klar, dachte er, so etwas wurde dann unter den Teppich gekehrt. Vorausgesetzt, dass überhaupt etwas an der Geschichte dran war. Richtig überzeugt hatte ihn das nämlich nicht. Vielleicht war der Arzt wirklich nur ein Arzt gewesen, der helfen wollte. Wobei die Formulierung natürlich Raum für Spekulationen ließ, das Geheimnis jeder erfolgreichen Spukgeschichte.

Focke machte mit seinem Smartphone ein Foto der Chronik, aus altem Reflex, alles Kuriose festzuhalten, bedankte sich und sagte, dass er langsam losmüsste. Beim Verlassen der Küche fiel sein Blick zufällig aus dem Fenster. Genauer gesagt auf einen Gegenstand, der unter den Tannen am Ende des Gartens lag und sofort ins Auge stach. Etwas Rundes, Oranges. Es passte dort so was von nicht hin. Focke wollte sich schon über die Unordnung in dem ansonsten penibel gepflegtem Garten wundern, da fiel ihm ein, dass die Tannen schon zum Grundstück seines Vaters gehörten.

Von der Straße aus konnte man nichts sehen, stellte Focke fest und lief weiter zum Bungalow. Doch auch von den Steinplatten im Rasen blieb der Gegenstand unsichtbar, sonst hätte er ihn bei seiner Suchaktion ja gefunden. Er umrundete das Haus, erreichte den schmalen Streifen dahinter, der direkt an den Garten der alten Kittelfrau grenzte und dicht mit Tannen bepflanzt war, und zwängte sich hinein, zwei, drei Meter weit. Endlich sah er, wie unter den Zweigen etwas Buntes durchschien. Mit der ausgestreckten Hand und einem Ast gelang es ihm, das Etwas aus dem Dickicht zu ziehen. Es stellte sich als orangener Hüpfball heraus, der verblassten Farbe nach war er der Witterung bereits länger ausgesetzt.

Focke wollte nicht darüber nachdenken, wie um alles in der Welt an diese Stelle ein Kinderhüpfball kam. Er wollte es ignorieren. Doch der Versuch misslang. Denn wo ein solcher Ball lag, konnte ein Kind nicht weit sein. An einen Zufall glaubte er nicht. Focke spürte seinen Herzschlag beschleunigen. Um sich abzulenken, setzte er seine Kreise über den Rasen fort. Vielleicht war es ja ganz harmlos, sagte er sich und überlegte, wann das letzte Mal ein Kind hier gespielt hatte. Seines Wissens nach musste es der Sommer gewesen sein, als die Schwester seiner Mutter zu Besuch gekommen war. Seine Cousine Bärbel war nur zwei Jahre jünger als er. Focke hockte sich auf den Rasen. Er hatte schon öfter über den letzten Besuch von Tante Renate und Bärbel nachgedacht. Irgendetwas war vorgefallen in dieser Zeit, denn die beiden waren ziemlich überstürzt abgereist. Kurz danach hatten sich seine Eltern getrennt und Focke war mit seiner Mutter vorübergehend zu seinen Großeltern nach Verl gezogen. Zu allem Überfluss war seine Mutter zur selben Zeit an einer Nervenentzündung erkrankt, die ihrer linken Hand bis heute die Feinmotorik raubte.

Den Grund für die Trennung hatte er nie erfahren, doch seit dem Gespräch mit Jana am gestrigen Abend war es für ihn Fakt geworden, dass sein Vater etwas mit Renate gehabt hatte. Oder aber ... Focke streckte sich zum Ball und stieß ihn mit voller Wucht von sich weg. „Nein!", rief er mit aufgerissenen Augen. „Bitte nicht!" Was, wenn es gar nicht die Affäre mit Tante Renate gewesen war, die den Bruch ausgelöst hatte? Sein Vater hatte sich an Bärbel vergangen! Und passte das nicht genau dazu, dass sein Vater den eigenen Sohn immer auf Abstand gehalten hatte? Was, wenn es einen ganz anderen Grund dafür gab, dass Focke ihn nicht am Arbeitsplatz besuchen durfte? Sein Vater hatte ihn beschützen wollen!

Angewidert von dieser Erkenntnis ließ Focke sich ins Gras fallen und starrte mit leerem Blick auf das Stück Himmel über ihm, als es zu regnen begann.

Erst, als die Feuchtigkeit durch seine Klamotten drang, stand er auf und lief zurück ins Haus. Von der Polizei keine Spur mehr. Focke öffnete die Haustür, um sich zu vergewissern. Die Autos waren tatsächlich weg. Zeitgleich mit dieser Erkenntnis ging ihm die Frage durch den Kopf, ob die Männer während seiner Abwesenheit wohl etwas Brauchbares gefunden hatten. Wenigstens hatten sie das Chaos nicht weiter vergrößert. Das war allein sein Werk gewesen. Er ließ den Blick kreisen, über die Einrichtung, das schwarze Ledersofa, die Kunstwerke an der Wand. Krümel unterm Teppich, eine leere Flasche Sliwowitz für über vierzig Euro auf dem Esstisch, Champagner im Kühlschrank. Ein Mercedes in der Einfahrt. Dass sein Vater gerne über seine Verhältnisse lebte, hatte Focke früher schon vermutet. Die Sprüche seiner Mutter über schleppende finanzielle Unterstützung kannte er in- und auswendig. Wenn er sich jetzt so umschaute in den vier Wänden seines Vaters, konnte er sich mehr Luxus als diesen hier vorstellen. Zumal laut Kommissar Butterweck mit der Verbreitung von Schmuddelvideos richtig gut zu verdienen war. Ein Grund mehr, daran zu zweifeln. Wenn man nicht davon ausgehen wollte, dass das Geld auf einem Schweizer Bankkonto oder in einem Schließfach lag und dort auf seine weitere Verwendung wartete. Wie den Kauf einer Segelyacht. Er setzte sich auf einen der Sessel und stützte das Kinn auf die regenfeuchten Handballen.

Viel zu viele Fragen stürzten zeitgleich auf ihn ein, unter anderem, wie sein Vater sich ohne Computer die Videos auf dem USB-Stick angeschaut, geschweige denn, sie verbreitet haben sollte, oder das mit dem Autounfall, den er verursacht hatte. Sogar in Fockes Wohnort Gütersloh, das konnte doch kein Zufall sein! Oder welche Rolle Liborius Hanke, der verschwundene Mitarbeiter vom Jugendamt Höxter, spielte. Kommissar Butterweck hatte seine Frage, ob es sich bei ihm nicht um den Langfurt von der Rückfahrt im Streifenwagen handeln konnte, unbeantwortet gelassen. Nur gesagt, dass er seit drei Tagen verschwunden wäre. Was nicht zwangsläufig bedeutete, dass er es nicht war. Er hätte untergetaucht sein, vor zwei Tagen das Feuer gelegt und dann behauptet haben können, er wäre von der Sirene aufmerksam gemacht worden. Das einzige Problem für Focke war, wann bitteschön er einen Mitarbeiter vom Jugendamt in den Arm genommen haben sollte, wie es in der letzte Nachricht geheißen hatte. So sehr er sich auch bemühte, er kam nicht drauf. Und versuchte stattdessen sich zu erinnern, was genau der Leiter von Haus Eddessen Johannes gefragt hatte, als Focke am Morgen nach dem

Brand hingefahren war. Wenn er sich nicht täuschte, war sogar von einem Termin mit Liborius Hanke die Rede gewesen. Der Einrichtungsleiter hatte den Mann erwartet, und der war nicht wie vereinbart erschienen. Wäre interessant zu erfahren, was die beiden zu besprechen hatten. *So etwas darf nie wieder passieren*, hatte die alte Kittelfrau zu ihm gesagt. Und *Deshalb wurde das Kinderheim gebaut.*

Kurzentschlossen nahm Focke das Telefon, das Festnetzgerät wohlgemerkt und nicht sein Smartphone, um den Akku zu schonen, und wählte eine Nummer aus dem Gedächtnis.

„Gütersloh-Online, du sprichst mit Nicolas Berenskötter."

Er hätte nicht gedacht, dass es so gut tat, eine vertraute Stimme zu hören. „Hi, ich bin's", sagte Focke. „Du bist ja noch im Büro. Ich habe eben an dich gedacht."

„Das ist ja schön. Und wer ist da?"

„Na ich, Focke. Sorry", fügte er hinzu, als ihm einfiel, dass Nicki mit der angezeigten Telefonnummer wenig anfangen konnte. Er spürte auf einmal wieder diese Sehnsucht nach zuhause.

„Focke, das ist ja eine Überraschung. Wie geht es dir denn? Gibt's was Neues von deinem Vater?" In der Freundlichkeit schwang ein deutlicher Unterton mit.

Nicki war beleidigt, weil er sich nicht früher bei ihm gemeldet hatte, dachte er. Zu recht! Er hatte die Dinge schleifen lassen. Auch wenn sie längst nicht mehr zusammen waren, bei guten Kollegen verhielt man sich anders. Focke erzählte in Kurzform, dass er inzwischen davon ausging, dass sein Vater tot war, und von den Ermittlungen wegen Brandstiftung. Den Rest behielt er für sich, vor allem um zu vermeiden, sich wieder und wieder damit auseinandersetzen zu müssen.

„Heilige Scheiße", sagte Nicki auch so. „Aber hast du nicht immer gesagt, ihr hätte nicht so den Kontakt?"

„Stimmt, ja. Trotzdem ... Ach, ich weiß echt nicht, wie ich mich gerade fühlen soll."

„Sollen wir uns heute Abend treffen?"

„Ich bin noch in Manrode."

„Ach, daher die Nummer. Naja, wenn das so ist. Und was willst du?"

„Gar nichts. Wie kommst du darauf? Wie gesagt, ich wollte nur eine vertraute Stimme hören ..."

„Das hast du aber nicht gesagt."

„Dann aber gedacht."

Eine Pause entstand. Am anderen Ende der Leitung hörte Focke Gemurmel und Telefonklingeln. Er bat Nicki, dem Chef auszurichten, was los war und dass er selbstverständlich Urlaubstage nehmen würde.

„An so was denkst du in dieser Situation? Was willst du wirklich?"

Focke schnaufte. „Also schön. Kannst du mir einen Gefallen tun?"

„Na bitte. Ich höre?"

Er hasste Nickis Fähigkeit, ihn und seine Absichten scheinbar mühelos zu durchschauen. Diesmal war es ihm allerdings egal. Gütersloh-Online hatte Zugriff auf zahlreiche Pressearchive und er gerade nicht, nur das zählte im Augenblick. „Ich brauche alles über das Kinderhaus Eddessen in der Nähe von Manrode."

„Ist das nicht das, wo dein Vater gearbeitet hat?"

„Genau."

„Denkst du an was Bestimmtes?"

„An alles, was dir merkwürdig vorkommt."

„Du weißt schon, dass dich das eine Gegenleistung kostet?"

Das hatte Focke befürchtet. „Sollst du kriegen. Wenn es sich lohnt. Du ich muss Schluss machen. Die Polizei ist gerade gekommen." Er verabschiedete sich und beendete die Verbindung. Die kleine Notlüge war nötig gewesen, bevor Nicki auf die Idee kam, den Einsatz zu konkretisieren.

Focke warf das Telefon gegenüber aufs Sofa und fuhr sich durch die regennassen Haare. Im Grunde wusste er kaum etwas über das Kinderhaus, außer, dass es nach der benachbarten Klus Eddessen benannt worden war. Ob das gleichzeitig bedeutete, dass die Kirche Träger war, konnte er nur vermuten. Das Marienabbild auf dem Anbau aus den 1950ern suggerierte es zumindest, war womöglich aber nur ein Relikt aus der Vergangenheit. Er tippte eher auf die Stadt Borgentreich oder den Kreis Höxter als Träger. Doch ebenso kam ein Privatmann infrage. Derartige Informationen waren ihm als Kind total egal gewesen. Merkwürdig, wie die Zeiten sich änderten! Blieb zu hoffen, dass das, was immer Nicki herausfand, ihm weiterhalf bei all den Vorwürfen, die zurzeit gegen seinen Vater erhoben wurden. Dabei sollte er eigentlich darauf vertrauen, dass die Polizei ihre Arbeit schon machte. Obwohl Kommissar Butterwecks Vermutung bezüglich Lilys Verschwinden schon ein starkes Stück gewesen war.

Focke erinnerte sich gut an den Fall der verschwundenen zehnjährigen Maleen aus Kattenstroth, einem Ortsteil von Gütersloh, vor einigen Monaten, er selber hatte mehrere Artikel darüber geschrieben. Die Polizei hatte die Gegend um ihre Schule, wo sie angeblich verschwunden war, mit einem Großaufgebot abgesucht. Sie spürten Maleen schließlich bei einer Freundin auf, beide spielten seelenruhig mit ihren neuen Handys, die sie zum bevorstehenden Wechsel aufs Gymnasium von ihren Eltern geschenkt bekommen hatten. Dass man Lily genauso unversehrt wiederfand, wäre auch für ihn eine Erleichterung. Er würde Johannes bitten, ihn auf dem Laufenden zu halten. Und eine weitere Frage surrte ihm im Kopf herum, seit Kommissar Butterweck Focke vorhin vor dem möglicherweise gefährlichen Liborius Hanke gewarnt hatte: was denn nun mit diesem rothaarigen Mädchen war, das der Privatdetektiv Sima zusammen mit Hanke fotografiert hatte.

Der Fluch von Eddessen, googelte Focke mit seinem Smartphone und wurde von der Anzahl der Treffer völlig überrascht. Beim zweiten Hinsehen stellte sich heraus, dass die meisten gar nicht auf die Manroder Dorf-Chronik verwiesen, sondern auf den gleichnamigen Krimi eines ihm unbekannten Schriftstellers. Vielleicht sollte er das Buch trotzdem lesen, denn der Klappentext – ein junger Typ wird in sein Heimatdorf zurückgerufen, wo mysteriöse Dinge passieren – klang recht vielversprechend.

Eigentlich war es lächerlich, was er hier tat, dachte er, legte die Beine auf den Couchtisch und öffnete seine Hose. Alles und jedes zu hinterfragen und hinter jeder Neuigkeit gleich etwas zu vermuten. Aber er konnte es nicht abstellen, hatte er nie gekonnt. Wenn alles vorbei war, würde er einen Blogeintrag darüber schreiben, und was für einen! Sein Plan vom Vormittag war eigentlich gewesen, nach Gütersloh zurückzufahren und die Fotos des Privatdetektivs ein weiteres Mal durchzusehen. Jetzt, wo sein Smartphone wieder Saft hatte, ließ sich das genauso gut von hier bewerkstelligen. Und dann waren da ja noch die Fotos, die er selber an seinen ersten beiden Tagen in Manrode geschossen hatte. Er wollte sie sich gerade ansehen, als ein Anruf einging. Der Name im Display ließ ihn zusammenzucken. Focke stand auf und begann umherzulaufen.

„Hallo Mama", sagte er und versuchte, seine Stimme hell und fröhlich klingen zu lassen, dabei war ihm nach allem, nur nicht danach zu mute.

Seiner Mutter konnte er trotzdem nichts vormachen. „Was ist los?", fragte sie als Erstes.

„Nichts, warum? Bist du wieder zuhause?"

„Natürlich, wo soll ich sonst sein. Hedwig hat mich mitgenommen. Nachdem du ja nicht am Marktplatz aufgekreuzt bist."

Focke blieb vorm Fenster stehen und kniff die Augen zusammen. Verdammt, wie hatte er das nur vergessen können! Dabei hatte er ihr doch heute sagen wollen, was los war. „Ja, stimmt, ich wollte dich noch anrufen. Ich muss heute länger arbeiten. Total blöd, ich weiß, aber wir sind an einer ganz spannenden Sache dran."

„Ach so?"

„Erzähl ich dir alles später. Hattest du eine schöne Zeit mit deinen Turnerfrauen?"

„Ja, ging. Sag, hast du die Katze gar nicht gefüttert?"

„Äh ..." Wieder verdammt, hoch zwei. Focke überlegte genau, was er jetzt am besten antwortete. Die Nachbarskatze kam regelmäßig zur Küchentür, wenn dort etwas stand. „Schultenkempers haben angerufen", sagte er das Erstbeste, was ihm einfiel. „Sie musste zum Tierarzt und soll für ein paar Tage im Haus bleiben."

„So."

Focke atmete erleichtert aus. Dass es auf der anderen Seite der Fensterscheibe inzwischen richtig feste regnete, bekam er gar nicht mit.

„Dann rufe ich Rita morgen mal an und frage, wie es ihr geht."

„Nein", rief Focke schnell.

„Nein? Und warum nicht?"

Warum nicht, warum nicht. „Mama. Du kennst doch Rita. Sie regt sich so schnell auf."

„Ja stimmt. Du hast recht."

„Du, ich muss weitermachen. Du kannst mir ja morgen alles erzählen, ok? Und warte nicht auf mich. Kann spät werden."

Sie verabschiedeten sich ohne große Herzlichkeiten. Seine Mutter war nie eine Frau von großen Gefühlen gewesen, zumindest zeigte sie nicht gerne welche nach außen, wozu jeder gehörte, ihr Sohn eingeschlossen. Emotional wurde sie nur, wenn sie traurig war, sich aufregte, gerne über Kleinigkeiten, oder wenn es darum ging, dass Focke sich endlich fest binden sollte. Als er das Smartphone weglegte, fühlte er sich deshalb nicht nur vom Regen nass, sondern auch von den Anstrengungen, sie nicht unnötig zu belasten. Doch es würde sich nicht vermeiden lassen, und besser er war derjenige, der es ihr sagte, als die Polizei, die sie im Zuge der Ermittlungen womöglich kontaktierte. Er lief ins Bad, rieb sich mit einem Handtuch trocken und setzte sich auf die Toilette. Prompt ertönte das Signal für eine eingehende Nachricht. Da er nicht aufstehen und hingehen konnte, fing er an zu raten: Nicki, aber das wäre zu schnell gewesen. Seine Mutter auch nicht, die wusste nämlich nicht einmal, wie man welche schrieb. Sofern sein Dating-Programm keine neue Anfrage geschickt hatte, war die Wahrscheinlichkeit ziemlich hoch, dass sie von Langfurt stammte. Obwohl Fockes Antwort auf dessen letzte Nachricht mit dem *früher oft in den Arm genommen* noch ausstand.

Er drückte die Spülung, rannte mit offener Hose zurück ins Wohnzimmer und fand seine Ahnung bestätigt.

Du weißt noch immer nicht wer ich bin, oder? Erinnerst du dich nicht mehr an die Zeit kurz nach Ostern, als du neun Jahre alt warst? MC Langfurt

Nein, ich erinnere mich nicht mehr! Und woher willst du überhaut wissen, was in der Hütte „wirklich" passiert ist?, tippte Focke und schickte es ab, bevor er allzu lange darüber nachdenken konnte.

Die Antwort kam genauso schnell. Sie lautete: *Ach, Focke!! Natürlich weiß ich es, weil ich mit in der Hütte war.*

Vor einem Tag:
Eileen lief über die Straße, ohne vorher richtig geschaut zu haben, kein links-rechts-links, wie man es ihr beigebracht hatte, sondern nur ein halbherziges Schielen. Prompt hupte das Auto, das in ihre Richtung fuhr, doch sie tat, als hörte sie es nicht. Es war nicht das erste Mal heute, dass ihr das passierte. Sie war einfach zu müde. Ihre Füße taten weh vom vielen Laufen. Und vor Hunger konnte sie nicht mehr richtig denken. Die Packung Kekse hatte sie bei ihrer Flucht gestern leider im Auto liegenlassen. Aus purer Not hatte sie an einem Obststand zwei Äpfel stibitzt. Doch die waren längst verputzt. Am allerschlimmsten aber war der Durst. Sie könnte einen ganzen Liter Himbeerbrause auf einmal austrinken. Oder Zitronensprudel. Oder halt Wasser.

Was war sie froh, beim Weglaufen gestern wenigstens ihren Anorak getragen zu haben. Es war nämlich ganz schön kalt. Und dunkel wurde es auch wieder. Was bedeutete, dass sie sich eine Stelle zum Schlafen suchen musste, so wie letzte Nacht. Brr, was hatte sie gefroren in dem zugigen Stall. Noch mal würde sie das nicht.

Wenn sie eine Ahnung gehabt hätte, wo sie inzwischen gelandet war. Ein paar Geschäfte mit Beleuchtung, ein paar ohne. Ein kleiner Fluss. Rot-weiße Fähnchen, die zwischen den Laternenmasten hingen, so ähnlich wie die Girlande, die in ihrer Halle hing. Die breiten Bordsteine. All das kam ihr so unbekannt vor. Die Straßennamen sowieso. Aber sie kannte ja auch nur Borgentreich, Warburg oder maximal Paderborn, dachte Eileen und lief weiter.

Als die Straßen finsterer wurden und die Häuser weniger, entschied sie, irgendwo einzusteigen. Nicht in eines der Häuser natürlich, sie war ja keine Einbrecherin, sondern in eine Gartenhütte. Bestimmt hatten die Gärten hier welche. Es gab überall Gartenhütten! Die Hütten, die Eileen von zuhause kannte, hatten alle ein Bett oder ein Sofa, das nie jemand benutzte, außerdem Decken und Kissen. Und meistens waren sie unverschlossen. Es war einen Versuch wert.

Die ersten beiden Hütten waren jedoch ein Reinfall. Bei Nummer eins war sogar die Gartenpforte verriegelt, bei Nummer zwei kam sie zwar in den Garten, aber ein blöder Hund schlug Alarm. Was war sie da weggelaufen, und ihre Füße taten doch schon so weh. Als der Ort fast zu Ende war, tauchte Gartenhütte Nummer drei auf. Das Haupthaus stand weit davon entfernt und nur in einem Zimmer brannte Licht. Nicht viele Leute, schätzte sie. Und das Gartentor stand offen, als wäre es eine Einladung hineinzuspazieren. Sie tat es. Inzwischen war es vollkommen dunkel, doch der Mond schien, sodass Eileen alles erkennen konnte, was nötig war. Der Hund von vorhin bellte noch immer. Sie trat an die Hütte und drückte vorsichtig die Klinke hinunter. Ihr Herz wollte springen vor Freude. Leider gab es kein Bett im Inneren, dafür Gartenstühle mit allerlei Sitzkissen. Sie nahm die Kissen von den Stühle, schob die Stühle beiseite und breitete sie auf dem Fußboden aus. Legte sich hin und nahm sich vor, ganz schnell einzuschlafen, damit sie morgen ausgeruht war und weit laufen konnte. Bis zurück nach Eddessen.

Sie schloss die Augen, hörte den Hund und blinzelte, als ein Lichtstrahl durch das Fenster der Gartenhütte fiel. Bestimmt nur eine Wolke, die sich vor den Mond oder eben wieder weggeschoben hatte, dachte Eileen und kuschelte sich in die Polster. Eine Minute später war sie tatsächlich eingeschlafen. Träumte von ihrer Mutter, die gar keinen Schießunfall gehabt hatte, stattdessen hatte es ihren Vater erwischt. Und bekam nicht mit, wie sich jemand der Hütte näherte, ganz langsam, ein Bein nachziehend.

Die Gestalt klemmte die Taschenlampe, mit der sie bereits durch das Fenster geleuchtet hatte, unter ihren Arm, öffnete die Tür und trat ein. Erst das gesunde Bein, kurz ausruhen, das zweite hinterher, dann fiel die Taschenlampe auf den Fußboden.

Das Poltern weckte Eileen sofort. Sie schreckte hoch, riss die Augen auf und wich zurück bis an die Wand der Gartenhütte.

„Hallo Kleine“, sagte die Gestalt, der Stimme nach eine ältere Frau, doch ihr Gesicht lag im Schatten. „Brauchst keine Angst haben. Hast di verlaufen?“

Eileen traute sich nicht zu antworten, war wie benommen. Es war eine doofe Idee gewesen, in Hütte einzudringen, das war ihr jetzt klar. Doch nun war es zu spät.

„Bist ausgerissen? Nu red schon, ich tu dir nichts.“

„Ich …“, begann sie. Die alte Frau war sicher die Besitzerin. Und würde sie nun ausschimpfen, weil sie einfach … „Entschuldigung.“ Eileen hatte gelernt, dass man mit Entschuldigungen immer weiterkam.

„Red kein Schmarrn. Wenn du müd bist, legst di halt nieder.“

Die Frau sprach ulkig. Der komische Mann hatte ebenfalls nicht normal sprechen können, was Eileen im Vergleich dazu aber doof gefunden hatte. Komisch halt. Deshalb auch der komische Mann, eben weil er komisch sprach und war. „Ich bin müde, ja. Und ich mache nichts kaputt, versprochen. Ich bin ganz vorsichtig mit allem."

„Schmarrn. Hier, hast Hunger?" Die Frau trat langsam einen Schritt näher, als täte ihr ein Bein weh, und hielt ihr mit zittriger Hand eine Tüte hin. Das Rascheln, das dadurch entstand, klang so verlockend, nach Nussecken und Plunderteilchen, dass Eileen sich automatisch mit der Zunge über die Lippen fuhr.

Ehe sie sich's versah, steckte ihre Hand in der Tüte und nahm eine Mohnschnecke heraus. Sie liebte Mohnschnecken über alles. Ihre Mutter hatte früher sogar ab und zu welche gebacken. Artig bedankte sie sich und biss hinein.

„Ich bin die Luise", sagte die Frau. „Und du?"

„Ella", log sie, vorsichtshalber.

„Ella, schöner Name. Und, schmeckt's?"

„Mmh." Eileen nickte eifrig, wollte aber nicht mit vollem Mund sprechen. Beim Kauen versuchte sie zu erkennen, was die alte Frau wohl war oder wollte. Da das Licht nun auf sie fiel, kein Problem mehr. Ein runzeliges Gesicht kam zum Vorschein. Weiße kurze Haare. Eigentlich sah sie aus wie eine nette Oma. Die eine Enkelin haben konnte, die ungefähr so alt war wie Eileen. Oder sie war früher Lehrerin gewesen. „Und warum machst du das?", fragte sie.

„Was meinst?"

„Fremde Mädchen was zu essen geben."

Die ulkige Frau lächelte. „Du bist gut drauf für ein Mädl deines Alters."

„Findest du? Ich bin schon zehn!"

„Ja, genau das mein ich."

In gespieltem Protest drückte Eileen die Hände in ihre Hüfte, aber nur, weil der Großteil der Mohnschnecke verputzt war „Mein Vater hat mir das Autofahren beigebracht. Das Reiten. Und das Schießen."

„Soso." Die ulkige Frau war offenbar beeindruckt. „Was hasten da an der Hand?"

„Ach, gar nichts.“ Eileen versuchte, die blutige Stelle am Handrücken zu verdecken, doch dafür war es bereits zu spät. „Bin hingefallen.“

Die Frau nickte und schien sich mit der Antwort zufriedenzugeben. „Und wo ist dein Vater jetzt?“

„Keine Ahnung.“ Es war ihr gleichgültig, was ruhig jeder wissen durfte. Ihr Vater könnte mit durchlöcherter Brust in einem Straßengraben liegen oder voll Drogen auf dem Bahnhofsklo, es würde sie nicht jucken. Sie hatte hoffentlich bald eine andere Familie. Wenn nur der Mann nicht gekommen und sie weggegeben hätte ... Und mit dem Wunsch, dass im Kinderhaus Eddessen bald ein Platz frei würde, wurden ihre Augen schwerer und schwerer, der Magen war voll, das Licht schummrig, Luise ruhig, bis auf ihr Ächzen, wenn sie mit dem Fuß auftrat ... Keine Minute später lag Eileen auf ihrer Kissenmatratze, die Augen fest verschlossen, ihr Atem ging regelmäßig.

Erst als irgendwo in der Nähe eine Tür laut zuschlug, wachte sie wieder auf. Verwirrt und schläfrig zugleich, fiel ihr trotz Dunkelheit sofort auf, dass die ulkige Frau nicht mehr da war. Eileen erhob sich, um aus dem Fenster zu blicken. Am liebsten wäre sie einfach liegen geblieben, doch die Neugierde ließ ihr keine Ruhe. Aus Erfahrung wusste sie, dass man besser alles im Blick hatte, als böse überrascht zu werden.

Der Garten lag friedlich vor ihr. Kein Hund bellte mehr und das Mondlicht fiel auf das Haupthaus, das aussah wie aus einem Bilderbuch. Dass die Idylle trog, wurde ihr schlagartig klar, als zwei Personen laut grölend mit Taschenlampen auf die Hütte zustampften. Und Eileen sich fragte, ob sie hier wirklich in Sicherheit war.

15. Kapitel

Focke hatte geantwortet, dass er das mit der Hütte nicht glauben würde.

Dann lass uns morgen treffen, schrieb Langfurt zurück. *Dann beweise ich es dir.*

Ok, antwortete er mit zitternden Händen und wartete ab, ob Details kamen. Es kamen aber leider keine. Was ihn noch unruhiger machte und veranlasste, wie ein aufgescheuchtes Reh durchs Haus zu laufen, über auf dem Boden liegende Gegenstände zu steigen, Schubladen zu schließen, zwischendurch in den Kühlschrank zu schauen, sich hinzusetzen und gleich wieder aufzustehen, um weiterzulaufen. Draußen dämmerte es bereits und er schaltete die Lampen im Wohn- und Esszimmer an, um den Fehler von gestern Abend zu vermeiden.

Nach gefühlt mindestens einem Kilometer war Focke überzeugt, dass Liborius Hanke, der Mitarbeiter vom Jugendamt Höxter, der Absender sein musste. Langfurt. Oder MC Langfurth, um genauer zu sein, wie es in einer der letzten Nachrichten hieß. Er nahm sein Smartphone und loggte sich in die Cloud ein, um sich endlich die Bilder vom Privatdetektiv erneut anzuschauen, was seit dem Vormittag sein Plan gewesen war, doch immer war etwas dazwischengekommen. Kein Saft auf dem Akku. Die Schmuddelvideos auf dem USB-Stick. Kommissar Butterweck und seine Männer, die alles durchsucht hatten. Der Hüpfball. Die Polizei hatte sein Tablet am Morgen, als sie ihm die Nachricht vom Brandbeschleuniger überbracht hatten, sofort konfisziert. Vermutlich, weil Liborius Hanke auf den Fotos zu sehen war, dachte Focke inzwischen. Deswegen wohl auch der Durchsuchungsbeschluss.

Vielleicht hatte er einfach nicht richtig hingesehen! Da der Bildschirm eines Smartphones naturgemäß viel kleiner war als der eines Tablets, vergrößerte er einfach das Foto, das den Mann mit dem rothaarigen Kind auf einem Parkplatz zeigte. Und zwar so lange, bis an dessen Unterarm eine Tätowierung erkennbar wurde. Focke stutzte. Wen, verdammt, kannte er mit einer Tätowierung? Wobei, wenn er ihn von früher kannte, besaß derjenige zu dem Zeitpunkt womöglich noch gar keine. Ihm fiel niemand ein. Sowieso kam ihm das dazugehörige Gesicht nach wie vor unbekannt vor. Oder war er so jung gewesen, dass er sich nicht mehr an ihn erinnern konnte? Würde man überhaupt die Menschen wiedererkennen, die man mit beispielsweise neun oder zehn Jahren das letzte Mal gesehen hatte? Vielleicht einer der Betreuer, als er mit der Kommuniongruppe im Zeltlager am Edersee gewesen war. Das würde auch von der Zeit um Ostern herum halbwegs übereinstimmen. Aber wie passte die Bezeichnung *bester Freund* dazu? Gar nicht, für sein Empfinden.

Focke hatte eine Idee. Eine Möglichkeit, das Problem auf eine andere Weise zu lösen. Er hatte im Frühjahr diese App heruntergeladen, nachdem er von Andrej, den er über das Dating-Programm kennengelernt hatte, gestalkt wurde. Die ersten zwei, drei gemeinsamen Wochen waren ganz nett gewesen, dann hatte Focke gemerkt, dass ihm geistig etwas fehlte. Was Andrej jedoch nicht akzeptieren wollte und anhänglich geworden war – harmlos ausgedrückt. Eigentlich durfte man die App nur mit Einverständnis desjenigen, den man aufspüren wollte, benutzen, aber was machte das bitteschön für einen Sinn? Der große Vorteil war, dass der Gesuchte seinen Standort fürs Geotracking nicht freigegeben haben musste, es reichte ein Funkverbindung. Der Nachteil, dass nicht der exakte Aufenthaltsort ermittelt wurde, sondern nur die entsprechende Funkzelle. Was ihm im Falle von Andrej allerdings gereicht hatte.

Er öffnete die App und gab Langfurts Mobilfunknummer ein. Es dauerte einen Moment, bis sich eine Landkarte Europas öffnete, die nach Deutschland zoomte und weiter in die Mitte Deutschlands. So weit, so gut. Dann hakte seine Verbindung und er dachte schon, das wäre alles, bis die Karte endlich weiterzoomte nach Hessen, nach Nordhessen, und schließlich nach Kassel, in einen Bereich im Vorderen Westen. Focke bekam eine Gänsehaut. Dort also hielt sich Langfurt gerade auf! Er kannte Kassel, die einzige Großstadt Nordhessens, früher waren sie öfter zum Shopping hingefahren oder zum Sonntagspaziergang am Herkules im Bergpark, mittlerweile UNESCO-Weltkulturerbe. Es war keine Entfernung, laut Google Maps knapp vierzig Autominuten von Manrode aus.

Focke betrachtete den Bereich der Funkzelle genauer. Kasseler Innenstadt. Goethestern, Kirchweg, Pestalozzistraße, Bebelplatz, wo es eine gleichnamige Buchhandlung gab. Ein Bereich von mindestens tausend Quadratmetern. Folglich mindestens ebenso viele Orte, an denen Langfurt sich aufhalten konnte. Es sei denn … Er schaute sich die Straßennamen genauer an. Irgendetwas klingelte bei ihm bei der Friedrich-Ebert-Straße. Weit hinten in seinen Gehirnwindungen. War das nicht die Straße auf den ganzen Parktickets im Auto seines Vaters? Die Angabe der Stadt hatte auf den Tickets zwar gefehlt, aber Focke war sich ziemlich sicher, es konnte nur Kassel sein. Nur warum sein Vater dort geparkt hatte, wollte ihm nicht einfallen. Es konnte einen völlig banalen Grund haben. Oder aber mit Langfurt zu tun haben! Womöglich hatte er ihn beobachtet, weil er etwas über ihn herausgefunden hatte. Und Langfurt hatte das spitzgekriegt und ihn deswegen an der Hütte umgebracht. Er erschauderte bei dem Gedanken. Doch genauso gut konnten sich die beiden nur zum Reden in Kassel getroffen haben. Um über die Arbeit zu fachsimpeln zum Beispiel. Die Frage war, wie die Schmuddelvideos da hinein passten. Oder hatten die mit der Sache gar nichts zu tun?

Weißt du inzwischen, was an der Hütte wirklich passiert ist, wiederholte Focke Langfurts Nachricht in Gedanken. Er gab den Namen Liborius Hanke in das Online-Telefonbuch von Kassel ein. Natürlich ohne Treffer. Es gab lediglich den Nachnamen mit anderen Vornamen, die aber wohnten, wie er das einschätzte, in anderen Teilen Kassels. Das musste nichts heißen, das war ihm schon klar. Würde er *Focke Löhr* im Telefonbuch von Gütersloh suchen, kämen auch keine Treffer.

Er sah auf die Uhr. Bereits achtzehn Uhr durch! Er musste dringend auf andere Gedanken kommen, wenn ihn das Chaos hier nicht verrückt machen sollte. Focke wusste auch, wie. Eine kleine Ausfahrt wäre genau das Richtige.

Wie prognostiziert stand Focke knapp vierzig Minuten später mit seinem Golf vor der Kasseler Friedenskirche. Er war von Manrode aus die Serpentinen hinunter nach Trendelburg gefahren und dann weiter nach Hofgeismar, wo er kurz mit dem Gedanken gespielt hatte, Jana in ihrer Boutique zu besuchen und sie auf den neuesten Stand zu bringen. Doch da fraglich gewesen war, ob sie um die Zeit überhaupt noch geöffnet hatte, und er plötzlich das Schild *Kassel 27 km* am Straßenrand gesehen hatte, war sein Vorhaben – ganz Focke-artig – ins Wanken geraten.

Sein Smartphone hatte er trotz des Ladevorgangs am Vormittag unterwegs ans Kabel angeschlossen. Nun nahm er es ab, um endlich wieder Fotos zu schießen, und stieg aus. Obwohl der Blogeintrag über seine Erlebnisse in Manrode auf Eis lag, konnte man nie wissen, ob und wann sich das ändern würde.

Zum Weiterfahren animiert hatte ihn sicher auch der Umstand, dass sein Gehirn beim Fahren durch verregnete nordhessische Fachwerk-Dörfer im Dunkeln abgelenkt gewesen war und dadurch nicht aktiv über alles und jeden nachdenken konnte. Als Dankeschön hatte ihn kurz vor den Toren Kassels nicht nur der Regen verlassen, sondern auch fast wie von selbst das Gefühl beschlichen, den Namen Langfurt doch von irgendwoher zu kennen. Ganz tief unten hatte der Klang etwas in ihm ausgelöst. Es musste ein Irrtum gewesen sein.

Diesen Gedanken im Kopf, schaute Focke die schnurgerade und mittlerweile von Dutzenden Laternen beleuchtete Friedrich-Ebert-Straße hinauf und ließ das städtische

Treiben auf sich wirken. Häuser aus der Gründerzeit, Autos, Fußgänger, die den Pfützen auf den Bordsteinen auswichen, strahlende Schaufenster. Er zog einen Parkschein und stellte mit Genugtuung fest, dass er genauso aussah wie die im Auto seines Vaters. Die Stelle war also die richtige. Die Genugtuung verblasste, als ihm deutlich wurde, dass er den Bereich der Funkzelle betrat, in der sich Langfurt irgendwo herumtrieb. Prompt lief ihm ein Schauer über den Rücken, doch mit jedem Meter wurde es besser, dank der Menschen überall.

Das Smartphone in der Hand, um Entscheidendes sofort festhalten zu können, schaute er auf Türschilder und in beleuchtete Fenster, sogar in welche der oberen Stockwerke, als würde sich MC Langfurt genau in dem Moment dort zeigen. Was er natürlich nicht tat. Als Focke den Bebelsplatz, an dem die Straße sich teilte, um den Platz zu umrunden wie ein riesiger Kreisverkehr, überquert hatte, wurde ihm bewusst, dass die Chance auf Erfolg mit jedem weiteren Schritt sank. Er beschloss, den Gedanken, dass die erste Hälfte der Funkzelle geschafft war, auszublenden und in der Buchhandlung eine Ausgabe des Krimis *Der Fluch von Eddessen* zu kaufen, doch es war bereits nach neunzehn Uhr und daher geschlossen.

Eine Straßenbahn fuhr auf den Platz und hielt, öffnete die Türen und spuckte mehrere Fahrgäste aus. Als sie losfuhr, nahm Focke ein Geräusch hinter sich wahr, wie ein Rufen. *Focke! Focke!* Er drehte sich um, doch es waren nur drei ältere Damen, die sich unterhielten und dabei auflachten. Kopfschüttelnd, weil er offenbar schon Halluzinationen hatte, setzte er seinen Weg fort. Sein Unterbewusstsein meldete sich zu Wort und trichterte ihm ein, dass hinter der dicken Frau jemand gestanden hatte. Er überprüfte es. Natürlich stand dort niemand! Quietschende Fahrradreifen machten ihm unmissverständlich klar, dass er sich besser auf die Straße konzentrieren sollte, statt in der Gegend herumzuschauen. „Sorry“, rief er dem jungen

Typen zu, doch der hatte bereits geflucht und den Stinkefinger gezückt.

Die nächsten fünfzehn Meter verliefen ohne Zwischenfälle. Trotzdem war da so eine beklemmende Ahnung, die Focke nicht näher fassen konnte. Irgendetwas passierte gerade im Hintergrund. Vielleicht verfolgte ihn jemand. Mehrmals schaute er sich um, konnte in den Passanten jedoch niemanden ausmachen, der verdächtig erschien. Focke beschleunigte trotzdem seine Schritte, hielt es nicht mehr aus und bog in den offenen Eingangsbereich des Kongress Palais Parkhauses. Eine Frau mit Hochsteckfrisur stand im Neonlicht des Bezahl-Automaten. Sofort fühlte er sich sicherer. Er stellte sich neben sie und beobachtete den Durchgang. Es dauerte nur wenige Sekunden, bis ein Mann, groß, dunkel gekleidet und mit ebensolchen Haaren um die Ecke bog. Der Geschwindigkeit nach war er in Eile gewesen. Er blickte um sich und fand offenbar schnell, wonach er suchte. Als er näherkam, bekam Focke eine Gänsehaut und wich automatisch einen Schritt zurück. War das nun Langfurt? Von den Augen her war eine Ähnlichkeit nicht abzustreiten. Sein Herz schlug inzwischen so laut, dass es wahrscheinlich jeder hören konnte, bis der Mann stehenblieb, die Frau mit der Hochsteckfrisur in den Arm nahm und ihr einen Kuss gab.

Focke atmete auf. Fast zeitgleich kam die Einsicht, ein kleiner Angsthase zu sein und obendrein ein Dummkopf. Eine tolle Kombination! Und nicht zum ersten Mal fühlte er sich so. Es schien, als wäre das der *Running Gag* seines Lebens, egal wie sehr er sich auch bemühte und dagegen ankämpfte. Focke lief den ganzen Weg zu seinem Golf zurück, setzte sich hinein und hatte einen Entschluss gefasst. Er würde ihm schreiben. Jetzt, an dieser Stelle. *Ich bin hier! Ganz in deiner Nähe! Komm heraus!*

Es dauerte nicht lang, da erhielt er tatsächlich eine Antwort. *Wo ist hier?*, fragte Langfurt.

In meinem Auto an der Friedenskirche in Kassel. Wenn du mich kennst, dann weißt du bestimmt, was für ein Auto ich fahre. Los, zeig dich!!

Focke schickte den Text ab und bereute es im selben Moment. Langfurt aufzuspüren und ihn in einer Nacht- und Nebelaktion zu treffen waren zwei Paar Schuhe. Zumindest, wenn seine Vermutung zutraf, wer hinter dessen Identität steckte – Liborius Hanke. Kommissar Butterwecks Worte vom Nachmittag lagen ihm noch deutlich in den Ohren. Dass die Polizei nach Hanke fahnden würde. Dass er gefährlich sein könnte.

Als sein Smartphone piepte, zuckte Focke zusammen und brach beim Anblick von vier kurzen Wörtern in Schweiß aus:

Bin gleich bei dir.

Vielleicht sollte er von hier abhauen! Niemand wusste, wo er sich gerade aufhielt, folglich würde niemand ihn vermissen. Böse Falle! Außerdem waren sie für morgen sowieso verabredet. Ein Treffen am helllichten Tage war im Vergleich hierzu fast ein Picknick, vorausgesetzt, es fand irgendwo an einem belebten Platz statt. Aber wollte er endlich wissen, was an dem Abend an der Hütte wirklich geschehen war? Und ihm gegenüber hatte Langfurt nur signalisiert, dass er reden wollte.

Focke ließ sich die Bilanz der bisherigen Ereignisse auf der Zunge zergehen: ein Toter, Brandbeschleuniger, Schmuddelvideos, ein verschwundenes Mädchen … Und mit ihm wollte Liborius Hanke reden?

Focke verriegelte das Türschloss und starrte nach draußen, nach vorne, nach hinten, zu den Seiten, alles gleichzeitig. Aus der Richtung Bebelsplatz näherte sich ein Mann mit Hund. Der dunkle Labrador schnüffelte an einem Absperrpfahl, markierte ihn und lief mit seinem Herrchen weiter. Dahinter ein Mann im Trainingsanzug. Aus der anderen Richtung gleich zwei Männer, die stumm nebeneinanderher gingen. Wo zum Teufel kamen all die möglichen Langfurts auf einmal her? Als das Signal einer weiteren

Nachricht ertönte, riss Focke sein Smartphone an sich und bohrte seinen Finger ins Display, als würde sie dadurch schneller angezeigt.

Ich komme nicht, lautete der Text.

Focke wusste nicht, ob er erleichtert sein sollte oder enttäuscht, wahrscheinlich eine Mischung aus beidem. *Und warum nicht?*

Weil Du jemanden mitgebracht hast! Sag bloß, das hast du nicht bemerkt.

16. Kapitel

Focke fühlte sich wie gerädert. Und der Typ im Badezimmerspiegel sah genau so aus. Er streckte die Zunge heraus und sah einen leichten Belag. Kein Wunder, er hatte kaum Schlaf gefunden, trotz diverser Ablenkungsstrategien, die ihn vor zu viel Grübeln bewahren sollten. Zum Beispiel, indem er von Kassel nicht direkt nach Hause gefahren war, sondern mit einem Umweg zum Supermarkt, um Shampoo, Haarspray und Toast einzukaufen. Oder mit einem Sliwowitz als Nachttrunk, der alleine aber nicht so gut geschmeckt hatte wie mit Jana. Geholfen hatte es alles nichts. Die halbe Nacht hatte er wachgelegen und darüber nachgedacht, wen Langfurt wohl meinte mit seiner letzten Bemerkung *Weil Du jemanden mitgebracht hast.* Wenn er wenigstens Fotos gemacht hätte, wie ursprünglich sein Plan gewesen war. Womöglich hätte er denjenigen ja ganz zufällig erwischt.

Die plausibelste Möglichkeit nach endlosem Hin- und Herwälzen: die Polizei. Die hatte bei der Durchsuchung des Autos die Parktickets finden und sich wie er fragen können, was seinen Vater mehrmals hintereinander in der Friedrich-Ebert-Straße getan hatte. Doch beruhigen wollte ihn diese Erkenntnis nicht. Und so war die zweite Hälfte der Nacht mit der Frage draufgegangen, ob es sich bei Langfurt wirklich um Liborius Hanke handelte und warum ihm der Name auf dem Weg nach Kassel für den Bruchteil einer Sekunde bekannt vorgekommen war. Das davorgesetzte MC hatte ihm schließlich etwas gesagt, das so unwahrscheinlich war, dass er es eigentlich sofort wieder ausgeschlossen hätte. Doch dann war ihm Langfurts erste Nachricht eingefallen: *Ich bin zurückgekommen. In Menschengestalt.* Und ihm war klargeworden: Natürlich, dieser Jemand hatte sich die Identität vom echten MC Langfurt angeeignet. Das in Verbindung mit der Zeit nach Ostern, als Focke neun Jahre alt gewesen war, ließ im Grunde nur eine Handvoll Leute zu, zwei, um genau zu sein. Ihm war schwindelig geworden bei der Vorstellung. Und plötzlich hatte alle Nachrichten von Langfurt Sinn gemacht. Nur von Erlösung keine Spur, denn gleichzeitig hatte ihn eine solche Wut gepackt! Sie war übermächtig geworden und hatte sich einzig und allein dadurch in den Griff kriegen lassen, indem er seine Überlegungen als totalen Wahnsinn einstufte. Dann doch lieber Liborius Hanke.

Unter der Dusche probierte Focke nicht nur sein neues Silbershampoo aus, sondern fragte sich auch, ob er die Polizei eventuell an seiner Erkenntnis teilhaben lassen sollte. Unbedingt, wenn er sich als komplett bescheuert präsentieren wollte. Es war einfach der totale Wahnsinn, resümierte er einmal mehr und genoss das Gefühl von heißem Wasser auf seiner Haut, bevor es wieder hinausgehen würde in die kalte Welt.

Nachdem er sich gestylt und vor allem seinen Wirbel mit viel Haarspray weggesprüht hatte, sich also das erste Mal seit Tagen wieder halbwegs wie Focke Löhr fühlte, bis auf die immer gleichen Anziehsachen natürlich und den beginnenden Bartwuchs, bereitete er sich im Esszimmer ein kleines Frühstück vor, Toast, Milchkaffee, eine Kiwi ... Der Plan war, dass ihm, von innen wie von außen gestärkt, quasi von selbst einfiele, was als Nächstes zu tun war. Zugegeben, kein richtiger Plan, aber besser als einfach nur abzuwarten und Tee zu trinken, obwohl es im Grunde dasselbe war und nur anders hieß. Und es schien zu wirken, denn mit dem letzten Biss in seinen Nutella-Toast meldete sich sein Smartphone zurück.

Um 10 Uhr auf dem Friedrichsplatz in Kassel? Allein!

Geht klar, antwortete er.

In knapp anderthalb Stunden, dachte Focke aufgeregt. Der Friedrichsplatz lag mitten in Kassels Innenstadt, wusste er und googelte nach der Strecke, um pünktlich loszukommen. Die verbleibende Zeit würde er nutzen, um seine Erinnerungen aufzufrischen und die Fakten zu sortieren.

Er stellte den Teller und die übrigen Frühstücksachen aufs Tablett und fing an:

Während Focke kurz nach seiner Ankunft in Manrode aufs Klo gegangen war, hatte sein Vater von der Nachbarin Sylvia Fögen einen Anruf erhalten, dass sie einen Tag zuvor einen verdächtigen Mann an seiner Hütte gesehen hatte. Sein Vater hatte daraufhin alles stehen und liegen lassen und war zur Hütte gefahren, weder um den Dreck zu entfernen, noch um den Generator abzustellen, sondern einzig und allein wegen Sylvia Fögens Anrufs. Focke hatte erst einige Zeit im Auto gewartet und war dann hingelaufen. Die Hütte hatte lichterloh gebrannt, jemand hatte Brandbeschleuniger verwendet.

Er las Langfurts Nachricht von gestern Nachmittag: *Weil ich mit in der Hütte war.* Das bedeutete eindeutig, dass zum Zeitpunkt des Brandes mindestens zwei Menschen in der Hütte gewesen waren.

Nachdem Focke dann vergeblich versucht hatte, das Feuer zu löschen, war die Feuerwehr gekommen und hatte eine Leiche gefunden. Er nahm das Tablett und stand auf. Etwas nagte an ihm. Wer zum Teufel hatte die Feuerwehr gerufen? Es konnte nur Langfurt gewesen sein. Der daraufhin sogar die Frechheit besessen hatte, die Polizistin, die Focke nach Hause gebracht hatte, zu begleiten. Und der im Anschluss durch die Schiebetür eingebrochen war, um das Notizbuch zu stehlen. Nur um eine Frage kam Focke nicht herum, wie er es auch drehte und wendete. Er wagte es nicht einmal, sie laut zu denken. Und genau aus diesem Grund konnte, nein durfte Langfurt nicht derjenige sein. Oder?

Er öffnete die Küchentür mit dem Rücken und hatte ein Déjà-vu. Der Mann, der Sylvia Fögen an der Hütte aufgefallen war, hatte ihren Worten zufolge die Tür ebenfalls auf diese Weise aufgedrückt. Focke war das gleich sonderbar vorgekommen. Warum sollte man eine Tür quasi verkehrtherum öffnen? Aus eigener Erfahrung hatte er soeben gelernt: weil man etwas in den Händen hielt. Vielleicht hatte der Mann ja etwas zur Hütte gebracht?

Der Rest war vergleichsweise überschaubar, einmal abgesehen von dem Mann hinter der Hecke, der Dorfchronik, der Rechnung für eine Waffenreinigung oder dem verschwundenen Mädchen, Lily, die Fotos des Privatdetektivs, die eine Verbindung zu Liborius Hanke schufen, und die Videos auf dem USB-Stick, durch die sein Vater schlagartig unter dem Verdacht stand, sich Kinderpornos anzuschauen und womöglich sogar weiterzuverbreiten. Die Frage, die gestern Abend schon in seinem Kopf herumgeschwirrt hatte, lautete, wo die Verbindung zwischen Liborius Hanke und den Videos war. Gab es überhaupt eine? Und wie passten all die anderen Punkte dazu?

Nach einem Blick auf die Uhrzeit beschloss Focke, sich fertig zu machen und lieber ein paar Minuten früher loszufahren, um einen Parkplatz im Kasseler Zentrum zu kriegen. Das Festnetztelefon im Wohnzimmer schien etwas dagegen zu haben. Der Nummer des Anrufers nach war es Nicki. Auf den er momentan so gar keine Lust hatte. „Du, mach schnell, ich bin grad auf dem Sprung“, sagte er als Begrüßung.

„Na gut, dann erfährst du halt nicht, was ich rausgefunden habe.“

„Nein, warte!“ Die Recherche über das Kinderhaus hätte er beinahe vergessen. Focke begann, seine Klamotten zusammenzusuchen. „Sorry, ich will mich gleich mit der Polizei treffen und ...“

„Ach. Schon wieder?“, redete Nicki dazwischen. „Die waren doch gestern Abend erst da.“

„Wie? Jaja, es hat sich ja auch einiges ergeben. Ich kann dir das jetzt nicht erklären. Später, ok?“

Das Schweigen am anderen Ende sagte mehr als tausend Worte. Focke legte sein Cordsacko parat und fragte, was herausgekommen wäre.

„Nur um das klarzustellen“, antwortete Nicki. „Wenn das hier ’ne Story wird, dann kriegen wir die Exklusivrechte und nicht Hamburg, verstanden?“

„Sowieso. Also?“

„Und zweitens ...“

Mit einem Augenrollen zog sich Focke seine Turnschuhe an und schaute auf die Uhr an der Wand.

„... will ich Kino. Und Pizza vorher. Wir beide, nur für den Fall, dass du das nicht richtig verstanden hast.“

„Habe ich. Kino und Pizza. Ich hoffe, es lohnt sich. Nun sag’ schon endlich.“

Nicki legte eine dramaturgische Pause ein, bevor er endlich anfing: „Vor etwa vier Jahren hat das Kinderhaus Eddessen kurz vor der Pleite gestanden.“

„Aha. Und wodurch verursacht?“

„Wodurch verursacht? Glaubst du, dass ich Einblick in ihre Jahresabschlüsse habe?“

„Nein, aber ... Weißt du, wodurch die Pleite abgewendet wurde?“

„Keine Ahnung. Privateinlage vom neuen Träger, schätze ich.“

„Der da wäre?“ Focke hatte sich das neulich schon gefragt. Kirche, Stadt oder Kreis war seine Vermutung gewesen. Er stand auf und begann, sein Smartphone zu suchen.

„Eddessen ist eine private Erziehungshilfeeinrichtung und gehört einem gewissen Konrad Pape“, erzählte Nicki. „Er hatte vorher ein Kinder- und Jugendhaus in Sachsen.“

„Und der Wechsel hat vor vier Jahren stattgefunden? Verstehe. Konrad Pape.“ Auch an den Namen erinnerte Focke sich gut. Bei ihrem ersten Wiedersehen am Mittwoch hatte Johannes sie sogar miteinander bekanntgemacht, allerdings eher einseitig. Auf dem Esstisch lag sein Smartphone nicht.

„Genau. Ihm gehört übrigens eine Finca auf Mallorca. Man scheint ganz gut zu verdienen in der Branche. Glaubst du, es besteht ein Zusammenhang zwischen ihm und ... du weißt schon?“

Focke sagte, was er dachte, nämlich dass er ahnungslos war. „Und, war es das? Oder hast du noch mehr?"

„Nein, natürlich nicht. Was erwartest du, so auf die Schnelle? Nur so nebenbei bemerkt, das muss ja eine echte Schweinegegend sein. Kaum Ärzte. Selbst Schulen machen dicht. Die Geschäfte sowieso. Sei froh, dass du in Gütersloh gelandet bist."

„Jaja. Wo Milch und Honig fließen, ist klar." Er fand sein Smartphone auf dem Tablett in der Küche und schrie auf. „Verdammt. Ich komme zu spät. Du, ich muss Schluss machen."

„Wie wäre es mal mit *Danke*?"

„Was? Ja, danke." Focke beendete die Verbindung und suchte seinen Autoschlüssel.

War es das gewesen, wobei er seinem Vater hatte helfen sollen? Herausfinden, dass das Kinderhaus Eddessen vor Jahren kurz vor der Insolvenz gestanden hatte? Diese Frage geisterte in seinem Kopf herum, als er das Haus verließ und zum Auto rannte. Das und was sein Vater von dieser Information wohl gehabt hätte. Focke fütterte sein Navi und fuhr los, während sich der Eindruck verfestigte, dass die Insolvenz des Arbeitsgebers ziemlich harmlos anmutete, wenn man selber in etwas Ekelhaftem wie Kinderpornografie verwickelt war.

Leicht verschwitzt, aber immerhin zehn Minuten vor der Zeit erreichte er den Friedrichsplatz in der Kasseler Innenstadt. Eigentlich hatte Focke vorgehabt, mit einigen rasanten Überholmanövern auf der A44 eventuelle Verfolger abzuhängen. Doch da die Autobahn einen ziemlichen Umweg bedeutet hätte, war er über Land gefahren, wo ihm das zu riskant gewesen war. Er konnte daher nur hoffen, dass ihm niemand gefolgt war, wie gestern Abend. Das war nämlich die einzig logische Schlussfolgerung aus Langfurts Nachricht gewesen: dass jemand ihn beschattete.

Gespannt und voller Herzklopfen blickte er nun in alle Richtungen. Der weite Friedrichsplatz befand sich mitten in der Fußgängerzone. Focke kannte ihn sowie das angrenzende Museumsgebäude Fridericianum von der documenta, die er vor ein paar Jahren mit dem Kunstkurs des Städtischen Gymnasiums besucht hatte. Der Himmel war grau, sah aber nicht nach Regen aus. Die große Rasenfläche in der Mitte des Platzes wirkte trotzdem reichlich trist, als hätte man die Bebauung vergessen. Hinter ihm lag die Königsstraße mit zahlreichen Kaufhäusern, Geschäften und der Galerie, durch die er gekommen war, nachdem er seinen Golf im Parkhaus darunter abgestellt hatte. Ein Ort ganz nach seinem Geschmack für ein Treffen! Überall Menschen, und das, obwohl erst in wenigen Minuten die Geschäfte öffnen würden. Er versuchte herauszufinden, ob einer darunter war, der ihm bekannt vorkam. Wenn ja, wäre jemand ihm gefolgt – oder es war Langfurt. Ohne Erfolg: eine Horde Jugendlicher, die eigentlich in der Schule sein sollten. Eine Frau mit dunkelgrüner Weste, die ihn anlächelte und weiterlief. Vielleicht hatte sie auch den Schlipsträger gemeint, der hinter ihm aufgetaucht war. Er schaute auf die Uhr. Sieben Minuten vor Zehn.

Um sechs Minuten vor Zehn schreckte Focke auf, weil sein Smartphone klingelte. Leider nicht Langfurt, wie er erwartet hatte, sondern die Polizei. Und das ausgerechnet jetzt! Er spielte mit dem Gedanken, den Anruf abzuweisen, doch wie so oft gewann die Neugierde aus dieses Mal. Womöglich hatten sie Neuigkeiten. Lily war wieder aufgetaucht. Ein anderes Mädchen verschwunden. Vielleicht war sein Vater auch ein gesuchter Drogenbaron. „Ja, Focke Löhr?"

Hauptkommissar Martin Götte fragte ihn nach einer kurzen Begrüßung, ob sein Kollege und er vorbeikommen könnten, weil das, was es an Neuigkeiten gab, nichts fürs Telefon wäre.

„Das ist im Moment schlecht, da ich einkaufen gefahren bin", antwortete er. „Aber nur zu, ich bin mittlerweile so einiges gewöhnt."

„Also gut, dann falle ich gleich mit der Tür ins Haus. Das Ergebnis des Zahnvergleichs liegt nun endlich vor. Bei der Leiche in der Hütte handelt es sich eindeutig ...“ Den Rest konnte Focke nur halb verstehen, denn die Straßenbahn fuhr direkt neben ihm ein.

„Wie bitte?“, rief er genervt. „Es klang so, als hätten sie gesagt, dass ...“

„Genau. Es handelt sich definitiv nicht um Ihren Vater. Hallo, Sie sind noch da?“

Das fragte Focke sich auch gerade. Ein heftiger Schwindelanfall überkam ihn und zwang ihn, sich an einer Parkbank abzustützen. Was hatte er sich gewünscht, dass sein Vater nicht tot war, die Hoffnung jedoch relativ schnell aufgegeben, aus Selbstschutz hauptsächlich. Bis Zweifel kamen, ob es sich wirklich so abgespielt haben konnte, wie man ihm weismachen wollte. Er holte Luft, kurz und stoßweise, Passanten, die an ihm vorbeiliefen, mussten denken, es wäre eine Übung der Geburtsvorbereitung. Was Focke egal war, er hatte seine Umwelt ausgeblendet. Die Nachrichten von Langfurt ... Letztendlich konnten sie nur von seinem Vater stammen, es war die einzige Möglichkeit. Und wieso das alles? Die letzten vier Worte wiederholte er laut.

„Das versuchen wir herauszubekommen.“

Na klar, was sollte die Polizei auch sonst sagen. Focke überlegte, ob das nicht die Stelle war, an der man sich normalerweise freute. Bei alledem, was in den letzten Tagen ans Licht gekommen war, musste er sich das so nüchtern fragen. Und nicht nur das. Bis zum Schluss hatte er sich geweigert, über diese eine Sache nachzudenken, selbst, als die Zweifel am Tod seines Vaters größer geworden waren: Wenn sein Vater nicht die Leiche in der Hütte war, wer bitteschön war es dann? Und warum gab es überhaupt eine?

Zumindest die erste der beiden Fragen beantwortete Hauptkommissar Götte von sich aus. „Bei der Leiche handelt es sich um Liborius Hanke. Ja genau, den vermissten Mitarbeiter vom Jugendamt Höxter.“

„Den ... Aber ... Warum, ich meine, warum ist er tot? Konnte mein Vater ihn nicht herausholen oder das Feuer löschen?“

„Liborius Hanke ist nicht zwangsläufig im Feuer umgekommen. Wir können das wegen des Zustands der Leiche noch nicht mit letzter Gewissheit sagen, aber wir vermuten, dass er durch eine Schussverletzung getötet wurde.“

„Was?“ Focke verstand nichts mehr und diesmal war keine Straßenbahn daran schuld. Eine alte Frau mit Rollator schob sich ächzend an ihm vorbei, ohne dass er sie registriert hätte.

„Wissen Sie, ob ihr Vater eine Schusswaffe besitzt?“

„Wie bitte?“, rief er und hatte sogleich die Rechnung für die Waffenreinigung von Frankonia im Kopf. Und dass die Pistole offensichtlich nicht registriert war, wenn die Polizei das fragte. „Also verbreitet er nicht nur Schmuddelvideos, sondern ist auch ein Mörder oder was wollen Sie damit sagen?“

„Die Tatsache, dass er untergetaucht ist, spricht nicht gerade für seine Unschuld, meinen Sie nicht?“

„Ich habe keine Ahnung. Ich weiß von allem nichts, wie oft muss ich das noch wiederholen.“

„Ja richtig. Übrigens haben wir die Fahndung nach ihm herausgegeben. Wegen Mordverdachts, wenn Sie es genau wissen wollen. Herr Löhr, können Sie uns irgendetwas zu seinem Aufenthaltsort sagen?“

„Wie sollte ich das können?“

„Er wird sich früher oder später mit Ihnen in Verbindung setzen. Wenn er das nicht schon getan hat. Hat er?“

Focke zögerte. Natürlich registrierte das auch der Kommissar.

„Herr Löhr, wenn Ihr Vater sich bei Ihnen gemeldet hat, müssen Sie uns das sagen.“

„Hat er nicht“, antwortete er, was für sein Empfinden nicht völlig gelogen war. Und noch war es ja nur eine Vermutung, dass sein Vater hinter den Nachrichten von Langfurt steckte. Was er vorhin unter der Dusche als totalen

Wahnsinn abgetan und sich damit dagegen ausgesprochen hatte, die Polizei einzuweihen. Wahnsinn war es nun nicht mehr. Er fühlte sich hin- und hergerissen. Es ging immerhin um seinen Vater!

Der Kommissar schien ihm die Antwort abzunehmen. „Dann melden Sie sich bitte, wenn Sie Hinweise auf seinen Aufenthaltsort haben, einverstanden? Und um Himmels Willen, seien Sie vorsichtig!"

„Was? Ja natürlich", rief Focke, fand diese Warnung aber mehr als albern. Sein Vater würde ihm – dem eigenen Sohn – doch wohl nichts tun. Komischerweise musste er ausgerechnet in dem Augenblick an Tante Renate und Bärbel denken. Vielleicht weil ein etwa zehnjähriges Mädchen an ihm vorbeiging, das mit dem roten Gasluftballon nicht zu übersehen war. Das, was sich in jenem Sommer vor vielen Jahren in Manrode ereignet hatte, war eine Tatsache gewesen, oder? Irgendwie gelang es ihm nicht mehr richtig auseinanderzuhalten, was Fakt war und was eine Vermutung.

Er hatte die Verbindung beendet und starrte erst ins Nichts und dann mit offenem Mund in den Himmel, wo der rote Luftballon von eben emporstieg. Zum Schluss auf die vielen Menschen um ihn herum. In dem Moment empfing sein Smartphone eine neue Nachricht von Langfurt. Der mit hoher Wahrscheinlichkeit sein Vater war. Zumindest, dass Liborius Hanke vom Jugendamt Höxter dahintersteckte, war inzwischen ausgeschlossen, denn der war laut Polizei tot! Endlich eine Tatsache, juchuh! *Geh die Treppenstraße hoch*, stand da, *und steig in das silberne Auto!*

Auf keinen Fall würde er irgendwo einsteigen, dachte er und spürte, wie ihm immer wärmer wurde. Wo war überhaupt diese Treppenstraße? Sich hier an einem öffentlichen Ort zu treffen, war ok für ihn gewesen. Auf keinen Fall wollte er in eine stillgelegte Fabrik gefahren werden und in einem Müllschredder landen. Dass sein Vater in seiner derzeitigen Situation einen abgeschiedenen Ort einem öffentlichen Platz wie dem Friedrichsplatz vorziehen würde, leuchtete Focke ein. Immerhin fahndete die Polizei nach ihm. Und das völlig zu recht! Verdammt, was sollte er nur tun? Er schloss die Augen und öffnete sie wieder, nur um festzustellen, dass genau zwischen den beiden Kaufhäusern hinter ihm eine Straße in Stufen einen Hang hinaufführte. Beim Näherkommen bestätigte das Straßenschild seine Vermutung: die Treppenstraße, Deutschlands erste Fußgängerzone, wie es auf dem Hinweis darunter hieß. Er konnte nicht sagen, warum, aber er lief die Stufen hinauf und blickte zwischendurch immer wieder nach unten, um verdächtige Subjekte festzustellen.

Am Ende der Stufen erwartete ihn ein typisches Hochhaus aus den 1950ern. Die Kreuzung davor war dicht befahren, an der Ampel der Querstraße hatten mehrere Fahrzeuge gehalten. Focke schaute, ob eines davon vielleicht Anstalten machte, rechts heranzufahren, um ihn mitzunehmen, doch es passierte nichts. Nochmals blickte er sich um, wobei ihm auffiel, dass laut Schild das Jugendamt der Stadt Kassel im Hochhaus seinen Sitz hatte. Es konnte Zufall sein, es konnte genauso gut etwas zu bedeuten haben. Von links fuhr ein silberner Sportwagen an den Rückstau der Ampel. Focke versuchte zu erkennen, wer am Steuer saß, offensichtlich ein Mann. Sein Vater? Aber was war das für ein Auto? Dass jemand, der mit der Verbreitung von Schmuddelvideos viel Geld verdiente, sich einen Porsche als Zweitauto leisten konnte, auf die Idee kam er erst gar nicht. Als die Ampel auf Grün umsprang, kam der Porsche näher, setzte den Blinker rechts und fuhr halb auf den Bürgersteig, nur wenige Meter bis an die Stelle, wo Focke stand und den Atem anhielt. Die Beifahrertür ging auf, ein Kind kletterte heraus, ein kleiner Junge von etwa sieben Jahren. Er hatte einen Schulranzen dabei, den er sich auf den Rücken schnallte, mit großen Augen zum Fahrer schaute und ihm zuwinkte. „Tschüss, Papa", rief er und rannte los. Das Auto fuhr weiter.

Focke blickte abermals die Treppenstraße hinab und wieder zurück auf den Straßenverkehr vor ihm. Vor der Ampel hatte sich bereits die nächste Schlange gebildet. An fünfter

Stelle ein weiteres silbernes Auto, diesmal eine Limousine, ein alter BMW, hinterm Lenkrad eine Frau. Sein Herz klopfte wie verrückt. Verfluchter Wissensdrang. Zuhause auf dem Sofa liegen wäre definitiv gesünder für ihn. Und dann noch dabei zusehen müssen, wie Vater und Sohn sich eben zugewinkt hatten. Das war einfach zu viel des Guten gewesen! Die Ampel schaltete auf Grün, der Verkehr fuhr an. Das silberne Auto hielt vor ihm am Bürgersteig, jedoch ohne zu blinken. Die Fensterscheibe an der Beifahrerseite glitt hinunter. Die Frau beugte sich herüber und rief Focke etwas zu.

„Was soll ich?“, fragte er.

„Einsteigen! Los!“ Es war die Frau von vorhin, die mit der grünen Weste.

„Aber wieso denn?“

„Schätzchen, ich habe keine Zeit für lange Gespräche. Siehst du den Kerl da?“

Focke folgte ihrem Blick. Ein Mann, der ihm den Rücken zudrehte, stand unter dem Vordach eines Cafés gegenüber des Jugendamts. „Was ist mit dem?“

„Der war unten auf dem Friedrichsplatz auch schon in deiner Nähe.“

„Was?“

„Nun steig schon ein, dann erklär ich es dir.“ Die Frau beugte sich herüber und öffnete die Autotür.

Der Mann schien ihr Gespräch bemerkt zu haben, denn er setzte sich in Bewegung. Er trug einen Vollbart und kam Focke gänzlich unbekannt vor.

Ohne weiter nachzudenken, sprang er ins Auto und zog die Tür hinter sich zu, da hatte die Frau schon beschleunigt, mit quietschenden Reifen, um die Grünphase nicht zu verpassen. Eigentlich war es eher orange gewesen.

Im Seitenspiegel konnte Focke sehen, wie der Mann mit der Hand eine Bewegung machte, die deutlich *Scheiße!* ausdrückte. „Wer ist das?“

„Das weiß ich nicht“, antwortete die Frau, ohne die Augen von der Straße zu nehmen. „Aber ich könnte mir vorstellen, dass er dahin will, wo du hin willst.“

„Zu Langfurt.“

„Genau.“ Sie fuhr auf eine große Kreuzung zu und bog so scharf links ab, dass Focke sich am Griff festhalten musste. „Du weißt doch inzwischen, wer er ist, oder?“

„Ich vermute es.“

„Du hast es nicht gleich verstanden, das haben wir gemerkt. Dein Vater wollte aber nicht deutlicher werden. Wir wussten nicht, ob die Polizei mitliest.“

Diese zwei Worte: *dein Vater*. Alles um ihn herum begann sich zu drehen. So viele Fragen tauchten auf. „Ich verstehe so einiges nicht.“

„Glaube ich dir. Tjark wird es dir erklären.“

„Das ist schön“, sagte Focke schnippisch.

Die Frau warf ihm einen kurzen Blick zu und wollte augenscheinlich etwas sagen, ließ es aber.

Eine Zeit lang schwiegen sie sich an. Focke versuchte sich zu orientieren, aber er kannte sich in Kassel nicht gut genug aus. *Kulturbahnhof* las er und überlegte, ob seine Schulklasse dort ausgestiegen war, als sie seinerzeit die documenta besucht hatten, doch es war zu lange her. „Wohin fahren wir?“

„Kannst du dir das nicht denken?“

„Zur Friedrich-Ebert-Straße.“

„Genau.“ Sie setzte den Blinker und bog abermals ab. „Sag, wie hast du uns gefunden, gestern Abend?“

Focke erklärte ihr, dass er das Handy seines Vaters geortet hätte und dann wären da ja noch die Parktickets im Auto gewesen.

„Wie, so einfach ist das? Mmh. Aber mehr als den Parkplatz dürften die dann ja nicht kennen.“

„Wen meinst du mit die? Die mir gestern Abend gefolgt sind? Die Polizei?“

„Nein, mit Sicherheit nicht die Polizei, so viel kann ich dir verraten. Dieselben, die dir heute den bärtigen Mann hinterhergeschickt haben."

Focke schwirrte allmählich der Kopf, einmal mehr. „Und wer bist du?"

Die Frau lächelte. Sie war blond und etwas jünger als sein Vater, ihre Kleidung, Jeans und Pulli, normale Alltagssachen, all das war offensichtlich. Doch welche Rolle sie hier spielte, ließ sich daran leider nicht ablesen. „Ich? Das erkläre ich dir jetzt."

Vor einem Tag:
Eileen drehte sich zur Scheibe und winkte Luise zu. Zum Lächeln war sie zu sauer. Nicht auf Luise, die war voll lieb, hatte gestern Abend sogar ihre beiden starken Enkel Dirk und Markus gebeten, sie ins Haus zu tragen, damit sie dort schlafen konnte. In einem richtigen Bett, das so kuschelig weich war, sie wäre am liebsten gar nicht mehr aufgestanden. Vorher hatte sie ihr noch die krustige Stelle an der Hand gesäubert und ein Pflaster darüber geklebt, ohne zu nerven, woher die Verletzung stammte. Am Morgen hatte Luise ihr sogar leckere Hefeteilchen, die man bei ihr *Küchla* nannte, zum Frühstück gebacken und mit Puderzucker bestreut. Und sie im Anschluss telefonieren lassen. Eileen hatte ihre neue Freundin Lily angerufen, deren Handynummer sie als einzige auswendig kannte, eigentlich nur, um ihr mitzuteilen, dass alles in Ordnung war. Und was tat Lily? Petzte es gleich dem *Captain*, der natürlich bei der nächstbesten Gelegenheit losgefahren war, um sie abzuholen. Normalerweise hätte Eileen sich darüber gefreut, dass jemand kam. Aber sie wollte es aus eigenen Stücken zurück nach Eddessen geschafft haben. Um zu beweisen, zu was sie fähig war, wenn sie sich etwas vorgenommen hatte.

Da saß sie nun, im Auto vom *Captain*, und vermied es, zu ihm herüberzusehen. Luise wurde im Spiegel immer kleiner und die Entfernung immer größer. Selbst den Ausritt auf Jakob, dem braunweißen Shetlandpony, nach dem Mittagessen hatte sie nicht mehr richtig genießen können. Am liebsten wäre sie zwischendurch abgesprungen und ein weiteres Mal weggelaufen. Aber das hatte sie Jakob und Luise nicht antun wollen.

„Was machst du denn nur für Sachen?", fragte der *Captain* und klang böse. Er wurde oft böse in letzter Zeit, weswegen sie ihn auch nicht mehr so mochte wie früher, als sie das erste Mal in Eddessen gewesen war.

„Ich mache gar keine Sachen."

„Ach nein?"

„Nein." Eileen verschränkte die Arme. „Wenn ich Sachen machen könnte, wäre ich Sachenmacherin geworden."

Der *Captain* fuhr auf eine große, mehrspurige Straße, eine Autobahn vermutete sie, und blickte sie wieder und wieder von der Seite an.

„Ok, du hast recht", sagte er schließlich. „Aber du verstehst hoffentlich, dass man nicht einfach so weglaufen kann. Wir haben uns echt Sorgen gemacht."

Das verstand sie völlig. „Ich wäre ja auch nicht weggelaufen, wenn der Mann nicht so komisch gewesen wäre."

„Warum, was meinst du?"

„Ich will da nicht wieder hin."

„Jetzt erzähl doch erst mal."

„Er war halt komisch, was willst du denn noch? Er und die Frau mit den Knopfaugen sind mit mir irgendwo hingefahren. Die Fahrt hat endlos gedauert. Und er hat mich angefasst." Dass sie ihn, als er Pinkeln musste, einen Abhang hinab geschubst hatte, behielt sie lieber für sich, ebenso, dass sie kurz davor einen Rückfall gehabt hatte. Das würde ihre Chancen auf Eddessen nämlich verringern.

„Er hat dich angefasst?"

„Jaha! Und jetzt hätte ich gerne meine Ruhe, wenn's erlaubt ist." Zwar nur ans Knie gefasst, doch auch das verschwieg sie ihm besser.

„Darüber sprechen wir noch", sagte der *Captain*.

Sie konnte schweigen wie ein Grab, wenn nötig, dachte Eileen und starrte aus dem Seitenfenster, den Kopf gegen die Scheibe gedrückt. Es begann zu regnen, wie auf der Fahrt mit dem komischen Mann. Die Landschaft raste feucht und grau an ihr vorbei und sie nahm sich fest vor, nicht einzuschlafen. Dass sie einen neuen Rückfall kriegte, schloss sie aus. Es ging ihr darum, nichts zu verpassen. Doch das Wachbleiben fiel ihr mit jeder Minute schwerer. Das Geräusch der regennassen Fahrbahn, das sanfte Schaukeln, die Wärme ...

Eileen blickte erst auf, als die Bewegungen aufgehört hatten und das Geräusch verstummt war, vielleicht eine halbe Stunde später, vielleicht eine ganze, sie hatte nie ein besonders gutes Zeitgefühl gehabt. Verwundert registrierte sie, dass die Gegend, in der sie angehalten hatten, ihr gänzlich unbekannt vorkam. Sie hätte das Kinderhaus erwartet, Wiesen, Bäume, ja Wald, und keine Häuser, schon gar keine so hohen und hässlichen. Wahrscheinlich war sie doch eingenickt, ein bisschen zumindest. „Ähem. Was wollen wir denn hier?", fragte sie.

Der *Captain* hatte sich bereits abgeschnallt. „Ich will nur schnell einen Freund besuchen, wo wir gerade in der Nähe sind. Ist das ok?"

„Von mir aus. Soll ich hier warten?"

„Nein, komm bitte eben mit."

Eileen verdrehte die Augen, unterließ es aber, einen Kommentar abzugeben und schnallte sich ebenfalls ab. Ob der Freund ihr wohl ein Butterbrot schmieren würde? Es war schon beinahe Abendbrotzeit und der Ausritt auf Jakob vorhin hatte ziemlich hungrig gemacht. Zum Glück regnete es nicht mehr. Sie stieg aus, hüpfte über eine Pfütze und folgte ihm über die Straße zum großen Haus.

Der *Captain* drückte die Haustür auf. Sie landeten in einem Treppenhaus, das mit seinen kahlen weißen Wänden total langweilig wirkte, wie im Krankenhaus. Nirgends ein Bild oder Gardinen. Vor einer der beiden Wohnungstüren, genauer gesagt neben der Fußmatte, entdeckte Eileen wenigstens eine Sache, die ihr gefiel. „Guck mal, das Erdmännchen hält eine Laterne in der Hand“, rief sie und zeigte mit dem Finger darauf. „Wie cool.“

„Jaja, jetzt komm!“ Der *Captain* stieg mit großen Schritten die Treppe in das nächste Stockwerk hinauf, sie hinterher. Dort klingelte er, wartete und blickte sich suchend um. Irgendwas war merkwürdig dabei.

Eileen wollte ihn schon fragen, ob es eine Art Überraschungsbesuch wäre, da wurde die Wohnungstür aufgerissen. Ein Gesicht kam zum Vorschein. Den Anblick würde sie nie vergessen, niemals mehr, so lange sie lebte. Es war der komische Mann!

„Na, da biste ja wieda“, sagte er mit seiner merkwürdigen Aussprache, dass man ihn kaum verstand. Doch bevor sie darüber nachdenken konnte, hatte er bereits ihren Arm gepackt und sie in die Wohnung hinein gezogen.

Es kam unerwartet, war grob und tat weh. Eileen fing an zu schreien, ohne dass sie etwas dafür konnte.

Das Geräusch erstickte, als der komische Mann ihr eine Art Tuch auf dem Mund presste. Der Geruch war ekelhaft, ihr wurde ganz anders. Und alles drehte sich plötzlich. Sekunden später spürte sie nichts mehr.

17. Kapitel

Nach einer kurzen, aber schnellen Autofahrt hielten sie im Innenhof eines Gebäudekomplexes nahe der Friedenskirche, dessen Frontfassade auf die Friedrich-Ebert-Straße zeigen musste, wenn Focke seiner Orientierung vertrauen konnte. Die Frau, Beate mit Vornamen, fühlte sich im Schutz der Hauswände offenbar sicher, denn sie stieg ohne Hektik aus und klopfte sich sogar noch etwas Schmutz von den Schuhen, ehe sie ihn zu einem Durchgang bei den Garagentoren führte.

Focke hatte bis zuletzt versucht, sich über die Konsequenzen klarzuwerden, dass sein Vater nicht in der Hütte gestorben war. Oder warum seine Freude sich darüber bislang in Grenzen hielt. Jemand, der den eigenen Tod inszeniert hatte, um sich aus der Verantwortung zu stehlen! Anders konnte der Trick mit der Kette um Liborius Hankes Hals nicht zu deuten sein. Ob das gleichzeitig bedeutete, dass sein Vater ihn getötet hatte, darüber konnte und wollte Focke im Moment nicht nachdenken. Ein Wunder, dass er sich nicht längst seines Frühstücks entledigt hatte.

„Hier entlang", sagte die Frau, von der er inzwischen wusste, dass sie die neue Lebensgefährtin seines Vaters war, nicht mehr und nicht weniger. Sie hieß Beate Ziegler und würde ihn in ihre Wohnung bringen, wo sein Vater sich seit über zwei Tagen versteckt hielt.

Focke nickte schlaff und umklammerte sein Smartphone, das er vorhin auf ihre Bitte hin ausgestellt hatte. Es war kein schäbiger Innenhof, ohne Gerümpel, dafür mit einer kleinen Rasenfläche an einer Hauswand samt Wäscheleine und Sitzfläche. Er folgte Beate zu einer Art Nebeneingang, durch den man ins Treppenhaus gelangte. Schwarzweiße Bodenfliesen und Holzgeländer wirkten gepflegt, einen Fahrstuhl gab es nicht.

In der zweiten Etage blieb sie vor einer von vier Wohnungstüren stehen und schaute ihn an. „Bereit, Focke?"

Er zuckte mit den Schultern und wartete, dass Beate aufschloss.

Kaum, dass die Tür hinter ihnen zugefallen war, bekam Focke ein Gefühl von Beklemmungen. Er versuchte sich zu beruhigen, indem er sich vorhielt, wie normal alles war. Ein schmaler Flur, Jacken an der Garderobe, ein IKEA-Regal und etwas Deko hie und da. Beate war bereits weitergegangen und bog in das zweite Zimmer rechts. Er wünschte, sie hätte es nicht getan. Wünschte, er wäre nicht mitgekommen und hätte sich schon an der Treppenstraße geweigert, in das verdammte Auto zu steigen. Nun gab es kein Zurück mehr, er konnte ja schlecht weglaufen.

Seine Hände waren feucht, als er in das Zimmer hineinschaute, es war die Küche. Jemand saß dort am Tisch, mit einer Zeitung und einer dampfenden Tasse vor sich.

Sobald sein Vater ihn erblickte, stand er auf. „Focke", sagte er freudestrahlend und kam auf ihn zu.

Focke machte sofort einen Schritt rückwärts. Wut kochte in ihm hoch, sein großes Problem, mit dem er schon die Zwillinge Lars und Lukas vergrault hatte, viel zu schnell wurde er wütend, selbst bei Lappalien, und oftmals merkte er es gar nicht oder erst viel zu spät. Nicht dieses Mal. Diesmal spürte er sie deutlich in seinem Magen und fand sogar, dass er jedes Recht dazu hatte. „Was soll das?", rief er. „Ich denke die ganze Zeit, du bist tot und dann sitzt du hier seelenruhig rum und trinkst Tee?" Seine Stimme überschlug sich. Tränen schossen hervor.

„Ich glaube, ich verziehe mich lieber", sagte Beate leise, nahm sich eine Tasse und huschte hinaus.

Tjark breitete die Arme aus. „Du hast recht. Ich habe einiges zu erklären."

„Ja, verflucht!"

„Dann komm und hör mir zu." Tjark setzte sich zurück an den Tisch und zeigte auf den zweiten Stuhl.

„Danke, ich stehe lieber."

„Also schön. Wie du willst! Nun, wie ich dir schon geschrieben habe: Es ist nicht so, wie du denkst."

„Ach ja. Und was genau?“

„Zunächst mal, ich habe niemanden getötet. Verstehst du?“

Focke antwortete nicht, seine energische Kopfbewegung sollte nur „Weiter!“ ausdrücken.

„Ich habe auch mit Kinderpornos nichts am Hut.“

Er lachte auf. Das war eindeutig zu viel. Was stellte sich sein Vater eigentlich vor?

„Ja, glaubst du denn, dass ich für all das verantwortlich bin?“ Tjark nahm die Zeitung und warf sie sogleich zurück auf die Tischplatte. „Hältst du mich wirklich für einen Mörder, der auf Kinder steht?“

„Was würdest du denn tun, wenn die Polizei dir sagt, dass in der Hütte deines Vaters eine verkohlte Leiche gefunden wurde mit seinem Puzzleteil-Anhänger um den Hals. Wenn sie dich fragen, wer einen Grund haben könnte, ihn zu ermorden. Du bist völlig fertig und denkst dir, mmh, er war schon nervös und er hat dich um Hilfe gebeten, ganz ungewohnt. Noch dazu wegen seiner Kinder.“ Focke holte Luft und wischte sich die Tränen von der Wange. „Dann sagt dir die Polizei, es gäbe Hinweise, dass dein Vater brisante Fotos in seiner Hütte aufbewahren würde. Und kurz darauf findest du in seinem Rucksack einen USB-Stick mit ekelhaften Videos. Richtig, ich hätte dich fragen können, sind das deine? Aber das ging ja nicht. Warum noch gleich? Ja genau, ich hatte ja gedacht, du wärst tot.“

„In meinem Rucksack?“ Tjark blickte ihn ernst an. „Welchem?“

„Keine Ahnung, der aus deinem Büro. So ein blauer.“

„Ich besitze keinen blauen Rucksack.“

„Dann in der Post eine Rechnung für die Reinigung deiner Waffe. Auch nicht deine oder wie?“

Bevor sein Vater reagieren konnte, redete Focke weiter. „Und im Briefkasten finde ich einen Chip mit komischen Fotos drauf. Liborius Hanke, wie die Polizei mir sagt. Und zwei Tage später ist er tot. Ach nein, viel früher, denn nicht du warst ja die Leiche, sondern er. Sag, wie soll ich da irgendwas verstehen oder glauben? Einbrüche ... Brandbeschleuniger ... Affären ... Ich könnte Stunden so weitermachen!“

Tjark hatte sich gespannt nach vorne gebeugt. „Was ist noch drauf?“, fragte er.

„Was ist *wo* noch drauf?“

„Auf den Fotos. Die auf dem Chip. Außer Liborius Hanke.“

„Hallo? Diese Fotos sind mir scheißegal. Ich will endlich wissen ...“

„Diese Fotos sind nicht scheißegal“, redete sein Vater laut dazwischen. „Diese Fotos sind vielleicht der Schlüssel zu allem.“

Focke verstummte. Er konnte nicht mehr folgen. Und er hatte auch ehrlich gesagt keine Lust mehr dazu. Es war ihm egal, fertig, aus!

„Focke, bitte!“ Tjark stand auf. „Ich werde dir alles erklären, alles, was du hören willst. Aber ich muss zuerst wissen, was auf den Fotos ist.“

Focke schüttelte verächtlich den Kopf. „Und zwischendurch nicht mal ein Zeichen, dass du noch am Leben bist.“

„Ich habe mich gemeldet. Als Langfurt!“

Er brach in Gelächter aus. „Ja, genau. Als mein Teddybär, McLongford, den Mama und du mir zur Kommunion geschenkt habt. Klasse Idee! Nur ich war zu blöd, um früher dahinterzukommen. Ich bitte tausend Mal um Entschuldigung.“ Focke machte eine Pause zum Luft holen, dabei fiel sein Blick auf die Zeitung oder vielmehr das, was daneben lag. Das durfte nicht wahr sein! „Und was ist das da?“, rief er. „Ich glaub’, ich spinne. Dein Notizbuch? Also bist du wirklich nach dem Feuer noch mal im Haus gewesen. Und mich lässt du ein Zimmer weiter verblöden?“

„Du hast geschlafen.“

„Ja klar! Was steht denn so Wichtiges drin, dass du es unbedingt haben musstest? Welches Video du zu wem verschickt hast? Ob die Kunden bezahlt haben?“ Focke hatte gar nicht vorgehabt, das zu sagen, es war einfach mit ihm durchgegangen.

Tjark strich sich übers Kinn. Sein Dreitagebart war wie durch Zauberei einer geblieben, der Pullover sauber, das kleine Bäuchlein wohlgenährt. Lediglich die Schatten unter seinen Augen verrieten, dass er schlecht schlief. Wovon Focke ein Lied singen konnte. Nur dass er derjenige war, der seit Tagen kaum einen Bissen herunterbekam und in denselben Klamotten rumlief, die vielleicht nicht mehr nach Rauch stanken, dafür nach allem anderen.

„Manchmal bleibt einem keine Wahl", sagte Tjark eher zu sich selber als zu ihm. „Alles ist so plötzlich über mich hereingebrochen. Ich habe versucht, das Richtige zu tun. Weil ich weiß, dass es da draußen Leute gibt, die gefährlich sind, die ohne zu zögern andere Leute umbringen. Aber wahrscheinlich ist das falsch gewesen."

Focke konnte nichts darauf antworten. Und er wollte es auch nicht.

Tjark wartete einen Moment, dann seufzte er und verließ die Küche.

Focke fand ihn nebenan, in einem schmalen Raum mit halb heruntergezogenem Rollo vorm Fenster an der gegenüberliegenden Wand. Er saß auf einem alten Schreibtischstuhl und drehte ihm den Rücken zu. Zu seiner Linken ein Bett, das voller Kisten lag, davor ein Kleiderschrank. Nicht nur wegen des *Spice Girls*-Posters an den Schiebetüren wirkte es wie das Zimmer eines Kindes, das längst ausgezogenen war.

Erst beim Eintreten sah Focke die Fotos über dem Schreibtisch. Auf einigen waren Männer abgebildet, dann gab es welche von Gebäuden, womöglich die in Tschechien, die sich auch auf der Kamera in Tjarks Auto befunden hatten. Das Auffälligste aber war die Reihe Fotos von Kindern im Herzen der Collage, Mädchen und Jungen, schätzungsweise zwischen acht und zwölf Jahre alt. Er ging näher hin und stellte beruhigt fest, dass es normale Porträts waren und nicht im Entferntesten Nacktbilder. Einer der Männer war eindeutig Liborius Hanke, vom Ort her konnte es an einer Turnhalle sein, wo er offenbar im Gespräch mit jemandem fotografiert worden war. Focke wusste sogar von wem fotografiert, denn die unteren Extremitäten der Personen fehlten. Die heimliche Visitenkarte von Sima, dem Privatdetektiv. „Was ist das hier?“, fragte er und deutete auf die Fotowand.

Tjark drehte sich auf seinem Stuhl zu ihm um und antwortete ruhig, als hätte es den Zwischenfall eben nie gegeben: „Alles, was ich bisher zusammengetragen habe.“

„Ok. Und die Kinder sind die von den ...“, er machte Gänsefüßchen mit den Händen, „Videos?“

„Nein, das sind alles Kinder, die bislang verschwunden sind.“

„Moment, Moment. Wovon reden wir denn jetzt? Also sind die Mädchen auf dem USB-Stick alle weg?“

„Focke“, sagte Tjark. „Jetzt lass dich doch mal einen Moment hierauf ein. Das ist es, weswegen ich dich hergebeten habe. Dabei sollst du mir helfen!“

„Wobei?“

„Bei der Wahrheit. Das hier“, er zeigte um sich. „Das hier ist die Wahrheit! Auch wenn es dir schwerfällt, das zu glauben.“

Focke schluckte. „Gut. Dann erklär es mir halt.“

Tjark erhob sich und beugte sich über den Schreibtisch. „Vor etwa einem Jahr habe ich mit meiner damaligen Lebensgefährtin eine Reise nach Tschechien gemacht.“

„Ich kenne Jana.“

„Wie?“, fragte Tjark verdutzt. „Na gut, ich habe also mit Jana eine Reise in ihre Heimat gemacht. Wir haben uns verschiedene Städte angeguckt, unter anderem Prag, aber auch Städte des Westböhmischen Bäderdreiecks wie Karlsbad und Franzensbad. In Franzensbad habe ich zufällig eine Auseinandersetzung mitbekommen zwischen einem Mann und einem etwa zwölfjährigen Mädchen, das mir unglaublich bekannt vorkam. Sie hat mich an Vivienne erinnert. Sie war kurz zuvor bei uns in Eddessen, vier oder fünf Wochen lang vielleicht, zur Inobhutnahme. So nennt man den Zustand, wenn man einem Kind oder Jugendlichen in einer Krisensituation schnellen Schutz bietet, und das völlig unbürokratisch. Das kann mal kürzer, mal länger andauern. Wenn das Kind nicht in die Familie zurückkehren möchte, folgt eine Entscheidung des Familiengerichts über den weiteren Verbleib. In Viviennes Fall lag es am Onkel, der nach dem plötzlichen Tod der Eltern meinte, sich mehr um das Kind kümmern zu müssen, als ihm guttat. Er hat es bestritten, man konnte ihm nichts nachweisen, dann hat er sich erhängt ... Naja, egal jetzt. Es hat also etwas gedauert, bis Vivienne an eine Pflegestelle vermittelt werden konnte. Und zwar nach Dortmund. Liborius hatte die Vermittlung damals bearbeitet. So weit, so gut. Dann, etwa ein halbes Jahr nach dem Vorfall in Franzensbad, habe ich genau den Mann, der mit Vivienne gestritten hat, mit Liborius in einem Park in Hofgeismar gesehen. Ohne mir groß was dabei zu denken, habe ich Liborius bei der nächsten Gelegenheit darauf angesprochen. Weißt du was? Er hat es geleugnet. Er würde den Mann nicht kennen. Und das hat mich stutzig gemacht." Tjark machte eine Pause und schaute ihn an.

„Und dann?", fragte Focke.

„Habe ich mir unsere Unterlagen zu Viviennes Fall angesehen, doch daraus ging nicht viel hervor. Also habe ich versucht, über das Jugendamt Einsicht in deren Akten zu kriegen, was gar nicht so einfach ist, im Grunde sogar unmöglich, aber ...", Tjark räusperte sich. „Ich kenne eine der Mitarbeiterinnen ganz gut, und die hat mir dabei geholfen. Ich wollte Viviennes Pflegeeltern ausfindig machen. Mich einfach nur vergewissern, dass alles in Ordnung ist. Doch wie sehr ich auch gesucht habe, Adressen, Telefonnummern, Internet, Nachbarn ... Anscheinend gab es die Eltern gar nicht, es hat sie nie gegeben."

Focke pustete die Backen auf.

„So habe ich auch geguckt. Vor allem, als ich mir in den darauffolgenden Wochen die anderen Vermittlungsfälle von Liborius angesehen habe. In fünf weiteren Fällen das Gleiche. Keine Pflegeeltern auffindbar!"

„Also deshalb hast du den Privatdetektiv auf ihn angesetzt."

„Genau. Und ..." Tjark wollte noch etwas sagen, unterließ es aber.

Focke konnte sich denken, was es war. *Und deshalb brauche ich die Fotos von dem Speicherchip.* Sollte die Geschichte stimmen, konnte er das sogar nachvollziehen. Trotzdem reichte ihm das als Erklärung lange nicht. Von einem Beweis für diese waghalsige Theorie einmal abgesehen. „Und warum ist Liborius Hanke jetzt tot?"

„Ich weiß es nicht."

Focke erinnerte sich, wie die Polizei ihm etwas von älteren Knochenbrüchen erzählt hatte, zu einem Zeitpunkt, als eigentlich sein Vater die Leiche gewesen war. Vielleicht war Liborius Hanke ja zusammengeschlagen worden. „Was ist mit den Mädchen auf dem USB-Stick?"

„Inszeniert. Um mich zu diskreditieren."

„Und warum du?"

„Weil ich denen auf die Schliche gekommen bin."

Focke stieß die Luft aus. Es fühlte sich gerade an, als würde der Film, der seit gut drei Tagen lief und ihn mit ständig neuen Wendungen überrumpelte, allmählich unglaubwürdig. „Die Polizei hat leider den Chip einkassiert", sagte er. „Mitsamt meines Tablets."

„Was?" Tjark schlug sich die Hände an den Kopf. „Oh nein! Verdammt!"

Focke beobachtete ihn. So emotional wie heute hatte er seinen Vater nie zuvor erlebt. Was zum Teil natürlich daran lang, dass er sowieso kaum etwas von ihm mitbekommen hatte die letzten Jahre. Aber in seiner Vorstellung war sein Vater immer souverän gewesen und Herr der Dinge. „Äh, du, hör mal", sagte er, denn es brachte ihm nichts, die Bilder für sich zu behalten. „Ich habe die Fotos in meiner Cloud gespeichert, da kommen wir jederzeit dran. Hast du einen Computer?" Sein Blick fiel auf den Schreibtisch, dort standen sogar zwei, ein Laptop und ein PC. Der kurze Stich in seiner Schläfe schien ihm sagen zu wollen: wie geschaffen zur Verbreitung von Schmuddelvideos.

„Was?" Tjark ließ die Hände sein Gesicht hinabgleiten. „Echt jetzt?"

„Ja, Mann. Krieg dich ein!"

Mit einem Seufzer gab Tjark der PC-Maus einen Stoß, sodass der Bildschirm ansprang, und ging zur Seite.

Focke setzte sich und zögerte. Einen flüchtigen Moment lang juckte es ihn in den Fingern, den Computer nach etwas Belastendem zu untersuchen, dann tippte er in die Tastatur. Kurz darauf zeigte der Bildschirm die Fotos, die er inzwischen zwar mehrmals betrachtet, aber nie etwas gefunden hatte, was nach dem *Schlüssel für alles* aussah, wie sein Vater es nannte.

„Das ist Liborius", sagte Tjark gleich beim ersten Bild und deutete auf die Datumsanzeige. „Am Montag."

„Und wo ist das?" Im Hintergrund waren Bäume zu sehen. Und auf Liborius Hankes Unterarm die Tätowierung.

„Bei uns am Kinderhaus."

„Ah, na klar." Focke klickte weiter und sein Vater kommentierte:

„Er geht rein. Und da kommt er wieder raus. Wen hat er denn dabei? Das ist doch Eileen. Sie winkt den anderen Kindern zu."

„Wer ist Eileen?"

„Eines unserer Mädchen, eine ganz aufgeweckte. Wo will Liborius denn mit ihr hin? Leibliche Verwandte hat sie keine mehr, außer dem Vater, aber der hat Kontaktverbot." Tjark sah sich die nächsten Bilder wortlos an und wurde immer blasser. Die Autofahrt in Liborius Hankes dunkelgrauen Volvo, das Treffen mit dem anderen Auto, dem alten Lada, auf irgendeinem Parkplatz. Das Gespräch mit dem unbekannten Paar.

„Weißt du, wo das ist?"

„Beim Jugendamt in Höxter", erklärte Tjark verwundert. „Sieht ein bisschen aus wie auf einem Rastplatz, oder? Was sind das für Leute? Kriegst du das größer?"

Focke klickte die Bilder mit dem Lada weiter, bis ein besonders gutes kam. Er zoomte es heran und hörte sofort einen Aufschrei, gefolgt von: „Das gibt's doch nicht!" Er schaute genauer hin und sah erst gar nichts und dann Umrisse auf der Rücksitzbank. Ein kleiner Kopf kam zum Vorschein. Und rote Haare. Verdammt, wieso war ihm das bislang nicht aufgefallen, dass das Kind übergeben worden war?

„Hier, das ist sie. Das ist Eileen." Tjark hielt ihm ein größeres Bild von ihr, das er aus einer Schachtel vom Bett genommen hatte, hin. Es war eine Art Porträt, nur sie auf einem Stein sitzend, mitten im Wald. Sie lächelte frech.

Focke schluckte, als er erkannte, welche Kopfbedeckung das Mädchen darauf trug. „Eileen ist die, die immer die pinkfarbene Wollmütze trägt?"

„Ja, warum?"

„Weil mir das neulich ein anderes Mädchen erzählt hat. Lily. Sie hat geweint und gesagt, dass Eileen jetzt eine Pflegefamilie hätte."

„Eine Pflegefamilie?", rief Tjark und klang aufgebracht. „Das glaube ich nicht. Erst findet sich keine. Und dann so unerwartet, und komischerweise genau während meines Urlaubs?"

„Wie meinst du das, *so unerwartet*?"

„Eileen neigt gelegentlich zu dissozialem Verhalten, was sich in Selbstverletzungen äußert. Sie steckt dann ihre Finger in den Bleistiftanspitzer und so weiter. Das Jugendamt ist in solchen Fällen manchmal froh, wenn ein Kind länger in der Inobhutnahme bleiben kann, weil es dann keinen neuen Platz suchen muss, wo das Kind eventuell eine bestehende Gruppe stört. Und das Kind muss sich nicht umgewöhnen. Unser Haus kennt Eileen. Sie kommt auch mit der Therapeutin, mit der wir für gewöhnlich zusammenarbeiten, zurecht."

„Also hast du von der Pflegefamilie nichts gewusst?"
„Nein, verdammt!" Tjark betrachtete das Foto in seiner Hand und murmelte: „Ich frage mich, wen er da aus dem Hut gezaubert hat. Das ist ja fast so, als hätte Liborius keine Zeit zu verlieren gehabt."
„Das stimmt wohl. Eileen konnte nicht mal ihre Mütze zurückfordern. Deswegen war Lily total traurig."
„Und nun ist er tot", sagte Tjark und legte das Foto von Eileen in die Kiste zurück. „Zoom mal zu den Leuten mit dem Lada."
Focke tat es.
„Kenne ich nicht. Wie geht's weiter?"
Er klickte das letzte Bild an. „Gar nicht. Nur noch der Gasthof hier. *Zum H*, der Rest vom Schriftzug fehlt. Dafür ist die unbekannte Frau mit drauf."
„Das ist das letzte Bild? Bist du sicher?"
„Natürlich bin ich sicher."
„Dann ist Eileen also dort oder wie. Und wo ist das?"
Focke hob die Schultern. „Keine Ahnung. Sagt dir das nichts?"
Statt zu antworten, brauste Tjark auf: „So ein Idiot! Wie kann man denn jetzt aufhören, ohne Info, wo man gewesen ist? Ach, ich weiß schon. Das Geld hat nicht mehr gereicht."
Focke brauchte etwas, um zu verstehen, dass sein Vater vom Privatdetektiv gesprochen hatte. Er erwiderte, dass eine Bäckereiquittung zusammen mit dem Chip im Umschlag gelegen hätte. Mit der Quittung als Basis kamen eigentlich nur drei Gasthöfe infrage, entweder in Nothfelden, Medebach oder Istha.
„Wirklich? Dann müssen wir da sofort hinfahren und schauen, welcher von ihnen es ist. Was das für Leute sind, die sie sich geholt haben. Ob es sie diesmal wirklich gibt. Und im Zweifel Eileen da wegholen."
Focke sah das anders. „Glaubst du denn im Ernst, dass sie noch dort ist und ... keine Ahnung, Däumchen dreht, nach dem Ganzen?" Er zeigte auf die Fotowand. „Außerdem, die

Polizei fahndet nach dir. Die haben die Fotos vom Gasthof auch und können eins und ..."

„Aber nicht die Quittung, oder?", unterbrach Tjark ihn.

„Was? Nein, aber ..."

„Hast du eine bessere Idee?"

Anstatt zu antworten, schob Focke die Maus weg.

Tjark verstand die Geste auf Anhieb. „Aha. So ist das", sagte er ruhig.

Focke hatte das Bedürfnis, sich zu erklären, und tat es laut: „Ja, so ist das. Für dich ist es leicht. Du hast dich seit Monaten damit beschäftigt. Ich aber, ich ... ich weiß nicht, was ich gerade denken soll. Warum bist du damals nicht zur Polizei gegangen? Warum erst der Privatdetektiv?"

„Ich hatte keine Beweise."

„Wofür denn Beweise? Für eine Prüfung hätte es allemal gereicht."

„Ja, möglich. Vielleicht hast du recht. Aber ich wollte es eben auf meine Weise machen."

„Verstehe ich nicht."

Tjark fuhr sich über seinen Bart. Er sah enttäuscht aus. „Das heißt also, du hilfst mir nicht?"

Focke schüttelte den Kopf.

„Ok. Dann hole ich Beate, damit sie dich zurückbringt." Er ging los, blieb aber stehen und drehte sich um. „Und ... leicht ist es für mich auch nicht, Focke. Du hast recht, ich habe mich lange mit allem beschäftigt. Und genau deswegen kann ich jetzt nicht aufhören, denn so nah war ich noch nie, verstehst du? Wenn du mir nicht hilfst, dann mache ich es allein."

18. Kapitel

Den Kopf auf seine Fäuste gestützt, auf diese Weise saß Focke seit etwa zehn Minuten am Esstisch seines Vaters in Manrode. Das einzige Geräusch war sein Atem, der sich einfach nicht beruhigen ließ. Und das Rascheln von Papier, wenn er eine Seite umblätterte. Selbst durch die geöffnete Terrassentür kam nichts als Stille und Kälte. Als würden zur Mittagszeit alle ein Nickerchen halten, auch die Krähen von gestern, was er bedauerte, denn das Geräusch hätte zu seiner Stimmung gepasst.

Haarklein hatte sein Vater alles notiert, alle Entdeckungen aufgeschrieben und mit Datum versehen, Reisen nach Tschechien und in verschiedene deutsche Städte geschildert, Notizen zu den verschwundenen Kindern gemacht und zu geführten Gesprächen mit Nachbarn der vermeintlichen Pflegeeltern, mit genauem Inhalt und Angabe der Gesprächspartner. Kein Wunder, dachte Focke, dass sein Vater das Notizbuch unbedingt zurückhaben wollte, bevor es in falsche Hände geriet. Oder handelte es sich nur um ein gutgemachtes Fake? Ein Beweis, dass das, was es enthielt, der Wahrheit entsprach, fehlte nämlich nach wie vor. Und den Umstand, dass sein Vater ihn nach ihrem Treffen in Kassel hatte ziehen lassen, konnte Focke wohl kaum als einen werten. Denn im Umkehrschluss hätte sein Vater ihn zum Schweigen bringen müssen, wenn er schuldig wäre, allein schon, damit Focke seinen Aufenthaltsort nicht preisgeben konnte. Nein, das brachte ihn nicht weiter. Wieder mal!

Focke klappte das Notizbuch zu und nahm sich vor, Johannes aufzusuchen und ihn um seine Meinung dazu zu bitten. Er wollte sich eh erkundigt haben, ob es Neuigkeiten von Lily gab. Am besten zeigte er ihm das Notizbuch, so wie es war. Und sollte Johannes die Echtheit anzweifeln, dann ab zur Polizei!

Allerdings würden die Kommissare wissen wollen, woher die Informationen stammten. Sie würden Focke nötigen, seinen Vater zu verraten, und sofort nach Kassel fahren, um ihn festzunehmen. Aber wäre das nicht das einzig Richtige, sollte er tatsächlich schuldig sein? Früher oder später kam die Wahrheit immer ans Licht, davon war Focke überzeugt. Und wenn das mit den Schmuddelvideos angeblich bloß inszeniert gewesen war, würde die Polizei auch das irgendwann herausfinden. Oder etwa nicht? Er stand auf, erstaunt und enttäuscht zugleich, dass er seinen Vater nicht deutlicher dazu gedrängt hatte, sich zu stellen. Passenderweise signalisierte ihm sein Smartphone genau in dem Moment eine neue Nachricht. Von Langfurt, von dem jetzt klar war, wer dahintersteckte. *Danke, dass du mich angehört hast*, lautete sie. Und: *Bis später!* Bis später, ja. Denn Focke hatte sich ja lieber dazu überreden lassen, am Nachmittag mit ihm zum Gasthof *Zum H* zu fahren, wo auch immer der sich befand. Er musste komplett wahnsinnig gewesen sein.

Er ignorierte die Nachricht, schrieb zumindest nicht zurück. Bei seiner Mutter, die in der Zwischenzeit mehrere Male versucht hatte, ihn telefonisch zu erreichen, war das dagegen nicht so einfach möglich. Sie machte sich Sorgen, weil er gestern Abend nicht nach Hause gekommen war, und hatte mit Sicherheit sein Bett kontrolliert, also konnte er nicht behauptet, dass er ganz früh wieder aus dem Haus gegangen war. Da es sich nicht umgehen ließ und seine Stimmung eh am Boden lag, rief er sie kurzerhand an.

„Focke, wo steckst du?“, war das Erste, was sie sagte. Ihre Stimme klang, als wäre etwas Schreckliches passiert.

„Warum, was ist los?“ Er bemühte sich, seine dagegen ganz leicht klingen zu lassen, und lief im Wohnzimmer auf und ab.

„Was los ist? Ich habe schon drei Mal auf deinem Handy angerufen. Und bei der Arbeit. Da hat man mir gesagt, dass du gar nicht im Büro bist. Dass du schon seit Tagen nicht dort gewesen bist. Ich bin fast gestorben vor Angst.“

„Mama! Natürlich bin ich nicht im Büro gewesen."
„Wie, natürlich nicht. Was erzählst du denn da?"
Das frage ich mich auch, dachte Focke. „Hör zu. Ich bin da an dieser Sache dran. Eine echt krasse Geschichte. Aber ich darf dir nichts davon sagen, noch nicht. Ich darf nicht mal mit den Kollegen darüber reden. Der Auftrag kam vom Chef höchstpersönlich."
„Und warum hast du nicht zuhause geschlafen?"
„Weil ich seit gestern in einem Hotel in Bielefeld bin. Das kam total spontan, deshalb konnte ich dir das nicht mehr sagen. Tut mir leid."
Seine Mutter atmete hörbar aus. „Dann ist ja gut. Ich habe mir schon sonst was gedacht. Was war das für ein Geräusch?"
Es hatte an der Haustür geklingelt. „Das? Das ist das Telefon eines Kollegen, mit dem ich zusammenarbeite. Komischer Klingelton, sage ich dir." Focke ging in den Flur, blickte durch den Spion und zuckte zusammen. „Du, ich muss dann auch weitermachen, ok?" In Erwartung, dass seine Mutter sich nun verabschieden und auflegen würde, öffnete er die Tür.
„Die Katze ist tot", sagte sie jedoch.
„Was?"
„Ich habe Rita zufällig beim Einkaufen getroffen. Focke, du sollst doch nicht immer Sachen erfinden, nur damit ich mir keine Sorgen mache, hörst du?"
„Guten Morgen, Herr Löhr", sagte Hauptkommissar Götte. Neben ihm stand sein breitschultriger Kollege Jens Butterweck und grinste verschmitzt, als wären sie seit ihrem letzten Gespräch unter vier Augen plötzlich Kumpels.
Focke zeigte auf das Telefon und rollte mit den Augen. „Ja ok, werde ich mir merken, Mama."
„Wieso redet denn dein Kollege mit dir, wenn er telefoniert?"
„Erzähl ich dir später, ok? Bis dann." Er beendete die Verbindung, begrüßte die Kommissare und fügte ein erklärendes „Mütter" hinzu.

„Entschuldigen Sie die Störung“, erwiderte Martin Götte sachlich, wie es zu seiner Erscheinung passte. An Sakko und Stoffhose war nicht das Geringste auszusetzen, höchstens ihre Langweiligkeit. „Wir haben Ihr Auto gesehen.“

„Ach ja?“ Focke fragte nicht nach, wo, ob hier am Haus oder im Parkhaus in Kassel. Mit Letzterem würden sie zugeben, dass sie ihm gefolgt waren. Er müsste auf der Hut sein und aufpassen, was er sagte. Apropos *sagen* ... Ihm wurde gerade sehr flau im Magen. „Haben Sie etwa schon mit ihr gesprochen?“

„Mit wem, Ihrer Mutter? Nein.“

„Gut.“ Focke fühlte sich schlagartig erleichtert.

„Ihre Mutter weiß noch nicht, was passiert ist?“

„Selbstverständlich nicht! Sie regt sich sehr leicht auf, wissen Sie.“ Er dachte an ihre Worte soeben: *Focke, du sollst nicht immer Sachen erfinden, damit ich mir keine Sorgen mache.* Natürlich musste er das tun. Ohne wäre sie längst einem Herzinfarkt erlegen.

„Dürfen wir reinkommen?“, fragte der Hauptkommissar und erinnerte ihn daran, dass sie bestimmt nicht gekommen waren, um über Mütter zu reden. „Wir sind vorhin schon mal hier gewesen. Aber Sie nicht.“

„Ja, stimmt. Ich war unterwegs. Hatte ich Ihnen am Telefon aber auch gesagt.“ Er trat einen Schritt beiseite und machte eine Handbewegung.

„Wo sind Sie gewesen?“

„Wieso, brauche ich etwa ein Alibi?“

Als anstelle einer Antwort nur ein angespannter Blick kam, versuchte Focke zu beschwichtigen: „Meine Güte, ich bin ein bisschen rumgefahren. Um mich abzulenken. Ist was passiert?“

„Ja, Ihr Vater lebt, wir finden, dass das ein Grund ist, mit Ihnen zu sprechen, oder nicht?“ Martin Götte ging an ihm vorbei in den Flur, der Kollege Butterweck folgte.

„Natürlich“, erwiderte Focke ernst, allerdings ohne sich zu entschuldigen. Er schloss die Haustür und straffte sich. „Also? Ich höre.“

„Wissen Sie, wo Ihr Vater sich aufhält?"

Focke verneinte und registrierte, dass der Kollege Butterweck weiter ins Wohnzimmer ging. „Woher sollte ich das wissen? Bis zu Ihrem Anruf habe ich noch geglaubt, er wäre tot, schon vergessen?"

„Er kann sich mit Ihnen in Verbindung gesetzt haben."

„Hat er aber nicht."

„Herr Löhr, Ihr Vater steht unter dem dringenden Verdacht des Mordes an Liborius Hanke. Darüber hinaus besteht der Verdacht auf Besitz und Verbreitung von kinderpornografischem Material. Es ist kein Kavaliersdelikt, wenn Sie mir was verschweigen."

Focke musste an sein Vorhaben denken, die Polizei einzubeziehen, egal, ob er selber an die Unschuld seines Vaters glaubte oder nicht. Weil die Wahrheit schon ans Licht kommen würde. Mit einem Male war er sich gar nicht mehr so sicher. Zum Beispiel, wenn fingierte Beweise erdrückend waren. Justizirrtum kam immer wieder vor. Er brauchte einfach mehr Zeit, um herauszufinden, ob sein Vater die Wahrheit gesagt hatte. Leider lag das Notizbuch, mit dessen Entdeckung die Polizei ihm einen Strich durch die Rechnung machen würde, offen auf dem Esstisch herum. Und von Jens Butterweck war nichts zu sehen. „Mein Vater ist nicht hier, Sie brauchen nicht nach ihm zu suchen", rief er in den Wohnbereich hinein.

„So. Und wo ist er dann?", fragte Hauptkommissar Götte neben ihm.

Focke versuchte im Augenwinkel herauszufinden, wo Butterweck gerade steckte, nirgendwo in Sichtweite jedenfalls, was nur bedeuten konnte im Bad oder im Schlafzimmer. Er holte tief Luft, denn die war jetzt nötig. „Ok. Ich will vernünftig sein. Lassen Sie uns hinsetzen und reden. Und vielleicht kommt Ihr Kollege auch dazu." Er führte den Hauptkommissar ins Wohnzimmer, wo die zwei auf der Sitzrunde um den Couchtisch Platz nahmen, wie bereits einige Male zuvor.

„Kommissar Butterweck will sich nur vergewissern. Also, was wollen Sie mir mitteilen?"

„Na gut", begann Focke, obwohl es ihm widerstrebte. Doch wenn er jetzt wieder aufstand, wäre das umso verdächtiger. „Haben Sie mal über die Möglichkeit nachgedacht, dass Liborius Hanke schon tot war, als mein Vater an dem Abend zur Hütte gekommen ist?"

„Weiter!"

„Die brisanten Fotos, die dort angeblich gelagert wurden. Sie könnten dort genauso gut platziert worden sein. Der Mann, den die Nachbarin Fögen beobachtet hat. Sie hat gesagt, er hätte die Tür mit dem Rücken aufgemacht. Für mich heißt das eindeutig, er hat was hineingetragen."

Der Hauptkommissar fasste sich ans Kinn. „Und der anonyme Hinweis sollte die Polizei zur Leiche von Liborius Hanke führen?"

„Ja, das macht doch Sinn, oder?"

„Und warum hat die Hütte dann gebrannt? Hat Ihr Vater das Feuer gelegt oder wie?"

„Ich weiß es nicht. Aber das wäre möglich. Um die inszenierten Beweise zu vernichten."

Götte nickte, aber überzeugt war er offenbar nicht. Wäre der Kollege Butterweck da gewesen, hätten sie sicher Blicke ausgetauscht. „Ich wüsste noch jemanden, der für das Feuer infrage kommt", sagte er.

„Ach ja? Wer?"

„Jemand, der noch an der Hütte war."

„Schon klar. Aber außer mir war niemand dort, das weiß ich genau."

Göttes Zögern dauerte zu lange, als dass es nicht mit Absicht platziert gewesen wäre. „Sie waren im Alter von vierzehn Jahren im Krankenhaus?"

Fockes Erwartungsblase platzte mit einem lauten Knall. „Ja, war ich, aber ..."

„Sie wurden mit Rauchvergiftung eingeliefert, stimmt's? Was war passiert?"

„Wie? Es gab da diesen Unfall ..."

„Der Polizeibericht besagt, dass man Sie beim Zündeln erwischt hat. Gleich mehrere Feuer, das haben Sie sogar zugegeben. Als späte Verarbeitung der Trennung Ihrer Eltern, wie das Gericht wohlwollend anerkannt hat."

„Aber ..."

„Beim letzten Feuer ist ein Hund gestorben, richtig?"

Focke presste die Augen zusammen. Zu spät, der junge Golden Retriever war aufgetaucht, so unerwartet wie damals, als es für ihn in dem glühenden Gebälk keine Rettung mehr gegeben hatte. Diese qualvollen Laute, die das kleine Ding von sich gegeben hatte, war der Auslöser für mehr als nur Alpträume gewesen. Dabei hatte er doch niemals vorgehabt, ein Tier zu töten! „Es war schrecklich", murmelte er und schüttelte sich. „Ich war dumm. Das gebe ich zu. Sehr, sehr dumm."

„Herr Löhr, haben Sie auch das Feuer an der Hütte Ihres Vaters gelegt?"

„Was? So ein Quatsch! Warum sollte ich so was tun?"

„Wir haben die Bankauszüge Ihres Vater überprüft. Seit Ihrem achtzehnten Geburtstag hat er jeden Sommer mehrere Tausend Euro an Sie überwiesen. Und dieses Jahr auf einmal nicht mehr. Wollten Sie ihm deswegen eine Lektion erteilen?"

Focke sprang auf. „Aber ich weiß nichts von dem Geld. Wirklich."

„Dann die Videos. Sie selbst sind es gewesen, der den USB-Stick ins Spiel gebracht hat. Bis dahin haben wir nicht mal ansatzweise in die Richtung Kinderpornografie gedacht. Und in der Pappkiste im Büro Ihres Vaters plötzlich ein weiterer Stick mit identischen Videos, den Sie bei Ihrem ersten Besuch dort hingelegt haben. Warum? Wollten Sie ihn diskreditieren? Von sich ablenken? Oder beides?"

Es fühlte sich an, als würde man ihm dem Atem abschnüren. Focke musste daran denken, wie er an dem besagten Abend an der Hütte auf seinen Vater gewartet hatte. Er hatte im Auto gesessen und Selfies gemacht, um sie an sein Date zu verschicken, doch es gab kein Internet. Sicher, wäre er in dem Moment weiter Richtung Hütte gelaufen anstatt den Berg hoch auf der Suche nach Netz, hätte er womöglich gesehen, was passiert war. „Nichts von alledem ist wahr", presste Focke hervor.

„Dann sagen Sie mir, wie es wirklich war!"

Jens Butterweck tauchte im Durchgang zum Schlaf- und Badezimmer auf, trotz Muskeln war er anscheinend nicht der Schnellste. Das unauffällige Kopfschütteln sollte seinen Vorgesetzten wohl über das Ergebnis seiner Suche informieren. Focke dagegen ignorierte er und lief weiter ins Esszimmer.

Dann fand er halt das blöde Notizbuch, dachte er und stellte sich in das offene Schiebefenster, um Sauerstoff zu kriegen. Es war ihm egal! Alles war ihm inzwischen egal! Vielleicht sollte es ja so sein. „Mein Vater ist verschwundenen Kindern auf der Spur", krächzte er und wusste sogleich, wie unglaubwürdig es klang. „Kinder aus dem Kinderhaus Eddessen. Sie werden offiziell vermittelt, aber an eine Art Scheineltern. Liborius Hanke steckt dahinter."

„Woher wissen Sie das?", rief der Hauptkommissar zwei Tonlagen lauter.

„Er hat es mir erzählt."

„Und wann? Herr Löhr, wenn Sie nicht endlich mit der Sprache rausrücken, lasse ich Sie festnehmen. Grund genug hätte ich."

Focke hätte sich am liebsten die Ohren zugehalten. „Ist ja gut", rief er zurück. „Heute Morgen, ok? Wir haben telefoniert. Wenn Sie es genau wissen wollen, hat er mich angerufen. Mit unterdrückter Nummer. Hören Sie! Sie müssen das überprüfen. Aktuell ist wieder ein Mädchen vermittelt worden."

„Unterdrückter Nummer", wiederholte Götte ungläubig.

„Eileen. Sie müssen nach ihr suchen! Bevor es zu spät ist!"

Den Hauptkommissar ließ diese Neuigkeiten unbeeindruckt. „Eileen, ja, ich kenne den Namen. Der Leiter von Haus Eddessen, Herr Pape, hat uns von ihr erzählt, als wir uns nach Lily erkundigt haben. Eine schnelle, aber letztendlich ganz gewöhnliche Vermittlung von Liborius Hanke und Ihrem Vater."

„Wieso meinem Vater?"

„Weil er Eileens zuständige Betreuer gewesen ist?"

„Wie bitte? Aber …" Es wollte nicht in seinen Kopf, dass sein Vater das vorhin mit keiner Silbe erwähnt hatte.

Martin Götte erhob sich nun ebenfalls, was aus dem normalerweise eher unauffälligen Mann zumindest für den Augenblick eine Erscheinung machte. „Herr Löhr, vielleicht sollten Sie sich mit dem Gedanken beschäftigen, dass die beiden als Team gearbeitet haben, in vielerlei Dingen. Ein hübscher kleiner Nebenerwerb mit einer hässlichen Ware. Und wie das bei Teams manchmal so ist, kann es auch mal eskalieren. Ich denke da an den heftigen Streit, den es kurz zuvor gegeben hat."

Focke spürte, dass er kurz davor war zu platzen. So etwas hatte er nicht erwartet. Dass die Polizei ihm anscheinend kein einziges Wort glaubte! Es machte doch gar keinen Sinn, dass die beiden als Team gearbeitet haben. Wieso sollte sein Vater nach Kindern suchen, wenn er für deren Verschwinden mitverantwortlich war? „Nein, nein, nein. Es steht doch alles in seinem Notizbuch."

„Welchem Notizbuch? Dem, von dem Sie behauptet haben, es wäre gestohlen worden?"

Zu erzählen, dass sein Vater es ihm gegeben hatte, wäre kontraproduktiv. „Ich habe es wiedergefunden. Unter einem Kissen. Ich habe mich getäuscht, zufrieden? Kommen Sie, es liegt im Esszimmer." Er lief vor, um es dem Hauptkommissar zu zeigen. In dem Moment, als er um die Ecke bog, wollte Kommissar Butterweck gerade in die Küche gehen. „Oh. Haben Sie es gefunden?", rief er ihm zu.

Jens Butterweck blieb stehen und blickte ihn mit fragender Miene an. „Was denn?"

„Das Notizbuch. Das da auf dem Tisch lag."

„Wo genau?"

„Na, da!", schrie Focke und zeigte auf die leere Stelle. „Wo ist es? Geben Sie es her!"

„Äh, Entschuldigung?“, sagte Butterweck und hob die Hände.

Auch Hauptkommissar Götte ging sein Ausbruch offenbar zu weit, denn das erste Mal überhaupt erhob er seine Stimme. „Herr Löhr, beruhigen Sie sich!“

Doch Focke wollte sich nicht beruhigen. Er lief zurück ins Wohnzimmer, zur Terrassentür, die er selber bei seiner Rückkehr aus Kassel geöffnet hatte. Natürlich huschte niemand genau zu diesem Zeitpunkt verstohlen nach draußen. Und auch der Garten lag trostlos da und grau, und das ganz ohne Regenwolken.

Doch weder die Sträucher der Ligusterhecke noch die Steinplatten oder die Grashalme wollten ihm verraten, wer das Notizbuch an sich genommen hatte. Focke wurde klar, wer auch immer nicht wollte, dass die Wahrheit ans Licht kam, er spielte ein riskantes Spiel.

19. Kapitel

Focke zog eine Jutetasche aus dem Garderobenschrank im Flur und fluchte, weil nebenbei gleich mindestens ein Dutzend Plastiktüten herausflogen und auf dem Fußboden landeten. Er klaubte sie auf, stopfte sie zurück in das Fach und knallte die Schranktür zu. *Mehrere Tausend Euro*, zischte er laut, stampfte mit der Jutetasche ins Bad und warf seine Sachen hinein, Haarspray, Shampoo und die Zahnbürste, die er angefangen hatte zu benutzen. Natürlich war ihm klar, was die Journalistenschule in Köln pro Semester kostete. Dazu Unterkunft, Verpflegung, Sprit. Das läpperte sich. Und genau deswegen hatte seine Mutter doch das Sparkonto aufgelöst, das sie vor Jahren für ihn angelegt hatte. Hatte er zumindest immer geglaubt. Dass seine Ausbildung mit schmutzigem Geld bezahlt worden war, brachte das Fass zum Überlaufen.

Sein Smartphone piepte. Der unangemeldete Besuch der Polizei hatte seinen Zeitplan ziemlich durcheinandergebracht, weswegen er Langfurt oder vielmehr seinem Vater sofort nach ihrem Aufbruch eine Nachricht geschickt hatte. *Komme später, die Polizei war da.*

Alles klar! Sei vorsichtig!, lautete nun die Antwort.

Natürlich wäre er das, dachte er schnaubend und zog sich seine Turnschuhe an. Ihm war bewusst, dass die Kommissare das Gespräch nur deshalb ohne weitere Konsequenzen beendet und sich losgemacht hatten, weil sie darauf spekulierten, dass Focke sie direkt zu seinem Vater führen würde. Was ihn vor ein gewisses Problem stellte, denn das Thema *Verfolgungsjagd oder wie schüttele ich die Polizei ab* hatte es auf seiner Journalistenschule nie gegeben, obwohl der größte Teil vom Geld seines Vaters dafür draufgegangen sein musste. Darüber hinaus kannten sie die Fotos vom Gasthof *Zum H*, wo Eileen sich aufhielt oder aufgehalten hatte. Natürlich war es in Fockes Sinn, dass die Polizei auch in diese Richtung ermittelte, sehr sogar. Aber bitteschön erst, nachdem sein Vater und er dort hingefahren waren und sich umgeschaut hatten.

Dass sie ihm gestern schon nach Kassel gefolgt waren, darüber war Focke sich allerdings nicht mehr so sicher. Der Mann hinter der Hecke am Abend nach dem Feuer mochte ja der Fantasie entsprungen sein, das gestohlene Notizbuch jedoch war Fakt.

Dies vor Augen, zog er abermals die Haustür hinter sich zu und schloss ab, doch zum ersten Mal mit dem Gefühl, den Bungalow seines Vaters so schnell nicht wiederzusehen. Er setzte sich in seinen Golf, programmierte die Navigation und warf einen letzten Blick auf sein Smartphone, bevor es losging. Eine Anfrage seines Dating-Programms interessierte ihn im Moment weniger. Dass Jana geschrieben hatte, dagegen sehr. *Mein lieber Focke. Weißt du inzwischen Näheres? Die Polizei sagt mir nichts mehr. Was ist da los?*

Jana, oh nein, die Ärmste! Jana hatte er total vergessen. Sie musste noch auf dem Kenntnisstand sein, dass die Leiche in der Hütte vermutlich sein Vater war. Er schrieb ihr zurück, dass es im Grunde bloß eine Verwechslung gegeben hatte und sie sich keine Sorgen mehr zu machen bräuchte. Und versprach, sich bald ausführlicher bei ihr zu melden, wohl wissend, dass sie sich sowieso darüber hinwegsetzen und ihn anrufen würde.

Focke kam bis zum Manroder Friedhof, als sein Smartphone klingelte. Nein, er wollte jetzt nicht mit Jana sprechen, dachte er und drückte das Geräusch weg. Als das Ding eine halbe Minute später erneut klingelte, gab er auf und fuhr auf den Parkplatz, auf dem er gestern mit dem Mercedes seines Vaters gestanden hatte. Dort schrieb er Jana eine lange Nachricht, obwohl es nur eine Kurzfassung werden sollte darüber, was sich in der Zwischenzeit alles ereignet hatte. Der Text endete damit, dass er gerade unterwegs wäre, um gemeinsam mit Tjark die Wahrheit herauszukriegen. Seine Zweifel an dessen Unschuld, genährt nicht zuletzt vom Verdacht der Polizei, Liborius Hanke könnte mit ihm unter einer Decke gesteckt haben, behielt Focke für sich.

Er betrachtete die neue Halle des Heizungs- und Sanitärbetriebs Dierkes vor seiner Motorhaube. Sylvia Fögen bekam bestimmt Ärger, weil sie die Polizei mit ihrer Aussage bezüglich der Anrufe angeflunkert hatte. Focke kannte den Grund dafür nach wie vor nicht, wollte ihn auch nicht kennen. Etwas anderes brannte ihm dagegen auf der Seele, auch ohne das Notizbuch vorzeigen zu können, weswegen er weiterfuhr, sein Navigationsgerät bei der nächsten Kreuzung ignorierte und rechts abbog anstatt links, wie angewiesen. Sein Vater würde sich wohl oder übel ein paar Minuten gedulden müssen.

„Herr Löhr, wie Sie sich vielleicht vorstellen können, bin ich auf Ihren Vater momentan weniger gut zu sprechen", sagte der Leiter von Haus Eddessen von seinem Schreibtisch aus, nachdem die Mitarbeiterin in Latzhose ihn in dessen Büro geführt hatte, mit dem Worten „Da ist Besuch für Sie. Tjarks Sohn!" Sofort spannten sich Fockes Muskeln an. Er hatte Ablehnung erwartet. Konrad Pape glaubte wie die Polizei, dass sein Vater Schmuddelvideos konsumiert hatte, eine Katastrophe für das Kinderhaus, vor allem, wenn es an die Öffentlichkeit kam. Ob er ebenfalls davon ausging, dass sein Vater sie weiterverbreitet hatte, war dagegen ungewiss. Die Polizei vermutete es und fahndete, neben dem Mord, auch aus diesem Grund nach ihm. Focke allerdings fragte sich mehr und mehr, woher die Videos überhaupt stammten.

In Papes Büro herrschte ziemliches Durcheinander. Aktenordner türmten sich zu beiden Seiten der Schreibunterlage und auf dem Tisch der Sitzgruppe vorm Fenster. Die drei Sessel waren fast alle übersäht mit Unterlagen, wild geschichtete Formulartürme, ein Teller mit eingetrockneten Essensresten obenauf. Dazwischen wirkten mehrere Musik-CDs, dem Cover nach klassische, sowie ein Bildband über Südamerika geradezu wie fehl am Platz. Anscheinend waren chaotische Zustände üblich in der Branche. Doch Focke wollte sich weder ablenken, noch einschüchtern oder abwimmeln lassen von dem Mann, den er nun zum drittem Mal in diesen Tagen sah, aber nie gesprochen hatte. Und vor allem wollte er sich nicht ewig dort aufhalten. „Dass mein Vater zur *Persona non grata* erklärt worden ist, kann ich nachvollziehen. Aber wenigstens lebt er“, sagte Focke und wartete auf eine Reaktion.

Konrad Pape blickte ihn an und legte stirnrunzelnd das Schriftstück aus seiner Hand. An der Wand hinter ihm hingen mehrere gerahmte Comicposter, vom Stil her wie im Eingangsbereich. „Ja, ich habe von seiner Wiederauferstehung schon gehört“, erwiderte er, sichtlich um Beherrschung bemüht, und deutete auf den Sessel mit der größten Freifläche. „Sie haben recht, es tut mir leid. Sie können am Wenigstens dafür. Wissen Sie, wo er ist?“

„Ich? Woher sollte ich das?“ Eine komische erste Frage, dachte Focke. Nicht, *Wie geht es Ihnen?* oder *Schön, Sie kennenzulernen*. Eigentlich wollte er nur schnell mit Johannes gesprochen haben. Um sich hoffentlich darüber klar zu werden, ob es richtig wäre, mit seinem Vater loszufahren, oder kompletter Wahnsinn. Doch der setzte laut der Latzhosenträgerin gerade seine Suche nach Lily fort, die er gestern Nachmittag bereits begonnen hatte, weil er auf die Polizei allein nicht vertrauen würde. Jetzt beim Platznehmen kam Focke der Gedanke, dass es sogar besser wäre, sich eine dritte Meinung anzuhören, obendrein die des Vorgesetzten.

„Mir ist das alles ein Rätsel“, sagte Pape und nahm eine Tageszeitung vom Stapel, ohne hinzusehen. Dabei stieß er beinahe eine Tasse um, dem Beutel nach Kräutertee. „Hier: *Ermittlungen im Haus Eddessen*. Ich kann froh sein, dass die Presse noch nicht in die Tiefe gegangen ist. Ihr Vater ... Das mit den Videos hat mich wirklich geschockt. Aber dass er Liborius umgebracht haben soll ... Also nein! Ich kann mir das beim besten Willen nicht vorstellen.“

„Glauben Sie, dass er und Liborius Hanke unter einer Decke gesteckt haben?“

„Das ist es, was die Polizei vermutet.“

„Das habe ich nicht gefragt“, sagte Focke, getreu dem Journalistencredo, keine Angst vor großen Namen zu haben.

Konrad Pape nahm seine Brille ab und sah mit einem Male völlig anders aus, sein Gesicht kam zum Vorschein, das eigentlich recht sympathisch war. Das Licht der Schreibtischlampe spiegelte sich auf seiner Halbglatze wider. „Ich weiß es nicht. Ich bin total überfragt. Wobei ich, ehrlich gesagt, immer noch nicht so genau weiß, wobei überhaupt. Haben die beiden einen Handel mit Kinderpornografie aufgebaut, wie man munkelt? Das wäre ein Skandal für mich. Für das Jugendamt übrigens auch.“ Er setzte sich seine Brille wieder auf. „Unvorstellbar. Aber wie heißt es so schön: Man schaut den Leuten nur vor den Kopf.“

„Wie war das Verhältnis der beiden untereinander?“

„Von Liborius und Ihrem Vater? Nun ... gut. Sie haben ja auch schon viele Jahre miteinander zu tun.“

„Verstehe.“ Also eine Art Vertrauensverhältnis, dachte Focke enttäuscht. Er hatte gehofft, dass die beiden so gut wie gar kein Verhältnis zueinander gehabt hätten. Dann wäre Liborius Hankes Abwehrreaktion auf die Nachfragen seines Vaters, zum Beispiel was das Treffen mit diesem Mann im Park in Hofgeismar betraf, umso realistischer, zumindest schätzte er das so ein. Focke kontrollierte die Uhrzeit. Gleich halb drei. Seine Füße begannen zu zappeln.

„Herr Löhr, ich sollte Ihnen das eigentlich nicht sagen. Ich habe es auch der Polizei nur ungern erzählt, aber ... Liborius war in letzter Zeit ziemlich angespannt. Ich hätte fast *ein nervöses Wrack* gesagt. Irgendetwas hat ihn stark belastet.“

Genau wie seinen Vater zuletzt, das musste etwas zu bedeuten haben. „Und wissen Sie, was ihn belastet hat?“

„Nein, keine Ahnung. Tut mir leid. Das ... muss schwer für Sie sein.“

Focke nickte vielsagend. Wenigstens erschien seine Neugierde dadurch nicht ungewöhnlich. Er würde einen weiteren Vorstoß wagen, einen letzten, dann müsste er hier abbrechen. „Mein Vater hat mich heute Morgen angerufen. Er hat erzählt, dass Eileen verschwunden wäre."

„Ach so? Und wissen Sie, wo er ist?"

Wieder diese Frage. „Mich interessiert eher, wo Eileen ist."

„Eileen? Das hat die Polizei auch schon von mir wissen wollen. Ich sage Ihnen dasselbe, was ich denen gesagt habe: Eileen ist an eine Pflegefamilie vermittelt worden. Von Liborius. Unerwartet schnell, zugegeben, aber anscheinend hat alles gepasst. Ich habe ihm vertraut."

„Wieso wurde sie überhaupt vermittelt? Hat sie nicht hier in Haus Eddessen gewohnt?"

„Ja, aber nur zur Inobhutnahme. Wir haben zwei Plätze, die wir dafür reservieren. Inobhutnahme bedeutet, dass ..."

„Ich weiß, was das heißt", unterbracht Focke ihn, um für alle Beteiligten Zeit zu sparen. Sein Vater hatte es ihm am Fall von Vivienne erklärt, eine schnelle und unbürokratische Hilfe von Kindern und Jugendlichen in Krisensituationen. Und wie er das verstanden hatte, war es vor allem ein vorrübergehender Zustand. Er fragte, ob es vorstellbar wäre, Eileen an Pflegeeltern zu vermitteln, die nur auf dem Papier existierten. Um sie auf diesem Wege quasi verschwinden zu lassen.

Der Einrichtungsleiter schüttelte den Kopf. „Kindeswohl ist ein hohes Gut. Alles, was die Kinder- und Jugendhilfe betrifft, ist in Deutschland gesetzlich stark reguliert. Bei Adoptionen gibt es die Adoptionsstelle, bei Pflege die Pflegestelle. Es gibt den Vormund. Die Heimaufsicht kontrolliert das Ganze. Natürlich gibt es immer wieder Fälle, die auch an die Öffentlichkeit durchsickern, wo das misslingt. In dem Fall müssen aber mehr als vier oder sechs Augen bis zur Erblindung zugedrückt worden sein. Um Ihre Frage in einem Wort zu beantworten: ausgeschlossen."

Das war eine Aussage, dachte Focke resigniert, als auf dem Schreibtisch das Telefon klingelte.

Pape ging dran, mit einem schlichten „Ja?", dann eine lange Pause und „Ja, ich komme." Er stand auf und lief um den Schreibtisch herum. „Es tut mir leid, Herr Löhr, ich muss mich verabschieden. Tja, die Presse treibt sich draußen herum. Es geht los!"

Focke erhob sich ebenfalls, blieb aber vor seinem Sessel stehen und fragte: „Was ist mit Lily?" Ihm war das im Gespräch mit den beiden Kommissaren schon eingefallen. Dass sein Vater, entgegen seiner früheren Meinung, als er noch an dessen Tod geglaubt hatte, in der jetzigen Konstellation für Lilys Verschwinden sehr wohl verantwortlich sein konnte.

Konrad Pape schnaufte ungeduldig. „Lily? Bei der ist die Sachlage eine ganz andere. Sie ist fest bei uns und nicht in der Inobhutnahme. Sie kann nicht mehr vermittelt werden, denn das wurde sie ja bereits, nämlich an uns. Und es müsste schon etwas Schwerwiegendes vorfallen, damit sich das ändert. Oder Lily will nicht mehr bei uns sein, natürlich."

Was bedeutete, um Lily verschwinden zu lassen, müsste man sich eine neue Methode ausdenken, dachte Focke. Oder sie zur Not ganz klassisch kidnappen.

Der Einrichtungsleiter ging zum Fenster, drückte die Holzjalousie auseinander und schaute hinaus. „Wo ich jetzt so darüber nachdenke ... Wenn man wirklich die Absicht hätte, ein Kind verschwinden zu lassen, müsste man das tun, solange es sich noch im Zustand der Inobhutnahme befindet. Das würde meiner Meinung nach aber nur funktionieren und Sinn machen, wenn es niemanden mehr gibt, der das Sorgerecht zurückfordern könnte, ein Elternteil zum Beispiel, nach der Rehabilitation."

„Also ist es doch nicht unmöglich? Und an wen wurde Eileen vermittelt?"

„Das weiß ich nicht. Das weiß nur das Jugendamt in Höxter. Und um das klarzustellen, es ist vielleicht nicht unmöglich, aber auch nur sehr, sehr theoretisch möglich. Dahinter müsste schon eine große kriminelle Energie stecken. Ich habe Liborius vertraut. So, jetzt muss ich aber wirklich los." Konrad Pape setzte sich in Bewegung.

Das Jugendamt, natürlich, dachte Focke und schlug sich innerlich vor die Stirn. Doch jetzt noch nach Höxter zu fahren und nachzuhaken, kostete viel zu viel Zeit. Sein Vater würde misstrauisch, wo er steckte. Außerdem würde man ihm dort höchstwahrscheinlich eh keine Auskunft geben. Da blieb ihm nur eines: sich in die Höhle des Löwen zu begeben und sich gemeinsam mit seinem Vater auf die Suche nach Eileen zu begeben. Wenn es stimmte, dass sie verschwunden war, wäre es sowieso allerhöchste Eisenbahn. Wobei es eine Möglichkeit gab, die Prozedur abzukürzen. Er rannte los und holte den Einrichtungsleiter ein. „Können Sie nicht beim Jugendamt nachhaken?"

„Wie? Nun, so wirklich sehe ich die Notwendigkeit dafür nicht. Und erst mal muss ich hier meine eigenen Sachen geregelt kriegen, wenn man mich lässt."

Focke überlegte, ob die letzte Äußerung gegen ihn gerichtet war, und schaute dem Einrichtungsleiter hinterher, wie er die Eingangshalle mit der Girlande betrat und weiter nach draußen ging. Vor der Tür stand ein Auto, ein Mann mit Kamera lief umher und machte Fotos. Pape herrschte ihn an.

Mit dem, was Focke soeben erfahren hatte, klang die Geschichte seines Vaters jedenfalls mit einem Schlag viel realistischer. Vor allem, wenn das Jugendamt, sprich Hanke die Vermittlung der Kinder regelte, hatte sein Vater gar nichts damit zu tun. Ob er nun der zuständige Betreuer war oder nicht. Und noch etwas fiel ihm auf, als Focke das Kinderhaus verließ und zu seinem Wagen lief. Der Einrichtungsleiter hatte sich nicht wie erwartet über seinen Vater ausgelassen. Dabei hatte Johannes doch gemeint, dass die beiden nur schlecht miteinander klarkämen. Entweder hatte Konrad Pape vor ihm als Sohn den Anstand wahren wollen oder es aus einem anderen Grunde nicht getan. So nett, wie er sich gegeben hatte ... Aber waren das nicht manchmal die Schlimmsten?

Focke schwang sich in seinen Golf und startete den Motor. Nicht nur das Navi sprang mit an, sondern auch *Sei vorsichtig!*, die Warnung seines Vaters von vorhin, und zwar in seinem Kopf. „Tja, dann bin ich mal gespannt“, sagte er beim Losfahren. Nicht ausgeschlossen, dass er seine möglichen Verfolger mit der Fahrt zum Kinderhaus Eddessen bereits abgehängt hatte. Im Rückspielgel wurde das Marienabbild immer kleiner. Er hatte es nie leiden können.

Die nächsten Kilometer durch die Warburger Börde fuhr er fast unbeschwert. Erst nach dem Wechsel von der B241 auf die B252 bei Hohenwepel fragte er sich, ob dieser schwarze Wagen schon seit Borgentreich hinter ihm gewesen war oder ein anderer. Um es zu überprüfen, änderte er kurzerhand seinen Fahrplan und bog an der nächsten Möglichkeit rechts ab, das besagte Auto ebenso. Dann blinkte er links und bog auf die B7, die die B252 an dieser Stelle überquerte. Das schwarze Auto musste erst einem von rechts kommendem LKW Vorfahrt gewähren und folgte ihm. Merkwürdig, fand Focke und drosselte die Geschwindigkeit, da die Ampel, an der es rechts nach Warburg ging, auf Rot stand. Das schwarze Auto bremste stärker als er und fiel zurück. Als ob der Fahrer nicht erkannt werden wollte. Doch da die Rotphase recht lange dauerte und der Fahrer schlecht mitten auf der Straße stehenbleiben konnte, schloss er auf. Focke erspähte im Rückspiegel einen Kopf, es war kein *er*, sondern eine ältere Frau mit Brille, die den Blinker setzte, um links ins Industriegebiet abzubiegen. Unwahrscheinlich, dass ausgerechnet sie von der Polizei angeheuert worden war, ihn zu beschatten.

Vermutlich würde der echte Verfolger erst kommen. Er setzte seinen Weg auf der B7 Richtung Kassel fort, durchquerte nahezu unbemerkt Warburg und fuhr einige Kilometer über Land, bis das Navigationsgerät ihn aufforderte, rechts nach Wettesingen abzubiegen. Nie gehört, dachte er und tat es einfach. Die Straße dorthin war in deutlich schlechterem Zustand als die Bundesstraße, zudem führte sie bergauf. Bis zu seinem Ziel, dem Parkplatz einer Spielothek in Wolfhagen, waren es genau einundzwanzig Minuten, wenn alles glatt lief. Er bremste leicht ab, um sich den Verlauf der Route anzeigen zu lassen, und stellte erfreut fest, dass sie sogar direkt durch Nothfelden führte. Auf diese Weise konnte er gleich überprüfen, ob der dortige Gasthof *Zum H* der von dem Foto war. Focke beschleunigte wieder, passierte das Schild, das die Grenze nach Hessen markierte, und wunderte sich plötzlich, dass der weiße Lieferwagen hinter ihm in der Zwischenzeit nicht nähergekommen war. Im Gegenteil, der Fahrer hielt auffallend gleichmäßigen Abstand, obwohl es links und rechts nichts als Einöde gab und demnach keine Möglichkeit abzubiegen.

Focke fackelte nicht lange, drückte das Gaspedal durch und überquerte die Kuppe des Hügels, weswegen ihm die Reaktion des Hintermanns verwehrt blieb. Was kein Nachteil sein musste, wenn er nur schnell genug war. Eine halbe Minute später hatte er den Ort Wettesingen fast erreicht, als der weiße Lieferwagen in seinem Rückspiegel auftauchte, auch mit ordentlich mehr Tempo auf dem Tacho, wie es schien. Das konnte kein Zufall sein! Er gab weiter Gas und übersah fast den Trecker mit Anhänger, der aus einem Feldweg auf die Hauptstraße wollte und Fockes Geschwindigkeit offensichtlich falsch einschätzte. Ihm war klar, wenn er jetzt auf die Bremse trat, wäre sein schöner Vorsprung dahin.

Da die Gegenspur frei war, setzte er zum Überholmanöver an und zog vorbei. Doch das Gespann war lang, er musste sich sputen, und von vorne aus dem Dorf tauchte wie auch dem Nichts ein Ford Ka auf. Wenn er seinen Verfolger ein für alle Mal abhängen wollte, überlegte Focke und spürte, wie er zu schwitzen begann, dann musste er etwas echt Waghalsiges tun. Er beschloss, so lange wie möglich auf der Gegenspur zu bleiben und abzuwarten, was passierte. Dabei das Beste zu hoffen. In diesem Fall würde der Ford Ka ihm im letzten Moment ausweichen, der Trecker wiederum wich dem Ford aus, beide kamen mitten auf der Straße zum Stehen, kurz vor einem Crash, und blockierten laut hupend und mit geballten Fäusten die Durchfahrt. Der nachfolgende Verkehr samt Verfolger guckte in die Röhre und Focke konnte seinen Weg nach Wolfhagen unbehelligt fortsetzen.

Etwas lief schief an seinem Plan. Er hatte nicht mit menschlichem Versagen gerechnet. Es war jedoch nicht so, dass der Ford Ka und der Trecker mit voller Wucht aufeinanderprallten oder dass ausgerechnet in dem Augenblick ein Kind aus einem der Gärten auf die Straße rannte. Nein, der Ford war mindestens noch zehn Meter von seinem Golf entfernt, da scherte Focke schon schweißgebadet in seine eigene Spur zurück, brav wie ein Fahranfänger. So viel zum Thema *waghalsig*. Im Rückspiegel kam der weiße Lieferwagen natürlich näher.

Focke ahnte, seine Chance ihn abzuhängen wäre gleich Null, sollte er einfach weiterfahren. Und einen auf Stuntman zu machen war nicht sein Ding. Dazu kam, dass er sich mittlerweile in geschlossener Ortslage befand und sein Tempo deutlich verringern musste. Die nächste Idee ließ zum Glück nicht lange auf sich warten. Noch war der Abstand zum Verfolger groß genug. Und wenn Trecker und Ford Ka auf einer Höhe wären, versperrten sie dem Lieferwagen für eine kurze Zeit sogar die Sicht. Dies im Hinterkopf, suchte Focke in der dichter gewordenen Ortsbebauung nach der nächstbesten Stelle. Sie durfte nicht zu groß sein und nicht zu klein und vor allem musste sie nah sein. Eine Hauseinfahrt zum Beispiel. Eine offene Garage wäre noch besser. In wenigen Sekunden würden Ford Ka und Trecker aneinander vorbeifahren. Doch das Schicksal meinte es nicht gut mit ihm. Ein LKW hatte sich vor ihm in den Weg gestellt. Er hatte den Warnblinker an und legte den Rückwärtsgang ein, wahrscheinlich wollte er den Holzhändler zu seiner Linken beliefern. Ohne lange zu fackeln, drängelte Focke sich vor und bog in die Hofeinfahrt. Fast zeitgleich setzte der LKW zurück und scherte nun ebenfalls ein. Zwischen ihnen war so wenig Platz, der Fahrer hatte ihn bestimmt nicht gesehen.

Wie erhofft, verdeckte der riesige Laderaum des LKW seinen Golf nach vorne zur Einfahrt nahezu komplett. Und da die Straße in wenigen Metern eine scharfe Rechtskurve machte, würde der weiße Lieferwagen erst viel später merken, dass Focke nicht mehr vor ihm war. Die perfekte Lösung! Nur sein Navi sah das anders, dem nervigen „Bitte wenden!“ nach. Der LKW-Fahrer wohl auch, ein bulliger Typ, der auf ihn zu stampfte und „Sag mal, geht's noch, Bürschchen?“ rief.

Focke hätte es weggelächelt, doch der LKW versperrte ihm den Rückweg zur Straße, also öffnete er die Fensterscheibe und brabbelte los, dass er auf der Flucht vor seinem Clan-Oberhaupt wäre, der ihn zwangsverheiraten wollte, und dass die Aktion eben ihm mindestens das Leben gerettet hätte. Ob er sich mit irgendwas revanchieren könnte, es müsste aber schnell gehen.

Der LKW-Fahrer sah aus, als glaubte er ihm kein Wort. Ein schäbiges Grinsen auf den Lippen, stellte er sich dicht vor Fockes Autotür, schaute nach links und rechts und öffnete den Reißverschluss seiner Hose.

Focke schluckte.

Knapp zehn Minuten später war er zurück auf der B7 in Richtung Kassel. Focke hatte, nachdem der LKW-Fahrer mit seinem Monstrum endlich beiseite gefahren war, spontan beschlossen, in Wettesingen kehrtzumachen und die vorgeschlagene Route weitläufig zu umfahren. Auf diese Weise ließ sich ein unverhofftes Wiedersehen mit seinem Verfolger, der früher oder später bemerken würde, das Focke ihn abgehängt hatte, hoffentlich vermeiden. Was aber zusätzliche Fahrzeit kostete und somit eine weitere Verspätung bedeutete. Sein Vater würde das verstehen, dachte er, als auch schon die nächste Nachricht von ihm eintraf. *Wo bleibst du denn? Ich warte!!!*

Bin unterwegs. Hatte unerwünschte Begleitung!, schrieb er zurück und achtete mit dem anderen Auge auf den Verkehr. Er wusste, warum sein Vater drängelte. Sein Schützling Eileen war von fremden Menschen an einen fremden Ort, diesem Gasthof, gebracht worden. Offenbar stand für ihn fest, dass dies nicht mit rechten Dingen zugegangen war. Wie mehrere Vermittlungen zuvor auch, die von ihm überprüft und haarklein dokumentiert worden waren. Focke wollte sich lieber nicht ausmalen, wie sein Vater reagierte, wenn er erfuhr, dass sein Notizbuch gestohlen worden war.

Immerhin führte ihn auch die neue Route durch das nordhessische Örtchen Nothfelden, das Focke nach zwanzig weiteren Minuten erreichte. Er wollte schon losfluchen, dass er versäumt hatte, sich die genaue Anschrift herauszusuchen, als der Gasthof *Zum Habichtswald* quasi von selbst auf seiner Straßenseite auftauchte, wie die markante Kirche gegenüber aus Stein gebaut, der obere Teil mit Schiefern verkleidet. Der Name stand in goldenen Lettern über der Eingangstür. Schön anzusehen, aber definitiv ohne Übereinstimmung mit dem Gasthof auf dem Foto. Blieb zu hoffen, dass eine der beiden übriggebliebenen Möglichkeiten zutraf, sonst wäre auf seine Recherchearbeiten nicht viel Verlass. Was sein künftiger Arbeitgeber in Hamburg natürlich nie erfahren dürfte.

Von Nothfelden war es dann nur noch ein Katzensprung bis Wolfhagen. Das Navigationsgerät lotste ihn direkt zur Spielhalle nahe der B450, die das historische Zentrum der nordhessischen Fachwerkstadt großräumig umfuhr. Focke suchte den silbernen BMW, mit dem Beate ihn am Morgen hin- und herkutschiert hatte, bei nur drei parkenden Autos keine Schwierigkeit, sollte man meinen. Er konnte ihn jedoch nirgends entdecken. Nicht auszuschließen, dass sein Vater ungeduldig geworden und alleine losgefahren war. Oder aber jemand hatte ihm aufgelauert. Nicht nur die Polizei kam dafür infrage, wusste Focke inzwischen.

Er stellte seinen Golf am äußersten Rand des Parkplatzes ab, vor einer Hecke aus Lebensbäumen, als wäre Schutz nötig, vor allem, da kaum eine Menschenseele unterwegs war. Die geöffnete Autotür ließ kühle Herbstluft hinein. Das Wetter schien sich zu halten, trostlos, aber wenigstens regnete es nicht. Zwei dunkelrote Blätter wirbelten umher und landeten mitten auf seiner Motorhaube.

Dafür, dass der Tag recht chaotisch und mehr als aufwühlend gewesen war, fühlte Focke sich erstaunlich gut. Aber vielleicht fehlte ihm einfach die Energie, um sich weiter in irgendwas hineinzusteigern. *Wo bist du? Bin da!*, tippte er in sein Smartphone und wartete ab, dass eine Nachricht zurückkam, was unter normalen Umständen drei bis zehn Sekunden dauern dürfte. Als nach dreißig noch keine gekommen war, presste er seinen Nacken gegen die Kopfstütze und schloss die Augen.

Dann spürte er die Hand auf seinem Mund.

An diesem Morgen:

Es war noch dunkel, als Eileen erwachte. Ein miefiger Geruch lag ihr in der Nase. Und der Kopf tat ihr weh, was seltsam war. Sie hatte bislang nie Kopfschmerzen gehabt. Den einzigen Grund, den sie sich vorstellen konnte, war ihre Mütze. Oder vielmehr, dass ihre Mütze nicht dort war, wo sie hingehörte, nämlich auf ihrem Kopf. Ihre schöne pinke Wollmütze, die ihre Mutter noch gestrickt hatte, ihre richtige Mutter wohlgemerkt, kurz vor ihrem Tod. Sie hatte mehr oder weniger versucht, das Fehlen ihrer Mütze zu ignorieren. Das war bestimmt die Strafe dafür!

Doch auch ihre Handgelenke schmerzten. Trotz des fehlenden Lichts konnten ihre Augen die Ursache dafür erkennen: Ihre Hände waren zusammengebunden. Eileen versuchte sich zu erinnern, was geschehen war. Es klappte wider Erwarten sogar einigermaßen. Die Nacht bei Luise, der Ausritt auf Jakob, die Fahrt mit dem *Captain*, der mit ihr in ein großes Haus gegangen war. Und dann – *Oh nein!*

– hatte der komische Mann die Tür geöffnet. Also war das hier seine Wohnung, in der es so stank! Und sie war seine Gefangene! Nur was hatte er mit ihr vor? Ihre Überlegungen wurden jäh unterbrochen, als die Umrisse einer Gestalt sichtbar wurden. Das also hatte sie geweckt, schoss es ihr durch den Kopf und schluckte den Kloß in ihrem Hals herunter. Doch die Gestalt kam näher. Sofort wich Eileen ein Stück zurück, noch ein Stück und spürte plötzlich am eigenen Leib, dass es nicht weiterging. Das Zimmer war zu Ende. Sie saß in der Falle.

Der komische Mann hatte sich direkt vor sie hingestellt. Ein dünner Lichtstrahl fiel durch die halb geöffneten Jalousien auf sein Gesicht. Bestimmt wollte er sich nun rächen, für den Stoß neulich, als er am Pinkeln gewesen war. Wie eine Tonne war er den Hang heruntergerollt. Und hatte geflucht, dass ihr fast die Ohren abgefallen wären. Eileens Herz klopfte laut, sie war auf alles gefasst. Beschimpfungen, Schläge, Tritte. Seine Hand kam näher. Doch wie es aussah, wollte er ihr nichts tun, sondern nur einen Becher reichen. „Da! Trink das, wennde Durst hast“, sagte er und wieder auf solche Weise, dass es in ihren Ohren ganz merkwürdig klang. Gleichzeitig waren es die schönsten Worte, die man sich vorstellen konnte. Sie war am Verdursten.

Vorsichtig nahm Eileen den Becher in ihre zusammengebundenen Hände und setzte ihn an ihren Mund. Wie gut das tat, Wasser! Zitronenlimonade oder Himbeerbrause waren ihr in dem Moment so was von egal. Sie trank in einem Zug und hielt ihm den leeren Becher hin, damit er nachfüllte. Er tat es und sie trank erneut. „Wo bin ich?“, fragte sie, nachdem auch der zweite Becher geleert war.

„Das ist unwichtig. Wir müssen los.“ Der Mann schraubte die Flasche zu und öffnete das Fenster auf Kipp. Bei dem Gestank hätte man tagelang lüften müssen.

„Und wohin?“

„Das ist unwichtig.“

Eileen schielte auf das Fenster und überlegte, um Hilfe zu schreien. Sie konnte laut schreien und irgendjemand würde sie bestimmt hören.

Ohne ihren Augen folgen zu müssen, entgegnete der Mann: „Ich warndich. Ich kann dir auchnochne Portion von dem Tuch geben."

Ihr war vom letzten Mal noch ganz schummrig. „Nein", rief sie schnell und überlegte, wie lange das wohl her war. Eine Stunde? Zehn? „Ich muss mal", sagte sie, da sonst bald ein Unglück passieren würde. Dem Druck nach war es auf jeden Fall mehr als eine Stunde.

„Da vorne links", sagte der Mann und zeigte mit der Flasche auf einen kleinen Flur, wo es heller war. „Und keine Tricks, hörste? Die Tür bleibt offen."

„Ok!" Eileen erhob sich vorsichtig, was gar nicht so leicht war, und streckte ihm ihre Hände entgegen. Als er die Stirn runzelte, entgegnete sie: „Wie soll das so gehen?" Kaum ausgesprochen, bereute sie ihre Frage. Es war so typisch für sie, immer gleich alles laut auszusprechen, anstatt vorher darüber nachzudenken. Bestimmt würde nun er ihr die Hosen herunterziehen wollen.

Er tat es jedoch nicht und band ihre Hände los, sogar auf solche Weise, dass er nicht an das Pflaster auf ihrem Handrücken kam. Eileen hatte trotzdem bei jeder seiner Berührungen zusammengezuckt.

Befreit von den Fesseln ging sie in den Flur und unterdrückte ein Seufzen, während sie sich über ihre Handgelenke rieb. Das war schon mal geschafft!

Obwohl sie auf alles andere achtete, nur nicht darauf, fiel ihr sofort auf, wie dreckig es überall war, wo das Licht der kleinen Lampe auf der Kommode hinfiel. Eileen hasste Putzen und Aufräumen, aber hier sah es aus, als hätte seit Wochen, ach was, Monaten niemand mehr etwas weggeräumt, geschweige denn Staub gewischt oder gesaugt. Getränkeflaschen und –dosen stapelten sich hinter dreckigen Schuhen, auf denen alte Werbeprospekte lagen, Pizzakartons, dazwischen mehrere vergammelte Äpfel ... Ihr graute vor dem Badezimmer. Es war ein winziger Raum und voll ekelig. Die Fliesen hatten braune Flecken, das Waschbecken Ränder und Zahnpastareste und kurze Härchen überall. Die Toilette war zum Würgen. Wie er es von ihr gefordert hatte, ließ Eileen die Tür offen und legte die Brille mit Klopapier aus, bevor sie sich daraufsetzte. Zum Glück fiel es ihr nicht schwer, Pipi zu machen. Im Kinderhaus hatte sie gelernt, mit Zuschauern zurechtzukommen. Wie sehr wünschte sie sich dorthin zurück, anstatt neben eine Badewanne voller Dreckwäsche. *Komm Eileen, denk lieber nach, und glotzt nicht nur durch die Gegend!* Sie könnte versuchen wegzulaufen, doch die Wohnungstür wäre sicher abgeschlossen, und aus einem der Fenster zu springen auch keine gute Idee, vom ersten Stock aus. Vielleicht würde ihr später etwas einfallen!

Als sie fertig war und sich die Hose hochgezogen hatte, stand der Mann bereits im Flur und trug eine Jacke. „Los kommmit“, sagte er und gab ihr ihren Anorak, vergaß aber leider nicht, ihr die Hände wieder zusammenzubinden.

„Ich habe Hunger.“

„Wennde artig bist, kriegste während der Fahrt was zu essen.“ Er schob sie aus der Wohnungstür ins Treppenhaus.

Eileen ging langsam, um nicht das Gleichgewicht zu verlieren und zu fallen. Leider kam ihnen niemand entgegen, es war wahrscheinlich noch zu früh, die Digitaluhr im Bad hatte *05:47 Uhr* angezeigt, weswegen sie den spontanen Einfall, im Vorübergehen an einer der beiden Wohnungen im Erdgeschoss zu klingeln oder gar die Erdmännchenlaterne umzuwerfen, gleich wieder verwarf. Außer jede Menge Ärger hätte es ihr sowieso nichts eingebracht, denn der Mann lief die ganze Zeit hinter ihr her. Er lenkte sie allerdings nicht zur Vordertür, wie sie erwartete, sondern den Keller hinunter. Auf halber Höhe gab es eine weitere Tür, die direkt hinaus auf einen Parkplatz führte. Unter einer Laterne stand das alte Auto, in dem sie vor ein paar Tagen schon gesessen hatte. Eileen schluchzte lautlos bei seinem Anblick und den Erinnerungen, die damit verbunden waren.

Sofort kehrte das gefürchtete Gefühl zurück, die Kälte, die Einsamkeit, alles grau und nebelverhangen, ohne Ausweg. Sie wollte nicht einsteigen und mit ihm wegfahren, egal wohin!

Doch der komische Mann achtete nicht auf sie und ihre Gefühle, sondern schloss die Beifahrertür auf und öffnete sie. „Steig ein“, befahl er und ging um das Auto herum zu seiner Seite.

Der passende Augenblick, um loszurennen. Eileen fühlte, wie ihre Muskeln zuckten, spürte den Wind in ihren roten Haaren, den Geschmack der Freiheit auf ihrer Zunge. Sie entschied sich dagegen, war viel zu wackelig auf den Beinen, außerdem taten ihre Füße weh. Er würde sie mühelos einholen, wütend werden und die ausstehende Bestrafung für die Aktion bei der Pinkelpause am Hügel gleich mit nachholen. Eileen kannte wütende Männer zur Genüge und hatte genug von ihnen. Ihr Vater war auch so einer gewesen. Von einer Sekunde auf die andere hatte seine Laune umschlagen können, vor allem wenn er getrunken hatte. Nein, sie wollte jetzt nicht an diesen Versager denken, sie musste achtsam sein, was ihr zunehmend schwerer fiel. Allmählich schienen ihre Kräfte zu versiegen. Ohne Widerstand zu leisten, ließ sie sich auf ihren Sitz plumpsen.

Der komische Mann fuhr los und reichte ihr nach ein paar Minuten tatsächlich eine Tüte mit einem belegten Käsebrötchen darin.

Es gab Eileen neuen Mut. „Sagst du mir jetzt, wohin wir fahren?“, fragte sie, nachdem sie aufgegessen hatte.

„Das wirste schon sehen“, lautete die Antwort.

Sie fuhren durch so viele Straßen. Eileen hatte vom ersten Meter an versucht, sich den Weg einzuprägen, es wollte jedoch nicht klappen. Bereits nach vier Mal Abbiegen hatte sie all das vergessen, was vorher gewesen war. Sie konnte sich nur merken, dass es schnell ruhiger geworden war, keine Häuser mehr, dafür viel Gegend, fast wie beim Kinderhaus Eddessen, außer dass die Kapelle fehlte. Sie fuhren und fuhren, dann die große Überraschung: Als Eileen sich irgendwann das Schild an einer Tankstelle einprägen wollte, konnte sie es gar nicht lesen! Und noch etwas war sonderbar, nämlich, dass es zwar wieder Häuser gab, die sahen aber alle anders aus als sonst. Alles sah ein bisschen anders aus als sonst. Sie konnte es gar nicht beschreiben.

Es dauerte nicht mehr lange, da befanden sie sich mitten in einer größeren Stadt. Sie fuhren auf einer breiten Straße und bogen weitere Male ab. Schließlich hielten sie vor einem Gebäude, das wie eine alte Schule aussah. Es wirkte ziemlich schäbig. Ohne zu zögern, kramte der komische Mann sein Handy hervor und rief jemanden an. „Wir sind da", mehr sagte er nicht.

Dann redete der andere, was Eileen nicht verstand.

„Nein, sie ist hier. Gut, bis gleich."

Mit *sie* war höchstwahrscheinlich sie selber gemeint, befürchtete Eileen und merkte, wie ihr mit einem Schlag schlecht wurde. Ein Rumoren in ihrem Bauch, als hätte sie sich aus der Bühner Tankstelle wieder viel zu viele Süßigkeiten geholt. Sie wurde also erwartet, hatte aber nicht den leisesten Schimmer von wem und wieso. Was mindestens genauso erschreckend war: Bisher hatte sich ihr keine einzige Möglichkeit geboten, dem komischen Mann zu entkommen! Keine roten Ampeln, an der sie hätten halten müssen. Keine weiteren Pinkelpausen. Und lange würde es nicht mehr dauern, denn der komische Mann hatte *Bis gleich!* gesagt. Sie versuchte, den Kloß in ihrem Hals herunterzuschlucken, doch er war zu groß. Sie ... sie könnte einen Hustenanfall vortäuschen. Das hatte beim Sportlehrer immer geklappt, wenn ihr der Sinn nicht nach Barrenturnen gestanden hatte. Was konnte sie Husten, dass man dachte, ihre Lungenflügel würden zerbersten. Was das in diesem Fall bringen sollte, darüber konnte sie nicht mehr nachdenken.

Die Autotür wurde auf ihrer Seite aufgerissen, das Gesicht eines Mannes tauchte vor ihr auf, ganz nah. Er lächelte sie an, doch sie wollte es nicht erwidern, konnte das auch gar nicht, war wie gelähmt vor Schreck. Der Mann hatte eine furchtbare Narbe auf der Wange!

In ihren Büchern waren Menschen mit Narben meist die Bösen, was Eileen immer doof und übertrieben gefunden hatte. Bei diesem Anblick jedoch fürchtete sie, dass es die reine Wahrheit war. Etwas Grauenvolles würde mit ihr passieren.

Und sie stieß einen Schrei aus, so laut und so schrill, dass man ihn bis nach Eddessen hören musste.

20. Kapitel

Verdammt", keifte Focke und stieg aus. „Musst du mich so erschrecken?"

Sein Vater verzog das Gesicht, allerdings nicht zu einer lustigen Grimasse. Eine Furche wurde zwischen seinen Augenbrauen sichtbar. „Genau das wollte ich verhindern. Dass du laut losbrüllst. Ich weiß nicht, wie sicher ich hier bin."

„Na, das hat ja gut geklappt. Und schönen Dank auch. Was ist? Wo willst du hin?"

Tjark war ohne Erklärung losgelaufen und quetschte sich durch die Lücke in der Hecke, durch die er wahrscheinlich gekommen war. „Komm mit", rief er ihm zu, allerdings mit gedämpfter Stimme.

Focke griff nach der Jutetasche mit seinen Sachen, verriegelte seinen Wagen per Fernbedienung und rannte hinterher. Als er zu ihm aufgeschlossen hatte, erklärte Tjark: „Wir fahren besser mit Beates Wagen. Deiner ist inzwischen ja bekannt wie ein bunter Hund."

Der BMW stand an der Seite der Spielothek, wo mehrere junge Ahorne in einer Reihe wuchsen und mit ihrem farbenfrohen Blätterkleid zur Straße hin ein perfektes Versteck boten. Ob es Absicht gewesen war, so zu parken, dass es keinem auffiel? Focke fragte sich, womit sein Vater ihn noch überraschte. Wirklich auffrischen können hatten die beiden ihr Verhältnis bislang nicht. Stattdessen waren Spekulationen und Unklarheiten neu dazugekommen. Und damit meinte er nicht allein, ob sein Vater nun Täter oder Opfer in dieser Angelegenheit war. Mindestens genauso interessierte ihn, was es mit den mehreren Tausend Euro jährlich auf sich hatte, von denen die Polizei gesprochen hatte. Oder was der Unfall vorletztes Jahr in Gütersloh bedeutete. Das Problem war, dass Focke nicht wusste, ob er ehrliche Antworten bekam. Deshalb würde er sich in Geduld üben müssen!

Sie stiegen ein, doch anstatt loszufahren, blickte Tjark ihn vielsagend an. Focke wollte fast schon „Was ist?“ fragen, da sagte er: „Auch wenn ich Gefahr laufe, mich zu wiederholen: schön, dass du mitkommst.“

Focke erinnerte sich gut, dass bei ihrer ersten Begegnung in Manrode vor knapp drei Tagen ähnliche Worte gefallen waren. „Ja klar“, antwortete er mit einem lässigen Schulterzucken und kam sich dabei fast wie ein Lügner vor. „Ich will doch wissen, was los ist.“

„Und ich erst. Du glaubst gar nicht, wie sehr. Ich hoffe nur, dass wir nicht zu spät kommen. Bereit? Dann los!“ Er startete den Motor.

Focke erzählte, dass sie sich den Weg nach Nothfelden schenken konnten, der Gasthof würde nicht übereinstimmen.

„Wirklich? Super, das erspart uns Zeit“, erwiderte Tjark. „Hast du gesehen, wer dir gefolgt ist?“

„Nein. Ein weißer Lieferwagen. Keine Ahnung, wer drin saß, aber ... Er ist mir definitiv gefolgt.“

„Tut mir leid, dass ich dich da mit reinreiße.“

Focke traute seinen Ohren nicht. Ein derartiger Satz wäre früher undenkbar gewesen. Und es tat so gut, Spekulationen und Unklarheiten hin oder her.

Sie einigten sich darauf, zuerst zum Gasthof nach Istha zu fahren, wozu man laut Navigation keine zehn Minuten benötigte. Und die vergingen wie im Flug, obwohl sie sich anfangs nur anschwiegen. Was Focke aber lieber war als ein gekünsteltes Gespräch wie das, was auf die ersten nett gemeinten Worte bei ihrem Wiedersehen gefolgt war, dachte er und betrachtete seinen Vater von der Seite. Das Sprichwort, das Konrad Pape vorhin benutzt hatte, besagte, dass man den Menschen nur vor den Kopf schauen konnte. Könnte man hineinsehen, wäre vieles leichter. Trotzdem fühlte es sich richtig an, dachte Focke, in diesem Moment mit seinem Vater hier im Auto zu sitzen. „Du hast mir noch nicht erklärt, wie es zu dem Brand gekommen ist“, sagte er, ohne sich groß Gedanken dazu zu machen, ob die Antwort nun ehrlich ausfallen würde oder nicht. „Also hast du die Hütte selber angesteckt oder wie?“

Zu seiner Überraschung nickte Tjark tatsächlich.

Focke hatte unweigerlich das Bild von den leckenden Flammen vor Augen. Selbst der Rauch schien ihm in die Nase zu steigen. Sein Mund wurde trocken und er musste sich räuspern. „Und weswegen? Ich meine, wenn Liborius Hanke schon tot war, hast du doch eventuelle Spuren vernichtet, die zum wahren Täter führen könnten.“

„Ich weiß. Aber das habe ich in Kauf genommen.“

„Offensichtlich. Und wieso?“

„Weil die Hütte voll war von fingierten Beweisen gegen mich. Das habe ich sofort gesehen, als ich reingegangen bin. Überall Fotos von nackten Mädchen, zwischen den Dingen, wo meine eigenen Fingerabdrücke drauf sind, Gießkanne, Gartenschere, Kaffeetassen. Mir war klar, ich habe keine Chance, das Gegenteil zu beweisen, wenn ich erst mal verhaftet bin. Also habe ich mir gedacht, wenn ich die Hütte anzünde, dann vernichte ich die sogenannten Beweise und es steht wieder auf Null. Ich konnte ja nicht ahnen, dass woanders auch welche platziert wurden. Obwohl, eigentlich hätte ich damit rechnen müssen.“

Focke bekam eine Gänsehaut. Auf die Idee musste man erst mal kommen. Eine Hütte anzuzünden, in dem eine Leiche lag. Er selber wäre in der Situation wahrscheinlich schreiend hinausgelaufen. „Ok. Aber warum hast du Liborius Hanke deine Kette umgetan? Damit man denkt, du wärst tot, schon klar. Aber du hättest doch auch einfach so abhauen können.“

„Keine Ahnung. Ich wollte Zeit gewinnen. Um die Wahrheit rauszukriegen. Auf diese Weise konnte ich in Ruhe alles vorbereiten. Das Notizbuch holen zum Beispiel. Und andere Sachen.“

Eigentlich der passende Zeitpunkt zu erwähnen, dass es gestohlen worden war, dachte Focke. Doch er wurde den Eindruck nicht los, dass das nicht die volle Wahrheit war. Genau wie am Vormittag in Kassel, als sein Vater gemeint hatte, er wäre deshalb nicht zur Polizei gegangen, weil ihm die Beweise gefehlt hatten. Focke wollte die Gelegenheit nutzen und nachbohren, doch sie hatten ihr Ziel erreicht, noch bevor von Istha selber etwas zu sehen gewesen wäre. Vom Naturpark Habichtswald, in dessen Zentrum das nordhessische Dorf lag, dafür umso mehr. Der Gasthof befand sich an einem besseren Feldweg zwischen Istha und dem Isthaberg, mit den ›Fundamentresten eines zur NS-Zeit errichteten Leuchtfeuertums auf dessen Kuppe. Sofort schaltete sein Gehirn um. Ein alter Fachwerkbau, die Felder mit rötlichen Backsteinen gefüllt, hohe Bäume, wahrscheinlich Buchen, im Hintergrund. *Bingo!* Der Gasthof war eindeutig der von dem Foto.

Tjark sah das genauso und fuhr schwungvoll auf den Grünstreifen gegenüber, um anzuhalten.

Haus und Grundstück wirkten trotz der Größe und des damit vermutlich einhergehenden Instandhaltungsaufwands einigermaßen gepflegt, momentan aber verlassen. Kein Auto, kein Licht, keine sonstigen Zeichen, die auf Leben hindeuteten, wie übervolle Mülleimer oder herumliegendes Spielzeug. Auch von Gästen keine Spur. Focke schaute auf die Zeit. Um siebzehn Uhr sollte in einem Gasthof doch eigentlich etwas los sein. „Und nun?", fragte er.

„Ich gehe hin und klingele." Tjark klang, als wäre es das Normalste von der Welt. Doch anstatt sich abzuschnallen und die Autotür zu öffnen, blieb er sitzen. „Scheiße. Ich bin nervös!"

Focke wollte seine Meinung hören, ob Eileen noch dort wäre.

„Ich weiß es nicht. Heute Morgen, als du mir die Fotos gezeigt hast, habe ich es geglaubt. Vielleicht auch nur gehofft. Mittlerweile sehe ich das anders. Zeit, um es herauszufinden, oder?" Er löste den Gurt.

„Und wenn keiner aufmacht?"

Tjark hob die Schultern. „Machen wir Plan B. Und bevor du fragst: Ich habe keine Ahnung, was Plan B ist. Irgendwas fällt uns schon ein. Muss!" Er öffnete die Tür und stieg aus.

Focke sah ihm nach, beobachtete, wie sein Vater über die Hoffläche lief, an zwei Garagen mit grünen Holztoren vorbei hinüber zum Haupthaus mit dem Schild *Zum Hirschen*, zwischendurch den Kopf nach links und rechts schwenkte, um alles aufzunehmen und vor der breiten verglasten Eingangstür stehenblieb. Sein Versuch, sie zu öffnen, scheiterte. Er schaute in Fockes Richtung, schüttelte den Kopf und klopfte gegen das Glas. Eine gefühlte Ewigkeit lang passierte nichts. Dann wurde die Tür aufgemacht, eine Frau kam heraus, ein älteres Semester und ohne Ähnlichkeit mit der Frau vom Foto, was jedoch nicht bedeuten musste, dass keine Verbindung bestand. Sie und Tjark wechselten ein paar Worte und gingen hinein.

Focke holte sein Smartphone heraus und hatte tatsächlich Empfang. Er öffnete die Website, die er sich bereits kurz angesehen hatte, nachdem der Speicherchip mit den Fotos des Privatdetektivs in seinen Besitz gelangt war. Genau wie Janas Webauftritt war sie vorsintflutlich. Ein paar Infos zur Lage, Wegbeschreibung, touristische Ziele. Eine Aufnahme vom Gebäude selber war nicht darunter. Wenigstens gab es ein Impressum. Geführt wurde der Gasthof *Zum Hirschen* von Agnes Waldeyer.

Vielleicht war es die Erkenntnis, dass eine Frau die Fäden in der Hand hielt, die ihn veranlasste, sich abzuschnallen und ebenfalls auszusteigen. Oder dass sein Vater in einem Gebäude verschwand, während Focke draußen auf ihn wartete. Er überquerte die Straße, folgte ihrem Verlauf im Schutz der Buchen und gelangte zur Rückseite des Gebäudes, wo ein Trampelpfad im Gebüsch beides miteinander verband.

Die kleine, gepflasterte Terrasse, zu der er führte, wirkte alles andere als einladend. Baumwurzeln hatten etliche der Steine hochgedrückt. Halb verrottete Blätter und Zweige lagen nicht erst seit gestern dort. Nur ein schmaler Streifen am Haus war relativ sauber, im Bereich der Hintertür.

Focke lief zu dem Fenster daneben und blickte in etwas, das nach Waschküche aussah. Sein Herz pochte. Da die Tür nicht verschlossen war, nahm er seinen Mut zusammen und schlüpfte hindurch. Sofort breitete sich ein mulmiges Gefühl in ihm aus, das umso stärker wurde, als sein Blick auf die winzigen Hosen und T-Shirts an der Wäscheleine fiel. Von Kindern! Sogar von sehr kleinen Kindern! Vom Flur her kamen Stimmen, eine Frau und sein Vater, also beschloss er, nachsehen zu gehen.

Tjark und die ältere Frau standen in der großen Diele. Trotz des Alters des Gebäudes und der dunklen Balken war das Ambiente unerwartet freundlich, mit Wandleuchten, orangem Samtsofa, Teppichläufer auf alten Steinfliesen und einer Empfangstheke am Ende. Links führte vom Flur aus eine Treppe in die obere Etage. Doch im Endeffekt waren das nur Oberflächlichkeiten, die nichts über die womöglich kriminelle Energie der Besitzerin aussagten.

„Nein, das kann ich nicht", rief die Frau, die Focke den Rücken zudrehte, und klang eine Spur genervt.

„Aber ich suche meinen Bruder. Er ist mit Frau und Tochter unterwegs. Zehn Jahre alt, rötliche Haare. Ich muss ihn unbedingt finden. Verstehen Sie das? Es geht um eine Familienangelegenheit. Ein ... plötzlicher Krankheitsfall."

„Das ist ja schön und gut", erwiderte die Frau. „Ich kann Ihnen trotzdem nicht helfen."

Sein Vater war sehr überzeugend, fand Focke, biss aber augenscheinlich auf Granit. Sein Herz pochte schneller. Wenn er wissen wollte, ob Eileen wirklich hier war, und wenn er sie finden wollte, bevor sein Vater sie finden konnte, blieb ihm nur eine Möglichkeit. Focke bekreuzigte sich, obwohl er seit Lars und Lukas mit der Kirche nichts mehr am Hut hatte, und nutzte das vorzüglich gespielte Schluchzen seines Vaters, um unbemerkt in die obere Etage zu gelangen.

Oben angekommen, sah er sich mit einer einschüchternden Anzahl an Türen konfrontiert. Türen mit Nummern darauf. Die vermuten ließen, dass es sich eher um eine Pension handelte als um einen Gasthof. Was es nicht besser machte. Er konnte unmöglich alle öffnen und hinschauen! Das Gespräch unten würde nicht ewig dauern. *Hör auf zu denken und mach einfach!* Sollten tatsächlich Pensionsgäste anwesend sein, würde er behaupten, sich in der Zimmernummer vertan zu haben. Falls es Kinder waren ... Er stockte. Der Größe der Kleidung nach handelte es sich eher um Babys, und die schliefen bestenfalls. Focke ging zur ersten Tür, griff nach der Klinke und zögerte wieder. Liborius Hanke war tot, daran gab es nichts schönzureden. Laut Polizei wies seine Leiche Schusswunden auf. Und die Fotos, die ihn mit der verschwundenen Eileen im Auto zeigten, führten hierher.

Bestimmt gab es gar keinen Zusammenhang zwischen seiner Ermordung und Eileen, machte Focke sich Mut und öffnete. Ein typisches Pensionszimmer, das längere Zeit nicht benutzt worden war, kam zum Vorschein, dunkel, muffig, altmodisch möbliert und – am allerwichtigsten – leer, genau wie die beiden folgenden. Das vierte, ein Eckzimmer, das keine Nummer hatte, war größer und privater eingerichtet, ohne Bett, dafür ... *Oh nein!* Focke fühlte den Schlag, als mehrere Dutzend Augenpaare ihn gleichzeitig anstarrten. Den Schlag der Erkenntnis! Die Wäsche an der Leine. Die winzigen Kleider. Auf einmal machte es Sinn: Die Frau hatte einen Sammeltick. Der offene Kiefernschrank ihm gegenüber quoll fast über vor Puppen der verschiedensten Arten, Babys, kleine Kinder mit blonden Haaren, dunkle Kinder mit schwarzen Haaren, welche mit Locken oder Zöpfen, lachende, weinende, von Schildkröt, Käthe Kruse und und und ...

Als draußen eine Autotür zuknallte, zuckte er zusammen und riskierte einen Blick aus dem Fenster. Ein dunkler Pick-up stand auf einmal neben der Terrasse. Ein Mann in einer grauen Jogginghose stieg aus, die er der Figur nach nicht unbedingt zum Laufen trug. Er kratzte sich im Schritt, schlenderte dabei breitbeinig zur Ladefläche und lud mehrere Bierkisten ab. Für den Ehemann zu jung, für den Sohn genau passend. Focke beobachtete durch die Gardine, wie er die Kisten zum Haus schleppte und dabei etwas rief: „Mutter, ich bin zurück!“ Die Worte schallten von der Diele bis ins Puppenzimmer hinauf.

Focke hatte nur einen Gedanken: von hier zu verschwinden. Dass auf dem Tisch hinter ihm eine Vase stand, dass diese Vase herunterfallen konnte, wenn man mit dem Arm dagegen stieß, und dass der Aufprall auf Holzdielen Lärm verursachte, besonders, wenn sie in mehrere Stücke zersprang, all das hatte er in dem Moment nicht bedacht. Mit aufgerissenen Augen starrte er auf den Scherbenhaufen zu seinen Füßen.

In seiner Vorstellung konnte er den Jogginghosenträger bereits sehen, wie er mit Schaum vorm Mund an seiner Mutter vorbeilief, die aus unerfindlichen Gründen mit einem Wildfremden plauderte, weiter nach oben rannte und den Eindringling auf der Flucht ohne nennenswerte Probleme stellte. In Wahrheit erreichte Focke die Diele und danach die Waschküche mit den Puppenkleidern völlig unbehelligt. Die Straße hatte ihn sicher wieder, trotzdem wollte sich keine Erleichterung einstellen.

Das Auto seines Vaters, oder vielmehr Beates silberner BMW, hatte sich in der Zwischenzeit in Luft aufgelöst. Nur die Reifenspuren im Gras verrieten, dass dort vorrübergehend ein Parkplatz gewesen war. Und sollte er sich in Sicherheit gewiegt haben, erstarb das Gefühl, als die Eingangstür des Gasthofs aufgerissen wurde, der Mann in Jogginghose ihn ins Visier nahm und Focke zu laufen begann wie noch nie in seinem Leben.

„Ich habe gedacht, du wärst spazieren gegangen“, sagte Tjark entschuldigend und fuhr halb auf die Wiese, um einem entgegenkommenden Trecker Platz zu machen. „Wo hast du gesteckt, im Haus? Aber warum denn?“

Focke hatte weder den Atem noch die Lust auf lange Erklärungen, vor allem, weil seine ach so grandiose Idee, auf eigene Faust zu agieren, ein totaler Reinfall gewesen war.

„Hast du wenigstens was rausgekriegt?“, bohrte Tjark nach.

„Nein, ok?“, japste er. Es klang schroffer als geplant, sodass er nach zwei Mal Luft holen hinzufügte: „Nichts. Du denn?“

„Eine Familie mit Kind hat dort von Montag auf Dienstag übernachtet. Keine Reservierung. Der Mann und die Frau haben wenig miteinander geredet. Sie muss Kristyna heißen, er hat sie einmal so genannt, worauf sie ihn böse angeguckt hat. Sehr merkwürdig. Aber das Wichtigste:“ Tjark sah mit funkelnden Augen zu ihm herüber. Warum sein Sohn derart außer Atem war, schien ihn gar nicht zu interessieren. „Sie hatten ein Kind mit roten Haaren dabei. Eileen ist dort gewesen, verstehst du? Und wir haben einen Tag gewonnen!“

Nein, Focke konnte die Euphorie seines Vaters nicht verstehen. „Und wohin sind sie gefahren?“, fragte er.

„Wusste sie nicht.“

„Irgendwelche anderen Anhaltspunkte, wo wir sie finden könnten?“

„Auch nicht.“

„Wie ... Also haben wir – nichts?“

Statt zu antworten, drückte sein Vater weiter aufs Gas.

„Wohin fahren wir denn dann?“

Nach etwa Hundert Metern bremste Tjark abrupt ab und kam vor einer halb verfallenen Scheune zum Stehen. Auf der Wiese dahinter graste eine Schafherde, selbst zu dieser Jahreszeit. „Ich weiß nicht“, sagte er und stellte den Motor ab. „Wenn man weiterfährt, fühlt es sich wenigstens nicht so an, als würde man auf der Stelle treten.“

Focke hätte diese überaus intellektuelle Bemerkung beinahe lustig gefunden, doch sein Sprint steckte ihm noch in den Knochen. Nicht ohne Grund hasste er jegliche körperliche Anstrengung, die übers gemütliche Jogging hinausging. „Aber irgendetwas müssen wir doch tun können.“

„Können wir“, erwiderte Tjark. „Wir können zum Beispiel zur Polizei gehen. Sie sollen nach einem Paar mit

Kind fahnden, das im Opel zu einer Pension fährt, um dort zu übernachten. So viele dürften doch dafür nicht infrage kommen."

Also doch keine Euphorie, dachte Focke. Kein Wunder, wenn die gesamte Hoffnung auf einer einzigen Spur basierte. Die Polizei war wirklich das Letzte, was ihnen zu ihrem Glück noch fehlte. Die hatten den richtigen Gasthof sicher längst gefunden, und das ganz ohne Bäckereibeleg.

„Hast du das Notizbuch mit?", fragte Tjark und strich sich übers Gesicht. „Ich glaube, beim zweiten Mädchen gab es auch eine Übernachtung in einem Gasthof, in der Nähe von Hagen. Vielleicht fällt uns noch irgendeine Gemeinsamkeit auf. Warum guckst du so komisch? Sag nicht, du hast es vergessen."

„Von wegen vergessen! Es wurde gestohlen! Als ich zuhause war. Und die Polizei war mit dabei. Kannst du dir das vorstellen?"

„Verdammt!" Tjark schlug aufs Lenkrad.

Focke konnte seine Enttäuschung nachvollziehen. Ob das bedeutete, dass er allmählich bereit war, seinem Vater zu glauben? Dass man ihn zum Sündenbock machen wollte? Was auf jeden Fall für ihn sprach, war, dass er nach Eileen suchte und um ihr Wohlergehen besorgt war. Nach Fockes Vorstellung verhielten sich Kriminelle anders. „Was glaubst du eigentlich, was mit den Mädchen geschieht? Die, die verschwunden sind über die letzten Monate."

„Ich habe keine Ahnung. Ich vermute, sie werden nach Tschechien gebracht."

„Und dann? Werden sie dort missbraucht und das Ganze wird gefilmt? So, wie die Mädchen auf dem USB-Stick?"

Tjark zuckte mit den Schultern. „Etwas in der Art habe ich immer vermutet. Aber seitdem die besagten Videos aufgetaucht sind, glaube ich, dass es etwas anderes sein muss. Mit den Videos will man ablenken. Man lenkt doch nicht mit der Wahrheit ab, oder?"

Das klang logisch, dachte Focke und fand, dass das ein Grund mehr war, ihm zu glauben. Andererseits ... Was, wenn es gar keine Ablenkung gewesen war? Wenn sein Vater schlicht und einfach vergessen hatte, den Rucksack mit dem verräterischen USB-Stick in Sicherheit zu bringen? Doch auf die Weise kam er nicht weiter. Es wäre auch zu schön gewesen. „Moment mal. Was hast du gesagt?"

„Was meinst du?"

„Hast du nicht eben was von einem Opel gesagt?"

„Nicht ich. Die Frau vom *Hirschen*."

Focke nahm sein Smartphone und lud ein weiteres Mal die Fotos, die der Privatdetektiv gemacht hatte. Er sprang sofort zum letzten. „Tatsache", sagte er und hielt es seinem Vater hin.

„Ja, ich kenne das Bild. Schon vergessen?"

„Sieh genau hin."

Tjark schnaufte, fügte sich aber und beschrieb, was er sah. „Der Gasthof. Der Innenhof. Die unbekannte Frau mit rosa Strickjacke, offenbar diese Kristyna. Ihr Wagen in der Ecke."

„Ein Opel, genau. Und auf den Fotos davor fuhren sie die ganze Zeit einen alten Lada."

„Was sagst du? Zeig her!"

Focke blätterte zurück. Auf dem Parkplatz des Jugendamts Höxter, wo das Treffen mit Liborius Hanke stattgefunden hatte, war es deutlich zu sehen. Ein alter Lada, olivgrün. Er blätterte weiter, bis das Foto mit dem Fabrikgebäude im Hintergrund kam, und schließlich das letzte Bild vom Gasthof, wo aus dem Lada wie von Zauberhand ein Opel geworden war. Er blätterte zurück und konnte nur noch mit den Augen rollen. „Oh Mann", sagte Focke, „wir sind ja so blind. Das da ist kein Fabrikgebäude. Sondern eine Autowerkstatt. Opel, würde ich sagen."

„Was bedeutet?"

„Du hast doch selber herausgefunden, dass es für die Übernachtung im *Hirschen* keine Reservierung gegeben hat. Wie wäre es damit? Das unbekannte Paar trifft sich mit Liborius Hanke, um Eileen abzuholen. Auf dem Rückweg nach Tschechien oder sonst wohin hat ihr Lada eine

Panne. Also fahren sie zu einer Werkstatt, können aber erst am nächsten Tag weiter und kriegen so lange einen Leihwagen."

„Verdammt kluge Schlussfolgerung! Also suchen wir nach Werkstätten in der Nähe vom Gasthof."

Beide fingen gleichzeitig damit an und tippten auf ihren Smartphones herum.

Focke hob als Erster den Arm und meldete einen Treffer. „Olaf Pfeifferling. Hat eine freie Werkstatt in Istha."

„Klingt, als wäre er unser Mann. Sehr gut! Gibst du mir die Nummer?"

„Zu spät. Es tutet schon."

„Dann gib ihn mir. Ich will mit ihm reden." Tjark nahm ihm das Smartphone weg. „Herr Pfeifferling? Hallo, hier spricht Franz Schmalfuß. Meine Schwester Agnes führt den Gasthof *Zum Hirschen* bei Ihnen um die Ecke. Sie hat mich gebeten, anzurufen."

Focke fragte sich, was sein Vater dem Mann wohl auftischen würde, um an die gewünschten Informationen zu kommen. Vor allem, da er keine Gelegenheit mehr gehabt hatte, sich etwas auszudenken. Doch bis jetzt klang es, wie vorhin mit der Besitzerin vom Gasthof auch, sehr überzeugend.

„Meine Schwester hatte überraschend Gäste. Und vergessen, sich die Adresse zu notieren, naja, so ist sie halt. Ein Paar mit einem Kind. Nun hat die Frau ihre Kosmetiktasche bei uns liegen lassen. Sind Sie die Werkstatt, die ihnen das Auto repariert hat? – Oh, das ist schön. Wir würden der Frau nämlich ihre Tasche gerne nachschicken."

Focke konnte nicht hören, was die andere Person sagte, aber dem Anschein nach war es nur wenig.

„Ich weiß ja, dass Sie mir keine Daten rausgeben können, guter Mann. Ich will ja auch keine Bankverbindung oder so, um Gottes Willen. Nur die Anschrift für das Päckchen. Damit Sie sehen, dass ich mir nichts ausdenke: Der Mann fährt einen olivgrünen Lada. Die Frau heißt glaube ich Kristyna. Und ihr Kind hat rote Haare. Soll ich vorbeikommen und Ihnen das Kosmetiktäschchen zeigen? So weit ist es ja nicht." Tjark hielt inne, mit hochgezogener Stirn.

Zu recht, fand Focke, denn so ein Bluff konnte leicht nach hinten losgehen.

Doch etwas anderes steckte hinter den Sorgenfalten. „Ja, jetzt höre ich es hier auch", sagte Tjark, begleitet vom Geräusch einer Sirene, das immer lauter wurde.

Focke drehte sich hektisch in alle Richtungen. Kurz darauf schossen mehrere Polizeiwagen auf sie zu.

21. Kapitel

Nach etwa einer Stunde hielten sie das erste Mal an, aber eigentlich nur, weil beide nötig pinkeln mussten. Sie waren von der Scheune auf direktem Weg zur A44 gefahren, die nur wenige Kilometer östlich von Istha verlief, sein Vater hatte das Gaspedal durchgedrückt und lediglich für den Wechsel auf die A7 in südliche Richtung kurz losgelassen.

Focke, der auf der Toilette länger gebraucht hatte, weil alle Kabinen besetzt waren, stieg zurück ins Auto. Das war zumindest ein Grund und die offizielle Version, falls sein Vater fragen sollte. Der zweite war, dass er vom Klo aus Jana geschrieben hatte. Irgendwie beruhigte es ihn, dass jemand Bescheid wusste über seinen Verbleib. *Sicher ist sicher*, lautete die Devise. Tjark blickte kurz zu ihm herüber, ehe er seine Aufmerksamkeit wieder dem Routenverlauf auf dem Navigationsgerät widmete. Inzwischen war es stockdunkel geworden. Die Werbetafel des Rasthofs leuchtete in den Innenraum ihres BMW.

Etwa zweieinhalb Stunden Fahrt lagen vor ihnen bis nach Plauen in Sachsen, wo Viktor Korn wohnte, Eileens vermeintlicher Pflegevater. Dass der Besitzer der Autowerkstatt Namen und Adresse des im Kfz-Brief eingetragenen Halters herausgerückt hatte, war zwei glücklichen Umständen zu verdanken: dass um Viertel nach sechs längst Feierabend war sowie die Polizeisirene, die den Kfz-Meister Olaf Pfeifferling überzeugt hatte, dass der Anrufer sich tatsächlich in Istha und nicht irgendwo aufhielt. Plötzlich redselig geworden, hatte er sogar verraten, dass dem Lada ein Stück Auspuff abgefallen war. Ohne wäre es Viktor Korn und seiner Begleitung auf der Rückfahrt nach Sachsen sicher zu heiß unter ihren Allerwertesten geworden.

„Können wir weiter?", fragte Tjark.

Focke, der, ein bisschen müde geworden, aus dem Seitenfenster gestarrt hatte, in Autoscheinwerfer und Laternen, straffte sich: „Auf jeden Fall!"

Anstatt zu fahren, stieg sein Vater jedoch aus und lief zum Kofferraum. Mit einer Plastiktüte kam er zurück. „Hier", sagte er und drückte sie ihm in die Hand. „Das könntest du dir während der Fahrt mal ansehen. Meine Hoffnung ist ja, dass der Name Viktor Korn da drin auch auftaucht."

Fockes Schnellcheck von Namen und Wohnort vorhin bei Google hatte keine sinnvollen Treffer angezeigt. Es musste nichts bedeuten, war aber ungewöhnlich. Entweder, so seine Vermutung, handelte es sich um einen ungeselligen Einzelgänger oder um ein Phantom. „Was ist das?" Er öffnete die Tüte und guckte hinein. Es war der Laptop, den er am Vormittag auf dem Schreibtisch seines Vaters in Kassel gesehen hatte, samt Maus. „Ich verstehe nicht. Hast du deine Notizen doch abgespeichert?"

„Nein, nein, das ist nicht meiner. Er hat Liborius gehört. Ich habe ihn mir quasi ausgeliehen."

„Ausgeliehen, schon klar. Hast du ihn etwa gestohlen?" Focke erinnerte sich nur zu gut daran, wie Kommissar Butterweck ihm gestern kurz nach der Entdeckung des USB-Sticks ein Foto von Liborius Hanke gezeigt und dabei erzählt hatte, dass der Mann verschwunden und dessen Wohnung verwüstet worden wäre.

„Zugegeben, ich *habe* ihn gestohlen. Aber nur ..."

„Wann?"

Tjark schnaufte. „An dem Abend, an dem ich das Feuer gelegt habe. Ein paar Stunden, um genau zu sein, nachdem ich Liborius tot in meiner Hütte gefunden habe. Ja, ok, deswegen habe ich das gemacht mit dem Kettenanhänger! Wenn die Polizei seine Leiche gefunden hätte, wären die doch sofort zu ihm nach Hause gefahren und hätten den Laptop mitgenommen. Ich wollte ihn zuerst haben!"

Focke war schlagartig hellwach. „Ach so, klar. Weil du wahrscheinlich denkst, die Polizei hätte bei der Überprüfung des Laptops das Material, das du dir erhoffst, übersehen."

„Ja! Ich meine, nein! Mensch, ich hatte nicht so viel Zeit zum Nachdenken."

„Aber Zeit zum Hinfahren hattest du." Focke wusste wieder einmal nicht, ob er ihm glauben sollte oder nicht. Dabei hatte er vorhin nach der Aktion im Gasthof noch das Gefühl gehabt, dass seine Zweifel allmählich dabei waren, sich in Luft aufzulösen. Oder es fast gehabt.

„Ich erhoffe mir halt wichtige Hinweise hierauf", erwiderte Tjark. „Aber für die Polizei hätten diese Hinweise vielleicht gar keine Bedeutung, verstehst du?"

Der Kerl hatte auch für alles eine Erklärung, dachte Focke.

„Ok, es war falsch", sagte Tjark „Aber jetzt habe ich ihn nun mal hier. Was soll ich tun, ihn der Polizei zurückgeben?"

Focke verdrehte die Augen. „Nein, natürlich nicht. Wir können ja mal einen Blick reinwerfen."

„Wirklich? Ich habe gehofft, dass du das sagst, denn ... Ich komme nicht an die Daten ran. Passwortgeschützt. Meinst du, du kriegst das hin?"

„Nicht dein Ernst jetzt, oder?"

„Ach komm, für dich ist das doch sicher ein Klacks. Wie war das? *Focke Löhr – mein Leben als Journi.* Du hast doch sogar mal den Türcode von diesem Tierheim bei euch geknackt. Der Bericht war gut."

„Aber ... was? Dabei ging es doch gar nicht um den Türcode. Außerdem war das mehr als Spaß gemeint. Wieso hast du überhaupt meinen Blog gelesen?"

„Weil ich wissen wollte, was du so machst."

Focke konnte es nicht fassen. Entweder sein Vater verarschte ihn ... oder sein Vater verarschte ihn. Er hatte sich doch früher nicht für ihn interessiert.

„Hör zu", fuhr Tjark fort. „Ich bin da an einer echt großen Sache dran. Zu groß für mich allein. Ich brauche jemanden, der mir hilft. Und ich habe gedacht, dass du neugierig bist und wissen willst, was hinter den Dingen steckt."

„Das stimmt ja auch."

„Warum stellst du dich dann so an?"

Das fragte Focke sich auch gerade. Vielleicht, weil er zum wiederholten Male den Eindruck hatte, sein Vater rückte erst dann mit der Wahrheit heraus, wenn es sich nicht mehr vermeiden ließ. „Also hast du deshalb ... angerufen? Und mich nach Manrode gebeten, meine ich?" Eigentlich wollte er gesagt haben: *Also hast du deshalb jedes Jahr mehrere Tausend Euro an mich gezahlt. Für meine Ausbildung oder was?* Aber er traute sich nicht. Lieber wollte er für einen Moment glauben, dass es so gewesen war, als sofort wieder enttäuscht zu werden.

Tjark bejahte, doch leider nur die laut gestellte Frage.

Halb widerwillig, halb neugierig, öffnete Focke den Laptop. Der Bildschirm sprang an und forderte ihn grell leuchtend zur Eingabe eines Passwortes auf.

„Ich habe so viele ausprobiert, das kannst du dir nicht vorstellen."

„Doch, kann ich", sagte Focke mit einem Schmunzeln, das ganz von selber kam und das er lieber unterdrückt hätte. „Aha, Windows 10. Das dürfte normal kein Problem sein."

„Was, meinst du wirklich?"

„Es ist folgendermaßen." Er erklärte, dass das Passwort weniger dem Schutz der Daten als vielmehr der Verwaltung der verschiedenen Benutzerprofile diente. Solange die Daten nicht verschlüsselt wären, könnte man das Betriebssystem zum Beispiel mit dem Rettungssystem booten, also starten, und dadurch an die Dateien kommen.

„Und du hast so ein Rettungssystem?"

„Ja, auf einem USB-Stick. Aber zuhause. Alternativ würde ein zweiter Rechner helfen, in den wir die Festplatte einbauen."

Tjark sah aus, als wäre das ein Ding der Unmöglichkeit.

„Dritte Variante: Vielleicht ist auf dem Laptop noch eine ältere Windows-Version drauf. Wenn wir Glück haben, hat Liborius Hanke für die kein Passwort vergeben. Dann kommen wir so rein." Focke überprüfte das, doch Fehlanzeige. „Tja. Leider keine ältere Windows-Version!"

„Und nun? Müssen wir einen zweiten Rechner organisieren oder wie?“

„Genau. Oder du kennst jemanden, der ein Rettungssystem hat.“

Tjark verzog das Gesicht und startete den Motor.

Mit jedem Kilometer, den sie in der Dunkelheit zurücklegten, wuchs in Focke das Gefühl der Sicherheit. An der Scheune in Istha hatte sich seine Körpertemperatur beim Anblick der Blaulichter noch sprunghaft erhöht. Doch die Kolonne war einfach an ihnen vorbeigefahren. Er hatte es sich damit erklärt, das nicht sein Vater und er das Ziel der Polizei gewesen waren, sondern der Gasthof *Zum Hirschen*. Was bedeuten musste, das nun tatsächlich im Fall der verschwundenen Eileen ermittelt wurde. Je länger er darüber nachdachte, desto weniger überzeugte ihn diese Schlussfolgerung jedoch. Wahrscheinlich hatte die Polizei sich nur deshalb auf den Weg nach Istha gemacht, weil sie seinen Vater dort vermuteten. Und weil sie letztlich nur an ihm interessiert waren, würden sie auf die Verbindung mit Plauen so schnell nicht kommen. Zumindest aus Fockes Sicht. Ob das gut war oder schlecht, stand auf einem anderen Blatt.

Knapp zwei Stunden nach ihrem Zwischenstopp kehrten sie der A9 den Rücken, um das letzte Stück über Land zu fahren. Seine Einschätzung, dass sie einen Umweg über Gütersloh machen würden, um sein Rettungssystem von zuhause zu holen, hatte sich nicht bewahrheitet. Es hätte sowieso viel zu lange gedauert. Ihr Ziel hieß weiterhin Plauen, genauer gesagt die Adresse von Viktor Korn. Groß miteinander geredet hatten sie nicht mehr. Obwohl Nachholbedarf bestand, was ihre persönliche Beziehung betraf, glaubte Focke, dass es bessere Gelegenheiten dazu gab als eine Autofahrt mit ungewissem Ausgang. Um die Zeit totzuschlagen, hatte er alle möglichen und unmöglichen Passwörter in Liborius Hankes Laptop eingegeben, leider erfolglos. Und mit Jana getextet, die wissen wollte, was es am Gasthof gegeben hatte und warum sie nun nach Sachsen fuhren.

„Mit wem schreibst du da ständig?", fragte Tjark, als sie notgedrungen an einer roten Ampel halten mussten. Der Verkehr war dünn geworden, seit sie die Autobahn verlassen hatten. Bei dem Renault, der seitdem vor ihnen herfuhr, waren zwei von drei Rückleuchten kaputt.

Leichtsinnige Gesellen gab es überall, dachte Focke und legte sein Smartphone weg. „Ach, nichts. Nur ein Freund zuhause." Da die Nachrichten an Jana für ihn neben dem Zeitvertreib auch eine Art Sicherheitsgurt waren, brauchte sein Vater von ihrer Existenz nichts zu wissen.

„Was Festes?"

Zwei Worte, die ihn total überrumpelten. Sofort klingelten die Alarmglocken in seinem Kopf. Wie war das jetzt gemeint? Wusste sein Vater etwa, dass er schwul war? Und wenn ja, woher? „Nein?", antwortete er, was mehr als Frage klang denn als Aussage, sollte es auch.

Tjark blickte ihn so lange an, bis die Ampel auf grün schaltete und er losfahren musste. „Und wenn schon. Es wäre kein Problem für mich."

„Hallo?", rief Focke. „Es ist Jana, wenn du es genau wissen willst. Und schön, dass es kein Problem für dich ist. Ich habe übrigens auch keins damit."

„Warum reagierst du so gereizt?"

„Warum? Was soll plötzlich dieses Vatergetue? Lässt seit Jahren nichts mehr von dir hören und meinst dann auf einmal, pseudo-verständnisvolles Zeug von dir geben zu können. Das brauche ich nicht mehr. Danke, ich komme ohne klar." Draußen zogen die Straßenlaternen an seinem Seitenfenster vorbei. Noch ein paar solcher Sprüche und er könnte jeden einzelnen Laternenpfahl eintreten. Sein Vater sah ihn fassungslos an, das spürte er auch ohne hinzugucken.

„Verstehe. Tja. Ich wollte dir das eigentlich nicht sagen, aber ... Dass ich mich nicht gemeldet habe, tut mir leid. Deine Mutter hat das so gewollt."

„Na toll, schieb ihr die Schuld ruhig in die Schuhe."

„Nein, nein, es war ihre Bedingung bei unserer Trennung. Ich habe sie damals zutiefst verletzt, als ich mit Renate ... Das war aber auch wirklich total bescheuert von mir, ausgerechnet mit ihrer Schwester. Ich habe deiner Mutter versprechen müssen, dass ich dich nicht sehe, solange du bei ihr wohnst."

Focke drehte sich zu ihm um. „Was ist denn das jetzt für ein Quatsch?"

„Kein Quatsch. Ich denke, sie wollte dich schützen. Und dich davor bewahren, eines Tages so ein Monster zu werden wie ich. Ich habe mich drauf eingelassen. Das war falsch."

Er spürte, wie es in seinem Magen anfing zu brodeln.

„Und deine Mutter war streng. Klar hätte ich mich darüber hinwegsetzen können, aber ich wollte keinen neuen Selbstmordversuch riskieren. Damit hat sie nämlich gedroht, sollte ich ..."

„Moment", rief Focke dazwischen. „Was für ein Selbstmordversuch?"

Tjark fuhr sich durch den Bart, den Blick stur geradeaus auf die Straße gerichtet. Die Furche zwischen den Augenbrauen war selbst im sparsamen Licht der Innenbeleuchtung gut zu erkennen. „Deine Mutter hat damals ... Puh, sie möge mir verzeihen, aber ich muss das auch mal loswerden. Sie hat, kurz nachdem das mit Renate passiert war, versucht, sich umzubringen."

„Was?", war alles, was Focke rausbrachte. Und: „Wie?"

„Alkohol und Tabletten. Ich habe sie zum Glück rechtzeitig gefunden. Sie war mehrmals gestürzt, hatte eine Gehirnerschütterung. Und kann seitdem ihre linke Hand nicht mehr richtig kontrollieren."

„Halt bitte an."

„Was?"

„DU SOLLST ANHALTEN", schrie Focke.

Tjark fuhr an einer Bushaltestelle rechts heran. Focke drückte die Autotür auf und sprang hinaus. Was sollte denn jetzt der Scheiß? Und ihm hatten sie damals was von einer Nervenentzündung erzählt. Jahrelang hatte man ihn nur verascht. Er spürte wieder diese Wut im Bauch, wie damals als Teenager, als er den Feuerteufel spielen musste, um Druck abzulassen. Er trat mit dem Fuß gegen die Glasscheibe des Bushäuschens, die mit einem dumpfen Krach antwortete und anfing, hin- und herzuzittern. Dabei stieß er Töne aus, die wie „Aarghh“ klangen. In dieser gottverlassenen Gegend gab es niemanden, den es stören würde.

Sein Vater griff nicht ein. Er war zwar ebenfalls ausgestiegen, beobachtete seinen Ausbruch im Schein der Neonröhre aber nahezu regungslos. Bestimmt war er aus Haus Eddessen schlimmere Reaktionen gewohnt. „Es tut mir leid, dass du es auf diese Weise erfährst“, war das einzige, was er von sich gab.

„Ach ja?“, brüllte Focke zurück.

Tjark nickte stumm. Und ließ zwei, drei weitere Tritte gegen die Glaswand geschehen, ehe er leise sagte: „Falls es dich interessiert: Ich habe es dann heimlich getan. Dich besucht, meine ich. So, dass deine Mutter und du es nicht mitbekommt.“

Focke ließ sich, den Rücken an die Glaswand gepresst, zu Boden gleiten. Eine Träne floss über seine Wange und er wischte sie weg. „Am fünfundzwanzigsten Dezember vorletztes Jahr?“

„Wie?“ Tjark lachte. „Ja genau, hat die Polizei dir das gesagt? Hör zu, ich will mich hier nicht aufspielen, wann und wo ich überall in deiner Nähe gewesen bin. Ich war trotzdem nicht für dich da, und damit hast du recht. Es tut mir leid.“

„Wir sollten weiterfahren“, sagte Focke emotionslos.

„Wie, dein Ernst?“

„Ich will nichts mehr davon hören, ok? Ich will es ausblenden!“ Ohne auf eine Reaktion zu warten, stieg Focke zurück ins Auto und machte geräuschlos die Tür hinter sich zu. Er wollte an gar nichts denken. Nicht an Momente, an denen sein Vater ganz in der Nähe gewesen sein konnte und er es nicht bemerkt hatte. Nicht an seine Mutter, die ihn all die Jahre belogen hatte. Oder was womöglich anders verlaufen wäre, hätte er es früher gewusst. Vorausgesetzt, dass es überhaupt stimmte! Und nicht bloß *Ablenkung* war, wie die Videos auf dem USB-Stick. Seine Mutter zum Beispiel hätte ihn niemals so angelogen. Oder doch? Nein, er musste jetzt damit aufhören. Denken tat weh. Mit dem Handrücken wischte er sich die Nase sauber und registrierte, wie sein Vater neben ihm Platz nahm.

Um auf andere Gedanken zu kommen, legte er den Laptop zurück auf seinen Schoß, um die Passwortsuche fortzusetzen. Die weitere Strecke verlief schweigend, aber es war ein anderes Schweigen als zuvor. Wie ein halb eingestürztes Haus, einen Tag, nachdem ein verheerender Wirbelsturm gewütet hatte. Man wusste nie, was als nächstes passieren würde. Ob es stabil genug war, den Kräften standzuhalten, oder im nächsten Augenblick in sich zusammenbrach.

Die Ortschaften kamen und gingen, die meisten waren in etwa so groß wie Manrode. Focke prägte sich die Namen nicht ein, konnte die Ortsschilder mangels Licht eh kaum lesen, und wofür auch, er würde nie wieder hierher zurückkommen. Als die Bebauung städtischer wurde und die Beleuchtung heller, schrie er mit einem Male auf: „Scheiße! Ich bin drin!"

„Was, wirklich?" Tjark schielte auf den Bildschirm, der nun das Windows-Desktop zeigte, mit zahlreichen Kacheln darauf. „Wow, super, Focke! Und, wie lautet das Passwort? Idiot123? Du kannst mir glauben, ich bin Liborius' gesamte Interessen durchgegangen. Essen, Autos, Fußball und was weiß ich alles."

„Auch Segeln?"

„Nein. Wieso?"

Wenn sein Vater das von der Yacht nicht wusste, konnte er keine bestellt haben, grübelte Focke und versuchte auf die Schnelle zu verstehen, ob das etwas bedeutete. „Dann hast du ein Themengebiet ausgelassen. Wohin jemand möchte, wenn er genug Geld zusammen hat, zum Beispiel mit einer brandneuen Segelyacht."

„Und zwar?"

„Hawaii."

„Ah, verstehe. So ein Schuft!" Tjark schnaufte.

Focke öffnete den Dateimanager und tippte mit dem Finger gegen die Maus. „Und, wonach soll ich schauen? E-Mails? Fotos?"

„Im Moment nach gar nichts. Wir sind nämlich gleich da. Hey, das war richtig gut!"

„Aber ich könnte noch schnell ..."

„Später, ok? Meine Güte, du kannst es ja kaum erwarten."

„Nein, eigentlich wollte ich nur ... Egal." Focke klappte den Laptop zu und warf ihn auf die Rücksitzbank. Manchmal verstand er sich selber nicht. Anstatt sich zu freuen, dass es ihm gelungen war, das Passwort zu knacken, befürchtete er nur wieder, dass sein Vater gar nicht gewollt hatte, dass er die Daten zu Gesicht bekam. Seine Aufgabe war es lediglich gewesen dafür zu sorgen, dass man auf sie zugreifen konnte. Schon am Vormittag in Beates Wohnung hatte er beim Anblick der beiden Computer gedacht, dass sie wie geschaffen waren für Schmuddelvideos.

Das Gefühl von Argwohn geriet in den Hintergrund, als ihm bewusst wurde, dass sie an einem großen, selbst im Dunkeln wenig einladend wirkenden Bahnhofsgebäude entlangfuhren, neben ihnen eine Straßenbahn. Sie hatten tatsächlich Plauen im Südwesten Sachsens und größte Stadt des sächsischen Vogtlands erreicht. Von der vielgepriesenen landschaftlichen Idylle war gerade wenig zu spüren. Ein Eindruck, der sich erhärtete, als sie kurz darauf an Viktor Korns Adresse anhielten, einer Straße voller Plattenbauten. Trotz angefügter Balkone und knalliger Farbgestaltung konnten sie ihren wahren Kern selbst im Laternenschein nicht verbergen.

„Das da muss es sein. Die Nummer sechs", sagte Tjark mit ausgestrecktem Finger, machte aber keine Anstalten aufzuspringen und hinzulaufen.

Focke betrachtete das Haus. In den meisten Wohnungen brannte sogar um kurz nach zweiundzwanzig Uhr noch

Licht, Freitag Abend halt. Dagegen wurde der Eingangsbereich mit langweiliger Rasenfläche nur spärlich beleuchtet. Links und rechts neben der Haustür standen Mülltonnen. Und davor, wenn seine Augen ihm keinen Streich spielten, lag ein kleines Fahrrad. Ob das ihr gehörte? Sofort begann sein Herz, schneller zu schlagen. „Und, ist Eileen da drin?", fragte er, wie schon vor Betreten des Gasthofs in Istha.

„Ich hoffe. Denn ich wüsste nicht, wo wir sonst weitermachen sollten." Tjark schlug aufs Lenkrad. „So, genug geträumt. Auf ein Neues! Wünsch mir Glück!"

„Aber ich komme mit", rief Focke schnell.

„Nein, du bleibst hier. Ich weiß nicht, was mich erwartet."

„Genau deshalb will ich ja mit."

„Auf keinen Fall. Das ist kein Spiel! Verstehst du das nicht?" Tjark öffnete die Autotür, jedoch ohne auszusteigen. „Ok. Wenn ich in zehn Minuten nicht zurück bin, kannst du meinetwegen nachkommen."

„Ja klar. Ich kenne das ja von der Hütte."

Tjark wollte anscheinend etwas erwidern, ließ es aber und stieg aus.

Focke sah ihm nach, wie er die Straße überquerte und sich dem Haus näherte, ebenfalls wie am Gasthof *Zum Hirschen*. Wenige Schritte weiter trat er in den schwachen Schein der Außenleuchte. Erst schenkte er dem Kinderfahrrad Beachtung, dann dem Klingelschild. Da die Haustür offenbar unverschlossen war, stieß er sie auf und ging hinein.

Das ist kein Spiel, äffte Focke ihn nach. Das war es wahrlich nicht! Trotzdem fühlte es sich nicht echt an, sondern irgendwie ... surreal. All das, was er in den letzten Tagen erlebt hatte. Ob sein Vater wohl seine Pistole dabei hatte? Mein Gott, hatte er das gerade wirklich gedacht?

Focke wartete, bis sein Vater hinter der Haustür verschwunden war, schnallte sich ab und stieg aus. Es war frisch geworden. Eben an der Bushaltestelle war ihm das gar nicht aufgefallen, aber da hatte er andere Sorgen gehabt. Ohne weiter daran zurückzudenken, lief er über die breite Straße zum Haus. Auch er prüfte das Klingelschild und fand den Namen *V. Korn* unten rechts, zweite Reihe, was bestenfalls auf die Lage der Wohnung schließen ließ. Kein Hinweis auf eine Kristyna, was nichts heißen musste. Wie sein Vater zuvor, gab er der Eingangstür einen Stoß und fand sich gleich darauf in einem dunklen Flur wieder. Es gab zwar eine kleine Lichtquelle, doch er konnte nicht erkennen, was genau das Licht verursachte, eine LED-Lampe vermutlich. Focke ging darauf zu.

Dem Anschein nach eine Wohnungstür geradeaus, eine zweite rechts, links die Treppe und ein Durchgang. Das schwache Leuchten kam von der rechten Wohnung, genauer gesagt von der Figur eines Erdmännchens, das eine Laterne hielt. Bei solch einer Geschmacklosigkeit hätte sich ihm unter normalen Umständen der Magen umgedreht, doch dafür war keine Gelegenheit. Seine Nackenhaare richteten sich auf, als eine Etage über ihm etwas rauschte. Aber nur einen Atemzug lang, dann kehrte die Stille zurück. Ohne die Beleuchtung einzuschalten, stieg Focke die Stufen hinauf, vorsichtig und gleichzeitig rasch, und erreichte unter Ausnutzung aller Sinne unversehrt das erste Obergeschoss. Jeder Faser seines Körpers angespannt, gewöhnten sich seine Augen ans fehlende Licht. Wenn auf die Anordnung der Türklingeln Verlass war, musste es die Wohnung zur Rechten sein. Er beugte sich zum Namensschild, bis er die Schrift halbwegs entziffern konnte. Wahrhaftig, *V. Korn* stand darauf geschrieben. Das bisschen Helligkeit, das durch den Spalt der Wohnungstür fiel, verriet ihm auch, dass sie nur angelehnt war. Focke hielt den Atem an und drückte sie langsam auf.

Sein Herzschlag dröhnte in seinen Ohren. Er hatte keine Ahnung, was er hier tat. *Nicht denken, Focke, weitergehen!* Im Inneren der Wohnung war es hell genug, um ihre Schäbigkeit wahrzunehmen, zerschlissene Tapeten, Müll überall, doch all das interessierte ihn nur flüchtig. Ein Geräusch fesselte seine Aufmerksamkeit und zog ihn weiter in die Wohnung hinein, ein Poltern, und von da an ging alles sehr schnell. Focke lief ohne zu überlegen in das Zimmer gegenüber und sah einen Mann auf dem Fußboden liegen, zappelnd. Ein zweiter Mann kniete neben ihm und murmelte etwas. Es war Tjark. Es roch stickig, stank geradezu, wie in einem Tierkäfig. Der Mann auf dem Boden röchelte und begann, sich zu krümmen. Überall war Blut!

Und dann erkannte Focke den Gegenstand, den sein Vater festhielt. Es war ein tropfendes Messer.

Vor ein paar Stunden:
Als Eileen aufwachte, kam ihr die Situation fast so vor wie beim letzten Mal. Ihr war schlecht, der Raum halbdunkel, Kopfschmerzen! Der komische Mann musste ihr sein Tuch aufs Gesicht gedrückt haben, nachdem sie im Auto die halbe Straße zusammengeschrien hatte. Oder der Mann mit der furchtbaren Narbe hatte es getan. Sie konnte sich nicht erinnern, was sicher besser war. Wenigstens waren ihre Hände diesmal nicht zusammengebunden. Und auch das Zimmer besaß keine Ähnlichkeit mit der schrecklichen Wohnung, in die der *Captain* sie gebracht hatte. Alles war picobello. Nirgends lag Müll herum. Überhaupt lag oder stand fast nichts herum, registrierte Eileen vom Bett aus, in dem sie kauerte, auf die Seite gedreht, die Beine angewinkelt. Neben ihr eine Art Schrank, der kühl glänzte und aussah wie der in der Arztpraxis, in die sie neulich wegen der offenen Stellen an ihren Fingern gemusst hatte. Vorm Fenster hingen graue Vorhänge, aber sie hatte nicht die Kraft, aufzustehen und hinauszusehen. Nicht einmal, um nachzuschauen, ob die beiden Türen verriegelt waren. Lieber starrte sie auf das Bild einer Holzpuppe an der Wand gegenüber und rätselte, wie man den Namen wohl richtig aussprach. Die Puppe trug bunte Anziehsachen, Hut und Fliege und hatte eine lange Nase, wie ein Pfahl. Bestimmt *Pinotscho* oder so ähnlich. Es bewahrte sie davor, über andere Dinge nachzudenken.

Selbst das Geräusch ließ sie kalt, als ein Schlüssel umgedreht wurde und im nächsten Augenblick die Tür neben dem Bilderrahmen aufging. Eine Frau trat ein.

Trotz ihres Unwohlseins richtete Eileen sich sofort auf. Sie kannte die Frau von der Übernachtung im Gasthof und der langen Autofahrt am nächsten Morgen. Die Frau mit den Knopfaugen! Nur dass sie keine dicke, schöne Strickjacke aus rosa Wolle mehr trug, sondern ein weißes Hemd mit V-Ausschnitt, wie Krankenschwestern. Was vermutlich bedeutete, dass das hier keine alte Schule, sondern ein Krankenhaus war.

„Hallo *zrzavá víla*", sagte die Frau mit fröhlicher Stimme und ausgeprägtem Akzent. Bei ihrer ersten Begegnung hatte sie so wenig geredet, sodass Eileen sich schon gefragt hatte, ob sie das überhaupt konnte. „Erinnerst du dich an mich? Ich bin Kristyna."

Eileen wollte schon antworten, dass sie sich auf jeden Fall erinnerte, doch eine lautlose Stimme riet ihr, lieber vorsichtiger zu sein. Dass diese Kristyna und der komische Mann ein Paar waren, schloss sie zwar aus. Und die Vorstellung, dass die zwei ihre neuen Pflegeeltern sein würden, kam ihr mittlerweile wie ein Witz vor. Trotzdem musste es da etwas geben, dass die beiden verband, daher nickte sie bloß und wartete ab.

„Du bist weggelaufen", sagte Kristyna. „Wir haben uns Sorgen gemacht."

Das wiederum kam Eileen sonderbar vor. „Ach ja? Wieso denn?"

„Weil wir für dich verantwortlich sind. Aber Schluss jetzt! Kein Wort mehr darüber." Sie lächelte und strich ihr mit der Hand ein paar Strähnen aus der Stirn.

Eileen zuckte zusammen und ließ es geschehen, solange sich die Berührungen aufs Gesicht beschränkten. Die Frau hatte ja nicht mehr mitbekommen, was der komische Mann alles mit ihr angestellt hatte, ging ihr durch den Kopf. Und war sie nicht sogar diejenige gewesen, die ihn während der Autofahrt aufgefordert hatte anzuhalten, als

Eileen den Rückfall gehabt hatte? Womöglich war es ungerecht, Kristyna mit dem komischen Mann in eine Schublade zu stecken. „Du, darf ich dich was fragen?"

„Natürlich. Ach, was für schönes Haar du hast. Ich bin richtig ... wie sagt man, neidisch. Los, was willst du wissen?"

„Warum ich hier bin. Und was ist mit mir passiert?" Eileen hoffte inständig auf eine ehrliche Antwort. Der komische Mann hatte immer nur so was wie *Wirste schon sehen* geantwortet.

„Nichts Schlimmes! Wir müssen dich untersuchen, sonst nichts."

„Wieso denn untersuchen? Ich bin doch nicht krank."

„Nein, natürlich nicht. Nur, um sicherzugehen."

Eileen spürte genau, wann jemand die Wahrheit sagte und wann nicht. Da ihr Vater sie nur allzu gerne angelogen hatte, war es lebenswichtig für sie geworden, den Unterschied zu erkennen. Kristynas Antwort hatte in ihren Ohren wenig bis gar nicht überzeugend geklungen. Dennoch ließ sie die Untersuchungen über sich ergehen, es war nichts, was sie nicht eh schon zig Mal mitgemacht hätte. Wiegen, die Körpergröße messen, Zunge herausstrecken und abhören lassen und so. Zwischendurch notierte Kristyna sich die Ergebnisse und gab Kommentare ab wie: „Prima" und „Gut gemacht". Die fast verheilten Stellen an Eileens Fingern ignorierte sie dabei genauso wie das Pflaster auf ihrer Hand. „Das sieht alles sehr gut aus", sagte sie schließlich und nahm ihr noch etwas Blut ab.

„Siehst du?" Eileen drückte den Tupfer auf die Einstichstelle. „Das habe ich dir doch gleich gesagt."

„Ja, stimmt. Du bist ein tapferes Mädchen, *zrzavá víla*."

Eileen wusste zwar nicht, was das bedeutete, aber es gefiel ihr, so genannt zu werden. Sie beobachtete, wie Kristyna die Röhrchen mit dem Blut in dem glänzenden Schrank verstaute, und sagte zu ihr: „Dann kann ich jetzt zurück nach Eddessen? Ich will nämlich meine Mütze wiederhaben. Sie hat meiner Mutter gehört. Also meiner richtigen Mutter, weißt du? Sie ist schon lange tot und ..." Sie hielt inne, weil Kristyna, anstatt ihr zuzuhören, zum Fenster gegangen war, um an den hässlich grauen Vorhängen herumzuziehen. Ein Stück nach links, ein Stück nach rechts, dann wieder nach links. Und zwischendurch bewegten sich ihre Schultern wie bei einem Schüttelfrost.

Eileen war kurz davor sich zu erkundigen, was los war und ob es ihr nicht gut ginge, als Kristyna sich mit einem Räuspern endlich umdrehte, den Blick gen Fußboden gerichtet. Ihre dunklen Knopfaugen wirkten wie gerötet.

„Hast du geweint?", wollte Eileen von ihr wissen.

„Ich? Unsinn. Wieso sollte ich?" Kristyna lächelte, und selbst das sah mit einem Male unecht aus.

„Hast du wohl! So wie vor dem Gasthof am Montag Abend, als du telefoniert hast. Ich habe es gesehen. Ist Milan dein Sohn?"

Das Lächeln verschwand und ein Ausdruck legte sich in das Gesicht der Frau, den Eileen nicht einordnen konnte. Möglicherweise ging es ihr wirklich nicht gut. Oder es war ihr unangenehm, über ihren Sohn zu reden. „Du stellt sehr viele Fragen", sagte sie und bestätigte damit den Anschein.

„Ja genau. Weil man gar nicht genug Fragen stellen kann. Hat meine Mutter immer gesagt."

„Also schön! Du willst wissen, was passiert?" Kristyna räusperte sich erneut. „Wir müssen auf das Ergebnis vom Blut warten. Das kommt morgen. Und danach, denke ich, darfst du zurück nach Hause."

„Wirklich?" Eileens Herz schlug wilde Purzelbäume. Sie stürmte auf Kristyna zu und drückte sich fest an sie.

„Hilfe! Ist ja gut."

„Danke, danke, danke!", rief sie und spürte Kristynas Hand, die ihr zärtlich übers Haar strich. Wie ihre Knopfaugen dabei feucht wurden, konnte sie jedoch nicht sehen.

22. Kapitel

Als wäre der Teufel hinter ihm her, rannte Focke die Straße hinauf und den Bahnschienen entlang, die Richtung hatte er spontan ausgewählt. Das Ziel war ihm scheißegal, Hauptsache raus, Hauptsache weg! An der großen Kreuzung am Bahnhof bog er unter der Leuchtreklame des Bowlingcenters ab und lief weiter, wechselte nach Belieben die Straßenseite, auch gerne vor einem Auto. Erst, als seine Lunge brannte, verlangsamte er sein Tempo und blieb in Sichtweite eines Shisha-Cafés stehen, vornübergebeugt, die Hände in die Hüfte gestemmt, nach Luft japsend. Fünf oder sechs Besucher hatte sich im Schein einer Laterne vor der Eingangstreppe versammelt und diskutierten laut. Menschen zu sehen war gut! Schweiß drang durch seine Poren. Der kühle Wind legte sich wie ein Tuch darüber.

Was er soeben in der Wohnung erlebt hatte, war einfach zu viel gewesen. Er kriegte es nicht in seinen Schädel, ohne dass seine Weltanschauung nachhaltigen Schaden nahm. Der tote Mann. Das Messer. Tjark! Und dann diese Fragen, die umherschwirrten wie Insekten und ihn verrückt machten. War es eine Tat im Affekt gewesen? Aber was hätte den Affekt auslösen sollen, in der Kürze der Zeit? Hatte sein Vater nicht vielmehr gezielt nach Viktor Korn gesucht, um ihn umzubringen? Focke versuchte, den Gedanken abzuschütteln, doch es klappte nicht, also lief er weiter, durch einen Grünstreifen, über eine Art Busparkplatz. Auf andere musste er wie ein Zombie wirken. Ihn selber scherte das gerade wenig.

Er kam an einen Park mit Gehwegen, die nur spärlich beleuchtet waren, weswegen er seine Geschwindigkeit drosseln musste. Zweige knackten im Gebüsch, bestenfalls Tiere oder ein Liebespärchen, was in der Situation manchmal dasselbe war. Er drehte sich um seine eigene Achse und drohte die Orientierung zu verlieren, als wie aus dem Nichts sein Vater auftauchte. Focke bemerkte es zu spät, sonst wäre er geflüchtet, weiter in den Park hineingerannt, vielleicht zu der riesigen Aussichtsplattform. So aber holte sein Vater auf, packte ihn und hielt ihn fest.

„Lass mich!", schrie Focke und versuchte sich loszureißen. Laub wirbelte auf.

Tjark keuchte, auch er schien völlig außer Atem zu sein. „Hör mich an. Verdammt!", schrie er mindestens genauso laut und drückte noch fester zu. „Ich habe es ... nicht getan! Du musst mir glauben!"

Focke hörte nicht auf, sich zu wehren, im Gegenteil, er aktivierte Kraftreserven.

„Verflucht, Focke, ich habe ihn nicht ..." Und als hätte Tjark mit einem Male die Kraft verlassen, ließ er ihn los, schnaufend, und presste beinahe stimmlos die Worte heraus: „Ich habe Viktor Korn nicht getötet."

Focke ließ sich auf den von Blättern übersäten Asphalt fallen und streckte alle Viere von sich.

„Focke! Ich bin doch kein Mörder!"

„Und wieso hast du dann ... ein Messer in der Hand gehabt?"

„Weil es in seiner Brust gesteckt hat. Als ich ins Zimmer gekommen bin. Er hat noch gelebt. Ich habe versucht, ihn zu retten!"

Ausflüchte, nichts als Ausflüchte, dachte Focke kurzatmig. Theoretisch hätte es sich zwar auf diese Weise zugetragen haben können. Aber wer versicherte ihm, dass es stimmte? Er hatte die Nase voll von diesen ständigen Zweifeln. Um genau dies auszudrücken, setzte er sich aufrecht hin, jedoch mit dem Gesicht in die andere Richtung, weg von seinem Vater. Ein Windzug fegte über ihn hinweg und trug einen Schwung Blätter davon. Focke wünschte sich, er wäre mit weggeweht.

„Was hätte ich denn davon, Viktor Korn zu töten?", fragte Tjark und machte eine Pause zum Luft holen. „Mmh? Ich hätte ihn lebend gebraucht. Eileen ist nicht dort gewesen. Verstehst du mich?"

Focke winkelte die Beine an und legte den Kopf auf die Knie.

„Ich habe ihn gefragt, wo sie ist. Er hat etwas geröchelt, das wie *Wenzel* klang. Focke, vielleicht kannst du dich endlich mal entscheiden, auf welcher Seite du stehst." Tjarks Tonfall hatte umgeschlagen. „Mir fehlt einfach die Zeit, mich jedes Mal erst groß zu erklären. Noch mal zum Mitschreiben: Eileen ist nicht mehr in der Wohnung gewesen, was bedeutet, dass jemand anderes sie hat. Wenn du mir nicht vertraust, meinetwegen, dann bringe ich dich zum Bahnhof und du kannst zurück nach Gütersloh fahren. Ich für meinen Teil werde weiter nach Eileen suchen."

Focke sah auf. „Was ist *Wenzel*?"

Sollte Tjark ob dieser Reaktion erleichtert gewesen sein, zeigte seine Mimik keine Spur davon. „Keine Ahnung, wer oder was das ist. Wir müssen es herausfinden."

„Wieso meinst du, dass Viktor Korn dir die Wahrheit gesagt hat? Er ist in die Sache verwickelt, was immer die Sache ist."

„Das stimmt, ja. Aber jemand hat ihn tödlich verletzt. Das wird ihm nicht gefallen haben. Ich denke, seine Loyalität hat damit ebenfalls ein Ende gehabt."

Focke stieß die Luft aus. Sein Kopf tat weh, kein Wunder bei all dem Mist, den sein Gehirn in letzter Zeit verarbeiten musste. Dabei wollte er so gerne glauben, dass es die Wahrheit war. Dass hinter dieser total unrealistisch gewordenen Filmhandlung tatsächlich das steckte, was Tjark behauptete. Immerhin war der Mann sein Vater!

„Leider hat Viktor meine zweite Frage nicht mehr beantworten können", fuhr Tjark fort. „Wer hinter der Sache, wie du es nennst, steckt. Er hat nur dagelegen, vor Schmerzen gestöhnt und eine Tischdecke runtergerissen. Dann war er tot."

„Und was willst du nun tun?"

„Herauskriegen, was mit diesem *Wenzel*-Ding gemeint sein kann. Und dazu, fürchte ich, müssen wir zurück in Korns Wohnung und nach Hinweisen suchen. Am besten, bevor jemand die Leiche findet und die Polizei benachrichtigt. Ich fürchte nämlich, die werden mir die Geschichte mit dem Messer nicht abnehmen."

„Nein, wohl eher nicht", sagte Focke. Da ihm allmählich kalt am Hintern wurde, drückte er sich vom Boden hoch und klopfte sich Hose und Hände sauber.

„Also kommst du mit?"

Sie liefen los, fanden den Rückweg trotz Dunkelheit sofort, dank prägnanter Orientierungspunkte wie der großen Ausfallstraße, Straßenbahnschienen und Bowlingcenter. Eines war Focke klar: Sie mussten sich beeilen und von hier verschwinden, bevor sich jemand das Nummernschild ihres Wagens einprägen konnte, was womöglich schon geschehen war. Noch ehe sie in die Zielstraße bogen, sah er das Blaulicht und Massen an Polizisten vor seinem inneren Auge, eine Frau, die schrie und mit dem Finger auf sie zeigte. Doch zum Glück bewahrheitete sich das alles nicht. Der hohe Plattenbau lag genauso dunkel und friedlich da wie vor ihrem Besuch. Wobei letzteres ein Trugschluss war, dachte Focke, da zu jenem Zeitpunkt bereits ein Messer in Viktor Korns Brust gesteckt haben musste. Zumindest, wenn sein Vater die Wahrheit gesagt hatte.

Bevor sie hineingingen, machte Tjark einen Abstecher zum Auto und holte aus dem Verbandskasten ein Paar Handschuhe, das er überzog. Focke gab er einen Lappen mit der Aufforderung, alles, was er fortan anfasste, sorgfältig wieder abzuwischen. Abermals ohne Licht oder Geräusche zu machen, stiegen sie das Treppenhaus hinauf in die erste Etage. Sein Vater hatte die Tür zu Korns Wohnung beim Verlassen Gott sei Dank nur angelehnt. Nachdem sie eingetreten waren, machte er sie vorsichtig zu und begann, seine Fingerabdrücke von den Klinken zu entfernen und besonders von dem blutverkrusteten Messer, das neben dem Couchtisch im Wohnzimmer lag.

Es war das erste Mal in seinem Leben, dachte, Focke, dass er einen toten Menschen aus nächster Nähe sah. Noch dazu einen Menschen, der ermordet worden war. Als er die

Schrankwand mit dem riesigen Flachbildfernseher absuchte, wurde seine Aufmerksamkeit immer wieder magisch auf den Teppichboden gezogen, zu Viktor Korns grauenhaft verzerrtem Gesicht und dem blutdurchtränkten Shirt. Wodurch es ihm umso schwerer fiel, Hinweise auf den oder das *Wenzel* zu finden, selbst wenn es sie gegeben haben sollte. Mehrere Briefe eines gewissen Kurt, die zu lesen zu viel Zeit gekostet hätten. Eine überschaubare Büchersammlung, die vor allem aus Reiseführern bestand, *China für Anfänger*, Japan, *I love Vietnam*, und Autoren, die er nicht kannte, Walter Basan oder Jürgen Fuchs. Ein buntgemischter Stapel an Notizen und Unterlagen, die man entweder abheften oder wegwerfen sollte, Stromrechnungen, Bankauszüge, Sozialversicherungsmeldungen, Kassenbons, Werbebroschüren von Baumärkten, Kinoprogramme und die Bedienungsanleitung einer Spülmaschine mit Breite fünfundvierzig. Nichts enthielt Informationen, die ihm ins Auge gesprungen wären. Die Bedienungsanleitung immerhin machte stutzig. Sie bestärkte Fockes Eindruck, dass es sich bei der Wohnung um eine typische Singlewohnung handelte, die viel zu klein war für zwei. Nichts deutete darauf hin, dass mehr als eine Person darin lebte, schon gar kein Frau. Im Flur zwei Männerjacken, in der Küche, in die er im Vorbeigehen kurz hineingesehen hatte, ein einzelner Stuhl vorm Esstisch. Überall Unordnung und Dreck! Er würde darauf wetten, dass im Schlafzimmer ein normales und kein Doppelbett stand, und wenn, dann war bloß eine Hälfte bezogen. Was hatte es dann mit dieser Kristyna auf sich? War sie womöglich gar nicht Viktor Korns Frau oder Freundin? Focke versuchte sich zu erinnern, was die Besitzerin des Gasthofs seinem Vater über sie erzählt hatte. Eigentlich nur, dass die beiden kaum miteinander geredet hatten. Und dass Kristyna sauer geworden war, weil Korn sie einmal mit Vornamen angesprochen hatte. Focke versuchte, Schlüsse daraus zu ziehen, was ihm misslang. Sein Vater, fiel ihm auf, kam mit den Handschuhen deutlich schneller voran und untersuchte den Inhalt von Schränken, Schubladen und Kisten im Akkordtempo. Es erinnerte ihn an seine eigene Suchaktion einen Tag zuvor, als er verzweifelt nach Hinweisen zu seinem Vater gesucht hatte. Wahnsinn, dachte Focke, dem es vorkam, als wäre das viel länger her gewesen.

„Was ist, hast du was entdeckt?", fragte Tjark, der sein Innehalten offenbar bemerkt hatte.

„Nein, nichts. Du?"

„Auch noch nicht. Dann los, weiter!"

„Scheiße", rief Focke und ließ vor Schreck sogar den Schutzlappen fallen, als jemand gegen die Wohnungstür klopfte. Ein harmloses Geräusch, und doch sagte es so viel aus. Sofort suchte er den Blick seines Vaters, der sich einen Finger vor den Mund hielt, als Zeichen, leise zu sein. Als wäre Focke in der Lage gewesen, sich zu bewegen oder zu reden.

„Ich will mal nachsehen", flüsterte Tjark und ging in den kleinen Flur, trotz Fockes Versuchen, ihn mit Kopfschütteln und aufgerissenen Augen davon abzuhalten.

Es klopfte ein zweites Mal, dann sagte die Stimme einer Frau: „Viktor?"

Kristyna, schoss es Focke in den Sinn, obwohl es unlogisch war. Ihm wurde ganz anders. Gleich würde sie aufschließen, Leiche und Blut bemerken und aus vollem Halse schreien.

Tjark stand vor der Wohnungstür und schaute durch den Spion.

„Hier ist Petra", sagte die Frau auf der anderen Seite. „Du, ist bei dir alles in Ordnung? Hallo? Du, wenn irgendwas ist, du weißt ja, wo ich bin."

Der Name der Frau beruhigte Focke zwar, er hielt es trotzdem nicht mehr aus. „Was siehst du?", flüsterte er.

Tjark antwortete nicht, jedenfalls nicht auf Anhieb. „Mach schon! Wir müssen los", sagte er erst nach einem längerem Blick durch den Spion. Lautlos öffnete er die Tür und kontrollierte, ob die Luft wirklich rein war.

Focke ahnte, dass es seinem Vater nicht leicht fiel. Die Zelte hier abzubrechen, ohne den kleinsten Anhaltspunkt auf *Wenzel* gefunden zu haben. Aber das Risiko war einfach zu groß für sie geworden.

„Ich bin ja so blöd“, zischte Tjark, das Gesicht rot leuchtend, sodass es selbst im Dunkeln auffiel. „Ich weiß, wo Eileen ist. Ich habe es die ganze Zeit gewusst. Wir hätten uns die ganze Aktion sparen können.“

Die Gefahr entdeckt zu werden, hatte ihn nicht abhalten können, noch schnell die Autostellplätze hinterm Haus zu kontrollieren. Vielleicht, weil sie den Weg durchs grell erleuchtete Treppenhaus bewältigt hatten, ohne dieser Petra oder sonst irgendwem begegnet zu sein. Viktor Korns alter Lada war trotz des spärlichen Außenlichts unter den zumeist neueren Wagen schnell ausfindig zu machen. Ein einziger Blick auf dessen Windschutzscheibe hatte Tjark dazu gebracht, sich mit der Hand gegen die eigene Stirn zu schlagen. Die blau-weiße Jahresvignette für tschechische Autobahnen links unten an der Windschutzscheibe war auf den Fotos des Privatdetektivs nicht zu sehen gewesen. Andernfalls wäre ihm sicher eher eingefallen, dass das tschechische Franzensbad eine zentrale Rolle in der *Sache* spielte, dachte Focke. Immerhin war sein Vater dort vor ungefähr einem Jahr einem Mädchen, das kurz zuvor für ein paar Wochen im Kinderhaus Eddessen gewohnt hatte, zufällig begegnet und hatte daraufhin erste Nachforschungen angestellt. Selbst die Nähe von Plauen aus sprach dafür. Sagte auch das Navigationsgerät, das er gestartet hatte, kaum, dass sie zurück ins Auto gestiegen waren und sich auf einem unbeleuchteten Parkplatz eines Blumengeschäfts an der B92 in Sicherheit gebracht hatten. Nur knapp eine Stunde Fahrzeit. Was sie dort in Franzensbad tun sollten, verriet das Navi ihnen leider nicht.

„Gib mir mal den Laptop“, sagte Tjark. „Vielleicht finden wir ja dort einen Hinweis.“

Focke holte ihn aus seinem Fußraum hervor und klappte direkt den Deckel auf, anstatt ihn weiterzureichen. Das Licht des Bildschirms färbte den Innenraum des BMW blau. Er gab das Passwort ein und klickte mit der Maus in den Dateimanager. „Ich versuche es mal mit *Franzensbad* als Suchbegriff", erwiderte er und begann zu tippen. Da es jedoch keine Dateien gab, die das gesuchte Wort enthielten, wechselte er ins Mailprogramm. Es war zuletzt vor drei Tagen aktualisiert worden, nämlich als sein Vater den Laptop aus Liborius Hankes Wohnung mitgenommen und ihn damit auch aus dem Empfangsbereich seines WLANs entrissen hatte. Die Suche hatte den gleichen Erfolg, nämlich keinen.

„Versuch mal *Wenzel*", schlug Tjark vor.

„Wie schreibt man das? Wie man's spricht?"

„Keine Ahnung."

Focke probierte verschiedene Versionen, alle ohne Treffer. Er gab auch *Eileen* ein. „Dann müssen wir die E-Mails und Dateien halt auf gut Glück durchforsten."

„Nein", rief Tjark und merkte wohl selber, dass es erklärungsbedürftig klang. „Ich meine, das kostet uns zu viel Zeit."

„Hast du eine bessere Idee? Na, siehst du." Focke startete mit dem Mailprogramm. „Ich glaube, hier ist was", sagte er, nachdem er uninteressante Mails wie die von bekannten Onlineshops oder Newsletter von seriös klingenden Absendern ignoriert hatte. „Eine E-Mail von X1VJD@seznam.cz. CZ steht meines Wissens für Tschechien. Unterschrieben wurde sie mit Vojtech."

„Und was steht drin?"

„Der Text ist auf englisch." Er überflog den Inhalt und übersetzte ihn so gut es ging. *„Warum gehst du nicht ans Telefon? Nein, wenn das Familientreffen so kurzfristig stattfinden soll, dann unbedingt am siebzehnten. Danach wird es schwierig sein, da der Onkel viele andere Verpflichtungen hat. Du kannst gern deine Tochter mitbringen. Sie war nicht älter als zehn, rich-*

tig? Und sie hat 0? Vojtech." Focke blickte seinen Vater an. „Tochter, nicht älter als zehn und sie hat null?"

„Er meint Eileen" antwortete Tjark, der mit einem Schlag alle Gesichtsfarbe verloren hatte. „Der siebzehnte Oktober wird der Tag sein, an dem Liborius und Viktor Korn sich beim Jugendamt in Höxter getroffen und den vermeintlichen Pflegevertrag vollzogen haben. Aber wer ist der Onkel?"

„Nur *Uncle* im Original." Focke zeigte ihm die Stelle. „Mehr nicht, kein Name."

„Da unten steht doch auch noch was."

„Ja, aber auf tschechisch."

„Es gibt Übersetzungsprogramme."

Focke erwiderte, dass er ein besseren Vorschlag hätte: „Jana."

„Was? Auf gar keinen Fall. Das ist zu gefährlich. Je mehr Leute involviert sind, desto höher die Wahrscheinlichkeit, dass wir entdeckt werden." Tjark hielt inne, weil ihm anscheinend etwas eingefallen war. „Warte, warte. Hast du vorhin nicht gesagt, du hättest ihr schon geschrieben? Wie viel weiß sie?"

„Alles."

„Verdammt!" Tjark drückte seinen Kopf gegen die Nackenstütze, öffnete den Mund und verharrte eine Moment lang in der Haltung. „Also schön! Von mir aus frag sie. Ich hoffe für dich, dass es gut ausgeht."

„Du glaubst doch nicht etwa, dass Jana hiermit ..."

„Nein, natürlich nicht! Aber ich will sie nicht auch noch mit hineinziehen, verstehst du? Liborius Hanke und Viktor Korn sind tot!"

Das hatte Focke so nicht bedacht. Andererseits konnte er sich nicht vorstellen, dass Jana in Gefahr schwebte, nur weil sie von einer E-Mail erfuhr. Er fotografierte den Text, wählte ihre Mobilnummer und ließ die Fensterscheibe hinuntergleiten, um Luft ins Auto zu lassen. Es tutete. Eine Windbö wehte kalt herein, sodass er die Scheibe wieder zumachte. Beim siebten oder achten Mal Tuten wurde ihm bewusst, dass es bereits auf Mitternacht zuging. Endlich passierte etwas. Jana begrüßte ihn, wie er es von ihr erwartete, nämlich indem sie meckerte, schon geschlafen zu haben, und gleichzeitig betonte, sich über seinen Anruf zu freuen.

„Ja, tut mir leid, aber ... Pass auf, es ist wichtig. Ich brauche dringend eine Übersetzung von dir. Ja, jetzt! Ich schicke dir einen Text, warte eben." Er stellte auf Lautsprecher und wechselte ins Nachrichtenprogramm, um ihr das soeben geschossene Foto zuzusenden. „Hast du sie?"

Jana bejahte. „Ich hoffe, es lohnt sich, mein Lieber", sagte sie mit Akzent, der zu der späten Stunde noch ausgeprägter als sonst zu sein schien. „So, aha. Verstehe ich nicht! Sie ist auf englisch."

„Nein, der untere Teil."

„Wie ... Und deshalb weckst du mich auf? Da steht: Diese E-Mail wurde mit Seznam verschickt. Vielen Dank für Ihr Vertrauen."

„Mehr nicht?"

„Nein. Glaubst du, ich lüge dich an?"

„Verdammt!" Er blickte seinen Vater an. Dessen Gesicht blieb regungslos.

„Die Polizei war bei mir", erzählte Jana. „Sie haben gefragt, ob ich weiß, wo ihr seid. Und ob dein Vater eine Verbindung zu einem Gasthof in Istha hat. Weiß ich das?"

„Keine Ahnung! Weißt du?"

„Ich? Ich weiß von nichts. Ich frage auch nichts. Alles, was du mir erzählst, machst du aus freien Stücken."

Focke schluckte. Sie war mir nichts, dir nichts zur Komplizin geworden. Und tat nun anscheinend das ihrige, um das mit ihrem Gewissen zu vereinbaren.

„Sagt dir der Name Wenzel was?", schaltete Tjark sich ein.

Eine Pause entstand. „Ach, hallo Tjark", sagte Jana ein wenig freudlos. „Lange nichts gehört, du Schuft. Und ich habe schon gedacht, ich wäre dich für immer los. Du schuldest mir übrigens noch Geld."

„Du kriegst es. Versprochen!"

„Ja, das klingt nach dir. Du versprichst einer Frau alles, wenn du etwas von ihr willst, nicht wahr?"

Die Mundwinkel seines Vaters bewegten sich ein Stück nach oben. Focke dagegen wusste nicht, was er von dieser Aussage halten sollte.

„Egal", fuhr Jana fort. „Du willst wissen, ob mir der Name Wenzel was sagt? Natürlich! Welchem Tschechen würde der Name nichts sagen."

Tjark bat sie um eine Erklärung, aber eine knappe.

„Wenzel von Böhmen, Svatý Václav, unser Nationalheld. Oder König Karl IV., geboren in Prag als Václav. Václav Havel, unser ehemaliger Staatspräsident. Wie viele Beispiele brauchst du?"

„Was kann dieser Name mit Franzensbad zu tun haben?"

„Mit Franzensbad? Keine Ahnung. In Prag gibt's den Wenzelsplatz. Vielleicht gibt es in Franzensbad auch einen Platz, der so heißt. Oder ein Gebäude. Hallo, bist du noch da?"

„Es gibt die *václavské klinika*", sagte Tjark, der sein eigenes Smartphone zum Googeln herausgeholt hatte. „Zu deutsch dann wohl Wenzelsklinik. Mein Gott, da hätten wir auch selber drauf kommen können. Ich danke dir. Und, Jana: Wenn das hier vorbei ist, melde ich mich bei dir."

„Viel Glück!"

„Tschüss Jana", rief Focke, beendete die Verbindung und aktualisierte sofort das Navigationssystem mit der Adresse, die sein Vater ihm nannte, zusammen mit den Schlagwörtern, die er auf deren Homepage fand: Brust-OPs, Nasenkorrekturen, Fettabsaugen.

„Seltsam, aber ein Versuch ist es wert. Also ab, genug Zeit vergeudet!" Tjark startete den Motor und fuhr mit quietschenden Reifen vom Parkplatz des Blumenladens, um der B92 in südlicher Richtung weiter zu folgen. In einer Stunde wären sie hoffentlich schlauer, mit ordentlich Gas auch früher.

Focke klappte den Laptop zu und legte ihn mitsamt der Maus hinter sich auf die Rücksitzbank. In seinem Kopf ratterte es. Die neue Chance, die wie aus dem Nichts gekommen war, schon klar, aber wie sein Vater eben gesagt hatte, einen Platz oder ein Gebäude mit *Wenzel* im Namen hätten sie früher oder später selbst gefunden. Der wahre Grund, um Jana mit ins Boot zu holen, war für ihn ein anderer gewesen: die Videodatei, auf die er bei der Suche in Liborius Hankes Laptop gestoßen war. Allein ihr Name zerstörte so viel Vertrauen und schürte so viele Zweifel. Deshalb also hatte er nicht an den Laptop gehen sollen!

Sein Vater schien von alledem nichts mitbekommen zu haben und Focke hatte es dabei belassen, was ihm nicht leichtgefallen war. Doch er befürchtete, sonst ganz fix im nächstbesten Zug gen Heimat zu sitzen. Und wie sollte er dann die Wahrheit herausfinden?

Der Name der Datei lautete: TjarkmitEileen.mpg.

23. Kapitel

Und ich war so dicht dran“, sagte Tjark bestimmt zum dritten Mal innerhalb der letzten Minuten. Sie fuhren weiter die B92 hinab, die sich kurvenreich durch das restliche Stück Deutschlands bis zur tschechischen Landesgrenze schlängelte. Der Lichtkegel des alten BMW fiel abwechselnd auf die Bäume am linken und am rechten Rand der Fahrbahn. Ihre Kronen trugen in dieser Gegend schon deutlich weniger Laub. Der Herbst hatte hier offenbar früher Einmarsch gehalten. Doch Focke hatte keinen Sinn für die Veränderungen der Natur. Veränderungen hatte er genug gehabt in den letzten drei Tagen. Gleich an der erstbesten offenen Tankstelle hatten sie angehalten, nicht um zu tanken, sondern um sich schnell mit Mineralwasser und den letzten belegten Brötchen aus der Auslage zu versorgen. Obwohl sie aussahen wie vorm Vortag, schmeckten sie himmlisch.

Vorteil der fortgeschrittenen Uhrzeit war, dass sie die Straße fast für sich hatten, was sein Vater gerne ausnutzte. Dass sie, wenn sie mitten in der Nacht in der tschechischen Kurstadt angekommen waren, in einer Klinik für Schönheits-OPs wahrscheinlich eh nichts mehr groß ausrichten konnten, schien ihn weniger zu interessieren. Focke drohten ein paar Mal die Augen zuzufallen, obwohl er versuchte, genau das zu verhindern. Doch Schweigen war kein gutes Mittel dagegen, ebenso der momentane Hang seines Vaters zur Wiederholung monotoner Floskeln. „Erzähl mir von Eileen“, sagte er daher, da ein Gespräch über das Mädchen, das sie suchten, ihn bestimmt wachhielt. Das Mädchen, das, wie der Dateiname auf dem Laptop suggerierte, mehr mit seinem Vater verband als eine Betreuer-Schützling-Beziehung. Deswegen wollte Focke auf keinen Fall etwas verpassen. Sein Vater, der sich den Laptop vornahm. Der in ein Haus schlich und plötzlich war wieder jemand tot. Vielleicht war es Wahnsinn, solche Befürchtungen zu haben. Aber zu anderen Gedanken fehlte ihm in seiner derzeitigen Situation schlichtweg die Energie.

„Eileen war sechs, als sie das erste Mal zu uns kam", erzählte Tjark, ohne den Blick von der Fahrbahn zu nehmen. „Ihre Mutter war knapp ein Jahr zuvor bei einem Schießunfall ums Leben gekommen, so lautete zumindest die offizielle Version. Eileens Vater, ein polizeibekannter Junkie, hatte seiner Frau den Umgang mit einer Repetierbüchse beibringen wollen. Man konnte ihm nichts nachweisen, obwohl er sie regelmäßig geschlagen hat. Plötzlich allein auf sich gestellt, hat er Eileen nicht mehr zur Schule geschickt. Als das Jugendamt ihn besucht hat, war sie total ausgehungert. Das Familiengericht entzog ihm das Sorgerecht und sie kam zu uns."

„Gab es sonst keine Verwandten?"

„Nur eine Oma in Bayern, doch die musste regelmäßig zur Dialyse und hat sich nicht um Eileen kümmern können."

„Verstehe", sagte Focke und nahm mit unterdrücktem Gähnen wahr, wie sie den breiten, hell beleuchteten Grenzübergang passierten. Wundersamerweise war die Straße auf der tschechischen Seite sehr viel besser ausgebaut. „Und dann? Du hast gesagt, *das erste Mal zu euch gekommen*. Also war sie zwischenzeitlich woanders?"

„Ja genau! Denn die Oma hat völlig unerwartet eine Spenderniere erhalten. Ihr Gesundheitszustand hat sich normalisiert, sie ist nach Borgentreich gezogen und konnte so nach dem Rechten sehen und hatte auch einen guten Einfluss auf ihren Sohn. Er hat sich einen Job gesucht, dem Gericht seine Erziehungsfähigkeit nachweisen können und daraufhin sogar das Sorgerecht zurückerhalten. Eileen durfte zurück nach Hause. Alles schien gut."

„Aber?", fragte Focke.

„Aber dann ist die Oma plötzlich verstorben und das Drama ging von vorne los. Eileens Vater hat wieder mit Drogen angefangen und getrunken und diesmal komplett den Boden unter den Füßen verloren. Hat beispielsweise seiner

Tochter das Schießen beigebracht, in einem Alter, wo andere Kinder in die Grundschule gehen. Seine Begründung lautete, dass sie das wissen müsse, damit ihr nicht dasselbe passieren würde wie ihrer Mutter. Die Familienhilfe hat davon Wind gekriegt, war nach dem Tod der Oma ja wieder aktiv geworden, und hat auch gleich eine 8a-Meldung ans Jugendamt gemacht. Und so ist sie bei uns in Eddessen in Obhut genommen worden. Eileen wies zudem Spuren von Misshandlungen auf. Von denen wir inzwischen wissen, dass sie sich die alle ... aber das habe ich dir ja bereits erzählt. Nun, weil sie früher schon mal bei uns gewesen ist, habe ich es für das Beste gehalten, wenn sie dableiben würde, obwohl wir voll belegt sind. Sie kennt die Mitarbeiter, sie kennt die Abläufe, sie kennt zum Teil sogar noch die anderen Kinder von ihrem ersten Aufenthalt. Ein Wechsel der Einrichtung stellt immer ein gewisses Risiko dar. Das Jugendamt hatte keine Einwände, als ich als Eileens zuständiger Betreuer vorgeschlagen habe, ihre Inobhutnahme bei uns so lange hinauszuzögern, bis ein Platz frei geworden ist. Da Robin in wenigen Wochen achtzehn wird und im Rahmen seiner Verselbstständigung eine Ausbildung in Göttingen anfängt, wäre das bald der Fall gewesen. Doch ihr Vater ist auf die Barrikaden gegangen. Er hat ihr aufgelauert. Sie auf dem Schulhof abgefangen. Ihr Briefe geschrieben. Mit Beschimpfungen und Anschuldigungen, das einem ganz schwindelig wurde. Nun ja, vor kurzem hat er einen Drogendealer mit einem Messer angegriffen und tödlich verletzt. Er sitzt in Untersuchungshaft. Ich denke, da Eileen die Kontaktaufnahme verweigert hat, wird er seine Tochter die nächsten Jahre nicht wiedersehen. Und wenn wir sie nicht finden, gar nicht mehr."

Focke schluckte, wusste nicht, was er sagen sollte. Sein Plan hatte funktioniert, die Müdigkeit war vergangen, aber zu welchem Preis? So wie Eileen hatte wohl jedes Kind in Eddessen seine eigene, traurige Geschichte. Unvorstellbar, dass er früher darauf eifersüchtig gewesen war. Natürlich waren seine eigene Kindheit und Jugend auch kein ständiges Bullerbü gewesen. Aber im Vergleich dazu musste er die Klappe halten und durfte sich nicht beschweren.

Zum Glück brauchte er nicht weiter über die Ungerechtigkeit der Welt nachzudenken, denn sie hatten Franzensbad erreicht oder vielmehr Františkovy Lázně, wie man auf tschechisch dazu sagte. Nach einer Fahrt durch die schwarze Nacht, gespickt von einzelnen Lichtpunkten, die die Weitläufigkeit des südwestlichen Elstergebirges mit Feldern und Waldstücken nur erahnen ließ, kam Focke die Stadt wie ein Wunder vor. Das historische Stadtzentrum ein einziges Denkmalschutzgebiet, hätte Focke vor ein paar Tagen sein Smartphone heiß laufen lassen und jedes Detail fotografiert: der morbide Charme klassizistischer Bauwerke in Schönbrunner Gelb, rechtwinklig verlaufene Prachtstraßen mit Badehäusern oder eine Parkanlage mit jahrhundertealtem Baumbestand. Doch momentan war ihm die Lust vergangen.

Sie hielten an der Rückseite eines weniger prächtigen Gebäudes nahe der *Chebská*, der breiten, um die Uhrzeit aber ruhigen Durchfahrtsstraße unweit des Besucherzentrums der Stadt. Tjark stellte den Motor ab und fuhr sich durch den Bart, während er beteuerte, dass es genau die Stelle war, wo er Vivienne zufällig gesehen hatte, das Mädchen, mit dem alles ins Rollen gekommen war. Demnach musste das die Wenzelsklinik gewesen sein. „Ich bin etliche Monate danach noch mal hingefahren, habe sogar diesen bescheuerten Hinterhof geknipst. Oh Mann, ich war so dicht dran!“

„Ja, es reicht. Wir sind ja jetzt hier.“ Focke erinnerte sich gut an das Foto, er hatte es auf der Kamera in Tjarks Auto gefunden. Und sogar Jana gefragt, ob sie etwas damit anfangen konnte, ganz zu Anfang. Der Hinterhof war in echt viel kleiner als in seiner Vorstellung, die er sich aufgrund der Aufnahme davon gemacht hatte, nur ein schmaler Platz, rechts grenzten eine Reihe Müllcontainer mit dem Rücken ans nächste Gebäude, davor ein Grünstreifen, dann Parkplätze. Die Müdigkeit drohte zurückzukehren. Er gähnte.

„Ja, jetzt sind wir hier", griff Tjark seinen Einwand auf. „Für Vivienne ist das mit Sicherheit zu spät, viel zu spät! Ich hätte einfach reingehen müssen."

„Hör auf. Du konntest doch gar nicht wirklich wissen, dass sie da drin ist. War sie vielleicht auch gar nicht."

„Aber Eileen ist hier, wenn man Viktor Korns letztem Wort Glauben schenken mag. Und wenn sie hier ist, sind oder waren die Kinder vor ihr auch hier."

„Und wozu?", entgegnete Focke und zeigte auf eine einsame Leuchte an der Rückwand des Klinikgebäudes. Der Wind ließ sie quietschend hin- und herschaukeln. Im Inneren war alles dunkel, nirgends brannte ein Licht. „Das ist eine Klinik und kein Aufnahmestudio. Was sollen sie da?"

„Ich habe keine Ahnung. Ich weiß nur, dass ich es mir lieber nicht vorstellen will."

Focke stimmte zu. Der Gedanke an Schmuddelvideos war schlimm genug. Obwohl ihm die Version seines Vaters, dass man kaum mit etwas ablenken würde, was der Wahrheit entsprach, nach wie vor nicht unplausibel erschien. Vorausgesetzt, die Videos auf dem USB-Stick waren nur Ablenkung. „Und was machen wir jetzt?"

„Warten!"

„Warten?"

„Weißt du was Besseres? Guck mal auf die Uhr! Es ist nach Mitternacht. Wenn wir da jetzt reinmaschieren, haben wir die volle Aufmerksamkeit. Lass uns lieber etwas Schlaf kriegen."

Und warum hatten sie sich dann so beeilt?, fragte Focke lautlos und stieg mit einem Gähnen auf die Rückbank, um sich hinzulegen. Er hoffte inständig, dass ihn der Ausdruck von Viktor Korns schmerzverzerrtem Gesicht nicht bis in den Schlaf verfolgte.

Sie wurden unsanft geweckt. Der Müllwagen fuhr in dieser Gegend ziemlich früh, bereits vor sechs Uhr, lange bevor die Dämmerung einsetzen würde. Was wohl die Kurgäste dazu sagten? Scheißegal, fand Focke und rieb sich die Augen. Er fühlte sich ausgelaugt, obwohl es ihm, dank Cordjacke-Jutetasche-Kombination als Kopfkissen offenbar gelungen war, vier, fünf Stündchen Schlaf zu finden, ohne vorab in Grübeleien zu verfallen. Und dank des Pullovers seines Vaters, der plötzlich wie eine Decke über seinem Bauch lag. Nicht zuletzt hatte der nicht enden wollende Vortag seinen Tribut gefordert, in jeglicher Hinsicht. Seine Klamotten waren zerknittert, die Frisur ruiniert, sein Körpergeruch gelinde gesagt erbärmlich, da half es ihm wenig, dass Shampoo und Haarspray griffbereit waren. Außerdem drückte seine Blase. Sein Smartphone für ein Badezimmer!

Wenigstens ein Gutes hatte der abrupte Weckruf: Als der Müllwagen sich verzog, kam ein Lieferwagen zum Vorschein. Zwei Männer in Schutzkleidung stiegen gerade aus und liefen zu einer Metalltür, die in den rückwertigen Teil der *václavské klinika* führte. Durch die Außenleuchte über der Tür konnte Focke erkennen, dass sie die Ladetüren des Lieferwagens offen gelassen hatten. „Tjark, wach auf!" Er stieß seinem Vater gegen die Schulter.

Der fuhr hoch wie eine röchelnde Dampflok. „Huch. Was ist?"

Focke wunderte sich, woher auf einmal dieses Tuch kam, das über dessen Beinen lag. Eigentlich sollte es ja kein Problem sein, wenn man kurz ausstieg, um sich etwas aus dem Kofferraum zu holen. Eigentlich! „Siehst du das da?", fragte er. „Unsere Chance!"

„Eine Putzkolonne?", gähnte Tjark.

„Ja, perfekt, oder?" Er stieg halb aus dem Auto, um die Gegebenheiten aus sicherer Entfernung zu überprüfen.

Zugegeben fühlte es sich ein bisschen an wie in einem Film. Da der Eindruck kein neuer war, sondern in den letzten Tagen regelmäßig wiederzukehren schien, gewöhnte sich Focke allmählich daran. Sie würden sich als Mitarbeiter der Putzkolonne tarnen und auf diese Weise unbemerkt ins Gebäude gelangen, ganz einfach! Eileen würde friedlich in einem Bettchen liegen, warum auch immer, und seinen Vater erleichtert anlächeln.

Er nahm einen Schluck Mineralwasser, um sich den Mund auszuspülen. Der bittere Geschmack, den die Entdeckung des Videos TjarkmitEileen verursacht hatte und nicht etwa mangelnde Zahnhygiene, ließ sich dadurch nicht beseitigen. Sein Vater schien seinen Tatendrang nicht zu teilen. Es dauerte eine halbe Ewigkeit, bis er die Wolldecke von seinen Beinen nahm, dann noch eine, bis er endlich die Tür aufmachte. Irgendetwas passte ihm nicht. „Was ist los?", fragte Focke.

„Nichts. Ich bin mir nur nicht sicher, ob es auf diese Weise funktioniert. Wie sollen wir Eileen rauskriegen? In einem Wäschecontainer vielleicht?"

„Wir improvisieren. Mensch, gestern warst du nicht so unkreativ! Ich muss vorher nur kurz aufs Klo. Musst du nicht?"

„Ich war zwischendurch mal am Baum."

Das erklärte einiges, dachte Focke. Öffentliches Urinieren kam für ihn aber nicht infrage. „Na gut, dann gehe ich alleine. Du wartest hier, verstanden?" Focke zog sein Cordsakko aus der Tasche und versuchte vergeblich, es glattzustreichen. Hatte er das gerade wirklich gesagt? Vielleicht sollte er die Autoschlüssel einkassieren. Nur wie, ohne dass sein Vater Verdacht schöpfte?

Er lief in die Richtung des Besucherzentrums. Das würde um diese Uhrzeit kaum aufhaben, dafür gab es etliche Läden in der Umgebung und bestimmt auch Cafés oder Bäckereien. Allmählich füllten sich die Straßen. Die Luft war kalt, seine Jacke viel zu dünn, doch damit hatte Focke bei ihrem Kauf wahrlich nicht rechnen können. Morgens im Dunklen durch eine wildfremde tschechische Stadt rennen zu müssen auf der Suche nach einen Klo, einem vermissten Mädchen und der Wahrheit.

Die letzten Meter beschleunigte er sein Tempo, denn mit dem Gedanken an eine Toilette fing sein Bedürfnis an, dringend zu werden. Zu seiner Erleichterung war das Caffe Firenze bereits geöffnet, eine schmales, dafür langes Café mit zahlreichen Sitzplätzen auf der rechten Seite, die bis zur Fensterfront an der Rückwand reichten. Links war der Verkaufstresen. Die duftende Auslage, Fliesen im Schachbrett-Muster, lange Hängeleuchte mit bronzenen Schirmen, all das gefiel, doch Focke wollte hier nicht verweilen, obwohl es ihm lieber gewesen wäre. Die Verkäuferin sprach deutsch und akzeptierte glücklicherweise Euros für zwei Kaffee und zwei Croissants, die er vor allem deshalb kaufte, um die ebenfalls glücklicherweise sehr saubere Toilette benutzen zu dürfen. Nebenbei schrieb er Jana und brachte sie auf den neuesten Stand, dass Tjark und er in der Nacht in Franzensbad angekommen wären und gleich in die Wenzelsklinik wollten, was auch immer sie dort erwartete. Jana war bereits wach und schrieb sofort zurück, dass sie schlecht geschlafen und sich deswegen im Internet mit den neuesten Nachrichten aus Plauen versorgt hatte. In einem Mietshaus wäre ganz in der Früh eine männliche Leiche gefunden worden. *Habt ihr was damit zu tun?*

Focke rutschte beinahe sein Smartphone aus der Hand. Die Polizei hatte die Leiche von Viktor Korn also gefunden! Doch es würde sich um die Plauer Polizei handeln, und ob die einen Zusammenhang zu Liborius Hanke und damit zu ihnen vermutete, war dahingestellt, surrte ihm durch den Kopf. Es war natürlich nur eine Frage der Zeit, bis eine Verbindung zu ihrem BMW hergestellt worden war, den jemand beobachtet haben konnte. Sie müssten auf der Hut sein, mehr denn je. Ohne Jana auf die letzte Nachricht zu antworten, öffnete er die Kabine. Der anschließende Spiegelcheck wurde vorzeitig abgebrochen, aus zeitlichen und optischen Gründen: Zu den bekannten Makeln kam nun der befürchtete Schatten von Bartstoppeln, der ihn mit einem Schlag etliche Jahre älter machte. Zwanzig Kilo mehr auf den Rippen und er sah aus wie sein Vater!

Zurück an Beates BMW traf ihn der nächste Schlag. Nicht nur der Zündschlüssel war verschwunden. „So eine Scheiße!“, rief Focke und stellte Becher und Tüte auf die Motorhaube, obwohl er sie am liebsten weggekickt hätte. Noch bestand ein Fünkchen Hoffnung, dass sein Vater es sich anders überlegt hatte und doch nur um die Ecke gegangen war, um seine Notdurft zu verrichten. Nach einer endlosen Minute Däumchen drehen und Kaffee schlürfen kam Focke zu der Erkenntnis, dass auf Hoffnung wenig Verlass war. Sein Vater war ohne ihn hineingegangen! Irgendetwas hatte er geplant, das war ihm von Anfang an so vorgekommen. So ein Aas!

„Verdammt!“ und weitere Flüche ausstoßend, stampfte er zum Lieferwagen, der mittlerweile auch ohne die Hilfe der Außenleuchte gut zu sehen war. Die Dämmerung hatte eingesetzt. Im Klinikgebäude leuchteten die ersten Fenster hell. Risse in der Fassade wurden dadurch ebenso sichtbar wie blätternde Holzrahmen. Natürlich befanden sich im Laderaum des Lieferwagens weder Arbeitskleidung noch sonstige Utensilien, mit denen er sich halbwegs tarnen konnte, lediglich sehr große Kisten, dahinter eine ganze Reihe Kühlfächer. Merkwürdige Putzkolonne, fand Focke.

Ohne sich Zeit zum Nachdenken zu geben, schlüpfte er durch die Metalltür und landete in einer Art Lager. Die vollgepackten Regale wurden für die kurze Zeitspanne erhellt, bis die Tür hinter ihm mit einem Knall ins Schloss fiel. Focke holte sein Smartphone heraus und benutzte es als Taschenlampe, um sich den Weg zu bahnen, ohne zu sehr links und rechts zu starren. Das, was er auf diese Weise wahrnahm, reichte ihm: Kartons in allen Größen, Papierrollen und vor allem Kisten, in denen wiederum kleinere Gegenstände aufbewahrt wurden, die zu erkennen es zu dunkel war. Sicher hätte es einen Lichtschalter gegeben, doch er war unschlüssig, wie er sich verhalten sollte. Als heimlicher Eindringling, wie sein Plan gewesen war, bevor sein Vater sich davongestohlen hatte, oder völlig anders, auf die forsche Tour: „Guten Morgen, Gesundheitsamt.“ Ein nicht unbeachtliches Problem wären seine mangelnden Kenntnisse der tschechischen Sprache. Und dass ihm der Mumm fehlte, immerhin war das kein Ponyhof wie die Recherche bei der Tagesmutter Ulrike Petermichl. Er entschied sich für die heimliche Tour und dazu, seiner Linie treu zu bleiben und lieber nicht zu viel nachzudenken.

Auf diese Weise erreichte Focke die nächste Tür und holte sich einen extra Powerschub Sauerstoff, bevor er sie vorsichtig öffnete. Dahinter lag ein schmaler, gewundener Korridor, mit einfachen Kellerleuchten alle paar Meter und wesentlich heller als das Lager. Etliche Versorgungsleitungen verliefen unter der Decke, manche bogen durch Löcher in der Wand zur Seite ab. Mit Sicherheit kein offizieller Bereich, dazu waren die Wände zu bröckelig und der Fußboden zu schmutzig. Er kannte sich zwar im tschechischen Gesundheitssystem nicht aus, wusste aber, dass etliche Deutsche dort ihre Zähne richten, die Brüste vergrößern oder sonstige Eingriffe an sich durchführen ließen. Insofern, schätzte er, wurde nicht nur auf hygienische, sondern auch auf optische Standards geachtet.

Auch im Korridor kam ihm niemand entgegen, was bestimmt nicht so bleiben würde. Darauf verwiesen allein die Stimmen, die mit jedem seiner Schritt klarer wurden. Dem Klang nach kein freundliches Gespräch zwischen mindestens drei Personen, zwei Männern und einer Frau, von dessen Inhalt er natürlich kein einziges Wort verstand. *Zastavte!* oder so ähnlich rief einer der Männer immer wieder. Focke lief weiter und war so sehr auf die Stimmfarbe des Mannes konzentriert, dass er den Eimer nicht bemerkte, ihn wie einen Ball wegkickte und einen Höllenlärm verursachte. Sofort erstarrte er zu Stein, unfähig sich zu rühren. Die Stimmen wurden leiser, dann lauter, und es hörte sich an, als würde die Gruppe in seine Richtung laufen und näherkommen. In letzter Sekunde gelang es ihm, in einer Wandnische in Deckung zu gehen, kauernd hinter einem gammeligen Wasserboiler, und zwischen Rohren und Spinnenweben hindurch zu beobachten, wie zwei Männer in schwarzen Overalls an ihm vorbeizogen. Sie schienen keinesfalls nach der Ursache des metallischen Scheppers zu suchen, auch rannten sie nicht. Sie stritten nicht einmal, sondern lachten und hatten eine Menge Spaß. Aus der anderen Richtung näherte sich ein Mann mit Rollwagen, auf dessen Ladefläche dieselben großen Kisten lagen, die Focke bereits draußen im Lieferwagen gesehen hatte. Was sie wohl enthielten, das gekühlt werden musste? Das Mittagessen für die Patienten, war sein bester Einfall.

Als der Mann mit dem Rollwagen ebenfalls verschwunden war und endlich Ruhe einkehrte, traute Focke sich hervor. Dass sein spontanes Versteckspiel nicht spurlos an ihm vorbeigegangen war, davon zeugten die Flecken auf seiner Hose. Und ihm war warm geworden, die Vorstufe zur Schweißentwicklung. Er müsste besser Augen und Ohren aufhalten, würde nicht jedes Mal so ein Schweineglück haben!

Der Korridor machte einen Knick und verbreiterte sich zu einer Fläche, von der drei Türen abgingen. Eine stand offen. Focke blickte in einen Umkleideraum, mit Spinden an den Wänden, Bänken in der Mitte und dem typischen Geruch. Eine der Neonröhren flackerte. An der Rückseite gab es eine weitere Tür. Sie führte in einen ungleich schöneren Flur, wie Focke beim Näherkommen feststellte. Er schaute hinein, um die Lage zu sondieren – und sprang zurück, um nicht mit der Frau zusammenzustoßen. Sie trug einen weißen Kasack und war in Unterlagen vertieft, weswegen sie ihn hoffentlich nicht registriert hatte, doch was das Bemerkenswerteste war: Focke kannte sie. Wären es einzig und allein die Fotos von Privatdetektiv Sima gewesen, hätten bei einer Begegnung in der Länge von ein paar Sekunden wahrscheinlich die Zweifel gesiegt. Doch er hatte die Frau schon in Viktor Korns Wohnung in Plauen vermisst, nämlich als Eileens vermeintliche Pflegemutter. Und als dann jemand bei ihrer Suche nach *Wenzel* gegen die Wohnungstür geklopft hatte, noch dazu eine Frau, war ihr Gesicht wie ein Schreckgespenst vor seinen Augen erschienen: Kristyna. Wenn das nichts zu bedeuten hatte!, sinnierte er, den Rücken gegen die Wand des Umkleideraums gepresst. Sein Vater und er waren tatsächlich an der richtigen Adresse gelandet! Es konnte gar nicht anders sein!

Einem Impuls folgend, nahm er sich einen Kasack aus einem der Spinde und zog ihn über. Von der Größe her passte er sogar annähernd. Zusammen mit den weißen Turnschuhen nicht die schlechteste Tarnung, fand Focke und lief den schöneren Flur nach links hinunter, in die entgegengesetzte Richtung wie Kristyna. Wobei *schönerer Flur* übertrieben war. Der Flur war breiter, der Fußboden gefliest und sauber, mehr nicht. Dass es einmal anders gewesen war, davon zeugten Reste von Zierleisten in Hüfthöhe und vereinzelt Stuckrosetten, die, in hellbeiger Wandfarbe achtlos übergestrichen, optisch untergingen. Dafür wurde die Luft stickiger und der Geräuschpegel stieg. Auch hier waren Neonröhren die einzige Lichtquelle. Es gab Türen, die allesamt geschlossen waren. Dass der Rückweg mit jedem weiteren Mal Abbiegen immer komplizierter wurde, versuchte Focke genauso zu ignorieren wie die Tatsache, dass er inzwischen zwar eine Tarnung besaß, aber noch keinen Plan.

Ähnlich wie im Gasthof *Zum Hirschen* gestern, wo er ein Zimmer nach dem anderen kontrolliert hatte. Doch dort war außer der alten Frau niemand vor Ort gewesen, zumindest anfangs. Der Fall lag hier anders, deutlich sogar, andererseits: Worauf warten? Der Flur war gerade menschenleer. Zaghaft öffnete Focke die erste Tür, eine alte Kassettentür aus Holz, zumindest wollte er sie öffnen. Sie war verschlossen.

Erst die zweite ließ sich aufmachen und führte in eine Art Krankenzimmer. Sofort stieg ihm ein süßlicher Geruch in die Nase. Hohe Decken, dicke Mauern und schwere Türen veranschaulichten auf beeindruckende Weise die Dimension des Gebäudes. An der Wand ein altes Metallbett, ein kleiner Schrank aus demselben Material daneben, dazu graue Vorhänge. Über allem lag eine Atmosphäre der Trostlosigkeit. Lediglich das Plakat von Pinocchio an der Wand fiel aus dem Rahmen, fand Focke und wollte schon einen Rückzieher machen, als ihm die Wölbung unter der Bettdecke auffiel. Ziemlich klein, aber für ein Kind genau passend. Er ging näher und streckte die Hand aus. Vorsichtig hob er die Decke ein Stück an und dann ruckartig, nämlich als sich herausstellte, dass es lediglich ein Kissen war, das darunter gelegen hatte.

Focke spürte trotz des Fehlschlags Erleichterung und merkte dabei gar nicht, wie hinter ihm jemand das Zimmer betreten hatte. Erst als dieser Jemand anfing zu reden, zuckte er zusammen und drehte sich um. Ein unansehnlicher Typ mit Brille, etwas jünger als er und komplett in Weiß gekleidet, stand dort, eine Hand auf der Türklinke, in der anderen hielt er verschiedene Unterlagen. *„Tady jsi. Jsi lektorem?“*

Focke verstand kein einziges Wort. *Was machst du da? Verschwinde von hier oder du bist tot*, so etwas in der Art musste es gewesen sein, wenn auch nicht in so vielen Worten.

„Jsi lektorem?“, wiederholte der andere und schien eine Reaktion zu erwarten, also nickte Focke vorsichtig. Der Tonfall hatte eigentlich recht harmlos geklungen. Und das Pickelgesicht wirkte abstoßend, aber nicht bedrohlich.

„Začíná to. Pojď se mnou.“

Focke nickte nochmals.

„Nebo chcete spát?“, sagte der Brillenträger daraufhin und lachte.

Focke stimmte mit ein. Er hatte wirklich keinen Schimmer, was gerade ablief. Immerhin die Kopfbewegung war unmissverständlich, er sollte mit ihm kommen. *„Musíme jít nahoru.“*

Focke hatte keine andere Wahl, als ihm in den Flur zu folgen, wo sie wortlos nebeneinander herliefen, weiter in das Gebäude hinein, mit unbekanntem Ziel. Was nicht das Schlechteste war. Zwar wurde es mit jedem Meter voller, doch die beiden Krankenschwestern, die ihnen entgegenkamen und sich angeregt unterhielten, schienen sich an seiner Anwesenheit nicht im Geringsten zu stören. Von seinem Vater natürlich keine Spur. Gleich hinter den Frauen schob ein kräftiger, weißgekleideter Mann ein Bett über den Flur. An einer Stange hing ein Tropf, der über einen Schlauch mit der Hand des Patienten verbunden war.

Focke hielt den Atem an, als er den Kopf des Patienten erkannte. Es war ein Kind. Mit roten Haaren. Eileen, ganz sicher war das Eileen! Er blickte sich unauffällig um und sah, wie der Mann das Bett durch eine moderne Glastür schob. Auf der Scheibe standen Worte, doch die Buchstaben ergaben für sein Empfinden keinen Sinn. Ein Übersetzungsprogramm hätte geholfen, es konnte alles heißen. Doch im Grunde war es egal, er musste Eileen folgen, jetzt. Neben ihm lief der Brillenträger unbeirrt weiter geradeaus. Unter anderem an zwei Türen vorbei, diesmal mit Symbolen darauf anstatt Buchstaben. Ihre Bedeutung verstand Focke mühelos. Es war vielleicht *die* Chance. Er drückte mit Körpersprache aus, halb entschuldigend, halb drängend, dass er auf die Toilette musste. Es schien dem Typen nicht zu gefallen, dabei folgte Focke lediglich dem Ruf der Natur. Hastig betrat er den winzigen Raum, schloss ab und holte sein Smartphone heraus, um wirklich nach einem Übersetzungsprogramm zu googeln. *Geh schon mal vor, ich komme gleich nach!* oder so würde er sich ins Tschechische übersetzen und mehrmals vorlesen lassen, um sich die Aussprache der Worte einprägen zu können. Doch das Scheißding hatte natürlich keinen Empfang! Er hätte es in das schäbige WC ohne Klobrille werfen sollen.

Und ihm fehlte die Zeit, um sich etwas anderes zu überlegen! Er verließ die Toilette und staunte nicht schlecht, als vom Brillenträger nichts mehr zu sehen weg. Manche Dinge erledigten sich von selbst, dachte Focke erleichtert und lief zu der Glastür mit dem Schriftzug zurück, nun deutlich selbstsicherer als zu Beginn seines Aufenthalts in der Wenzelsklinik.

Die Tür ließ sich problemlos aufdrücken. Ein weiterer langer Flur kam zum Vorschein. Rutschfester Linoleumfußboden statt Fliesen, ein Spender mit Desinfektionsmittel und ein Handlauf zum Festhalten verrieten, dass dieser Bereich einst großzügiger modernisiert worden war. Zwei

Rollwagen mit leeren Fächern, wo sonst Tabletts steckten, warteten geduldig auf das Ende der Frühstückszeit. Dazwischen Zeitschriftenhalter, Kühlschrank und Kleiderständer. Und leider viel zu viele Zimmer, in denen Eileen untergebracht sein konnte.

Umso größer war Fockes Freude, als er das Bett mit dem Tropf bereits im zweiten Zimmer fand. Der Mann, der es geschoben hatte, war verschwunden, dafür beugte sich eine Krankenschwester über Eileen. Focke fluchte innerlich. Ihm blieb nichts anderes übrig, als weiterzulaufen und sich im Nu einen Trick einfallen zu lassen, um die Frau wegzulocken. Er könnte zum Beispiel aus einem der anderen Zimmer einen Alarm auslösen. Wobei fraglich war, ob wirklich sie reagierte oder jemand anderes kam. Also lieber den Sicherungskasten suchen und den Strom abstellen? War ja überhaupt kein Problem! Oder gleich den Computer knacken und das gesamte Krankenhaus lahmlegen? Focke schüttelte den Kopf. Als hätte er einen Schimmer gehabt, wie das funktionierte, selbst wenn es ein *Apple* gewesen wäre. Doch die Zeit lief unbarmherzig weiter, wusste er und betrachtete die Gegebenheiten vor Ort im Schnelldurchgang. Am Kleiderständer zahlreiche Jacken und Mäntel, Bilder sowie ein Anschlagbrett mit Informationen an den Wänden, auf einem Sideboard ein Obstkorb. Ohne weiter nachzudenken, packte er sich einen Apfel und warf ihn so weit wie möglich durch den Flur. Noch bevor der Aufprall kam, hatte er sich hinter dem Kleiderständer in Deckung gebracht. Der Lautstärke nach landete der Apfel nicht bloß an einer Wand, sondern riss dabei obendrein eines der Bilder mit zu Boden. Tatsächlich kam die Krankenschwester kurz darauf in den Flur gestürzt, um nach der Ursache zu forschen. Dabei rief sie etwas vor sich hin, das er wieder nicht verstand, was aber total nebensächlich war. Focke konnte unbemerkt zu Eileen ins Zimmer laufen, das zählte, und das tat er auch. Vor ihrem Bett blieb er stehen und beobachtete, wie sich die Decke kaum merklich hob und wieder senkte. Die Flüssigkeit aus dem Tropf versorgte ihren Körper mit was auch immer. Er drehte sich zur Tür und vergewisserte sich, dass die Krankenschwester nicht zurückkam. Vielleicht ein bisschen länger als in einer solchen Situation nötig. Oder viel länger als nötig. So, als *wollte* er es hinauszögern. Und ertappt werden. Focke war sich verdammt noch mal nicht sicher, ob er es wirklich tun sollte! Den Schlauch tatsächlich von der Kanüle lösen, Eileen packen und mitnehmen. Denn das bedeutete ebenfalls, sich einzugestehen, dass alles, was sein Vater erzählt hatte, die Wahrheit gewesen war. Er schluckte, unfähig, die Entscheidung zu treffen, ob er bereit dazu war. Was, wenn es einen echten Grund gab, warum man Eileen hierhergebracht hatte? Vielleicht war sie ja krank? Das Brummen, das sie genau in dem Augenblick von sich gab, fühlte sich an wie ein kalter Wasserstrahl in seinem Gesicht. Es war reichlich tief für ein Mädchen! Focke beugte sich über das Bett und betrachtete das Gesicht. Rote Haare, ja. Aber die Nase, das Kinn ... Mein Gott, was war er blöd. Es handelte sich mitnichten um Eileen, sondern um einen Jungen.

Er machte auf der Stelle kehrt und rannte in den Flur zurück. Wo ihn prompt die Krankenschwester entdeckte und ansprach. Er reagierte nicht, lief durch die Glastür und bog nach rechts. Dort tauchte auch der Brillenträger wieder auf, sogar mit Verstärkung, also wechselte er in die andere Richtung. Focke begann zu rennen. Schweiß breitete sich auf seiner Stirn und am Rücken aus, und nicht allein von der Anstrengung. Es war Stress! Die Schlinge zog sich zu. Wie durch ein Wunder erreichte er die Umkleide, durch die er gekommen war, doch da etliche Leute darin herumstanden, als hätten sie sich abgesprochen, rannte er weiter zu der massiven Feuertür am Ende des Flures. Er riss sie auf, schlüpfte hindurch und hörte den Rums, als sie hinter ihm ins Schloss fiel. Schlagartig wurde es dunkler. Es reichte, um sich zurecht zu finden und nirgendwo gegenzustoßen. Über ihm verliefen zahlreiche Versorgungsleitungen wie zu Anfang schon. Er rannte weiter, hörte, wie die Tür hinter ihm geöffnet wurde, was bedeutete: Seine Verfolger rückten nach.

Irgendwo vor ihm musste eine Lichtquelle sein. Offenbar eine Glaswand, mit einem Raum dahinter. Sie zog ihn magisch an, wie das Licht am Ende des Tunnels. Und dort, völlig unverhofft, in einer Art verglastem Wartezimmer, durch das man bis in den gleißend hellen Raum dahinter blicken konnte, entdeckte er seinen Vater. Mit dem Strahlen eines Helios aus der griechischen Mythologie stand er zwischen mehreren Betten, wobei in mindestens einem jemand lag. Der kleine Körper darin war komplett mit einem Tuch abgedeckt. Fockes Herz schlug heftig, nicht zuletzt vor Freude, ihn in diesem Labyrinth aus Gängen wiedergefunden zu haben. Sein Vater würde ihm helfen. Focke wusste zwar nicht, wie oder womit. Aber etwas würde ihm sicher einfallen und alles würde gut.

Die Verfolger im Nacken, hämmerte er gegen die Scheibe. Sein Vater auf der anderen Seite hob den Kopf und suchte nach der Ursache des Geräuschs. Endlich fand er Focke und blickte ihn an, mit einem Gesichtsausdruck, der sich auf die Schnelle nicht deuten ließ. Freude, Überraschung, Panik, es konnte alles darin liegen.

Mach was, los! riefen Fockes weit aufgerissene Augen und hektische Handbewegungen durch die Glaswand in den gegenüberliegenden Raum. Hinter ihm rückten die Krankenschwester und der Brillenträger mitsamt Verstärkung in Sichtweite. Und von vorne kamen die beiden Männer in Overalls auf ihn zu. Im Gegensatz zu vorhin hatten sie jetzt keinen Spaß mehr.

Tjark lief zur Türöffnung und flüsterte etwas in sein Ohr, entweder zu leise, oder die Hintergrundgeräusche waren zu laut. Focke wollte schnell nachfragen, doch sein Vater hatte sich längst ein paar Schritte von ihm entfernt. Mehr noch, plötzlich zeigte er mit ausgestrecktem Arm auf ihn wie auf einen Verräter und rief voller Abscheu: *Pozor! Vetřelec! Pozor!* Genauso gut hätte er *Das ist nicht mein Sohn!* rufen können.

Focke verstand überhaupt nichts mehr! Vollkommen verwirrt setzte er sich in Bewegung, dabei hätte er ohne Zögern einen Finger für eine Erklärung geopfert. Sein Herz pochte nicht nur, es schmerzte. Doch ihm blieb keine Wahl. Ihm blieb keine Gelegenheit nachzudenken, was der Ausruf seines Vaters bedeutete. Oder ob er eine Chance hätte zu entkommen. Einfach nur weg! Die einzige Fluchtmöglichkeit, die sich auftat, war die schmale Holztür schräg gegenüber der Glaswand. Focke rannte durch, rannte den Flur entlang, der sich dahinter auftat, sah eine hölzerne Treppe, lief hinauf, sah eine weitere Tür und eine Menschengruppe, lief quer hindurch wie durch eine Schar Hühner, sah irgendwo dämmerndes Tageslicht, lief hinaus ins Freie, lief über die Hauptstraße *Chebská*, wo der Verkehr deutlich zugenommen hatte, und fühlte sich erst annähernd in Sicherheit, als er das Caffe Firenze erreicht und sich kurzatmig unter eine Gruppe Rentnerinnen aus Deutschland gemischt hatte. Sie trafen sich dort zum Sektfrühstück, erzählte eine ältere Dame mit lila Haarschimmer drauf los, im Anschluss fingen die Kosmetikanwendungen an.

Focke hätte es in dem Augenblick nicht weniger interessieren können.

Nachdem er sich in einem Touristengeschäft eine billige Baseballkappe zugelegt und sich Kasack und Cordjacke ausgezogen hatte, um sein Aussehen zu verändern, traute Focke sich zurück in den Bereich der *václavské klinika*. Schon von weitem bestätigte sich seine Befürchtung. Es fühlte sich an wie ein Tritt in den Magen: Das Auto seines Vaters war verschwunden, unter der reichverzierten Laterne nur ein leerer Parkplatz.

Tausend Fragen stürzten auf ihn ein. Was hatte sein Vater in der kurzen Nacht im Auto vorbereitet? Wieso konnte er überhaupt tschechisch? Mit der Befürchtung, dass es im Moment nicht schlimmer werden konnte, lief Focke zum Mülleimer, der am Laternenpfahl befestigt war und schob zwei Pappbecher zur Seite. Laut seufzend holte er die Plastiktüte heraus, die er in weiser Voraussicht vorm Einschlafen darin deponiert hatte. Wenn die Müllabfuhr, die am frühen Morgen die Behälter der Klinik geleert hatte, auch diesen geleert hätte, wäre der *worst case* sogar gesteigert worden. Auf schnellstem Wege rannte er zurück in die Innenstadt, um unter Menschen zu sein. Bei dem erstaunlichen guten Wetter an diesem Samstag Morgen sollte es eigentlich kein Problem sein, welche zu finden.

Vor dem Casino an der Kurallee hielt Focke an, weil eine Gruppe Asiaten herumgeführt wurde und weil es ihm bekannt vorkam. In Wirklichkeit wirkte das gelbweiße Gebäude mit dem geschwungenen Kupferdach und grüner Patina natürlich viel prachtvoller als auf den Aufnahmen seines Vaters. Kaum vorstellbar, dass nur wenige Meter weiter die Wenzelsklinik lag, in der sein Vater ihn eben mit voller Absicht seinen Verfolgern zum Fraß vorgeworfen hatte. Er bekam es nicht in seinen Kopf!

Es gab nur eine Möglichkeit, um Antworten auf seine Fragen zu kriegen. Focke nahm sein Smartphone und wählte die Nummer seines Vaters. Vergeblich, es tutete nur, eine Ewigkeit! Dann ging die Bandansage an.

Verdammt!, dachte er und trat gegen einen Steinsockel, als sein Smartphone wie durch Zauberei anfing zu klingeln. Sofort drückte er es sich ans Ohr und rief wutschnaubend: „Sag mal, wo steckst du?“

Niemand antwortete. Focke riskierte einen zaghaften Blick auf die Nummer des Anrufers. Unterdrückt. „Hallo?“, fragte er.

„Herr Löhr, hier spricht Hauptkommissar Götte. Guten Morgen.“

Focke presste die Augen zusammen. Doch ohne Licht drohte ihm schwindelig zu werden, deshalb öffnete er sie wieder.

„Herr Löhr. Focke!“ Der Hauptkommissar sprach in unverfänglichem Ton. „Wir wollten Ihnen nur mitteilen, dass Sie Ihr Tablet wiederhaben können.“

„Das ist ja schön. Und deswegen rufen Sie extra an?" Focke konnte es kaum glauben und ließ sich auf den Steinsockel nieder. Die Gruppe Asiaten bildete einen Halbkreis um ihren Stadtführer.

„Ja, wir benötigen es nicht mehr. Unsere Untersuchungen in diese Richtung sind abgeschlossen."

„Wirklich? Und, was hat es ergeben? Sind tatsächlich Kinder aus Haus Eddessen verschwunden?"

„Das können wir ja persönlich bereden. Sind Sie noch in Manrode?"

Focke wurde den Eindruck nicht los, dass etwas anderes hinter dem Telefonat stecken musste. „Aber Sie sind dem doch nachgegangen, oder?"

„Herr Löhr, ich habe Sie gefragt, ob Sie noch in Manrode sind."

„Nein, ich bin ... zurück nach Gütersloh gefahren. Die Arbeit, wissen Sie? Ich kann mich ja nicht ewig davor drücken." Er tat, als würde er lachen. Dabei war ihm schlagartig klargeworden, was der Grund für den Anruf sein musste, und der hatte mit seinem Tablet nicht das Geringste zu tun. Obwohl sie ihn dafür nicht einmal hätten anzurufen brauchen. Was nur bedeuten konnte, dass sie Druck ausüben wollten. Für Sicherheitsvorkehrungen war es natürlich längst zu spät. Er blickte sich um, als würde der Hauptkommissar im nächsten Augenblick aus dem Bus springen, der vorgefahren war, oder seine Tarnung als ausländische Touristengruppe ablegen, mitsamt Gefolgschaft.

Martin Göttes Tonfall schlug um. „Herr Löhr, das ist kein Spaß! Ich habe Ihnen gestern schon gesagt: Wenn Ihnen etwas über den Aufenthaltsort Ihres Vaters bekannt ist, müssen Sie uns das mitteilen."

„Ich suche selber nach ihm, das können Sie mir glauben. Sagen Sie mir lieber, was Sie über ihn herausgefunden haben."

„So läuft das nicht. Ist Ihnen nicht bewusst, dass wir längst wissen, dass Sie mit ihm zusammen unterwegs sind? Beim Gasthof in Istha haben Sie beide sich ja vielleicht noch davon machen können. Das wird bald ein Ende haben! Wir finden Sie. Und dann müssen Sie sich mitverantworten. Wollen Sie das wirklich?"

„Ich will doch nur herausfinden, was los ist", rief Focke und sprang auf. Ein Auto war etwas zu langsam an ihm vorbeigefahren. Vermutlich schon eine Paranoia. Und wenn es nicht die Polizei war, dann jemand aus der Wenzelsklinik. „Eileen war nicht dort, verstehen Sie? Warum, wo ist sie?"

„Herr Löhr, noch mal: Eileen war eine normale Vermittlung. Das hat uns der Leiter von Haus Eddessen, Herr Pape, bestätigt."

„Ach ja? Wenn Sie das glauben, dann sind Sie wirklich von gestern."

„Warum, wie meinen Sie das?"

Focke schnaufte. *Weil Eileen auch in Plauen nicht mehr gewesen ist*, hätte er sagen sollen, doch er wollte die Spur nicht unnötig auf Viktor Korns Leiche lenken. „Ich habe gestern mit Konrad Pape geredet. Er hat mir erzählt, dass Liborius Hanke zuletzt ein Nervenwrack gewesen ist. Und zugegeben, dass es nicht unmöglich ist, ein Kind unter bestimmten Voraussetzungen aus einer Inobhutnahme verschwinden zu lassen. Überprüfen Sie die Vermittlungen! Dann werden Sie feststellen, dass es die darin aufgeführten Pflegeeltern gar nicht gibt." Die anschließende Gesprächspause ließ vermuten, dass der Hauptkommissar über seinen Vorschlag nachdachte und womöglich sogar aufgriff.

Letzteres war eine grobe Fehleinschätzung. „Herr Löhr, das mag ich alles gar nicht verneinen und selbstverständlich halten wir uns diese Richtung offen", sagte Götte. „Nichtsdestotrotz ist es so: Wir haben die Fragmente der verbrannten Fotos aus der Hütte Ihres Vaters mit einem speziellen EDV-Programm analysiert. Die Fotos zeigen mit an Sicherheit grenzender Wahrscheinlichkeit dasselbe wie die Videos auf den beiden USB-Sticks. Es ist nicht unüblich in der Branche, dass eine Szene gefilmt und fotografiert wird. Was uns eindeutig zeigt, dass die Videos weiterverbreitet wurden. Die Hütte war womöglich das Lager."

„Meinen Einwand von gestern, dass jemand die Fotos dort platziert hat, haben Sie sich anscheinend nicht noch einmal überlegt, wie?“

„Wenn Ihr Vater unschuldig ist, warum meldet er sich dann nicht?“

Weil wir Eileen suchen und Sie nicht!

„Ja, da kommt nichts mehr“, fuhr Götte fort.

„Doch, es kommt noch was. Eines müssen Sie mir erklären: Wenn mein Vater und Liborius Hanke wirklich Videos vertreiben, wo haben sie die dann her?“

„Daran arbeiten wir. Es ist aber nicht auszuschließen, dass ...“ Der Hauptkommissar machte erneut eine Pause, sprach aber genauso eindringlich weiter wie zuvor. „Ich sage Ihnen das nur, damit Sie zur Vernunft kommen, klar?“

„Nur zu.“

„Wir haben in Haus Eddessen einen Raum gefunden, im Keller, dessen Hintergrund eine Ähnlichkeit aufweist mit dem in den Videos.“

„Was? Was soll das denn jetzt? Und überhaupt, eine Ähnlichkeit?“

„Der Raum ist perfekt ausgestattet mit Licht, Mikro und Videokamera, für deren Erwerb sich Ihr Vater eingesetzt hat. Wozu? Was hat er damit vor?“

„Keine Ahnung, *SingStar* spielen?“

„Sehr witzig. Fragen Sie ihn doch mal!“

Focke drückte das Gespräch weg. Sein ganzer Körper zitterte.

Wenn das stimmte, was die Polizei da angedeutet hatte ... Nein, er wollte es nicht weiterdenken. Dass zu den Vorwürfen gegen seinen Vater, neben dem Besitz und dem Vertrieb von Schmuddelvideos, auch noch Kindesmissbrauch dazukam. Sollten die Videos, deren Herkunft er mehr und mehr hinterfragt hatte, tatsächlich in Haus Eddessen entstanden sein? Und sein Vater war an so etwas Unfassbarem beteiligt? Mit Kindern aus Haus Eddessen? Oh mein Gott!

Die Wahrheit kommt immer ans Licht. Die Überzeugung, die er früher einmal gehabt und dann abgelegt hatte. Inzwischen glaubte Focke wieder fest daran, dass sie zutraf. Man konnte auf Dauer nichts verheimlichen. Doch ihm fehlte die Kraft, sich weiter aufzuregen. Er konnte nicht mehr!

Irgendwann einmal würde er einen Artikel über seine Erlebnisse schreiben und der würde einschlagen wie eine Bombe, dachte Focke und stolperte los, möglichst weit weg von seinem derzeitigen Standort und aus dem Bereich der Funkzelle heraus. Was nur Sinn machte, wenn er gleichzeitig sein Smartphone abstellte. Und das konnte er nicht. Er musste doch wissen, was sein Vater zu allem sagte. Und er musste Eileen sehen. Und er musste aufpassen, dass ihn niemand aus der Klinik erwischte. Und ...

Mitten in der Bewegung, einer einfachen Drehung um etwa neunzig Grad, verschwand nicht nur das prachtvolle Casino aus seinem Sichtfeld. Er fühlte auch den heftigen Schlag gegen seine Stirn und den Schmerz, der sich ausbreitete.

Zuvor:
Eileen war aufgewacht, weil sie dringend mal aufs Klo musste. Durch das kleine Fenster über ihrer Matratze fiel ein schwacher Lichtstrahl. Sie stand auf und stellte sich auf Zehenspitzen, um kurz hinauszuschauen. Draußen begann es gerade hell zu werden. Sie konnte Hausdächer sehen und Laternen, für mehr war sie zu klein oder das Fenster zu hoch. Egal! Sie durfte im Laufe des Tages zurück nach Hause fahren, nur das zählte. Zurück nach Eddessen, obwohl ... Weg von hier würde ihr im Moment schon reichen. Dieser merkwürdige Ort war ihr nicht geheuer.

Sie ging zur Tür und drückte die Klinke herunter. Irgendwo dahinter würde es hoffentlich eine Toilette geben. Doch was sollte das schon wieder? Abgeschlossen! Genau wie gestern der Raum mit dem *Pinotscho*-Bild, in dem Kristyna sie untersucht hatte. Kurz nach der Untersuchung war eine andere Frau gekommen, eine alte, dicke, und hatte

Eileen ohne groß zu reden hinauf in diese winzige Kammer gebracht, ganz oben unterm Dach, und ihr nur zwei Scheiben Brot mit Butter und eine Flasche mit Wasser hingestellt. Ein bisschen wie im Gefängnis. Auch die Kammer sah aus, wie Eileen sich ein Gefängnis vorstellte. Es gab keine Möbel, nur eine Matratze auf dem Holzboden mit einem Kissen und einer Decke, die schrecklich an der Haut kratzte. In der Ecke ein Waschbecken, ein Handtuch und etwas Seife auf der Ablage. Darunter ein Plastikeimer. Ob sie da etwa Pipi hineinmachen sollte? Was hatte sie verbrochen, dass sie auf einmal so bestraft wurde? Wie ihr Vater früher, der sie manchmal in den Keller gesperrt hatte, weil sie angeblich frech gewesen war. Ihre Mutter hätte das niemals zugelassen. *Ach, Mama, was fehlst du mir!*

Eileen ließ sich zurück auf die Matratze plumpsen. Die Umarmung gestern hatte sich eigentlich ganz gut angefühlt. Die Art, wie Kristyna ihr übers Haar gestrichen hatte. So sanft. Wie ihre Mutter damals. Oder wahrscheinlich wie ihre Mutter. Denn von Zeit zu Zeit – und Eileen würde das niemals laut zugeben – konnte sie sich gar nicht mehr richtig an ihre Mutter erinnern. Die Erinnerungen schienen mehr und mehr zu verblassen. Ganze Tagebuchseiten fehlten, als hätte jemand einen Radiergummi genommen. Es blieben nur noch Reste von einzelnen Wörtern übrig. Oder Druckstellen im Papier, die der Bleistift hinterlassen hatte. Eileen hasste sich dafür. Ihre geliebte Mutter! Das Strahlen in ihren Augen, wenn sie sie ansah. Der kleine Leberfleck am Hals. Eileen wusste nicht einmal mehr, ob er links saß oder rechts. Unbewusst fing sie an, an dem Pflaster zu knibbeln. Der Gedanke an Luise, wie sie es ihr angelegt hatte, hielt sie zurück. Sie würde einfach die andere Hand nehmen und die dünne Haut am Handrücken so lange mit den Fingerspitzen drehen, bis sie endlich einriss. Doch mit der linken Hand ging das nicht so gut.

Eileen gab auf, schloss die Augen und kauerte sich zusammen. Und plötzlich war er wieder da, dieser schreckliche Tag damals an der verlassenen Halle, irgendwo an den Bahngleisen. Es regnete. Ihr Vater wollte unbedingt seine Schießübungen machen und hatte ihre Mutter und sie mitgeschleppt. Halb betrunken torkelte er voran, mit Taschenlampe und Gewehrrucksack, stellte Bierdosen auf eine Mauer und richtete den Lichtstrahl auf sie. Doch was tat er denn da, er schoss ja gar nicht selber, sondern drückte das Gewehr ihrer Mutter in die Hand. „Los, los, diesmal bist du dran, mein Schatz!" – „NEIN, MAMA, NICHT!", schrie Eileen, doch zu spät, der Schuss fiel. Doch es klang anders, gar nicht wie sonst. *Du hast so schöne Haare, ich bin richtig neidisch.* „Nicht lass mich!", schrie sie und fuchtelte wild mit den Armen um sich. „Mama, nicht noch mal schießen! Bitte nicht!" Eileen schlug um sich, fuhr sich mit den Händen an den Kopf und durch die Haare, drehte an ihnen. Doch der zweite Schuss fiel und diesmal knallte er höllisch laut. Sie hatte das nicht gewollt! Sie hatte es doch nicht ahnen können! Dass ihre Mutter schießen musste! Sie waren so schön und so harmlos gewesen, die goldfarbenen Dinger, die bei ihnen zuhause überall herumlagen. Eileen zog an dem winzigen Haarbüschel zwischen ihren Fingerspitzen, immer ruckartiger, bis es ausriss. Ihre Mutter hatte zuvor nie das Gewehr genommen. Ihr Vater war derjenige, der immer schießen wollte, und er kontrollierte die Munition niemals, bevor er lud. In seinem Zustand hätte er sowieso nicht gemerkt, dass die erste Patrone viel zu klein gewesen, durch den Lauf geflogen und in der Bohrung steckengeblieben war. Und dass beim Nachladen und Abfeuern der zweiten passenden Patrone diese in die alte geschossen wurde, sodass der Lauf explodierte. Obwohl er sich in Eileens Beisein mehrfach über Rohrkrepierer lustig gemacht hatte. „Nein, Mama, nicht! Bleib hier! Bitte stirb nicht!" Doch das Gesicht ihrer Mutter war blutüberströmt, und dort, wo einmal ihr Leberfleck gewesen war, nur noch versengte Haut. Eileen drehte das nächste Haarbüschel. Ihre Mutter bewegte sich nicht mehr, war einfach nach hinten gefallen. „MAMA!" Sie riss so fest an dem Haarbüschel, bis es sich von der Kopfhaut lösten. Es tat so gut! Sie musste immer weitermachen! So lange, bis die Schuldgefühle darüber, dass sie zuhause einfach eine Patrone mit falschem Kaliber in das Magazin des Gewehres gepackt hatte, nebensächlich geworden waren.

Als Eileen wieder zu sich kam, schien die Sonne durch das kleine Fenster auf ihre Matratze. Sie sah über sich ein Stück Himmel, azurblau wie am schönsten Ferientag. Ein Versprechen vom Baden in der Diemel mit Lily und den anderen, sobald es wieder warm genug wäre, und anschließend Würstchen und Himbeerbrause. Die Matratze dagegen hatte vor lauter Haaren eine rötliche Färbung angenommen. Eileen fuhr mit den Fingern über die kalten Stellen am Hinterkopf, die zum Glück nie ein Mensch bemerkte, weil das lange Haupthaar sie kaschierte.

Sie stand auf, setzte sich auf den Eimer und war gerade fertig, als die Tür aufgeschlossen wurde. Die dicke Frau vom Abend zuvor steckte ihren Kopf ins Zimmer hinein und winkte Eileen zu sich heran. „Komm, Mädchen, komm“, rief sie, mit der gleichen Aussprache wie Kristyna. Ob ihr auffiel, was vorgefallen war, konnte Eileen nur vermuten. Bis auf ein Rümpfen der ebenso dicken Nase war der Frau nichts anzumerken. Vielleicht galt es der Wasserflasche, denn die war noch voll bis obenhin. Eileen hatte gestern nur kurz daran gerochen, da war ihr der Durst vergangen. Als er wiedergekommen war, hatte sie sich lieber aus dem Wasserhahn bedient.

Dabei war es ihr völlig egal, was die Frau bemerkte hatte oder nicht, denn ihre Worte bedeuteten vor allem eines: Eileen musste nur noch das Ergebnis der Blutuntersuchung hinter sich bringen und konnte gehen. Eilig zog sie sich an und lief mit ihr nach unten, durch das schmale Treppenhaus ohne Fenster, genau vier Etagen tiefer. Durch die Tür in einen Flur, wo es schlagartig viel schöner war, mit sauberem Fußboden, Tapete und schicken Lampen. Von dort wurde Eileen ins Zimmer mit dem Holzpuppenbild verfrachtet. Und wieder wurde hinter ihr zugeschlossen. Sie setzte sich aufs Bett und ließ die Beine baumeln.

Als nach schier endloser Warterei endlich die Tür aufging, schreckte sie richtig zusammen. Obwohl es nur Kristyna war, die herein kam. „Hallo *zrzavá víla*", sagte sie fröhlich. Ihre Knopfaugen waren wieder genauso schön wie bei ihrer ersten Begegnung auf dem Parkplatz des Jugendamts in Höxter. Und auch ihr schien nicht aufzufallen, dass das Mädchen vor ihr müde und abgespannt aussah. Oder sie sagte absichtlich nichts.

Eileen überlegte trotzdem kurz, ob sie von ihrem Eindruck, in einem Gefängnis gelandet zu sein, erzählen sollte, von Wasser und Brot und dem Pipi-Eimer. Sie entschied sich dagegen, wollte ihren lang ersehnten Weg in die Freiheit nicht unnötig in die Länge ziehen. „Und, was hat es ergeben?"

Kristyna, die am Metallschrank hantierte, schaute auf. „Du meinst das Blut?"

„Ja, was sonst?"

„Es sieht alles sehr gut aus, bis auf ..."

„Na, dann kann ich ja los", rief Eileen dazwischen.

„... ein Wert."

„Was für ein Wert?"

„Ein furchtbar kompliziertes Wort. Es ist auch gar nicht schlimm. Wir müssen das nur ein bisschen korrigieren, geht ganz schnell."

Eileen hatte befürchtet, dass es länger dauern würde, und fragte nach, wie korrigieren.

„Ganz einfach." Kristyna ging zu dem merkwürdigen Apparat, der neben dem Metallschrank stand und der ihr zuvor gar nicht aufgefallen war, einer Art Kasten auf Rollen mit allerlei Rädchen und Kabeln daran. Sie zog ihn zum Bett und nahm einen Gummiaufsatz, der per Schlauch mit dem Rest verbunden war. „Weißt du, was das hier ist?"

„Nö", antwortete Eileen und hatte auch eigentlich keine Lust, es zu erfahren.

„Das ist eine Prinzessinnenmaske."

„Aha. Sieht aber gar nicht danach aus."

„Das liegt daran, weil du noch nie eine aus der Nähe gesehen hast." Kristyna hielt ihr den Aufsatz hin, damit sie ihn näher betrachten konnte.

Eileen verschränkte die Arme. „Ich will aber gar keine Prinzessin sein!"

„Willst du nicht?", sagte Kristyna und klang enttäuscht. „Mmh. Wenn das so ist, dann darfst du auch nicht den Ballon aufpusten, der da drin ist."

„Da ist ein Ballon drin?"

„Wenn ich es dir sage."

Eileen nahm den Aufsatz und beäugte ihn. Sie interessierte sich nicht dafür, wollte aber keine Spielverderberin sein. Wo Kristyna sich so viel Mühe gab, sie abzulenken und ihr zu helfen mit dem Blutwert, damit sie schneller nach Hause konnte. „Na gut", sagte sie. „Aber ich hoffe, du veräppelst mich nicht."

„Nein, bestimmt nicht." Kristyna setzte ihr die Maske auf und stellte sich an den Apparat. „Nun zeig mal, was du kannst, *zrzavá víla*. Feste pusten!"

Eileen holte tief Luft und tat es. *Mmh, lecker, das riecht nach Erdbeere*, dachte sie und pustete ein zweites Mal.

Sollte sie ein drittes Mal gepustet haben, bekam sie es nicht mehr mit. Nicht, wie Kristyna unter Schluchzen anfing zusammenzupacken und dabei über sich selber schimpfte. Und auch nicht, wie der Mann mit der furchtbaren Narbe ins Zimmer kam, um sie mitzunehmen.

Bestimmt war es besser so für sie.

24. Kapitel

Es war hell geworden, der Tag hatte Franzensbad erreicht.

Focke war sich seiner Lage voll bewusst. Sofern man mit einer blutenden Wunde an der Stirn von vollem Bewusstsein sprechen konnte. In einem fremden Land zu sein, ohne die Sprache zu sprechen und zu verstehen, ohne einen Menschen zu kennen, ohne Auto oder sonstiges Fortbewegungsmittel und ohne Bargeld, zumindest nicht in Landeswährung. Er besaß nur das, was er am Körper trug, ein paar restliche Euros und die Bankkarte zu seinem Konto, das wie meist im Minus stand. Und der einzigen Verbindung zur Außenwelt, seinem Smartphone, drohte allmählich der Saft auszugehen. Mit schmerzverzerrtem Gesicht drückte Focke sich das Taschentuch gegen die Stelle, an der sein Kopf vorhin aus purer Unachtsamkeit die Bekanntschaft mit einem Laternenpfahl gemacht hatte. Die Baseballkappe war daraufhin nach nur kurzer Lebensdauer blutgesprenkelt in der nächsten Tonne gelandet. Wenigstens schien die Sonne auf den Stadtpark und die Stufen des weißen Holzpavillons, auf denen er hockte, unweit eines Denkmals zu Ehren eines gewissen Franciscus I., hoch zu Ross.

Ein zweiter und weitaus besserer Hoffnungsschimmer als das Wetter: Focke war im Besitz von Liborius Hankes Laptop, den er gestern im Mülleimer neben dem Auto deponiert hatte, eigentlich, um zu verhindern, dass Tjark sich heimlich darüber hermachte, während er selber seelenruhig schlief. Mit diesem unverhofften Geschenk ließe sich doch bestimmt etwas anstellen.

Focke knüllte das Taschentuch zusammen, holte Laptop und Maus aus der Plastiktüte und gab das Passwort ein. Die Datei, die er bei ihrer Suche nach Hinweisen auf den oder das *Wenzel* entdeckt hatte, zog ihn magisch an. Gleichzeitig fühlte er Ekel, denselben Ekel, den die Kindervideos auf dem USB-Stick ausgelöst hatten. TjarkmitEileen. Als .mpg, also eine Videodatei. Er klickte sie an und lenkte die Maus auf das Play-Symbol. Die Wahrheit war nur einen weiteren Klick entfernt. Seine Hand begann zu zittern.

Nein! Nein, er würde sie nicht öffnen! Er konnte sich das nicht antun! Etwas blockierte in ihm. Focke war sich im Klaren: Sollte das Video tatsächlich das zeigen, was er befürchtete, würde etwas in seinem Inneren kaputt gehen, und zwar irreparabel. Solange er es nicht mit eigenen Augen gesehen hatte, bestand die Möglichkeit, dass etwas ganz anderes darauf war, etwas Harmloses, genau, nur eine Geburtstagsfeier oder so. Er lehnte sich auf den Holzstufen zurück und genoss den Sonnenschein auf seiner Stirnwunde.

Aber nur ein paar Sekunden lang. Denn irgendwie meinte er im Gefühl zu haben, dass bei den E-Mails, die er gestern auf *Wenzel* abgesucht hatte, noch eine weitere von Liborius Hankes Kontaktmann dabei gewesen war, diesem Vojtech. Er prüfte es und fand eine viel ältere von vor über zwei Jahren. Auch hier war der Text in Englisch verfasst worden. Er besagte: *Wichtig! Telefon ist kaputt, daher dieses Mal auf diesem Wege: Das Familientreffen muss leider verschoben werden. Melde mich!* Aha, dachte Focke, daher gab es nur so wenig E-Mails. Die Kommunikation hatte hauptsächlich via Telefon stattgefunden. Und E-Mails in die entgegengesetzte Richtung, nämlich von Hanke an Vojtech, gab es überhaupt keine. Wäre interessant, Liborius Hankes Handy danach zu überprüfen, was die Polizei hoffentlich tat. Für den Fall, dass das Handy in der Hütte verbrannt war, hatte die Telefongesellschaft womöglich noch die Kommunikationsdaten. Zum Beispiel eine Textnachricht, aus der hervorging, warum das *Familientreffen*, womit aller Wahrscheinlichkeit nach die Übergabe eines Kindes gemeint war, kurzfristig abgesagt worden war. Focke überlegte, was Hanke daraufhin wohl getan hatte. Die fingierte Vermittlung auf Eis gelegt? Vorgetäuscht, dass Formulare fehlten, bevor es weitergehen konnte? Wie viele Kinder waren auf diese Weise wohl nach Tschechien gebracht worden? Vor lauter Grübeln hätte er fast das Postskriptum überlesen, das zwei Zeilen tiefer stand. Als ihm die Bedeutung der Worte klar wurde, sprang Focke auf und lief die Stufen hinunter, um auf dem Vorplatz wie ein Bescheuerter im Kreis zu laufen und Energie loszuwerden. Dort stand: *Sag deinem Freund in Eddessen, dass unserem Onkel der letzte Besuch sehr gut gefallen hat.*

Leider war es keine gute Idee herumzulaufen. Fockes Kopf stach gewaltig. Nicht von der Wunde, die war ein Fliegenschiss dagegen. *Ein Freund in Eddessen*, das konnte nur eines bedeuten. Jemand, der mit Liborius Hanke unter einer Decke steckte. Jemand, der Insiderwissen hatte. Der die Kinder kannte, die Abläufe … Focke lief zurück zum Pavillon und setzte sich auf die Holzstufen. Genau der richtige Zeitpunkt für die Wahrheit! Er wechselte zur Videodatei, stellte vorsichtshalber den Ton aus und machte sich auf das Schlimmste gefasst. Dass ausgerechnet in dem Augenblick ein junges Mädchen im Röckchen vorbeilief, an der Hand eines älteres Mannes, der hoffentlich ihr Opa war, war ein grausiger Zufall, wie ihn nur das Leben schreiben konnte.

Das Video begann. Wie auf dem USB-Stick keine perfekt ausgeleuchtete Aufnahme, sondern leicht amateurhaft, wenn man das so sagen konnte. Focke erschauderte, dabei gab es außer einem leeren Raum noch gar nichts zu sehen. Nur eine Rückwand aus Kieferholzbrettern. Hauptkommissar Göttes Worte klangen in seinen Ohren wider: *Wir haben einen Raum in Haus Eddessen gefunden, im Keller.* Genauso sah es aus, verdammt, wie ein Kellerraum, den man mit etwas handwerklichem Geschick zur Ausübung seines Hobbys ausgebaut hatte. Die Ähnlichkeit mit den anderen Schmuddelvideos war unverkennbar. Doch Focke hatte keine Gelegenheit, weiter darüber nachdenken. Sein Vater rückte ins Bild, als die Kamera schwenkte, auf einem Sofa sitzend, die Beine von sich gestreckt, der Rücken locker nach hinten gelehnt. Die Kamera schwenkte weiter zu einem kleinen Tisch. Focke stockte der Atem. Vor dem

Tisch stand ein Mädchen mit nacktem Oberkörper. Es hatte leuchtendrote Haare und ein verheultes Gesicht. Eileen! Die Kamera schwenkte zurück zu Tjark, der etwas sagte, worauf die Kleine angerannt kam, auf seinen Schoß kletterte und ...

„Nein", krächzte Focke, „bitte nicht!" Mit Wucht klappte er den Laptop zu und ließ ihn fallen, als wäre das Ding glühend heiß. Alles in ihm verkrampfte sich. Diese Bilder zu sehen war, als würde man ihm die Luft abschnüren. Er sprang auf, lief die Stufen hinab und schrie „Nein!" Und weil das nicht genug war, lauter: „NEEEEIN!" Er schrie sich die Seele aus dem Hals.

Das Mädchen und der Opa drehten sich um, der Opa schüttelte den Kopf.

Focke registrierte es nicht, und wenn, hätte es ihn nicht gekümmert. Wie hatte sein Vater nur so etwas tun können? Wie hatte er nur so lügen können und behaupten, das mit den Schmuddelvideos wäre inszeniert gewesen, um ihn zu verleumden? Das Ekelgefühl ebbte ab und machte Wut Platz. Wut, die seinen Magen wie ein Luftballon füllte, und der Ballon wurde größer und größer. Alle Beteuerungen waren falsch gewesen. Bärbel!, fiel ihm ein. Dann war es also doch so gewesen, wie er die ganz Zeit vermutet hatte? Sein Vater war ein Monster! Focke würde Hauptkommissar Götte anrufen, und zwar auf der Stelle. Und den Zusammenhang zwischen seinem Vater und der Ermordung von Liborius Hanke und Viktor Korn würde die Polizei sicher auch noch finden.

Er wollte gerade Göttes Nummer wählen, als sein Smartphone klingelte. Zuerst glaubte Focke, es würde ihn warnen, dass der Akku kurz vorm Aufgeben war. Doch *Langfurt* stand im Display. Sein Vater, der sich endlich meldete! Sofort kehrte die Wut in seinen Bauch zurück und kochte hoch.

„Was ist denn los, Mann?", schrie Focke. „Sag mal ... sag mal, spinnst du? Wo steckst du überhaupt?"

„Ich habe sie."

„Du hast WAS?"
„Sie. Eileen", antwortete Tjark überschwänglich. „Sie ist bei mir im Auto."
Focke war nicht gewillt, ihm ein einziges verdammtes Wort zu glauben. „Was erzählst du denn da?"
„Erkläre ich dir alles. Wo bist du? Ich komme und hole dich ab."
Focke öffnete den Mund, um seinen Vater anzuschnauzen, zu brüllen, was das Zeug hielt, Druck abzulassen, egal wie, egal was. Es gelang ihm nicht. Er hatte nur einen Gedanken: Monster!

Er erkannte sich selbst nicht mehr. Normalerweise hielt Focke sich für recht schlagfertig. Doch in dem Moment war ihm nichts Besseres eingefallen als die Wahrheit zu sagen. Seinen aktuellen Standort preiszugeben unweit der *Ruská*, eine der Prachtstraßen Franzensbads, die den Stadtpark von der historischen Altstadt trennte. Focke schob es auf die Kopfschmerzen. Und das Gefühl, den Boden unter den Füßen verloren zu haben. Nun, da sein Vater sich auf dem Weg machte, überlegte er krampfhaft, wie es weiterging. Sollte Focke ihn mit dem Video auf Liborius Hankes Laptop konfrontieren? Dann war im besten Fall damit zu rechnen, dass Tjark ihn stehenließ und mit Eileen allein weiterfuhr. Vorausgesetzt, er hatte sie überhaupt bei sich. Im schlimmsten Fall würde sein Vater dafür sorgen, dass der ewig jammernde Mitwisser, der noch dazu überflüssig geworden war, sein Wissen nicht weitergeben konnte. Focke fasste sich mit beiden Händen an den Kopf. War eine solche Schlussfolgerung nicht völlig absurd? Gestern schon hatte er sich die Frage gestellt, ob ein Vater dem eigenen Sohn wirklich etwas antun würde. Nur hatte Focke zu diesem Zeitpunkt noch keine Ahnung von dem Video gehabt! Erstaunlicherweise fiel ihm die Antwort recht leicht: Wenn er ein Auge auf Eileen haben und die Wahrheit herausfinden wollte, war es nicht das Verkehrteste gewesen, seinem Vater am Telefon gesagt zu haben, wo er ihn fand.

Focke beeilte sich, den Laptop zurück in die Plastiktüte zu stopfen und sich zur Straße zu begeben. Möglicherweise hatte Tjark dessen Fehlen gar nicht bemerkt, dann könnte er die Tüte zurück ins Auto schmuggeln und so tun, als wüsste er von nichts. Und sich klammheimlich einen Plan ausdenken. Was sehr viel schwieriger war, denn Eileen bei der nächsten Gelegenheit aus dem Auto zu zerren, in der Hoffnung, dass sein Vater das ebenfalls nicht mitbekam, schien nicht die Lösung. Oh Mann, ihm schwirrte der Schädel! Groß zu verstellen brauchte Focke sich zumindest nicht, denn in einem Punkt war er nach wie vor komplett ahnungslos: warum sein Vater so scharf darauf war, ein Mädchen zu retten, das er missbraucht hatte. Was machte das für einen Sinn? Oder gab es da irgendeine Verbindung? Etwas, das er bislang übersehen hatte? Focke spürte, wie ihm warm wurde, was sicher nicht an der Sonne lag.

Als der alte BMW schließlich auftauchte, hinter einer Flotte Reisebusse mit deutschen Kennzeichen, fühlte sein Rücken sich richtig nass an. Und das, obwohl er sein Cordsakko über die Plastiktüte gelegt und das Gesamtpaket locker unter dem Arm geklemmt hatte. Es sollte total leger und natürlich wirken.

Tjark winkte ihm zu, fuhr an den Straßenrand und setzte den Warnblinker. Die Fensterscheibe auf der Beifahrerseite glitt hinunter. „Gott sei Dank, du hast es tatsächlich geschafft", sagte er, den Oberkörper zu ihm herübergestreckt. Sein Gesicht wirkte abgespannt. Auch seine Stimme war kraftlos und bei weitem nicht so, wie er eben am Telefon geklungen hatte. „Entschuldige für vorhin, aber es ging nicht anders."

Focke wollte schon nachhaken, welchen der gefühlt hundert Fehlschritte, die sein Vater sich bislang geleistet hatte, er wohl meinte. Doch viel mehr interessierte ihn, ob sein Vater die Wahrheit gesagt hatte. Er schaute durch die hintere Scheibe, konnte wegen der Tönung jedoch nichts erkennen.

„Dass mit den Wachleuten. Das war doch ziemlich clever, oder?", sagte Tjark in der Zwischenzeit.

„Stimmt, total clever. Ich bin nur beinahe draufgegangen."

„Warum bist du nicht sofort weggerannt, wie ich es dir gesagt habe? *Lauf durch die Holztür!*"

Weil er das so nicht verstanden hatte, dachte Focke, hatte aber keine Lust, sich seinem Vater zu erklären. „Ich habe gar nicht gewusst, dass du so toll tschechisch sprichst", sagte er stattdessen, ohne ihm in die Augen zu sehen. Andererseits wollte er wissen, ob man ihm das Monster irgendwie ansah. Nein, konnte man nicht! Er sah aus wie immer!

„Ach, das. Eigentlich nur die beiden Worte, *vet elec* und *pozor*. Habe ich heute Morgen gegoogelt, während du geschlafen hast. Bedeuten *Eindringling* und *Achtung*. Oder umgekehrt?"

Focke unterdrückte den Drang, etwas Blödes von sich zu geben. Warum hatte sein Vater ihn in seinen Plan nicht eingeweiht? Hatte er etwa befürchtet, dass er – Focke – es versauen würde? „Naja, scheint ja geklappt zu haben", sagte er und konnte den schnippischen Ton in seiner Stimme selber hören. Dabei sollte es geklungen haben, als wäre es ihm egal.

„Das hat es, unglaublich. Aber es war allerhöchste Zeit, sage ich dir." Sein Vater fuhr sich mit der Hand übers Gesicht und deutete dann zur Rücksitzbank.

Focke beugte sich durchs offene Fenster und schaute hinein. Wahrhaftig, jetzt konnte er es sehen, ein Mädchen mit langen roten Haaren saß dort oder lag vielmehr, den Kopf auf die Wolldecke gestützt, die Augen geschlossen, der Atem ging regelmäßig. Er wusste nicht, was er sagen sollte! Und fragte sich einmal mehr, was sein Vater mit ihr vorhatte. Ein Lieferwagen, der hinter dem silbernen BMW auf den Gegenverkehr gewartet hatte, fuhr hupend an ihnen vorbei.

„So, können wir jetzt mal bitte von hier verschwinden, bevor der Narbenmann uns noch entdeckt? Ich habe ihm nämlich eine verpasst."

Focke hatte den Moment gefürchtet. Sich zu ihm ins Auto zu setzen. Doch die Alternative hatte ihm nicht gefallen. *Für die Sache*, sagte er sich und stieg ein. „Der Narbenmann? Wer ist das denn?" Hinter seiner Frage steckte, neben Neugier, vor allem der Versuch, von der Tüte abzulenken. Dass die Polizei jeden Augenblick auftauchen konnte, behielt er schön für sich. Die Chancen standen gut. Die Polizei in Plauen würde inzwischen die Bewohner befragt haben und irgendjemandem war ihr Auto sicher aufgefallen. Gleichzeitig setzte Hauptkommissar Götte von Höxter aus alle Hebel in Bewegung, sie zu finden, indem er Fockes Smartphone verfolgte. Beides beruhigte ihn ungemein. Merkwürdig, wie sich die Situation verändert hatte. Vor wenigen Minuten noch hätte er alles dafür getan, um der Polizei *nicht* zu begegnen.

„Ob du's glaubst oder nicht", erzählte Tjark, „das ist der Mann, den ich mit dem allerersten Mädchen hier in Franzensbad gesehen habe. Und dann später in Höxter, zusammen mit Liborius. Hat eine dicke Narbe auf der Wange. Hatte ich das nicht erwähnt?"

„Nein."

„Egal. Was hast du da?"

„Nichts, wieso?", rief Focke schnell, weil er glaubte, dass es um seine Jacke ging, die sonderbarerweise eine rechteckige Form angenommen hatte. Tjark hatte jedoch auf seine Stirn gedeutet. „Ach so, das. Nur ein Kratzer. Also, erzähl endlich. Wie hast du Eileen gefunden?"

Tjark aktivierte das Navigationsgerät und wendete, da das Stück *Ruská*, das geradeaus zur Hauptstraße führte, für Kraftfahrzeuge nicht freigegeben war. Sie mussten den Stadtpark umfahren, unter anderem die *Kollárova* entlang, eine weitere Prachtstraße, wo es wegen einer Gruppe Touristen im Rentenalter, die vor ihnen entlangschlichen, um die nächste stuckverzierte Villa mit Türmchen in Augenschein zu nehmen, vorübergehend nur im Schneckentempo voranging.

Im Geschichte-Leistungskurs auf dem Städtischen Gymnasium hatte Focke viel über das Heilige Römische Reich Deutscher Nation gelernt, dessen letzter Kaiser, Franz II., die Anlage Franzensbads förderte, noch bevor er als Franz I. das Kaisertum Österreich begründete. Gelernt und wieder vergessen! Leider, wie er einmal mehr feststellen musste. Über die Stadt selber wusste er maximal noch, dass sie nach dem ersten Weltkrieg der Tschechoslowakei zugeschlagen und durch das Münchener Abkommen von 1938 bis 1945 an das Deutsche Reich angegliedert worden war. Die Geschichte, die er nun erzählt bekam, war im Gegensatz dazu fast langweilig. Sein Vater hatte haargenau denselben Weg ins Klinikgebäude genommen wie er, war hinter den Umkleiden allerdings sofort nach rechts abgebogen und nicht nach links wie Focke. Auf diese Weise war er direkt zu der wuchtigen Metalltür gekommen, rein zufällig natürlich, wo Eileen in dem Zimmer neben dem verglasten Wartebereich gelegen hatte, auf einer Art Bahre. Er hatte jedoch nichts ausrichten können, weil ständig Leute umhergelaufen waren, Ärzte, Pfleger und Schwestern, darunter diese Kristyna von den Fotos, die nach Eileen gesehen und sie daraufhin endlich allein gelassen hatte. Dafür war das Wachpersonal gekommen. „Du bist genau zur richtigen Zeit aufgetaucht, sonst hätten die mich gepackt, verstehst du? Dadurch, dass ich dich als Eindringling präsentiert habe, war ich weniger interessant für sie und konnte Eileen unbemerkt wegschaffen. Naja, bis auf den Narbenmann, den musste ich erst gewaltig überzeugen.“ Tjark rieb sich über seine rechte Hand, die gerötet war.

Focke wurde immer noch ganz schlecht, wenn er daran zurückdachte. Er drehte sich zur Rücksitzbank und registrierte die unnatürliche Haltung der Gliedmaßen. Eileen schlief nicht. Sie war narkotisiert! „Echt unglaublich, dass das so einfach geklappt hat“, sagte er und griff damit Tjarks eigene Wortwahl auf. Doch er meinte es im wirklichen Sinne, schwer zu glauben. Als hätte sein Vater entscheidende Details unter den Tisch fallen lassen. Er massierte seine Schläfe, da der Schmerz sich auszuweiten drohte. Dabei schoss ihm ein irrsinniger Gedanken durch den Kopf: Was, wenn diese Version gar nicht stimmte? Wenn Tjark in Wahrheit seine Pistole zur Hilfe genommen und neben allerlei Verängstigung und Chaos im schlimmsten Fall jemanden getötet hatte? Womöglich hatte er sogar darauf gehofft, dass die Wachmänner ihn – Focke – schnappten, damit sie ihn aus dem Weg räumten und er das nicht selber erledigen musste. Doch da das schiefgegangen war, hatte er sich wieder bei ihm gemeldet. Nur warum das alles? Warum dieser Irrsinn? Oder war es Irrsinn, solche Gedanken zu haben? Was auch immer dahintersteckte, Focke musste auf der Hut sein. Was sein Vater wohl mit Eileen vorhatte, jetzt, da sie endlich in seiner Obhut war? Focke räusperte sich und stellte die Frage laut.

„Was denkst du denn, natürlich bringen wir sie in Sicherheit. Wenn wir jemals hier rauskommen. Verdammte Scheiße, was soll DAS DENN?!" Tjark hatte die letzten Worte laut herausgebrüllt. Dass die Straße, die sie oberhalb des Stadtparks zur Hauptstraße zurückführen sollte, ebenfalls verstopft war, nervte ihn offensichtlich mehr, als er zugeben wollte. Das Navi ignorierend, bog er an der nächsten Kreuzung ab.

„Und wo wäre das genau, in Sicherheit?", fragte Focke und fand, dass das der erste vernünftige Vorschlag seit langem war.

„Wir fahren zurück nach Hause. Dort wirst du sie der Polizei übergeben. Mich würden sie ja gleich festnehmen."

Das wiederum klang so vernünftig, es konnte nur ein Bluff sein. Nach all der Mühe, die sein Vater in Kauf genommen hatte, und all den Risiken? Das Video auf Liborius Hankes Laptop sprach eine andere Sprache, war Focke überzeugt. Sein Kopf dröhnte. Sonderbarerweise hatte er trotzdem den Eindruck, klarer zu sehen als je zuvor. Oder gerade deswegen? „Aber ist es nicht leichtsinnig, sie in dem Zustand zu transportieren?"

„Was wäre die Alternative?", wandte Tjark ein, ohne den Blick von der Straße zu nehmen. „Sie hat kurz vor einer OP gestanden. Ich glaube, dass sie es hier besser hat."

„OP? Ist sie denn krank?"

„Nein, sie ist kerngesund! Und das hoffentlich immer noch. Ich habe erst ganz schön geschluckt. Ihr Pflaster am Handrücken ... Ich habe gedacht, sie hätte ihre Narkosemittel über einen Venentropf erhalten. Wenn ihr ein Muskelrelaxans verabreicht worden wäre, hätte sie beatmet werden müssen. Dann wäre nichts mit Mitnehmen gewesen. Aber zum Glück ist es nur ein stinknormales Pflaster, ohne Kanüle. Ich gehe davon aus, dass sie erst etwas Narkosegas erhalten hat. Frag mich aber nicht, was sie mit ihr vorhatten. Ich habe nur eine Vermutung."

„Aha", machte Focke, denn er wollte kein allzu großes Interesse zeigen. Eigentlich. Sein Vorhaben hielt nicht lange. „Und verrätst du es mir?"

„Klar. Oh Mann, auch das noch!" Tjark bremste und schlug genervt die Hände aufs Lenkrad, weil es wieder nicht weiterging. Das Navigationsgerät nannte den Grund dafür: *Wenn möglich, bitte wenden!* Sie waren in eine Sackgasse gefahren. „Für eine Niere bezahlt man heute viel Geld."

„Für eine ...?" Focke blieb das Wort im Hals stecken, nicht wegen des Wortes an sich. Es war das, was dahintersteckte.

„Ich tippe, dass es darum geht, ja." Tjark drehte etwas umständlich in mehreren Zügen um und fuhr zurück, um sich in den Stau einzureihen. Sonderbarerweise sprach er fast ruhig weiter: „Du glaubst nicht, was ich im Wartebereich alles gesehen habe. Neben Eileen lag eine weiteres Kind, ein Junge, narkotisiert im eigenen Dreck. Ein anderes Kind wurde gerade operiert, unter Verhältnissen, die normalerweise längst der Vergangenheit angehören, ich konnte nämlich durch eine große Scheibe in den Operationssaal schauen. Und überall standen diese Kühlkisten, wie schon in dem Lieferwagen. Hörst du das?"

Natürlich hatte Focke in der Presse gelesen, dass es Organhandel gab. Irgendwo auf der Welt. Aber doch nicht bei Kindern aus Haus Eddessen! Das war total an den Haaren herbeigezogen! Sein Vater hatte wohl gerade das Buch *Alles, was wir geben mussten* von Kazuo Ishiguro gelesen. Darin ging es, wenn er sich recht erinnerte, um Kinder, die als

Klone in einem Heim gehalten wurden und als medizinische Ersatzteillager herhalten mussten. Daher wahrscheinlich auch sein Fachwissen. Ein kühner Gedanke formte sich in Fockes Gehirn, begleitet vom Dröhnen eines Martinshorns. Was, wenn gar nicht die Klinik Eileen narkotisiert hatte? Wenn sein Vater das übernommen hatte, damit sie nicht schrie? Diesem Mann war alles zuzutrauen!

Das Blaulicht kam rasant näher, trotz der vollen Straßen. Die Worte von Hauptkommissar Götte ... Eine Videoausrüstung ... Der Grund, ein Mädchen zu retten, das man missbraucht hatte ... Und auf einmal wurde Focke klar, worum es hier ging. Die fehlende Verbindung! Das Navi hatte es ihm gerade selbst gesagt: Bitte wenden! Es war genau anders herum! Oh Mann, er war ja so blöd gewesen! Er ... Er musste dringend etwas tun. Den Plan umsetzen, den es noch nicht gab. Focke holte sein Smartphone heraus. Der Akku war kurz vorm Aufgeben, viel Zeit blieb also nicht mehr.

„Was machst du da?“, wollte Tjark wissen.

„Nichts, wieso?“

„Scheiße, das darf nicht wahr sein!“ Sein Vater vergrub sein Gesicht in den Händen, als etliche Meter hinter ihrem Wagen das Blaulicht auftauchte und halb auf dem Bürgersteig langsam, aber unaufhörlich zu ihnen heranfuhr.

„Warum, das ist doch gut“, sagte Focke.

„Aber nicht für Eileen! Was glaubst du, was sie mit ihr machen? Sie verstehen natürlich sofort die Situation, ist ja klar!“

„Nein, aber ...“

„WAS, ABER?“

Focke verstummte. Es würde nichts bringen zu argumentieren. Doch zu seinem Entsetzen fuhr das Blaulicht an ihnen vorbei. Es gehörte zu einem Rettungswagen, der erst ein gutes Stück weiter vorne vom Bürgersteig zurück auf die Fahrbahn scherte, wahrscheinlich war irgendwo vor ihnen ein Unfall passiert. Die Stauursache.

Seinem Vater war die Erleichterung ins Gesicht geschrieben. Focke blickte lieber aus dem Seitenfenster, so lange, bis der Stau sich auflöste.

Ohne weitere Vorfälle erreichten sie endlich die dicht befahrene Hauptstraße, die später als B92 zurück nach Deutschland führen würde. Focke war sich unschlüssig, ob das eine gute Entwicklung war oder nicht. Die Polizei hätte ihm etliche Sorgen abnehmen können. Die Sorge um Eileen, da musste er Tjark zustimmen, allerdings nicht. Also würde es an ihm hängenbleiben, dachte er und beobachtete die Landschaft oder tat zumindest so. Von der Pracht Franzensbads war nichts mehr zu sehen. Im Trubel der Stadt wäre es leichter gewesen, Tjark vom Auto wegzulocken, um alleine mit Eileen weiterzufahren und sie nach Hause zu bringen. Er würde improvisieren müssen. Als sein Vater vorschlug, bei nächster Gelegenheit zu tanken, ahnte Focke, dass der Moment früher kommen würde, als gedacht. Vielleicht sogar früher, als ihm lieb war.

Nur wenige Kilometer weiter hielt Tjark an einer Tankstelle. „Du bleibst hier und passt auf Eileen auf, ok?“ Er stieg aus und steckte den Zündschlüssel ein.

„Geht klar!“

Tjark schlug die Tür zu.

„Verdammt!“, stieß Focke aus und fuhr sich über den Kopf. Zu allem Überfluss kam er dabei an seine Wunde, die gleich wieder anfing zu bluten. Ob sein Vater etwas von seinem Plan mitbekommen hatte? Nur wie, bitteschön? Er nahm ein frisches Taschentuch, drückte es sich gegen die Stirn und öffnete die Tür auf seiner Seite. „Ich muss mal eben pinkeln“, rief er, „aber du bist ja noch hier.“ In der Hoffnung, dass es normal wirkte, lief er zu dem kleinen Waldstück etwa fünfzehn Meter hinter der Tankstelle.

Willkommen auf Marktplatz hatte das Schild an der Straße sie bei der Einfahrt, grammatikalisch nicht ganz korrekt, begrüßt. Demnach konnte die Grenze zu Deutschland nicht mehr weit sein. Etliche Bretterverschläge mit Stangen und Boxen voll Kleidung, Schuhen und Ramsch warteten auf Kundschaft, vergeblich. Wenigstens konnte so niemand Ohrenzeuge seiner geplanten Telefonate werden. Das einzige Auto, das vorm Tankstellenshop gestanden hatte, fuhr gerade weg. Zum Glück! Eine merkwürdige Gegend. Selbst die Sonne wollte hier nicht mehr so prachtvoll scheinen wie in Franzensbad, was sicher ein Omen war. Er drehte sich kurz um, sah seinen Vater an der Tanksäule stehen und öffnete seinen Reißverschluss. Er hasste es, vor anderen Leuten zu pinkeln und hätte sich freiwillig niemals derart öffentlich hingestellt. Aber es ließ sich nicht umgehen, er musste wirklich und wollte vermeiden, seinen Vater aus den Augen zu verlieren.

Mit der anderen Hand holte er sein Smartphone heraus. Die Polizei stand auf Nummer zwei seiner To-do-Liste, auf Nummer eins Jana, die zum Glück sofort dranging: „Ich bin im Geschäft“, antwortete sie, gestresst und erfreut zugleich, „warum fragst du? Kommt ihr zurück? Was habt ihr denn nun in Plauen getrieben?“

Focke überhörte ihre Fragen, aus Zeitgründen, und zielte auf einen Stein. „Du, wir haben Eileen. Ich weiß jetzt, warum Tjark sie unbedingt zurückholen wollte.“

„Und warum?“

Er schluckte. Es war so krass. Hier zu stehen und zu pinkeln, wie auf der Flucht, ein blutdurchtränktes Taschentuch in der Tasche, und solche Sache zu erzählen. Und sein Vater keine fünfzehn Meter von ihm entfernt. „Weil in Haus Eddessen Kinder missbraucht werden“, erklärte Focke aufgeregt und bemühte sich, sogleich seine Stimme zu drosseln. „Das Kinderhaus ist vor einiger Zeit kurz vor der Pleite gewesen, hat mir ein Freund erzählt. Wahrscheinlich haben sie so das Geld zusammengekriegt. Die Vorwürfe sind wahr. Mein Vater hat Schmuddelvideos verbreitet. Und nicht nur das. Ich denke, er hat auch welche gemacht. Liborius Hanke ist dahintergekommen und hat die Kinder gerettet, indem er Vermittlungen vorgetäuscht hat. Sie werden in Wahrheit in ein als Schönheits-Klinik getarntes Krankenhaus gebracht und untersucht, ob sie körperliche Schäden genommen haben. Verstehst du? Es ist genau anders herum.“ Im Grunde hatte erst das Navigationsgerät ihn darauf gebracht, es richtigherum zu sehen, wodurch es einen Sinn ergab. Ein Kinderhaus, das finanzielle Schwierigkeiten hatte und durch die Herstellung von Schmuddelvideos mit Kindern wieder zu Geld kam. Nie hätte er für möglich gehalten, dass so etwas möglich war. Aber warum sollte nur in kirchlichen Häusern Sodom und Gomorra herrschen? Die Frage war, welche Rolle sein Vater spielte. Als jemand, der sich an den Kindern vergangen hatte und darüber hinaus ein Mörder war oder nur eins von beiden? Focke wüsste nicht, was schlimmer war. Der einzige Punkt, der nicht in seine Theorie passte, war Lily. Für eine Rettung durch Liborius Hanke war es zu spät gewesen, denn da war er schon tot. Aber vielleicht hatte sie sich selber gerettet und war einfach weggelaufen. Focke hoffte es! Um sich nicht mit der Möglichkeit beschäftigen zu müssen, dass ihr etwas viel Schlimmeres zugestoßen war.

„Bist du dir sicher, Focke?“, fragte Jana in der Zwischenzeit. „Focke, hallo, ich rede mit dir. Das sind Anschuldigungen, die ...“

„Ja doch! Ich habe den Anfang eines Videos gesehen, das Tjark und Eileen zeigt“, unterbrach er sie und klemmte sich das Smartphone zwischen Schulter und Ohr, um seinen Reißverschluss zumachen zu können. „Ich weiß, wie das für dich klingen muss. Ich wollte es zuerst auch nicht glauben.“ Er warf einen Blick zu den Zapfsäulen, um zu kontrollieren, ob sein Vater noch am Tanken war. War er nicht! Was hieß, dass er schon bezahlte, verdammt! „Du, ich habe jetzt keine Zeit, dir alles zu erklären. Mein Plan ist folgender: Ich will versuchen, ihn loszuwerden. Ich schicke ihn Getränke kaufen oder so, übernehme sein Auto und fahre mit Eileen zu dir. Deshalb rufe ich an. Wie lange bist du noch im Laden?“

Jana fragte, warum er nicht direkt zur Polizei fahren würde.

„Weil Eileen noch total weggetreten ist. Selbst Tjark wollte eben nicht ... Egal. Geht das nicht? Dann muss ich halt ...“

„Doch, natürlich geht das, es ist ja Samstag und ich mache gleich zu.“ Jana nannte ihm die Adresse, eine Straße im Hofgeismarer Ortsteil Schöneberg. „Ein kleines, altes Haus am Ortsrand. Hinten die Tür ist immer auf. Komm einfach durch, wenn du …"

„Hallo?", rief Focke.

Es kam keine Antwort.

„Hallo?" Die Verbindung war von einer Sekunde auf die andere weg.

„Hallo", hörte er jemanden sagen, doch es war weder Jana, noch kam es aus seinem Smartphone, das gerade den Geist aufgegeben hatte. Sein Vater stand hinter ihm, mit einem Gesichtsausdruck, der keine Interpretation zuließ. Es konnte alles bedeuten. Oder nichts.

Focke wich automatisch einen Schritt zurück. „Hallo", sagte er und versuchte zu lächeln.

„Mit wem hast du telefoniert?"

„Gar nicht, ich habe nur laut …"

„Hör auf mich zu veräppeln!" Der Tonfall war eindeutig. Tjark war wütend. Bestenfalls, weil Focke Eileen unbeaufsichtigt gelassen hatte. Die Frage war, wie viel er mitbekommen hatte. „Hast du das Video gefunden?"

„Welches Video?", fragte Focke zurück.

„Du hast es also gefunden?" Tjark griff sich mit beiden Händen in den Bart, die Augen glänzten, und verharrte in dieser irrwitzigen Stellung. „Es ist auf dem Laptop?"

„Ja, verdammt!"

„Scheiße! Und du hast es dir angesehen? Wie viel?"

„Genug", gab Focke lautstark zu, denn offensichtlich war es überflüssig zu lügen. Und damit kam auch bei ihm die Wut. „Ich fasse es nicht", schrie er. „Was du getan hast! Das ist ekelhaft!" Er war dabei, seinen kompletten Plan über den Haufen zu schmeißen, aber das war ihm egal.

Tjark war die Verachtung mittlerweile ins Gesicht geschrieben. „Ist klar. Und genau aus diesem Grund konnte ich nicht zulassen, dass das Video in falsche Hände gerät."

„In falsche Hände, soso!"

„Oh ja. Und das kann ich immer noch nicht zulassen. Das verstehst du sicher!"

Focke ging einen weiteren Schritt zurück. Langsam wurde die Situation ihm ziemlich unheimlich. Dass in diesem Moment nicht irgendwo Leute herumlaufen konnten. Der Tankwart. Der Tankwart würde ihn retten.

„Ich muss es haben, hörst du, Focke?"

Er blickte herüber zum Shop. Leider schien der Tankwart kein stämmiger Typ zu sein, sondern ein junges Mädchen. Die konnte aber wenigstens die Polizei anrufen!

„Ok, du willst es nicht anders", rief Tjark, packte ihn und zerrte ihn über die Wiese auf den gepflasterten Bereich der Tankstelle bis zum Wagen.

Focke schrie und zappelte und war umso perplexer, als sein Vater ihn tatsächlich losließ. Einen Augenblick brauchte er, dann begriff er, wieso. Die hintere Tür des BMW stand offen. Die Rücksitzbank war leer.

Von Eileen keine Spur.

Zur selben Zeit:
Eileen war noch nie im Leben so müde gewesen. Ihr Körper fühlte sich schwach an, das Gehirn matschig. Und doch war alles so federleicht, als würde sie schweben. Oder war das eine Täuschung und sie konnte gar nicht müde sein, aus dem einfachen Grund, weil sie gar nicht mehr am Leben war? Wenn sie sich ab und zu den Tod vorstellte, dann genau auf diese Weise. Alles war so weit weg. Und unwirklich. Und ihre geliebte Wollmütze war auch nicht da, wo sie hingehörte, dachte sie, nachdem sie in einem Kraftakt den Arm bewegt und sich mit der Hand an den Kopf gefasst hatte.

Das letzte, an das sie sich allmählich erinnerte, war, dass sie die Mütze ihrer Freundin Lily im Kinderhaus Eddessen ausgeliehen hatte. Aber warum? Ja genau, weil Lily traurig gewesen war. Nur wieso war Lily traurig gewesen? Eileen überlegte und überlegte, dann fiel es ihr ein. „Ich bin traurig, weil sie sagen, dass du bald weg bist. Du kommst in eine Pflegefamilie." – „Ich glaube nicht dran", hatte Eileen erwidert. „Das ist bestimmt ein Fehler. Sobald Robin weg ist, wird ein Platz frei, und dann kann ich für immer bleiben.“ Lily hatte sie nur angeschaut und geschluchzt und Eileen ihr daraufhin ihre Mütze gegeben mit den Worten: „Hier, als Beweis. Ich brauche sie im Moment nicht, wie du weißt. Und ich würde sie dir nicht geben, wenn ich morgen wegmüsste.“

Die Nachricht, dass sie dann doch wegmusste, und zwar gleich am nächsten Tag, dürfte nicht nur Lily überrumpelt haben, als sie von ihrer Nachhilfe zurückgekommen war. Auch Eileen war sauer und enttäuscht gewesen, denn Tjark hatte ihr etwas anderes versprochen. Und das ausgerechnet jetzt, so kurz vorm Ziel. Ausgerechnet jetzt, wo sie sich gerade in einer ganz guten Phase befand. Sie hatte den Bleistiftanspitzer seit Wochen nicht mehr gebraucht. Den holte sie nämlich nur hervor, wenn es zu schlimm wurde. Wenn ein Rückfall drohte. Um sich selbst zu schützen! Sie mochte den Schmerz gar nicht, wenn sie ihre Finger in den Anspitzer steckte und ihn dann herumdrehte. Sie mochte den Schmerz, wenn sie sich ihre Haare herausriss. Was mit blutigen Fingerkuppen aber nicht mehr so schön war.

Eileen öffnete ihre Augen einen Spalt breit. Wie es aussah, lag sie auf einem Sofa. Nein, es war die Rücksitzbank eines Autos. Keines, das sie kannte. Draußen war es hell, also Tag. Sie hatte keine Ahnung, wie sie hierhergekommen war. Und sie war ganz allein. Wenn ihr nur einfiele, was passiert war. Warum ihr so schummrig war. Oder warum ein Pflaster auf ihrem Handrücken klebte. Luise! Genau, die weißhaarige Frau, in deren Gartenhütte sie eingedrungen war. Die hatte ihr ein Pflaster auf die Hand geklebt. Doch der *Captain* hatte Eileen von dort weggeholt. Und sie zum komischen Mann gebracht. Und der ... der war mit ihr in diese alte Schule gefahren. Wo Kristyna plötzlich aufgetaucht war.

Eileen versuchte, sich an den Sitzpolstern festzukrallen. Die Leichtigkeit, die sie eben gefühlt hatte, drohte umzuschlagen in ein Schwindelgefühl. Das konnte doch alles gar nicht geschehen sein! Eileen erinnerte sich an eine Untersuchung. An das Bild von einer Holzpuppe mit seltsamem Namen an der Wand. Und an diese doofe Prinzessinnenmaske. Doch was war danach passiert? Nein, das wollte ihr beim besten Willen nicht einfallen, so sehr sie sich auch bemühte. Und es war so anstrengend nachzudenken. Sie war sooo müde.

Nur eine Sache wusste Eileen ziemlich genau. Wer schuld an alledem war: Tjark! Ihr Betreuer! Wie hatte er ihr das nur antun können? Das würde sie ihm niemals verzeihen. Doch sie war zu schwach, um wütend zu sein. Sie wollte nur schlafen. Ihr fielen die Augen zu.

Eine Sekunde später schlug sie sie wieder auf. Was auch immer sich ereignet hatte, es konnte nichts Gutes gewesen sein. Das Krankenhaus war kein normales Krankenhaus gewesen. Die Übernachtung auf dem Dachboden. Mit einem Eimer als Toilette und Wasser und Brot. Kristyna hatte gelogen damit, dass sie nach Hause durfte. Was womöglich bedeutete, dass sie in Gefahr schwebte. Womöglich war der komische Mann ja zurückgekommen und hatte sie sich geholt. Er fuhr mit ihr irgendwo hin ...

Wenn sie nur die Energie aufbringen könnte, von hier zu verschwinden. Doch selbst die kleinste Bewegung war mühselig und fiel ihr so unendlich schwer.

Ein Auto fuhr heran und kam neben ihr zum Stehen, zumindest hörte es sich so an wie eines. Die Rettung! Sie würde um Hilfe rufen, ja genau! Der Fahrer des Autos würde bestimmt zu ihr kommen. Eileen riss den Mund auf und schrie aus vollem Hals. Was herauskam, klang jämmerlich, wie ein Flüstern oder maximal das Wimmern eines sterbenden Tieres.

Auf wundersame Weise gelang es ihr, die Tür auf ihrer Seite aufzudrücken. Den Umrissen nach stand das Auto tatsächlich nur wenige Meter von ihr entfernt. In der Hoffnung, dass der Fahrer sie finden und retten würde, stürzte Eileen sich mit allerletzter Kraft nach draußen.

25. Kapitel

Focke befürchtete, dass sein Herz nun stehenblieb, dass es so viel Drama auf einen Schlag nicht aushielt. Doch es hielt es aus. Seltsamerweise wurde er sogar ruhiger. Als würde der Schock, den der Anblick der leeren Rücksitzbank ausgelöst hatte, alles andere in den Hintergrund rücken.

Was auf seinen Vater genauso zuzutreffen schien. „Lass uns logisch denken", sagte Tjark, der in Haus Eddessen sicher öfter mit verschwundenen Kindern zu tun hatte. „Weit kann sie nicht sein."

„Es sei denn der Narbenmann hat sie sich geholt", warf Focke ein. Wenn seine Sinne ihn während ihres Disputs nicht getäuscht hatten, war ein Auto an die Zapfsäule gegenüber ihres BMW gefahren und hatte sich ohne zu tanken wieder davongemacht. Er wollte es aber nicht beschwören.

„Die Möglichkeit besteht allerdings. Lass uns trotzdem zuerst die Umgebung absuchen. Du da, ich hier." Tjark marschierte los und nahm sich den Bereich mit den Verkaufshütten vor.

Er selber übernahm den vorderen Teil des Tankstellengeländes, den zur Straße hin. Focke suchte hinter Büschen, im Graben, zwischen Müllcontainern. Und ließ seinen Vater dabei nie ganz aus den Augen. Der Himmel hatte sich bewölkt. Wind zog auf. Das Omen, das er bereits vor seinem Telefonat mit Jana bemerkt hatte. Glücklicherweise betraf es nicht Eileen. Es dauerte nur einen kurzen Moment, bis Tjark aufschrie und sich herausstellte, dass der Narbenmann ihnen nicht gefolgt war. Eileen war während ihrer Abwesenheit vermutlich aufgewacht, hatte sich allein im Auto nicht zurechtgefunden, war ausgestiegen und wieder zusammengebrochen. Sie hatte Abschürfungen im Gesicht. Doch Gott sei Dank war nichts Schlimmeres geschehen.

„Es war ein Fehler, das weiß ich jetzt", sagte Tjark, nachdem sie sie vorsichtig auf die Rücksitzbank gelegt und angeschnallt und auch sich selbst zurück auf ihre Plätze begeben hatten.

Focke horchte auf. Sein Herz begann wieder zu rasen. „Was war ein Fehler?"

„Ich hätte dir gleich sagen sollen, dass ich den Laptop nur wegen des Videos geklaut habe. Aber ich wusste nicht, ob es drauf war."

Focke verstand nicht, was das für einen Unterschied machte.

„Den Laptop!"

„Häh?"

„Hol ihn her. Er ist doch da in der Tüte unter deiner Jacke, oder nicht?"

Schmollend packte Focke ihn aus und reichte ihn Tjark.

„Nein, nein. Ich will ihn nicht. Du sollst ihn nehmen und das Video abspielen."

„Was?", rief Focke und wollte protestieren, doch die ruhige Art, wie sein Vater sprach, verwirrte ihn.

„Tu es einfach. Bitte!"

Nein, niemals!, hätte er noch fünf Minuten früher gedacht. Aber irgendetwas war jetzt anders. Vielleicht nur, dass Tjark zugegeben hatte, einen Fehler gemacht zu haben. Widerwillig öffnete Focke den Laptop, gab das Passwort ein und suchte die Datei.

Das Video begann. Den Anfang kannte er schon, diesen dunklen Raum, wie in einem Keller. Ein Sofa. Sein Vater, der darauf saß. Und Eileen, die mit nacktem Oberkörper zu ihm lief. Sie kletterte auf seinen Schoß. Sein Vater hielt sie an ihren Schultern fest. Focke drehte den Kopf weg. Er wollte sich diese Bilder nicht einprägen.

„Schau hin", sagte Tjark.

Er wusste zwar nicht, was das bringen sollte, aber tat es, für die *Sache*. Die Perspektive schwenkte um, zeigte Eileen, noch immer auf dem Schoss seines Vaters, aber von der Seite. Sie schmiegte sich an ihn. Er strich ihr über den Rücken und durch das rote Haar. Als er eine Stelle am Hinterkopf berührte, schien sie zu zucken. Dann drehte sie den Kopf und schaute direkt in die Kamera. Sie hatte geweint. Kein Wunder, dachte Focke, denn ihr war bewusst, was auf sie zukam. Er kniff die Augen zu Schlitzen, um nicht die volle Dröhnung abzukriegen. Es passierte jedoch nichts. Sein Vater sagte etwas, das er akustisch nicht verstand. Eileen setzte sich aufrecht hin. Sein Vater redete weiter, das Mädchen nickte und nickte und dann ... lachte sie plötzlich, wie ausgewechselt, wie das fröhlichste Kind der Welt. Sein Vater kniff ihr liebevoll in die Wange, sie zog an seinem Kragen, kletterte hinunter und lief weg.

Focke kriegte den Mund nicht mehr zu. In seinem Kopf begann sich alles zu drehen. Doch der Film war noch nicht vorbei. Durch Eileens Weggang wurde eine andere Person sichtbar, die etwas weiter entfernt saß, auf einem Klappstuhl. Eine Frau in Latzhose. Die Frau, der Focke bei seinen Besuchen im Kinderhaus bereits begegnet war. Für ein oder zwei Sekunden nur kam sie ins Bild, sie hielt etwas in den Händen, das wie ein kleiner Pullover aussah, dann war Ende. Das Video war vorbei.

„Das ... das ist alles völlig harmlos gewesen?", stammelte Focke und wischte sich eine Träne weg. Doch er weinte nur zum Teil deswegen. Das Gefühl von früher war zurückgekehrt. Nie zuvor hatte er mit eigenen Augen miterlebt, wie sein Vater in Krisensituationen mit Kindern umging, aber wenn er es sich vorgestellt hatte, dann genau auf solche Weise. So liebevoll und zärtlich, wie er selber nie eine Behandlung durch ihn erfahren hatte. Inzwischen war klar, dass es gar nicht allein die Schuld seines Vaters gewesen war. Sondern diese unsinnige Abmachung zwischen seinen Eltern, dass sein Vater sich aus allem, was Focke betraf, herauszuhalten hatte, solange er bei seiner Mutter wohnte.

„Natürlich ist es harmlos gewesen. Liborius hat das aufgenommen. Heimlich. Mit unserer Videoausrüstung. Hast du wirklich geglaubt, ich hätte mit ihr ...?" Tjark brach ab. Er klang sehr, sehr enttäuscht.

Zu recht, wie Focke befürchtete. Weswegen seine Freude darüber, dass nicht das passiert war, was er geglaubt hatte, sich gerade in Grenzen hielt. „Aber wieso hast du dann den Laptop geklaut? Das war doch vollkommen unnötig!"

„Ach so? Das haben wir ja gesehen. Jemand, der die Videos auf dem USB-Stick kennt und den Anfang hiervon sieht, kommt ganz schnell auf dumme Gedanken. Und man kann das Ende ja auch einfach wegschneiden. Und dann?"

Focke kam sich so dumm vor. „Es tut mir leid."

„Ja, mir auch", sagte Tjark. „Und zwar, dass du mir nicht geglaubt hast. Dass du mir so was zugetraut hast. Das war schon echt heftig."

„Ich weiß." Focke nickte kräftig und diesmal war die Träne für seinen Vater. „Aber ich wurde reingelegt. Ich habe einfach das gedacht, was ich denken sollte."

„Verstehe. Naja, egal, wir sollten fahren, oder?" Tjark vergewisserte sich, dass mit Eileen alles in Ordnung war und startete den Motor.

Dass sein Vater nicht weiter darüber reden wollte, tat Focke weh. Aber er wollte ihn auch nicht drängen oder zu etwas zwingen. Vielleicht brauchten sie einfach Zeit. „Und wohin fahren wir nun, zur Polizei? Und ich soll sie übergeben?"

„Hast du einen besseren Vorschlag?"

Focke erzählte von seinem Plan, sie erst zu Jana zu bringen und von dort die Polizei zu verständigen.

Ohne viele Worte zu verlieren, willigte Tjark ein, dann verfielen sie in Schweigen, das die nächsten Kilometer anhalten sollte. Wahrscheinlich hing jeder seinen Gedanken nach. Focke, dem ein Detail aus dem Video nicht aus dem Kopf gehen wollte, nämlich als Eileen zum Schluss seinem Vater kurz am Kragen gezogen hatte. Die Kette mit dem Puzzleteil-Anhänger war zum Vorschein gekommen. Er hatte sie demnach schon früher getragen und nicht erst an dem Tag umgetan, als Focke zu ihm nach Manrode gekommen war. Was seitdem alles passiert war, war einfach zu unglaublich, als dass es wahr sein konnte. Und das gerade mal in dreieinhalb Tagen. Was sein Vater dagegen dachte, konnte er nur mutmaßen. Wahrscheinlich, was für einen undankbaren Sohn er doch hatte. Dass Fockes Smartphone ausgerechnet jetzt keinen Saft mehr hatte und er vermutlich über Stunden seinen Grübeleien ausgeliefert sein würde, war die gerechte Strafe. Das einzige menschliche Geräusch, das die Stille in unregelmäßigen Abständen unterbrach, war Eileen oder vielmehr ihr Seufzen, als würde sie allmählich zu sich kommen, nur um gleich darauf wieder wegzutreten. Wobei manche Seufzer erschreckend laut waren und fast schon Worten ähnelten, die wie *Nein* oder *Lass mich* klangen. Es lief tief blicken, was die kleine Kinderseele bislang alles durchgemacht hatte.

„Was ist eigentlich mit Lily?", fragte Focke, was er längst getan haben wollte. Aber sein Hirn war blockiert gewesen mit Müll.

„Warum, was soll mit ihr sein?" Tjark schaute auf die Fahrbahn, was nicht verkehrt war bei 160 Stundenkilometern.

„Sie ist weg. Schon seit vorgestern."

„Was? Was heißt das, sie ist weg?"

Focke erzählte, was er wusste, von ihrem Verschwinden an dem Tag, als die Videos auf dem USB-Stick zu Tage getreten waren bis hin zu seinem Gespräch mit dem Einrichtungsleiter Konrad Pape, der einen Zusammenhang zu Eileen kategorisch ausgeschlossen hatte.

„Wieso erzählt du mir das erst jetzt?", blaffte Tjark ihn an und schenkte ihm dabei sogar für eine halbe Sekunden Blickkontakt.

Für Focke reichte es, darin einen Vorwurf zu sehen. „Was hättest du denn gemacht? Hättest in Franzensbad alles stehen und liegen lassen und wärst zurück nach Hause gefahren oder wie?"

Tjark reagierte nicht, sondern scherte hinter einen LKW zurück auf die rechte Fahrspur und nahm sein Smartphone.

„Was hast du vor?", fragte Focke.

„Gar nichts. Verdammt! Meins ist jetzt auch alle.“

„Wen willst du anrufen? Weißt du etwa, wo sie ist?

„Nein. Aber ich habe eine Idee.“

Von der er ihm offenbar nichts erzählen wollte. Tjark warf lediglich sein Smartphone in die Ablage in der Mittelkonsole und fuhr weiter.

Genau diese Geheimniskrämerei hatte sein Misstrauen geschürt, dachte Focke. Aber er wollte jetzt nicht wieder davon anfangen. „Sollen wir irgendwo anhalten und du rufst von dort aus an?“

„Nein.“

„Nein?“

„Nein! Wir fahren zu Jana.“

Das Schweigen drängte sich zwischen sie wie ein weiterer Beifahrer, der bis zum Verlassen der Autobahn blieb. Das letzte Stück der Strecke führte durch Kassel und weiter über Land. Focke kam zu dem Schluss, dass seine Mutter die größte Verantwortung an seiner verkorksten Jugend trug. Er konnte sie aufgrund ihrer labilen Psyche, der unter anderem ihr Selbstmordversuch zuzuschreiben war, jedoch nicht dafür verantwortlich machen. Es war verrückt, wie sehr sich die Sachlage innerhalb von wenigen Tagen verändert hatte. „Scheiße“, rief er unvermittelt. Ihm fiel gerade auf, dass sich aufgrund des Videos auch die Schuldfrage änderte, und zwar fundamental.

„Was ist los?“, fragte Tjark, der hinter seinem Lenkrad ein Stückchen in sich zusammengesackt war. Nun streckte er sich.

Focke erzählte, dass sich auf Liborius Hankes Laptop eine zweite, viel ältere E-Mail des tschechischen Kontaktmanns Vojtech befand. „Hanke hat nicht allein gearbeitet. Es muss bei euch im Kinderhaus einen Komplizen geben. Wenn du es nicht warst, wer dann?“

„Stand kein Name dabei?“

„Hätte ich sonst gefragt?“

Tjark antwortete nicht, schien aber ernsthaft zu überlegen. „Weißt du, ich habe schon die ganze Zeit das Gefühl, dass jemand bei uns involviert ist. Denn es ist so: Liborius hat als Mitarbeiter des Jugendamts nur die allgemeinen Daten der Kinder gekannt. Wir Betreuer wissen unter Umständen aber auch die Blutgruppe, von den Arztbesuchen. Natürlich gilt da normalerweise die Schweigepflicht."

„Wofür ist die Blutgruppe wichtig?"

„Nun, bei einer Nierentransplantation zum Beispiel würden beim Empfänger mit einer anderen Blutgruppe die Antikörper die transplantierte Niere angreifen. Um das zu umgehen, kann man ihm zwar die Antikörper aus dem Blut entfernen. Aber das kostet Geld. Und hier geht es doch, denke ich, um eine möglichst große Gewinnspanne."

„Du meinst, Liborius Hanke hat so etwas gesagt wie: Unser Kontaktmann in Tschechien braucht demnächst eine Niere mit der Blutgruppe B, Rhesusfaktor positiv. Und der Komplize hat geschaut, ob das passende Kind dabei ist?"

„So in etwa, ja. Weißt du, Lebendspenden sind in Deutschland erst ab dem achtzehnten Lebensjahr erlaubt. Gerade Kindern werden aber oft lieber kleinere Nieren eingepflanzt. Und wenn das Kind, bei dem alles stimmt, gefunden ist, sprich die Blutgruppe und auch die äußeren Umstände, das heißt, am besten gibt es niemanden mehr, der irgendwann ein Sorgerecht geltend machen könnte, dann muss die Verweildauer bis zum gewünschten Übergabetermin plausibel dargelegt werden können. Denn die Inobhutnahme ist kurzfristig angelegt. Bei Eileen, die schon mal bei uns gewesen ist, war das einfach, da habe ich quasi von mir aus darum gebeten, sie bei uns zu lassen. In anderen Fällen dagegen könnte man als Erziehungshilfeeinrichtung schon mal skeptisch werden, wenn es von Seiten des Jugendamts keine Bemühungen gibt, eine Vermittlung voranzutreiben. Vor allem, da die Inobhutnahme viel mehr Geld kostet als normale Plätze."

Focke war kreidebleich geworden und hatte das ungute Gefühl, dass das in eine völlig andere Richtung ging, als er bis eben noch vermutet hatte. Obwohl sein Vater etwas Derartiges angedeutet und er es als Wahnsinn abgetan hatte. Er selber musste komplett wahnsinnig gewesen sein, urteilte Focke und fuhr sich über die Stelle an der Stirn, wo sich eine erste Kruste gebildet hatte. Mit einem Male ergab auch die neuere E-Mail von Vojtech auf Liborius Hankes Laptop einen Sinn. Das Mädchen, das nicht älter als zehn war und die *null* hatte. Ihre Blutgruppe, verdammt! Der Fluch von Eddessen, schoss es ihm in den Sinn. Kinder, die dem Arzt geholfen hatten. Wie eine moderne Variante, quasi Fluch 2.0. „Und dieser Komplize, ist er auch der Mörder von Liborius Hanke? Und Viktor Korn?“

„Es würde Sinn machen, finde ich.“

„Was bedeutet, dass er in diesem Augenblick in Haus Eddessen ist, bei den Kindern.“ Focke schluckte.

„Ich weiß“, sagte Tjark. „Ein grässlicher Gedanke. Doch eigentlich müssten sie dort sicher sein. Liborius ist tot. Und nur das Jugendamt kann die Kinder vermitteln.“

„Befinden sich denn noch mehr Kinder in der Inobhutnahme?“

„Ja, schon. Aber nur noch eines.“

Focke überlegte, dass es bei Lily auch ohne die Hilfe von Liborius Hankes Vermittlung funktioniert hatte. Das Gesicht des Mädchens tauchte in seiner Erinnerung auf, ihre kurz Begegnung, wie Lily mit der pinkfarbenen Mütze auf dem Kopf im Gras gehockt und geweint hatte, dass Eileen jetzt eine Pflegefamilie hätte. Und nun seit zwei Tagen kein Lebenszeichen von ihr! Dass sie selber vermutlich kein Opfer der Wenzelsklinik geworden war, war nur ein schwacher Trost.

„Sobald Eileen in Sicherheit ist, musst du sofort mit der Polizei reden, Focke! Sie müssen etwas tun. Bevor noch ein Unglück passiert.“

„Hast du keinen Verdacht, wer es sein könnte? Du kennst doch alle gut.“

Tjark dachte nach, schüttelte aber den Kopf.

„Was ist mit eurem Leiter?“

„Konrad Pape? Ein ziemlich chaotischer Kerl, ok ... Nein, ich weiß nicht. Eher nicht.“

„Und ich weiß, dass er eine Finca auf Mallorca besitzt. Was sagst du dazu?“

„Eine Finca? Uns erzählt er immer was von einem Wohnwagenstellplatz auf Fehmarn. Woher hast du das denn?“

Focke berief sich auf den Quellenschutz und freute sich, trotz all der erschreckenden Erkenntnisse, dass sein Vater wenigstens wieder normal mit ihm redete. Ohne es bemerkt zu haben, hatten sie Hofgeismar bereits umrundet und den Ortsteil Schöneberg erreicht.

Dass sein Vater den Einrichtungsleiter nicht verdächtigte, überraschte ihn. Er selber hatte den Mann anfangs recht unsympathisch gefunden, was gewiss kein rationaler Grund für einen Verdacht war, wenngleich ein gebräuchlicher. Während ihres Gesprächs in dessen Büro hatte sich dieser Eindruck allerdings stark ins Positive verändert. Konrad Pape hatte nach einigem Zögern die Inobhutnahme-Taktik letztendlich für möglich gehalten. Es konnte ein doppelter Bluff gewesen sein. Und etwas anderes war mit dem Stichwort *Mallorca* zurück an die Oberfläche gekehrt. Dass es etwas zu bedeuten hatte, war nicht zwingend notwendig, trotzdem war es auffällig: der Bildband von Südamerika, der im Büro des Einrichtungsleiters herumgelegen hatte. Und Liborius Hankes Laptop-Passwort war *Hawaii* gewesen. Als ob beide planten, was sie mit ihrem Anteil anstellen würden.

Dabei müsste er vom Prinzip her eher auf Jana tippen, dachte Focke nicht ganz ernst gemeint. Immerhin war sie Tschechin, kannte folglich alle Gepflogenheiten, und konnte nicht nur durch die Terrassentür eingebrochen sein, was sie stets bestritten hatte, sondern war darüber hinaus durch Focke über jeden seiner und Tjarks Schritte unterrichtet worden. Es würde ihn nicht wundern, wenn sein Vater, als die beiden noch ein Paar gewesen waren, dasselbe mit Details aus dem Kinderhaus getan hatte. Die perfekte Komplizin also!

Sie bogen noch genau ein Mal ab Richtung Schwimmbad und erreichten ihr Ziel. Eine Navigationshilfe war unnötig gewesen, Tjarks Gedächtnis kannte den Weg von früher. Ein langes Grundstück mit hohen Bäumen, das Haus lag, anders als die neueren Häuser auf der gegenüberliegenden Straßenseite, versteckt am Ende der Einfahrt, mit großem Vorgarten, die Wiesen zur Linken gehörten aber sicher dem Bauernhof. Keine Schönheit, dachte Focke, aber wie Jana angekündigt hatte, war das Haus alt, mit kleinen Fenstern und leicht windschief. Unter Eternitplatten schlummerte vermutlich Fachwerk. Pünktlich zu ihrer Ankunft hatte sich der Himmel mehr und mehr zugezogen. Hinter eine Reihe Strommasten lag die bewaldete Kuppe des Schönebergs.

Tjark stieg aus, um nach Eileen zu sehen. „Ich glaube, sie ist bei Bewusstsein“, gab er Focke zu verstehen und beugte sich zu ihr hinunter. „Hey, Eileen“, sagte er. „Ich bin's, Tjark. Kennst du mich?“

Focke zuckte zusammen. Das Mädchen kreischte, so hoch und schrill, dass es in seinen Ohren wehtat. Es war wie eine Alarmglocke, die ihm auf unangenehme Weise bewusst machte, welches Glück sie hatten, dass die Fahrt glimpflich verlaufen war, ohne Zwischenfälle, von den Abschürfungen, die Eileen sich an der Tankstelle geholt hatte, angesehen. Sie hatte weder an Übelkeit gelitten noch einen Schock bekommen, ihr gesamter Zustand war stabil geblieben, soweit er das beurteilen konnte. Im Moment jedenfalls wirkte sie äußerst kraftvoll.

Als der Schrei vorüber war, blinzelte Eileen aus einem käsigen Gesicht und murmelte Worte, „Wo bin ich?“ oder so ähnlich, vor sich hin. Bevor ihr jemand antworten konnte, riss sie die Augen auf „Nicht! Lass mich“, rief sie. „Ich will das nicht, hörst du?“

„Hey, Eileen, ist gut. Hier ist Tjark, aus dem Kinderhaus Eddessen. Alles ist gut!“

„Nicht! Lass mich in Ruhe!“ Sie bäumte sich auf und fing an, wild um sich zu schlagen und zu schnaufen. „Du sollst mich in Ruhe lassen!“

„Kann ich was tun?“, fragte Focke dazwischen, doch sein Vater ignorierte ihn.

„Eileen, sieh mich an!“ Tjark ließ die Schläge gegen seinen Oberkörper geschehen. Seine Stimme war ruhig, aber bestimmt. „Erkennst du mich? Eileen, ich bin's, Tjark. Kennst du mich noch?“

Die Bewegungen wurden schwächer und schwächer und versiegten, als hätte die Kraft sie verlassen. Auch ihre Atmung beruhigte sich. Eileen holte ein paar Mal Luft, dann klärte sich ihr Gesicht. „Tjark?“, fragte sie, als wüsste sie gar nicht, was geschehen war.

„„Hallo Eileen“, antwortete der.

„Bist du es?“

„Ja, klar.“ Tjark klang enthusiastisch. „Schön, dass du wieder bei uns bist. Hast du gut geschlafen?“

„Ich weiß nicht. Wo bin ich?“ Sie gähnte, dann verdunkelte sich ihr Gesicht, doch zum Glück kam kein Rückfall. Im Gegenteil, es wirkte eher so, als würde ihr einiges bewusst. „Was ist passiert? Wieso hast du mich allein gelassen? Du hast gesagt, du lässt mich nie im Stich! Du bist schuld!“ Sie begann von neuem, gegen seine Brust zu schlagen.

Diesmal fing er die Schläge ab. „Da hast recht, Eileen. Ich habe dir viel zu erklären!“

„Oh ja, das hast du! Aber nicht jetzt. Ich ... bin so müde.“ Sie blinzelte. Ihr fielen die Augen wieder zu.

„Gleich kannst du schlafen, ok? Wir bringen dich in ein Bett, da ist es bequemer. Kennst du schon meinen Sohn Focke?“

„Was?“, murmelte Eileen schläfrig.

Focke hatte das Gespräch still beobachtet und fast feuchte Augen bekommen. Er fragte sich, was ihn mehr rührte. Dass Eileen einem schrecklichen Schicksal entkommen war oder dass sein Vater das erste Mal über ihn als *Sohn* gesprochen hatte?

„Hilfst du mir mal?“, rief Tjark, denn das Mädchen war wieder eingeschlafen.

Focke stieg aus, schnallte sich Jacke und Jutetasche um und assistierte seinem Vater dabei, Eileen von der Rückbank zu holen.

„Ich werde sie hineintragen, das geht schneller“, sagte Tjark und nahm sie in seine Arme. „Machst du das Tor auf?“

Focke lief vor, öffnete die kleine Pforte und nutzte den Weg zur Haustür gleich dazu, sich umzusehen. Nirgends stand ein Auto auf dem Hof, was nichts heißen musste, denn es gab eine Doppelgarage. Vor dem großen Hundezwinger am Ende des Gartens schlief ein weißer Pudel, statt Getöse zu machen, offenbar ein entspannter Zeitgenosse. Das nächste Zeichen von irdischem Leben gab es erst bei den Nachbarn schräg gegenüber, wo zwei Kinder auf kleinen Fahrrädern um ein parkendes SUV herumfuhren. Focke schellte, sodass, wenn Jana zügig aufmachte, Tjark seine Fracht direkt weiter ins Haus tragen konnte. Ohne Erfolg. Er schellte ein zweites Mal, dann fiel es ihm ein.

„Wir sollen hinten rein“, rief er und wartete ab, dass sein Vater ihn überholte, denn der kannte sich hier besser aus.

Wie Jana angekündigt hatte, war die Hintertür nicht verschlossen. Sie führte in eine Art Vorratskammer, ein schmaler Raum mit Holzregalen zu beiden Seiten, die voller Einmachgläser standen. Merkwürdiges Gemüse schwamm darin, dachte Focke im Vorbeigehen. Bunde Knoblauch und Zwiebeln hingen von Haken unter der Decke. Was in den Blechtonnen auf dem Steinboden lagerte, wollte er sich lieber nicht vorstellen. All das passte für sein Empfinden so wenig zu Janas plakativem Äußeren und affektiertem Gehabe, dass ihm der Verdacht gegen sie mit einem Mal gar nicht mehr so abstrus vorkam.

Tjark musste aufpassen, Eileen durch den Raum zu manövrieren, ohne dass sie mit Kopf oder Füßen irgendwo anstieß. Das Mädchen war wieder bei Bewusstsein, ihrem Gemurmel nach. Doch ihre Gliedmaßen hingen schlaff herunter. Er trug sie weiter ins Haus und steuerte sofort nach links, in eine große Wohnküche, die wie aus der Zeit gefallen wirkte mit den nicht zusammenpassenden Schränken und der großen Kochinsel, über der an einem Gestell zahlreiche Kupfertöpfe und Pfannen baumelten. Ein bisschen wie die Küche der alten Kittelfrau.

Sofort strömte ihm ein fruchtig-süßer Duft entgegen. Focke merkte erst jetzt, wie hungrig er war. Die Backofentür stand einen Spalt auf und entließ neben Hitze und Dampf das Aroma von Pflaumenmus. Und die kleine Kasserolle auf dem Gasherd war lauwarm, wie eine vorsichtige Berührung ihm verriet. Beides bedeutete, dass Jana eigentlich nicht weit sein konnte.

Sein Vater legte Eileen vorsichtig auf ein großes, abgenutztes Sofa, das an der Wand hinter der Kochinsel stand. Auf dem Esstisch davor lag neben Zigaretten und Feuerzeug eine pinkfarbene Wollmütze.

Focke kannte sie und wunderte sich darüber, denn er hatte geglaubt, dass sie in Lilys Besitz wäre.

„Das ist meine", nuschelte Eileen und streckte eine Hand aus.

Tjark half ihr und setzte ihr die Mütze auf. Sofort begann ihr bleiches Gesicht zu leuchten. Dann drückte er ihr ein Knäuel in die Hand, vermutlich eine Decke, damit sie es bequemer hatte, und flüsterte ihr etwas ins Ohr. Eileen sah ihn mit großen Augen an und nickte. „Ich gehe Jana suchen", sagte er zu Focke. „Bleibst du hier und passt auf? Diesmal wirklich?"

„Ja, geht klar." Focke ließ den Hieb gegen sich unkommentiert. Er vergewisserte sich, dass Eileen sicher lag und ging an den Backofen, um ihr eine Portion aufzufüllen, was immer es sein mochte. Der Blick hinter die Tür verriet es: eine Auflaufform voller Buchteln kam zum Vorschein, wie er vermutet hatte mit Pflaumenmus gefüllt und mit Pflaumenspalten und Minzeblättern dekoriert. Er brach zwei Stücke aus der Form, legte sie auf Teller und schleckte sich die Hände ab. Im Himmel war er nach der Entdeckung von

Vanillesauce in der Kasserolle. *Oh Jana! Ein Hoch auf dich und deine Kochkunst!*

Focke stellte die Teller auf den Tisch und machte sich über seinen her. Für einen kurzen Moment blendete er alles aus, was in den vergangenen Tagen passiert war, und gab sich einzig und allein dem Genuss hin. Dazu dieser Duft. Die gemütliche Küche ... Er hätte sich ewig dort aufhalten, umschauen und essen können, wenn nicht eine wichtige Mission vor ihm gelegen hätte. Doch die zehn Minuten mehr würde die Polizei verschmerzen.

Eileen hatte keinen Hunger und trank nur etwas Wasser. Focke dagegen haute rein. Nachdem er auch ihren Teller übernommen und den Rest Vanillesauce mit dem letzten Happen gründlich aufgetunkt hatte, wurde ihm komisch. Nicht wegen der Buchteln, die schmeckten köstlich, sondern weil es wieder passiert war: Sein Vater war alleine losgegangen. Und das schon vor einer ganzen Weile. Er vertraute ihm, sagte Focke sich, ja wirklich! Trotzdem war da so ein Gefühl, wie ein Drücken, und egal, mit welchen Argumenten er kam, es ließ sich nicht abstellen.

„Ich muss mal eben aufs Klo. Kommst du ohne mich klar?", fragte er.

Eileen nickte schwach, war ganz beseelt von ihrer rosa Wollmütze, die sie trug und mit einer Hand festhielt, damit sie ihr ja niemand wegnahm. Zusammen mit den roten Haaren und den Kratzern auf Stirn und Wangen ein farbenfroher Anblick.

Focke betrat einen Flur, an dessen Ende die Haustür zu sehen war. Die Garderobe an der Seite hing voll mit Jacken und Handtaschen, darunter standen sauber aufgereiht bestimmt zwei Dutzend Paar Schuhe mit verschieden hohen Absätzen. Mehrere Türen gingen links und rechts davon ab, eine führte in den Keller, wo Licht brannte. „Tjark?", rief er und trat die erste Stufe hinunter. „Bist du da?"

Keine Antwort.

Oh nein, nicht schon wieder! Alle Sinne geschärft, stieg Focke die Treppe hinunter. Eine einzige, nackte Glühbirne brannte vor einer Mauer aus Backsteinen und ließ erkennen, wie verwinkelt der Keller war und so niedrig, dass man sich den Kopf anstieß. „Tjark?"

„Focke?"

„Ja?", antwortete er erleichtert. „Was ist los? Wo bist du?"

Tjark trat hinter einem Mauervorsprung hervor. „Ich suche nach Jana, was sonst. Hier ist sie nicht."

„Was soll sie denn auch so lange im Keller? Vielleicht musste sie ja kurz weg. Hast du versucht, sie auf dem Handy anzurufen? Meins ist leider leer."

„Meins auch."

„Ja richtig. Im Flur habe ich eins gesehen."

Sie gingen zurück nach oben, wo Tjark sich vor die Garderobe stellte und wählte.

Focke hätte erwartet, dass sie zuhause geblieben wäre, aber vielleicht war ihr etwas dazwischengekommen, grübelte er und wurde von einem Geräusch überrascht, das wie das Torerolied aus der Oper *Carmen* klang.

„Sie muss hier sein", sagte Tjark verwundert. „Das ist ihr Klingelton."

„Oder sie hat vergessen, ihr Handy mitzunehmen", erwiderte Focke, glaubte aber selbst nicht richtig daran. Irgendetwas war faul, das spürte er.

Sie stürmten eine schmale, knarzende Holztreppe hinauf in die obere Etage, wo Dachschrägen den Raum erdrückten. Sein Vater bog dem Klingeln folgend den Korridor nach rechts ab und betrat das Zimmer am Ende des Ganges. In der Tür machte er abrupt halt und drehte sich zu Focke um. Sein Gesicht sah zum Fürchten aus, als hätte er einen Geist gesehen. „Bleib, wo du bist", stammelte er, die Augen panisch aufgerissen.

Es war also wirklich etwas passiert. „Warum?", wollte Focke wissen. „Was ist los?"

„Weil ich es dir sage, deshalb. Geh nach unten zu Eileen. Sofort!"

Focke überlegte ernsthaft, zu gehorchen und nach Eileen zu sehen, was sogar Sinn machte. Es gelang ihm nicht. Von der Neugierde getrieben, zwängte er sich an seinem Vater vorbei in das, was das Schlafzimmer sein musste. Jana lag quer auf dem Bett, den Kopf über die Matratze hinaus nach hinten gestreckt, der Mund aufgerissen. Ihre Kehle war sauber durchtrennt worden, die Zunge hing halb heraus. Der blütenweiße Bettbezug war voller roter Flecken. Blut hatte sich auch auf den Holzdielen unter Janas Kopf gesammelt, wo ihr Mobiltelefon lag und tapfer ein paar letzte Takte *Auf in den Kampf, Torero!* schmetterte, bis es schließlich aufgab.

„Oh Gott, nein! Jana!" Focke drückte sich die Hände vors Gesicht. *Bitte nicht! Bitte nicht Jana!* war alles, war er denken konnte. Sein Kopf drohte zu explodieren vor lauter Getöse, Gedanken, die wie Blitze einschlugen. Ohne es bewusst zu steuern, rannte er aus dem Zimmer, rannte nach unten, den Weg, den sie gekommen waren, hinaus in den Garten. Dort übergab er sich auf den Rasen und schaffte es mit letzter Kraft, sich erst einen Meter weiter fallen zu lassen und vor Schmerz zu winden.

Jana! Jana war tot! Und er war daran schuld. Die Worte seines Vaters hallten in seinen Ohren wider. Er solle Jana nicht mit hineinziehen. Und Focke hatte es ignoriert, hatte sich nicht vorstellen können, dass sie in Gefahr schwebte, wenn er sie anrief und um ihre Mithilfe bei einer E-Mail bat. Tränen füllten seine Augen und liefen zu beiden Seiten sein Gesicht hinab. Dass er gerade seine Lieblingsjacke ruinierte, konnte ihn nicht weniger interessieren. Doch er wollte sich nicht ausruhen. Er wollte Antworten!

Focke hob den Oberkörper. Sein Blick fiel nur wenige Schritte weiter auf den Hundezwinger und seinen Bewohner, der mitnichten schlief, wie er angenommen hatte. Dem breiten, tiefroten Schlitz vom Hals bis zum Bauch nach hatte es den Pudel auf die gleiche schreckliche Weise erwischt wie seinem Frauchen. Wie eiskalt, ein Tier zu töten, und nur Hundert Meter weiter spielten Kinder mit ihren Rädern.

Wenigstens in einem Punkt hatte Focke Gewissheit: Sein Vater konnte diese grauenvollen Taten nicht verübt haben, denn der war die ganze Zeit im Keller gewesen. Oder stimmte das gar nicht? Hätte er nicht vom Schlafzimmer in den Keller laufen und die Tür absichtlich offen lassen können, um vorzutäuschen, dass ... Aber nein, nein, nein! Focke durfte nicht schon wieder damit anfangen!

Das schwarze SUV zum Beispiel, das die Kinder auf ihren Fahrrädern umrundeten, konnte genau dasjenige sein, das die Nachbarin Frau Fögen am Tag vor dem Feuer an der Hütte gesehen hatte. Was in dem Fall bedeuten würde, dass der Mörder noch immer in der Nähe war, vielleicht sogar im Haus. Und niemand passte auf Eileen auf!

Focke drückte sich vom Rasen hoch und rannte in Rekordtempo durch die Hintertür und die Vorratskammer in die große Küche.

Das Sofa war leer!

Verdammt! Sie hätten Eileen nicht hierher bringen dürfen! Hätten stattdessen sofort die Polizei benachrichtigen müssen. Focke lief in den Flur und suchte verzweifelt nach dem Telefon. Es war nicht da. Wie konnte das sein? Sie hatten doch eben noch damit telefoniert! Und wo steckte überhaupt sein Vater? Nicht zu wissen, wo Eileen war, war schlimm genug, aber beide zusammen? Es beschwor den Eindruck herauf, den Focke auf der Fahrt hierher gehabt und nicht zu Ende gedacht hatte. Dass Liborius Hanke und sein Komplize in Haus Eddessen die Aufenthaltsdauer von Kindern, die nach Tschechien gebracht werden sollten, je nach Übergabetermin in die Länge gezogen hatte. Und ausgerechnet bei Eileen hatte sein Vater als ihr zuständiger Betreuer von sich aus mit dem Jugendamt vereinbart, ihre Dauer zu verlängern, bis ein Platz freigeworden wäre? Was ein Zufall!

Er rannte in die Küche zurück, blieb stehen und drehte sich verwirrt um seine eigene Achse. Die Möglichkeit bestand, dass sein Vater das Telefon vorhin mit nach oben ins Schlafzimmer genommen hatte. Er beschloss, nachsehen zu gehen. Im Flur kriegte er fast einen Nervenzusammenbruch. Dieser Anblick! Es war so seltsam, so ... unnatürlich. Tjark, wie er stocksteif in der Kellertür stand, ohne sich nur einen Zentimeter zu bewegen. „Da bist du ja“, schrie Focke ihn an.

Sein Vater schaute nur und sagte nichts.

„Was ist los? Kannst du nicht mal antworten?“

Erst da bemerkte er das Messer in Tjarks Hand.

„Ich will das nicht tun“, hörte Focke ihn sagen. „Aber ich muss.“

„Was tun? Eileen ist weg. Wir müssen die Polizei anrufen.“

„Das darf ich nicht zulassen.“ Tjarks Stimme klang unecht, wie ferngesteuert. Und so bewegte er sich auch auf Focke zu. Als wäre etwas nicht normal.

Focke wich einen Schritt zurück, wie vor ein paar Stunden an der Tankstelle in Tschechien, doch mit einem Messer fühlte es sich völlig anders an, existenzieller. Krampfhaft versuchte er zu begreifen, was das sollte. Sein Vater hatte doch gar nichts mit Eileen gehabt, das Video hatte es bewiesen. Oder war das ein Trugschluss? „Wo ist Eileen?“

Tjark kam näher. „Es tut mir leid“, sagte er und endlich klang es normal, nach ihm.

„Aber ...“ Focke blieb das Wort im Halse stecken. Tränen schossen hervor. Er wollte verstehen, was hier gerade vor sich ging. Und hätte doch eigentlich laufen müssen. Laufen, laufen, laufen.

Ein Geräusch lenkte ihn ab. Jemand kam die Holztreppe von oben herunter. Focke traute seinen Augen nicht, als er Beine sah, und sogar mehr als zwei. Wer zum Teufel hatte sich dort versteckt? Es dauerte ewig, bis die Personen die Treppe hinabstiegen, eine Stufe nach der anderen, dazu ein Geräusch, das er nicht zuordnen konnte. Als würde irgendwo in der Ferne ein Radio summen. Dann kam das erste Gesicht zum Vorschein.

Focke fiel ein Stein vom Herzen, und was für einer. Es tat so gut, Johannes zu sehen. Genau im richtigen Moment.

Zwar viel zu spät für Jana, aber das blendete er aus. „Johannes, oh Mann! Was treibt dich denn hierher? Du ... du musst die Polizei rufen!"

Johannes hatte auch Eileen dabei. Er hielt sie fest und sicher. Nur irgendetwas stimmte nicht an diesem Bild. Stimmte ganz und gar nicht. Es war die Waffe, die er gegen Eileens Schläfe drückte.

Und jetzt hörte Focke es deutlich. Das Geräusch. Es war Eileen. Sie wimmerte.

Tjark, der seinem Blick gefolgt war, sagte: „Ich fürchte, du hattest recht, dass es in Haus Eddessen einen Komplizen gibt. Aber es ist nicht unser Leiter."

„Was? Nein!"

„Ihr habt jetzt echt genug gelabert", rief Johannes. „Tu es endlich. Töte ihn!" Die Worte zerschnitten den Raum wie eine Kettensäge.

Focke verstand die Welt nicht mehr. Sein Johannes? Es kam ihm so unwirklich vor, dass er wie angewurzelt stehen blieb, anstatt auf der Stelle loszurennen und sich in Sicherheit zu bringen. Es konnte nicht sein! Wieder hatte er den Eindruck, dass das um ihn herum ein Film sein musste, irgendeine Handlung, in die er sich hineingezappt hatte, die aber mit der Realität nichts zu tun hatte. Und doch würde es mit Johannes als Komplizen funktionieren. Johannes, der die Möglichkeit hatte, die Mädchen auszusuchen. Der mit seinem SUV an der Hütte gewesen war, um Beweise zu platzieren, und daraufhin die Polizei angerufen hatte. Der auch den Rucksack samt USB-Stick ins Büro seines Vaters gelegt hatte, weil man es nach dem Fund von Liborius Hankes Leiche und den Fotos untersuchen würde. Doch etwas war schief gegangen! Tjark hatte sich selber als Leiche ausgegeben und die Fotos verbrannt. Und Focke war zum Kinderhaus gefahren und hatte Rucksack und USB-Stick einfach mitgenommen. Wahrscheinlich war Johannes auch derjenige gewesen, der ihm am Bungalow seines Vaters aufgelauert hatte, der ihm mit einem Bart getarnt nach Kassel gefolgt war und nach Wettesingen und der das

Notizbuch gestohlen hatte. Aber war das nicht kompletter Wahnsinn? Nein, war es nicht! Die Erkenntnis fühlte sich an, als würde jemand Focke den Hals abschnüren. Er bekam keine Luft mehr. Und nun forderte Johannes seinen Vater auf, ihn umzubringen!

„Eher lass ich mich von dir erschießen", erwiderte Tjark.

„Nein, nein, du hast mich echt nicht verstanden, ne?" Johannes' Ton hatte gewechselt. Er sprach nun wie mit einem Kind, das störrisch und uneinsichtig war, während er Eileen die letzten Treppenstufen hinter sich hinabzerrte. „Du wirst nicht sterben! Du bist doch der Sündenbock für alles! Muss ich dir das wirklich erklären?"

Focke versuchte es in seinen Kopf zu kriegen, wie er sich nur so von ihm blenden lassen konnte. Doch er konnte keinen klaren Gedanken fassen.

„Und wenn ich mich weigere?", rief Tjark.

Johannes drückte Eileen seine Pistole fest an den Kopf.

Sie schrie auf, und wie. Als hätte der Lauf der Waffe sich mitten in ihren Schädel gebohrt.

Focke schluckte und beobachtete, wie sein Vater auf die Drohung reagierte.

Schweiß lief Tjarks Stirn herunter, als er sagte: „Du glaubst wirklich, dass ich meinen eigenen Sohn töte?"

Johannes schien einen Moment darüber nachzudenken. Auch ihm lagen Schweißperlen auf der Stirn, was zu hoffen gab, dass er inzwischen nicht völlig kalt und abgebrüht war. „Na gut," sagte er, und sollten es Zweifel geben, wie das gemeint war, erloschen sie sofort: „Dann mache ich das! Gib mir das Messer! Na wird's bald?"

Focke wich einen Schritt zurück und trat dabei auf seine Jutetasche, die er bei seiner Suche nach Jana dort abgelegt haben musste. Er konnte sich nicht daran erinnern. Er wusste nichts mehr! Er rang nach Luft und sah seinem Vater dabei zu, wie er das Messer sachte auf den Fußboden legte und ihm einen Stoß gab, sodass es Richtung Treppe glitt.

Johannes bückte sich, ohne irgendjemanden aus den Augen zu lassen, kramte ein Tuch hervor und nahm das Messer damit an sich. „Siehst du, es geht doch! Den Tod deiner Tschechenfreundin hast du schon mal zu verantworten. Und der Rest kommt auch noch, ne?" Er steckte das Messer mitsamt des Tuches ein.

Focke pustete erleichtert die Luft aus, ein alberner Reflex, denn die Gefahr war keinesfalls vorbei, im Gegenteil. Er registrierte, wie Johannes die Pistole nun auf ihn richtete.

„Nein!", rief Tjark scharf und stellte sich vor ihn.

„Ach komm. Jetzt geh mir aus dem Weg, Tjark!"

Focke wurde schwindelig. Erlebte er das gerade wirklich? „Papa", rief er, wie vor wenigen Tagen an der Hütte, das Wort, das er sonst nie benutzte. „Bitte mach, was er sagt."

Tjark ergriff seine Hand. „Niemals." Und an Eileen gerichtet: „Kleines, geht's dir gut? Wie vorhin auf dem Sofa, weißt du noch?" Selbst in einer solchen Phase war ihm das Wohl seiner Schützlinge wichtig.

Johannes entsicherte seine Pistole und drückte sie Eileen an den Kopf. Das Mädchen fing an zu wimmern, dann an zu husten. „Ich sagte, geh mir aus dem Weg. Du glaubst, ich tue es nicht? Echt, eigentlich wollte ich sie ja lebend zurück nach Tschechien bringen. Aber im Grunde ist das egal."

„Wie meinst du das?"

„Weil sie eh sterben wird, ne? Oder glaubst du, dass man ihnen zerknüllte Zeitungen in die leeren Stellen drückt, sie wieder zusammennäht und alles ist gut?"

„Geh zur Seite", flehte Focke.

„Johannes, hör mir zu." Tjark sprach deutlich und verständnisvoll, blieb aber stehen, wo er war. „Das hat doch keinen Sinn mehr. Die Polizei ist längst hierher unterwegs."

„Ach ja?" Johannes lachte lauft auf. „Du konntest noch nie gut lügen, echt nicht."

Eileen hatte inzwischen einen mächtigen Hustenanfall bekommen und Focke befürchtete schon, Johannes würde sie erschießen, einfach nur, um Ruhe zu haben. „Ich habe Hustenbonbons“, sagte er, was etwas aus dem Zusammenhang gerissen klang.

Johannes’ Lachen wurde noch lauter. Es klang wie ein paar Tage zuvor im seinem Büro, fand Focke, so sympathisch und Hoffnung spendend. War das derselbe Mann, der nun mit einer Waffe vor ihm stand? „Das bringt ihr auch nichts mehr. Ihren Organen ist es total egal, glaub mir.“

„Umso wichtiger, ihr den Abschied ein wenig zu versüßen. Komm, hab ein Herz. Ich habe welche in meiner Jutetasche.“ Focke nahm die Tasche und hielt sie in die Luft.

Johannes beäugte sie skeptisch.

„Ich habe keine Pistole drin und auch kein Messer, überzeug dich selbst.“ Er öffnete die Tasche und bewegte sich damit einen Schritt auf Johannes zu. Dann ging alles sehr schnell, aber er hatte ja eine Menge Erfahrung darin. Wie oft hatte er seine Haarspraydose in die Hand genommen, mit derselben Hand den Deckel weggedrückt und losgesprüht. Er tat im Grunde dasselbe wie sonst vorm Spiegel, nur nicht auf seine Haare, sondern direkt in Johannes’ Augen. Es war vielleicht etwas plump. Aber das einzige, was sich mit den vorhandenen Mitteln umsetzen ließ.

Problem war, dass die Entfernung zwischen Sprühkopf und Zielobjekt viel zu groß war. Der Nebel schien sich in Nichts aufgelöst zu haben, bevor er auch nur ansatzweise einen Schaden anrichten konnte.

Focke hörte noch, wie Johannes sich vor Lachen nicht mehr einkriegte.

Dann fiel der Schuss.

26. Kapitel

Und das meinen Sie wirklich ernst?", fragte Hauptkommissar Götte. Sie saßen an einem kargen Tisch mit Aufnahmegerät und vier leeren Wassergläsern, der Hauptkommissar, sein Kollege Jens Butterweck, der sich vor geraumer Zeit zurückgelehnt und seitdem kein Wort mehr von sich gegeben hatte, Focke und der Rechtsbeistand, den man ihm organisiert hatte.

Focke hatte mehr als eine Stunde lang versucht zu schildern, was sich alles zugetragen hatte seit seiner Ankunft in Manrode vor genau einer Woche bis zu seinem Anruf bei der Polizei von Janas Haus aus am Samstag. Dass er peinlich darauf geachtet hatte, keine Details auszulassen, verstand sich von selbst. Und dann kam diese Reaktion? Eine Frechheit! „Natürlich meine ich es ernst, was denken Sie denn?" Sollten diese Worte patzig herausgekommen sein oder lauter als vielleicht üblich, war es ihm egal. Er hatte genug durchgemacht. Mit Rücksichtnahme waren jetzt andere an der Reihe.

Der Hauptkommissar schien sich daran nicht zu stören, sein Gesicht blieb ausdrucklos wie immer. „Nun, was ich noch nicht so genau verstanden habe an Ihrer Theorie: Wieso hat Johannes Leßmann den Jugendamtsmitarbeiter Liborius Hanke überhaupt getötet? Wenn ich das richtig begriffen habe, waren die zwei ein Team?"

Focke zwang sich, nicht zu sehr mit den Augen zu rollen. „Ich weiß es doch nicht. Mein Vater war Liborius Hanke auf die Schliche gekommen und hat ihm das auch mitgeteilt. Vielleicht war es Liborius Hanke daraufhin zu gefährlich geworden und er wollte aufhören. Und Johannes hat gesagt, keine Panik, lass uns noch ein letztes echt lukratives Ding starten, danach machen wir Schluss. Das würde auch erklären, dass es bei Eileen so schnell gegangen ist mit der Pseudo-Vermittlung. Und dass sie genommen wurde, obwohl sie noch einen Vater hat. Gut, der sitzt im

Gefängnis und es dauert noch, bis er ... Egal! Vielleicht war Liborius Hanke auch nervös geworden. Immerhin hat er meinen Vater gefilmt, ein harmloses Video, aber in Verbindung mit den Schmuddelvideos könnte man durchaus auf dumme Gedanken kommen. Oder er hat Fehler gemacht, sich verplappert. Sein Schweigen wird für Johannes eine Art Absicherung gewesen sein." Focke hielt inne. Er hatte nicht das Gefühl, dass sein Gegenüber ihm folgen konnte.

„Verständlich", sagte Martin Götte dennoch. „Gut und noch eine Frage zu später, als Ihr Vater und Sie nach Tschechien gefahren sind. Warum ist Johannes Ihnen gefolgt?"

„Ist er gar nicht. Er wusste nichts davon. Es war doch so: Eileen, die von Viktor Korn und seiner Pseudo-Ehefrau abgeholt worden war, ist auf dem Weg nach Tschechien ausgebüchst. Sie hat sich dann bei ihrer Freundin Lily gemeldet. Lily hat es wiederum Johannes erzählt, woher sollte sie auch wissen, dass sie das besser gelassen hätte. Johannes ist dann wahrscheinlich so schnell wie möglich losgefahren und hat Eileen am vereinbarten Treffpunkt eingesammelt, um sie Viktor Korn zurückzubringen."

„Und dann?"

Focke verdrehte jetzt doch die Augen. Musste er hier denn alles vorkauen? Er hätte gedacht, dass die Polizei dazu da war, diese Dinge selbst herauszufinden. „Hat er Viktor Korn getötet, weil der ja nun wusste, dass Johannes der Komplize war. Wahrscheinlich hatte sonst nur Liborius Hanke Kontakt zu Korn und diesem Vojtech gehabt. Zumindest laut den Mails auf dessen Computer. Vielleicht war es auch eine Art Strafe, weil Korn Eileen hat laufen lassen, was weiß ich?"

„Verstehe. Also war es Zufall, dass Sie so kurz nach Viktor Korns Tod bei ihm waren."

Eigentlich vorher, denn Viktor Korn hatte ja noch gelebt, aber das brauchte die Polizei lieber nicht zu wissen. Focke bejahte. „Es muss an dem Tag gewesen sein, an dem Johannes angeblich nach Lily gesucht hatte, ich war am frühen

Nachmittag nämlich noch im Kinderhaus und wollte ihn besuchen."

Hauptkommissar Götte nahm sein Glas, um zu trinken, und stellte fest, dass es leer war. Die Luft roch abgestanden. Ein Fenster gab es keines oder es war gut getarnt. Licht spendeten einzig mehrere Neonröhren. „Gut, dann weiter. Sie haben gesagt, dass Johannes Leßmann plötzlich in Jana Peckovás Haus in Hofgeismar-Schöneberg aufgetaucht ist. Woher hätte er wissen sollen, dass Sie mit Eileen dorthin fahren? Sie haben es ihm doch bestimmt nicht gesagt, nehme ich an."

„Da nehmen Sie richtig an." Es war eine gute Frage, und Focke hatte selber etliche Runden im Gütersloher Stadtpark gebraucht, um auf die Lösung zu kommen. Aber es konnte im Grunde nur so gewesen sein: „Eileens Mütze hat auf dem Küchentisch gelegen. Ich hatte Jana zuvor erzählt, wie sehr das Mädchen ihre Mütze vermisst hat. Sogar ihre Freundin Lily ist deswegen total fertig gewesen. Nachdem ich mit Jana ausgemacht hatte, dass wir zu ihr kommen würden, muss sie nach Manrode ins Kinderhaus gefahren sein, um die Mütze zu holen. Für Eileen. Um ihr eine Freude zu machen. So war Jana nämlich." Bei den letzten Worten hatten Fockes Augen sich mit Tränen gefüllt. Der Gedanke an Janas Tod tat immer noch höllisch weh. „Dabei wird sie mit Johannes gesprochen haben, der ihr die Mütze ... Und er hat eins und eins ... 'tschuldigung!" Focke nahm ein Taschentuch und schnäuzte sich. Dass er allein die Schuld an Janas Ermordung trug, er und niemand anders, damit müsste er erst lernen zurechtzukommen. Neulich Nacht war sie ihm sogar im Traum erschienen, mit ihrem Akzent, noch viel ausgeprägter als in Wirklichkeit, wie sie sich darüber beschwerte, dass er sie so spät anrufen würde. Wenigstens die kleine Lily war unbeschadet nach Eddessen zurückgekehrt, und zwar bereits einen Tag nach ihrem Verschwinden. Sein Vater und er waren da gerade nach Istha unterwegs gewesen, zum Gasthof *Zum Hirschen*, deshalb hatte ihnen niemand mehr Bescheid gegeben. Lily hatte ihrer Freundin tatsächlich nur die Mütze bringen wollen. Und war dabei sage und schreibe bis zur Tankstelle in Bühne gekommen, wie sein Vater vermutet hatte. Focke knüllte sein Taschentuch zusammen. Er hätte Jana das mit der verdammten Mütze einfach nicht erzählen dürfen. Aber wie sollte er denn ahnen ...

Hauptkommissar Götte räusperte sich, als wäre ihm der kleine Gefühlsausbruch unangenehm.

Was für ein zugeknöpfter Typ, dachte Focke und stopfte das Taschentuch in seine Hosentasche. Und der feine Herr Kollege Butterweck hielt sich zurück. Genau wie sein Rechtsbeistand, der nur herumsaß, glotzte und sich gelegentlich Notizen machte. „Wann wird mein Vater freigelassen?“, wechselte er das Thema.

Göttes Gesichtsausdruck wechselte nicht, es blieb wie eine Maske. „Das kann ich Ihnen nicht sagen. Es spricht zurzeit so viel gegen ihn, wie Sie sich sicher denken können.“

„Hören Sie zu.“ Focke beugte sich vor und legte die Hände auf den Tisch. „Ich habe nachgedacht. Als ich das erste Mal im Büro meines Vaters gewesen bin, habe ich den Rucksack mit dem USB-Stick mitgenommen, ohne zu wissen, was es damit auf sich hat. Johannes muss ihn dort absichtlich hingelegt haben.“

„So, hat er das?“

Focke ignorierte den Einwand. „Als ich mir dann bei meinem zweiten Besuch die Videos auf dem USB-Stick angeschaut habe, sind Sie mit einem Durchsuchungsbeschluss gekommen. Ich bin noch mit im Büro gewesen, da haben Ihre Kollegen etwas in einer Pappkiste im Regal gefunden. Einen weiteren USB-Stick, richtig? Das haben Sie mir zumindest bei unserem letzten Treffen gesagt.“

Kommissar Butterweck wurde nun endlich aktiv und blätterte in seinen Unterlagen. „Richtig“, sagte er.

Focke hätte zwar erwartet, dass der Kommissar das von sich aus noch wusste, aber egal. Er holte sein Smartphone hervor. „Hier! Bei meinem ersten Besuch habe ich Fotos gemacht, als Johannes mich kurz allein gelassen hat. Die Pappkiste hat definitiv nicht im Regal gestanden. Sehen Sie?"

„Darf ich?", fragte der Kommissar.

„Natürlich. Deshalb zeige ich es Ihnen ja."

Jens Butterweck nahm das Smartphone und betrachte das besagte Bild. Dann zeigte er es seinem Vorgesetzten.

„Ich kann Ihnen auch sagen, warum Johannes die Kiste dort hingelegt hat."

„Wir hören", sagte der Hauptkommissar.

„Ganz einfach: Nachdem ich beim ersten Mal den Rucksack mit dem USB-Stick mitgenommen hatte, bevor die Polizei ihn finden konnte, und die Fotos in der Hütte verbrannt waren, musste Johannes doch davon ausgehen, dass seine ganze Spur auf meinen Vater im Sande verläuft. Deshalb hat er noch ein drittes Mal neue Beweise gelegt."

Die beiden Polizisten warfen sich einen vielsagenden Blick zu, wie sie es schon so oft getan hatten.

„Erzählen Sie, was genau in Schöneberg passiert ist", forderte Martin Götte ihn auf und gab ihm sein Smartphone zurück. „Wie es zu dem Schuss gekommen ist. Und von Ihrem Bluff mit den Hustenbonbons und dem Haarspray."

Focke lief es noch immer eiskalt den Rücken herunter, wenn er daran zurück dachte. Obwohl das inzwischen drei Tage her war. Drei Tage, in denen er die Ereignisse so oft hatte Revue passieren lassen, dass er sich manchmal fragte, wie viel von seinen Erinnerungen noch echt und wie viel hinzugedichtet war. Drei Tage, in denen er versucht hatte, zur Normalität zurückzukehren. Er war zurück nach Gütersloh gefahren, hatte gegessen, geschlafen, endlich wieder geduscht. Und sich so sehr auf das Styling im Anschluss gefreut und das Auswählen seiner Anziehsachen. Doch irgendwie hatte es sich nicht mehr so unbeschwert angefühlt wie vorher. Es war ihm mit einem Male viel weniger wichtig vorgekommen, wie er herumlief. Natürlich hatte auch das längst überfällige Gespräch mit seiner Mutter zu seiner Stimmung beigetragen. Was hatte er ihr alles an den Kopf geworfen, dabei war es eigentlich seine Absicht gewesen, eine Konfrontation möglichst zu vermeiden, aus Rücksicht zu ihr. Er könne ja ausziehen, wenn er wollte, waren ihre letzten Worte gewesen, bevor sie die Küchentür zugeknallt hatte. Dass sie so impulsiv sein konnte, hatte er nie für möglich gehalten ... Bei dem, was Focke in den letzten Tagen alles überstanden hatte, würde er auch das überstehen. „Das war kein Bluff", sagte er tonlos. „Ich habe keinen Plan gehabt. Ich wollte, glaube ich, einfach Zeit gewinnen, in der Hoffnung, dass irgendetwas passierte. Ich habe auch nicht gewusst, dass mein Vater eine Waffe dabei gehabt hat, wirklich nicht. Ich dem Moment, als ich das Haarspray versprüht habe und Johannes eine Sekunde lang abgelenkt war, hat er abgedrückt." Nein, es war wahrhaftig kein Bluff gewesen, sinnierte Focke. Als hätte er den Mut aufgebracht, Johannes in der angespannten Situation etwas vorzugaukeln. Der eigentliche Bluff mit Eileens Husten war vorher gewesen. Was sein Vater ihm jedoch erst im Anschluss erzählt hatte.

„Einer der Punkte, weswegen er sich noch zur Verantwortung ziehen muss", erwiderte der Hauptkommissar.

„Aber es war Notwehr! Johannes hat gedroht, Eileen zu töten. Er wollte auch mich umbringen!"

„Die Pistole, die Herr Leßmann bei sich hatte, ist nicht die, mit der Liborius Hanke erschossen wurde."

„Was? Na, dann ..." Focke verstumme, um kurz nachzudenken. „Dann hat er halt noch eine."

„Wir haben auch das Messer untersucht. Es passt zu den Einstichen, die wir an der Leiche von Jana Pecková gefunden haben. Und ihrem Hund, wohlgemerkt. Aber es sind keine Fingerabdrücke drauf."

„Weil Johannes ein Tuch genommen und sie abgewischt hat." Genau wie sein Vater, nachdem er Johannes das Messer nach dem Schuss wieder abgenommen hatte, und zwar sorgfältig abgewischt, wie man sah.

„Und noch eine Sache macht mich stutzig." Hauptkommissar Götte legte eine Pause ein, wohl, um es besonders spannend zu machen. „Johannes Leßmann hat gemäß Ihrer Aussage Eileen die ganze Zeit über mit den Armen festgehalten und sie an sich gedrückt. Und trotzdem hat Ihr Vater auf ihn geschossen?"

„In die Schulter", versuchte Focke zu relativieren.

„Außerdem ist der Winkel ungewöhnlich. Wenn tatsächlich Ihr Vater auf Herrn Leßmann geschossen hätte, müsste der Einschusswinkel eher gerade sein. Die Kugel ist aber von schräg unten eingetroffen."

„Was wollen Sie damit sagen?"

„Gar nichts. Nur, dass es nicht so einfach ist, wie Sie sich das wahrscheinlich vorstellen."

Focke presste die Lippen aufeinander. Er hatte seinem Vater geschworen, nein schwören müssen, zu diesem Thema zu schweigen oder sich ahnungslos zu stellen. Eileen hatte so viel durchgemacht, da brauchte sie keinen zusätzlichen Stress. Jetzt überlegte er, ob es womöglich ein Fehler war. „Sie glauben, dass ich es für einfach halte? Ich bin mehrere Tage lang so verwirrt worden, wie ich noch nie im Leben verwirrt war. Immer wenn ich geglaubt habe, eine Sache zu verstehen, hat sich herausgestellt, dass es ganz anders war. Ich habe ... Ja, ich habe beinahe an meinem Verstand gezweifelt! Davon abgesehen, habe ich geglaubt, meinen Vater für immer verloren zu haben. Ich habe Leichen gesehen. Bin bedroht worden. Und da kommen Sie und denken, dass ich mir das einfach vorstelle? Ich weiß, dass es das nicht ist! Vielleicht können Sie sich *das* vorstellen!"

Der Hauptkommissar schien einen Augenblick überlegen zu müssen, bevor er nickte und das erste Mal sogar ein wenig Mitgefühl zeigte. „Das können wir", sagte er leise.

„Schön!" Focke wischte sich über die Nase und lehnte sich zurück. „Und, wie geht es Johannes?"

Wieder ein vielsagender Blickkontakt mit dem Kollegen Butterweck. „Dass Sie sich nach ihm erkundigen, wundert mich. Den Umständen entsprechend."

„Ich frage mich nur, ob er vernehmungsfähig ist. Ich hoffe, Sie kriegen ihn dran." Er musste an die Worte seines Vaters denken, als sie in Janas Haus auf die Polizei gewartet haben. Dass Johannes längst nicht mehr der nette Betreuer war, den Focke vor vielen Jahren kennengelernt hatte. Dass er sich verändert hatte seit der Trennung von seiner Frau, die in einer wahren Schlammschacht geendet hatte. Dass er streng geworden war und viel schimpfen würde. Die Kinder nannten ihn hinter seinem Rücken sogar *Captain*, und zwar nicht aufgrund seiner Vorliebe für Segelboote. Focke war aus allen Wolken gefallen, als er das gehört hatte. „Ich helfe Ihnen dabei, so gut ich kann, wenn Sie wollen. So! Darf ich jetzt gehen?"

„Bitte. Es liegt nichts vor gegen Sie. Und auf Ihr Angebot kommen wir gerne zurück."

„Unbedingt. Also dann?" Focke stand auf, sein Rechtsbeistand gleich nach ihm. Ihre Stühle quietschten auf dem Fußboden umso lauter, da niemand mehr etwas sagte.

Vorm Vernehmungszimmer wollte Focke sich bei dem Mann gerade für die unbeschreibliche Unterstützung bedanken, als Kommissar Jens Butterweck seinen Kopf durch die Tür steckte. Dem Gesichtsausdruck nach und wie er Focke zu sich heranwinkte, hatte er etwas vergessen. „Herr Löhr, kann ich Sie ganz kurz unter vier Augen sprechen?"

Sie gingen ein paar Schritte den Korridor entlang und fanden vor einem Fenster mit Lamellenvorhang und Blumenschmuck ein ruhiges Plätzchen. Jens Butterweck stellte sich breitbeinig auf und verschränkte die muskelbepackten Arme, was wohl leger wirken sollte. Im Beisein seines Vorgesetzten hatte er sich nie so gegeben, dachte Focke und blickte ihn erwartungsvoll an.

„Wissen Sie, was *gegen* Johannes als Täter spricht?", fragte der Kommissar mit gesenkter Stimme und schob die Antwort gleich nach. „All diese Spuren auf Ihren Vater, ihm unbedingt die Schuld in die Schuhe schieben zu wollen. Wozu die ganze Mühe? Wofür brauchte er überhaupt einen Sündenbock? Ohne wäre er wahrscheinlich besser dran gewesen."

Darüber hatte Focke in den letzten drei Tagen bereits genug nachgegrübelt. Und war zu keinem Schluss gekommen. Sein Vater wüsste vielleicht einen Grund, aber da gab es ein Problem: Der Kontakt war ihm momentan unmöglich: U-Haft. Daher musste er Butterweck recht geben, es machte eigentlich keinen Sinn. Obwohl er das natürlich nicht gerne sagte.

Der Kommissar nickte andächtig, ohne Focke dabei aus den Augen zu lassen. „Vielleicht wüsste ich ja was, wie wir Ihrem Vater helfen können."

„Ach ja, und was?"

„Naja, nur so ein, zwei kleine Ideen. Wir sollten das mal gemeinsam erörtern."

Focke kannte derartige Sprüche sonst nur mit gewissen Hintergedanken, ließ sich aber nichts anmerken. „Ja klar, unbedingt. Woran denken Sie?"

„Ich glaube, du hast mich schon verstanden." Jens Butterweck überreichte ihm seine Karte. Wie er ihn dabei ansah und mit der Zungenspitze seinen Mundwinkel beleckte, ließ keinen Zweifel zu. „Ruf mich heute Abend mal an. Ok?"

„Äh ..." Focke überlegte, wie er am geschicktesten reagieren sollte, doch der Kommissar hatte sich bereits umgedreht und lief Richtung Vernehmungsraum zurück. Es fühlte sich an, als hätten ihm die letzten Worte nicht nur die Augen geöffnet, sondern ein verdammt großes Loch in den Bauch gerissen.

Wie um alles in der Welt hatte er sich so täuschen können? Butterweck war also doch Mitglied im *Club*? Was kein bisschen an der Tatsache änderte, dass er einfach nicht sein Typ war. Und das mit *ein, zwei kleinen Ideen* konnte nur ein Bluff sein! Focke starrte auf die Visitenkarte, auf der neben den dienstlichen Angaben mit Kugelschreiber eine zusätzliche Mobilnummer notiert war.

Und noch etwas surrte ihm durch den Kopf. Ein Verdacht, den er früher schon gehabt und dann vergessen hatte oder ignoriert oder was auch immer. Nämlich, dass es Jens

Butterweck gewesen war, der bei seinem letzten Besuch im Bungalow seines Vaters das Notizbuch gestohlen hatte. Aber das konnte unmöglich sein. Oder doch? Angewidert zerriss Focke die Karte. Er brauchte frische Luft und zwar reichlich.

Da ihm auf die Schnelle keine Alternative zu Butterwecks Angebot einfiel, steckte er die Schnipsel in die Tasche seiner Cordjacke ...

Epilog

Die Polizei ermittelte schließlich, dass in den vergangenen Jahren insgesamt acht Mädchen und Jungen, die durch das Kinderhaus Eddessen in Obhut genommen worden waren, mit gefälschten Vermittlungsverträgen in die Wenzelsklinik nach Franzensbad geschafft wurden. Zeugenaussagen zufolge wurden ihnen dort sämtliche Organe entnommen. Ihre sterblichen Überreste hat man bis heute nicht gefunden.

Kommissar Jens Butterweck quittierte ein Jahr später den Dienst. Über seine weitere Karriere ist offiziell nichts bekannt.

Tjark Löhr blieb fast fünf Monate in U-Haft und wurde erst entlasten, als für die pornografischen Videos andere Quellen zurückverfolgt werden konnten. Seine Freundin Beate verließ ihn, nachdem sie herausgefunden hatte, dass er mit seiner Anwältin schlief.

Johannes Leßmann wurde wegen Mordes an Viktor Korn und Jana Pecková zu lebenslanger Freiheitsstrafe mit anschließender Sicherheitsverwahrung verurteilt. Der Mord an Liborius Hanke konnte ihm dagegen nicht nachgewiesen werden.

Focke Löhr schrieb bei seinem neuen Arbeitgeber in Hamburg eine Reportage über diesen Fall aus seiner ganz persönlichen Sicht und wurde dafür mit dem Claus-Jacobi-Preis für junge Journalisten ausgezeichnet. Seine Mutter kommt ihn einmal im Jahr besuchen.

Eileen kam im selben Jahr in eine Pflegefamilie in Herne, begann drei Jahre später, sich in die Unterarme zu ritzen und warf sich mit fünfzehn vor einen Zug.

In Deutschland leben mehr als fünfundsechzigtausend Kinder in Heimen oder anderen betreuten Wohnformen. Jedes Jahr sterben zweitausend Menschen, weil ihnen lebenswichtige Organe für eine Transplantation fehlen.

Emlin Borkschert, 1974 in Verl geboren, ist Krimiautor, Blogger und Mitglied im „Syndikat". Seit 2007 lebt er in dem kleinen Dorf Manrode im Naturpark Teutoburger Wald/Eggegebirge. Nach den Ostseekrimis „Des einen Freud, des anderen Tod" und „Nur die Ostsee weiß die Antwort" verarbeitet Emlin Borkschert mit „Rabenvatersorgen" und „Der Fluch von Eddessen" Land und Leute vor seiner Haustür.

www.emlin-borkschert.de

Danksagung:
Wer die Gegend um Manrode herum kennt, weiß, dass es zwar die Klus Eddessen gibt, jedoch befindet sich dort kein Kinderhaus. Man möge mir verzeihen, dass ich es zur Ausübung meiner Kreativität einfach erfunden habe. Ebenso frei erfunden sind die handelnden Figuren, die zwar in der Region gebräuchliche Namen tragen, eine Ähnlichkeit mit echten Personen wäre trotzdem rein zufällig und bitte ich zu entschuldigen.

Mein erster Dank gilt meinen Lesern. Ihre Reaktionen in Wort und Schrift sind es, die mich aufbauen, motivieren und letztlich dazu bewogen haben, einen vierten Krimi zu schreiben. Wie bei meinen vorherigen Büchern haben meine wunderbaren Schriftstellerkollegen Heike Rommel und Heiko Höflich auch das Manuskript von „Der Fluch von Eddessen" als Erstes zu lesen bekommen. Für ihre äußerst konstruktive Kritik bin ich ihnen sehr dankbar.

Katharina Koch, Leiterin einer Jugendwohngruppe in der Nähe von Manrode, danke ich für ihre immense Unterstützung bei allen Fragen zum Thema Kindeswohl, Dr. Uta Häberle für ihre Hilfe in medizinischen Angelegenheiten und Andreas Berenbrinker für seine Tipps zum Thema Journalismus. Die TV bekannte Spitzenköchin Su Vössing, die aus meinem Nachbarort Bühne stammt, hat mir die beiden herrlichen Rezepte, die Jana kocht, geschenkt, vielen lieben Dank dafür. Jörg Mitzkat vom gleichnamigen Verlag danke ich für die angenehme zweite Zusammenarbeit. Und wie immer zum Schluss möchte ich meinem Mann Karsten für seine unglaublich vielfältige Unterstützung danken sowie unserem Hund Timmy für die zahlreichen Ideen, die er mir auf unseren gemeinsamen Runden ums Dorf zugebellt hat.

Rezepte von Su Vössing

Cremige Knoblauchsuppe mit Croûtons
Für 4 Personen

50 g Butter, in kleine Stücke schneiden
6-7 Knoblauchzehen schälen
2 Zweige Thymian, Blättchen abzupfen und hacken
70 g Weizenmehl
1 Liter Geflügelbrühe
250 g Schmand, alternativ Creme fraîche
Meersalz und Pfeffer
Dazu
200 g altbackenes Weißbrot, würfeln
40 g Olivenöl
6-8 Zweige Petersilie, grob hacken

Ansonsten
Zubereitungszeit 20 Minuten
Blender/ Standmixer

Zubereitung
Die Butter in einen Topf auf kleiner bis mittlerer Temperatur erhitzen. Den Knoblauch halbieren, den grünen Keim entfernen, den Knoblauch grob hacken und mit Thymian zur Butter geben und 1-2 Minuten anschwitzen.

Das Mehl zugeben und alles mit einem Schneebesen verrühren. Die Brühe nach und nach einrühren, aufkochen und 20 Minuten köcheln lassen. Die Suppe mit Meersalz und Pfeffer würzen.

In der Zwischenzeit für die Croûtons, die Weißbrotwürfel mit Olivenöl vermengen und in einer Pfanne auf mittlerer Temperatur knusprig braten und zur Seite stellen.

Die Suppe 7-10 Minuten leicht abkühlen lassen und mit dem Schmand im Blender 1-2 Minuten cremig mixen. Danach kurz erhitzen, eventuell nachwürzen.

Die Suppe am besten in vorgewärmten tiefen Tellern mit Croûtons und gehackter Petersilie anrichten.

Gefüllte Buchteln mit Vanillesauce

Für 4 Personen

12 g frische Hefe
50 g Zucker
130 g handwarme Milch
250 g Weizenmehl T 550, plus Mehl zum Arbeiten
30 g zimmerwarme Butter
1 Ei Größe M
Dazu
200 g Pflaumenmus
80 g Milch
2 reife Pflaumen, halbieren und in Stücke schneiden
Minzeblätter für die Deko
Vanillesauce
250 g Milch
250 g Sahne
1 Prise Meersalz
1 TL Vanillepaste
4 Eigelb Größe L
70 g Zucker

Ansonsten
Zubereitungszeit 35-40 Minuten
Backzeit 15-18 Minuten
Ruhezeit Teig 45 Minuten
Auflaufform 27-28 cm Durchmesser, mit Butter ausstreichen
Backofen 180 °C Umluft
großes Marmeladenglas
Nudelholz

Zubereitung
Die Hefe in das Marmeladenglas bröckeln, den Zucker und die handwarme Milch zugeben, verschließen und gut schütteln bis sich die Hefe vollständig aufgelöst hat und für 10 Minuten ruhen lassen.

Das Mehl mit der Butter und dem Ei in eine Rührschüssel einer Küchenmaschine geben, den Hefeansatz zugeben und alles mit dem Knethaken 4-5 Minuten vermengen.

Den Teig auf eine leicht bemehlte Arbeitsfläche geben, zu einer Rolle formen und in 10 gleich große Stücke teilen.

Die Teigstücke auf 9-10 cm große Kreise ausrollen und das Pflaumenmus mittig auf die Teigstücke verteilen.
Den Teig verschließen und mit der Nahtseite nach unten in die vorbereitete Auflaufform setzen und 45 Minuten abgedeckt gehen lassen.

Für die Vanillesauce, 150 g Milch mit Sahne, Meersalz und Vanillepaste in einen Topf geben, durchrühren und auf mittlerer Temperatur zum Kochen bringen. Die Eigelbe mit Zucker und der restlichen Milch in eine Schüssel geben und mit einem Schneebesen gut durchrühren.
Wenn die Milchsahne kocht, 2 Kellen davon in die Eimischung einrühren und dann die Eimischung in die Milchsahne einrühren. Bei niedriger Hitze unter ständigem Rühren mit einem Holzlöffel oder Silikonspatel zur Rose abziehen.

Die 80 g Milch in die Auflaufform angießen und die Form in den vorgeheizten Ofen stellen und 15-18 Minuten knusprig backen.

Die Buchteln mit Vanillesauce, Pflaumenspalten und Minzeblätter servieren.